T0274010

DOCE ABUELAS

Si tienes un club de lectura o quieres organizar uno, en nuestra web encontrarás guías de lectura de algunos de nuestros libros. **www.maeva.es/guias-lectura**

PABLO DEL RÍO

DOCE ABUELAS

**La mentira puede ser más
verosímil que la verdad**

MAEVA | NOIR

© Pablo del Río, 2023
© MAEVA EDICIONES, 2023
  Benito Castro, 6
  28028 MADRID
  www.maeva.es

ISBN: 978-84-19110-75-6
Depósito legal: M-55-2023

Diseño e imagen de cubierta: Sylvia Sans Bassat
Fotografía del autor: © Alberto de la Fuente
Preimpresión: Gráficas 4, S.A.
Impreso por CPI Black Print (Barcelona)
Impreso en España / Printed in Spain

A la memoria de Irene, mi madre.

Si no quieres sucumbir a la rabia,
deja tranquila la memoria,
renuncia a hurgar en ella.

Ese maldito yo
Ciorán

Escenarios
de la novela

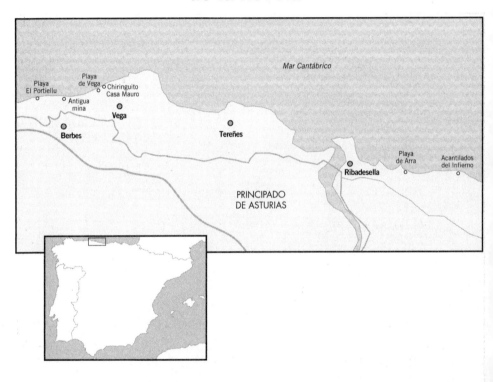

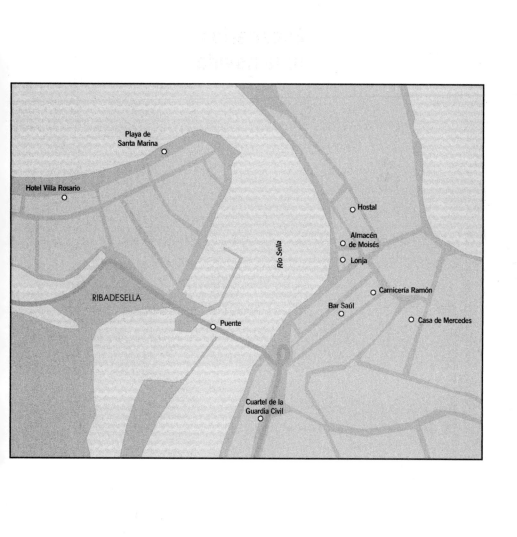

Playa de
Santa Marina

Hotel Villa Rosario

Hostal

Almacén
de Moisés

Lonja

Río Sella

Carnicería Ramón

RIBADESELLA

Bar Saúl

Casa de Mercedes

Puente

Cuartel de la
Guardia Civil

1

24 de diciembre de 2018

MERCEDES HA PASADO la mañana con sus amigas tomando el vermú y sin hacerle ascos a los ricos aperitivos que sirven en los bares del pueblo.

Suenan tres campanadas en el reloj del ayuntamiento de Ribadesella, señal que las mujeres interpretan como una especie de toque de queda. La anciana se despide de ellas y enfila hacia su barrio.

El alcohol le ha hecho mella en la cabeza y en las piernas. A cada paso que da hacia delante le corresponde uno lateral en contra de su voluntad; incluso algún que otro traspié amenaza con hacerla caer. Su casa está situada en la Cuesta Vieja. Para llegar hasta allí es preciso subir unas empinadas rampas cuyos últimos metros le resultan soporíferos. Hoy los pulmones le arden especialmente a causa del esfuerzo. Jadea como una plusmarquista al cruzar la meta.

Con la niebla apenas se distingue una casa de la otra. La suya destaca por el desvencijado porche delantero que en su día fue de color tabaco. La madera está medio podrida y amenaza con venirse abajo en cualquier momento. En la parte trasera de la vivienda, un huerto le proporciona todos los años una buena cosecha.

Se limpia las botas en el felpudo varias veces. Recupera el resuello dando grandes bocanadas que le congelan la garganta y siente el corazón desbocado bajo el jersey de lana. Abre la puerta no sin dificultad: anda algo descolgada y roza en las baldosas. Entra y la cierra con energía para evitar que se atasque.

El resultado es un estruendoso portazo. Coloca el abrigo en el perchero al tercer intento. Cada día que pasa tiene la sensación de que su cuerpo merma o que el perchero crece. Una de dos.

Le extraña que el salón conserve una temperatura tan agradable. Eso significa que olvidó quitar la calefacción cuando salió por la mañana. Al mismo tiempo que sus huesos, su memoria también sufre los achaques de la edad y crea peligrosas lagunas temporales; así las denomina el médico que la trata. Es consciente de que cualquier día olvidará apagar el gas de la cocina y la casa saldrá volando con ella dentro.

Al mirar de reojo nota una presencia cerca de la ventana, a contraluz. Se vuelve y vislumbra a su sobrino Ricardo de espaldas, sentado al piano. Lleva puesto un abrigo azul oscuro y una bufanda de color mostaza, una indumentaria excesiva teniendo en cuenta el calor que hace en el salón.

Un latigazo de euforia le recorre el cuerpo. A Mercedes le encanta que su sobrino la visite, algo cada vez menos frecuente por culpa de su ajetreada agenda como músico. En Nochebuena nunca falla. Ricardo tiene por costumbre llamar a su tía la víspera para anunciar si irá a comer o a cenar. Esa vez ha preferido darle una sorpresa.

—Pero ¿cómo no me has avisado? Habría preparado una comida como Dios manda —le recrimina con cariño Mercedes.

Ricardo permanece concentrado frente al instrumento, sin mover un músculo, con la mirada fija en la partitura y las manos apoyadas en el teclado. Tan absorto que ni siquiera se ha percatado de la llegada de Mercedes, debidamente anunciada a través del portazo que había hecho retumbar hasta los cimientos. Pero Ricardo siempre ha sido una persona con aire ausente. Cuando se sienta al piano, se abstrae por completo del entorno y despega hacia mundos exclusivamente suyos.

Mercedes se acerca a él emocionada, radiante, no hay nada que le haga más feliz que ver a sus sobrinos Ricardo y Beatriz en casa. Sentir el eco de sus zapatos en la tarima. Oírlos desde la cocina pelearse por el mando de la tele, como cuando eran pequeños. Relamerse con los *casadielles* que ella prepara.

Mercedes se acerca a Ricardo y juega durante unos segundos con su pelo ensortijado y sedoso. La madre de Ricardo había pronosticado que cuando el muchacho creciera perdería sus rizos a merced de un proceso puramente natural, pero él ya es adulto y sus rizos persisten, a pesar de tener ahora el pelo mucho más corto.

Mercedes empuja despacio la cabeza de Ricardo hacia delante para que salga de su hipnotizada pose y le haga un poco de caso. Con el leve envite de los dedos, Ricardo se tambalea y cae sobre el piano, golpeando con la frente en el teclado y produciendo un estridente crujido de notas agudas.

—¡Dios mío! —masculla Mercedes. La mujer da un respingo que la catapulta un metro hacia atrás. Hubiera querido gritar de espanto, pero la congoja ahoga cualquier intento. Apenas le aflora un lamento sordo en la garganta, un balbuceo incongruente. El cuerpo entero le empieza a temblar, desde el mentón hasta los talones.

Al pretender levantar a su sobrino, nota entre las manos un cuerpo rígido. Y algo peor; su cara yace tersa, fría, igual que un trozo de granito.

Ricardo no está concentrado en el piano, como ella imaginaba, sino congelado.

La mujer tira del cuerpo como buenamente puede. Lo agarra por las axilas, por los hombros, por el estómago... Pero pesa demasiado y sus brazos flaquean. Mercedes se aferra al cuello de su sobrino, lo abraza y trata de empujarlo hacia arriba. Esfuerzo baldío; no consigue moverlo ni un centímetro. Le falta fuerza y aire.

El cuerpo presenta un aspecto marmóreo, inerte, con la boca medio abierta y los labios pegados a las teclas. La mirada perdida, apagada.

Mercedes pretende alzarlo a toda costa, como si la congelación fuera una broma carnavalesca y pudiera devolverlo a la vida simplemente con sentarlo de nuevo sobre la banqueta. Pero el alcohol le ha restado energía en los brazos y equilibrio en los tobillos. Lo único que consigue tras el esfuerzo es que la cabeza de su sobrino ruede sobre el teclado de un lado a otro, provocando un cómico baile de notas, de las más agudas a las más graves y viceversa, imitando la melodía de los afiladores que recorrían los pueblos en bicicleta cuando era una niña.

Ofuscada, derrotada por el dolor, echa una última mirada a su sobrino y se limpia las lágrimas. Se enfunda el abrigo, cierra la puerta y vuelve a mezclarse con la niebla.

Calza unas botas de medio tacón, de modo que baja con miedo de dar un resbalón y caerse. Los efectos del alcohol le nublan la vista al tiempo que alimentan su desorientación.

Los vecinos con los que se cruza —es hora de comer y buena parte de ellos se dirigen a sus casas— la saludan, pero no obtienen a cambio más que un leve y desganado arqueo de cejas. Mercedes no está en situación de pararse a dar explicaciones en medio de la calle. Hace frío y no es momento de contarle a cada uno de ellos la escena que acaba de vivir en el interior de su casa. Nadie la creería y le harían perder el tiempo. Su único objetivo es llegar cuanto antes al cuartel, del que la separan unos diez minutos. Al llegar a la iglesia, sus piernas agradecen que el suelo por fin sea plano.

Una pareja de fumadores apostados junto a Casa Juanito intercambia humaradas y una conversación que interrumpen en cuanto la ven pasar. Murmuran sobre ella. Les extraña el ajetreo que lleva la mujer al caminar, impropio de una anciana.

Mercedes nota cierta tirantez en la cadera derecha. Ladea la cabeza y se percata de que con las prisas se ha abrochado mal el abrigo, y cuelga más de un lado que del otro. Considera que recomponer su aspecto no es una prioridad y continúa su camino dando algún que otro resbalón. Toma la calle Oscura y se planta en la carretera nacional. Unos metros más y alcanzará su objetivo.

El cuartel es un edificio de piedra. La fachada se alza sobre una ristra de arcos de medio punto que dan cabida a una especie de porche. El perímetro está protegido por un muro también de piedra y unas puertas metálicas. Mercedes llama al portero automático compulsivamente. Por una ventana asoma la cabeza pequeña y casi rapada del guardia Madrigal. Al percatarse de que es Mercedes y observar que parece muy nerviosa, el muchacho cierra la ventana, abre la puerta metálica desde el interior y sale a su encuentro.

—Mercedes, ¿a qué debemos su visita? —La sonrisa amplia delata su inocente presunción: no puede tratarse de algo grave, nada malo puede pasar el día de Nochebuena en un pueblo como ese. No hay que olvidar que los conflictos de la comarca suelen ser de naturaleza menor: una riña tras la colocación de un mojón en una finca, algún intercambio de insultos tras un accidente de tráfico, pequeños rifirrafes entre patrones de barcos u otros encontronazos de escasa transcendencia.

Mercedes casi no puede hablar. Siente la boca áspera, como si le hubieran forrado el paladar con lija. Las lágrimas amenazan con brotar. Respira profundamente para mantenerlas a buen recaudo.

El guardia la invita a subir los peldaños que dan acceso al interior del edificio. Mercedes quizá no llegue. Su cuerpo se tambalea ya en el primero y parece a punto de derrumbarse. El guardia advierte que la puerta exterior se ha quedado abierta. Se dirige sin prisa hacia ella y la cierra con una parsimonia que saca de quicio a la mujer. En medio de la escalinata, Mercedes lo retiene del brazo y solicita su atención.

—Mi sobrino está en casa, congelado —le confiesa sin rodeos.

—¿Ricardo? —El guardia le dedica una expresión de absoluta incredulidad, a la que sigue otra de infinita condescendencia—. Pero cómo va a estar congelado, Mercedes, qué cosas se le ocurren.

—Está congelado. Se lo juro —insiste la mujer, apresándole el brazo con toda la fuerza de la que es capaz.

Mercedes intenta superar el siguiente escalón, pero es incapaz. Sufre un ligero mareo. Las piernas no le obedecen. Se agarra con una mano a la barandilla de la rampa de minusválidos y lo intenta sin éxito. Al percatarse de la situación, el guardia la sujeta de la mano y la ayuda a superar el obstáculo. El hombre ha advertido que el aliento de Mercedes apesta a alcohol. En cuanto acceden al vestíbulo, le suelta la mano y se aleja con discreción para que la maniobra no le resulte ofensiva. Abre la puerta de la oficina, enciende la luz y levanta la persiana. Separa la silla de la mesa e indica a la anciana que se siente. Él permanece inmóvil delante de la ventana, estirándose el uniforme. Mercedes sigue las instrucciones del guardia como un corderillo aturdido.

—Cuénteme con más detalle esa historia de que su sobrino está congelado —solicita el guardia. Acto seguido toma asiento y entrelaza las manos, formando sobre la mesa un triángulo equilátero. Le dirige a Mercedes una mirada comprensiva no exenta de cierta curiosidad.

—Al llegar a casa encontré a mi sobrino sentado al piano. Es Nochebuena, así que pensé que me quería dar una sorpresa, aunque nunca lo hace. Cuando viene a visitarme siempre telefonea antes. Como le digo, estaba sentado en la banqueta, de modo que me acerqué para darle un abrazo y, al tocarlo... ¡Oh, Dios! ¿Cómo...? ¿Cómo...?

—Mercedes, ¿cómo... qué? —El guardia adelanta ligeramente el torso y gira los pulgares hacia arriba, como si fueran dos signos de admiración con los que subrayar su perplejidad.

—¿Cómo es posible una cosa así? Estaba helado, rígido como una piedra. Y luego se ha caído sobre las teclas. —Las primeras lágrimas ruedan por sus pómulos. Agita las manos en el aire. Le tiembla el mentón, los dientes castañetean—. ¡Oh, Dios! ¡Mi niño, mi niño! Le iba a abrazar y se ha desplomado.

—No tiene ningún sentido lo que dice —señala el guardia con un tono firme y al mismo tiempo conciliador—. Cómo va a estar congelado su sobrino. El día es muy frío por culpa de esa puñetera niebla. Pero de ahí a que una persona se congele...

Mercedes saca un pañuelo del bolsillo y se limpia los ojos. El guardia abre un cajón y alcanza un paquete de Kleenex. Se lo entrega por si acaso necesita aprovisionarse.

—Le toqué la cara —prosigue Mercedes, ignorando el ofrecimiento—. Era un témpano, un témpano... Y luego se cayó. Casi ni lo toqué y se derrumbó.

—¿Y qué pasó con el cuerpo? —pregunta el guardia con expresión indiferente.

—Está tumbado sobre el piano. —Solloza—. Sentado en la banqueta y con la cabeza sobre las teclas.

—Deduzco que no llamó a nadie y que ningún vecino ha entrado en su casa desde ese momento. —El tono del guardia está lejos de mostrar preocupación—. ¿Lo dejó tumbado sobre el piano y vino para acá directamente?

—Así es. ¿Qué otra cosa iba a hacer? No puedo con él. No tenía fuerzas para levantarlo.

El guardia asiente con la cabeza y juguetea con una grapadora. Escucha a Mercedes por educación, pero no tiene en consideración sus palabras.

—Bien. —Respira despacio y frunce los labios—. Vamos ahora mismo a su casa a ver qué está pasando.

El guardia Madrigal efectúa una llamada rápida para comunicar a un compañero que se va a ausentar durante un rato. Se incorpora, ayuda a levantarse a Mercedes y la conduce al aparcamiento situado en la parte trasera el edificio. Abre la portezuela de un coche y la invita a acomodarse en el asiento delantero. Arranca el vehículo sin poner en funcionamiento las luces de emergencia ni la sirena. No considera conveniente alterar la vida del pueblo en plenas Navidades, por lo que seguramente sea una falsa alarma.

Conduce con suma tranquilidad y mira de soslayo a Mercedes para cerciorarse de que se encuentra bien. Toma las curvas con delicadeza, de lo contrario la anciana acabará vomitando en la guantera. Aparca el coche delante de la casa de Mercedes. La ayuda a salir y a poner el pie en tierra sin resbalar.

Mercedes abre la puerta de su casa y camina por el pasillo con pasitos cortos y suspiros profundos. Se detiene en medio del pasillo y le indica al guardia con un ademán el lugar donde se encuentra el salón.

«Ahora se dará cuenta ese descreído de que no he inventado nada. Se va a quedar pálido cuando vea a mi sobrino. Estos chicos jóvenes piensan que lo saben todo. Y a veces tienen razón, pero otras se pasan de listos», musita ofendida.

Al pensar en la siniestra escena que le espera unos metros más allá, Mercedes sufre un vahído y tiene que apoyarse en el marco de una puerta. Cierra los ojos y respira profundamente varias veces. El corazón le golpea en el pecho como un hacha hundiéndose en un tronco.

El guardia avanza por el pasillo con ritmo seguro y abre la puerta del salón con la misma diligencia. Una vez dentro, Mercedes ya no puede verlo. Oye que el muchacho da dos pasos y se detiene. Un largo silencio le sigue al último eco de sus zapatos sobre la tarima. Vuelve a cerrar los ojos. Le sudan el cuello y las manos. Nota calor en todo el cuerpo y se desabrocha el primer botón del abrigo.

De repente el guardia emite una frase que la perturba aún más de lo que estaba:

—Mercedes, aquí no hay nadie.

La mujer se sobresalta tanto o más que si hubiera vuelto a ver el cadáver.

—¿Cómo que no hay nadie? ¿Qué broma de mal gusto es esta? —clama.

Mercedes recupera una pizca el equilibrio y avanza renqueando hacia el salón, apoyándose con los antebrazos en la pared. Al entrar advierte que el guardia tiene razón. Junto al piano no hay nada. La tapa está bajada y la banqueta se encuentra correctamente situada.

—¡Estaba ahí! —asegura con determinación y la mirada clavada en el teclado. Su cabeza oscila entre la sorpresa y la incredulidad, tratando de encontrar alguna explicación.

—Ricardo no está aquí —replica el guardia con una condescendencia aún mayor que la mostrada en el cuartel.

—Estaba aquí. Mi niño estaba aquí...

Mercedes camina hacia el fondo del salón y se apoya en el piano con una mano. Con la otra señala el centro de la banqueta para que al guardia no le quede ninguna duda. El hombre abre los brazos y enarca las cejas, señal de que su paciencia empieza a resentirse.

—Pues no lo entiendo —balbucea la anciana, completamente desorientada.

Mercedes se tapa la boca con las manos, como si no acabara de creer del todo lo que ven sus ojos. Pasea la mirada por cada rincón del salón. Si ya era difícil entender que Ricardo apareciera congelado en su casa, debe de resultarle más absurdo constatar que el cuerpo ha volado en el escaso plazo de la visita al cuartel. Instigada por una absurda posibilidad, mira bajo la mesa y detrás del sofá.

El guardia le dedica una sonrisa amarga y desdeñosa. Ahora sí que está completamente convencido de la chifladura de Mercedes. Abre la puerta de la cocina e inspecciona en su interior sin excesivo celo, simplemente atendiendo a un mero trámite. Practica la misma maniobra en el baño y el resto de habitaciones. Regresa al salón con la actitud escéptica que había mostrado desde un principio, intuyendo lo que se iba a encontrar al entrar en la casa: nada.

El guardia se dirige a Mercedes con mucho tacto y una buena dosis de cariño.

—Mercedes, su sobrino no está aquí.

—Ya lo veo. Pero hace un rato lo estaba, ¡ahí mismo! —Vuelve a señalar la banqueta—. Se lo juro por lo más sagrado.

El guardia alza y deja caer los hombros.

—No se moleste por lo que le voy a decir. —Se acerca a Mercedes y le coloca las manos sobre los brazos con delicadeza—. Ya en el cuartel me di cuenta de que estaba usted algo… bebida, pero le seguí la corriente.

—Lo sé. Una se da cuenta de esas cosas, aunque esté «algo bebida». Por eso no ha encendido la sirena del coche ni ha puesto las luces esas que dan vueltas.

—Exacto. No tenía ningún sentido hacerlo.

—Ya.

—Creo que esta mañana usted ha bebido de lo lindo, acompañada por su par de amigas. —El guardia sonríe y se abanica la boca con la mano, simulando apartar los efluvios del infecto aliento que despide Mercedes—. Salta a la vista que echaba de menos a su sobrino, sobre todo en estas fechas tan familiares. Probablemente se había imaginado que Ricardo vendría a visitarla y su cabeza se comportó como una batidora, mezclando el deseo de verlo con el temor a que no apareciera. Un conjunto de estados de ánimo y alcohol que ha desembocado en un delirio.

—¿Un delirio? ¿Yo? —bufa la mujer, irritada—. ¿Cómo se atreve?

—Efectivamente. —Vacila un instante el guardia—. Siento tener que decírselo de una forma tan cruda, pero creo que se lo ha imaginado todo. Bueno, más que creerlo, estoy convencido al cien por cien.

—¿Imaginado? —le recrimina Mercedes, enfatizando cada sílaba para manifestar su reticencia—. ¿Cómo voy a imaginar una cosa así?

—No lo sé. Se ha tomado usted unos vermús y echa de menos a Ricardo. —El guardia pasea por el salón. Coge del aparador una foto de Ricardo al azar y se la muestra—. Ha creído verlo en el lugar donde pasa más tiempo cuando viene a su casa:

el piano. Eso es todo, Mercedes. Usted misma puede comprobarlo. El cadáver de Ricardo no está aquí. Y los cadáveres no tienen alas. —Deja la foto en su sitio y se cruza de brazos.

—O sea, usted piensa que tengo visiones o algo parecido. En una palabra, que estoy medio loca.

—No, mujer, no la estoy llamando loca. Ni mucho menos. Pero a veces los deseos nos juegan malas pasadas. Y si le añadimos que esta mañana seguramente se ha recorrido todos los bares del pueblo...

—Bueno, tampoco son tantos.

—Sí, Mercedes, son muchos y están muy juntos. Es fácil agarrarse una buena cogorza.

El guardia Madrigal se acerca de nuevo a la mujer y la sujeta por las muñecas, tratando de aportarle el vigor y la fortaleza que parecen faltarle.

—Póngase a comer en cuanto me vaya y luego se echa una buena siesta. Verá como cuando se despierte está como nueva.

Mercedes asiente con la cabeza. Simula hacer caso al hombre, pero sigue emperrada en que su sobrino estaba sentado al piano cuando ella entró en casa.

—Sepa usted que yo no he sufrido delirios ni nada por el estilo. El vermú me alegra la vida y me suelta la lengua, eso es cierto, pero no me provoca visiones.

El guardia mantiene su tono paciente a pesar de las circunstancias.

—Voy a llamar a la trabajadora social para que venga alguien a pasar la tarde con usted, aunque es un mal día. Probablemente hoy libre.

—No hace falta que llame a nadie. Le juro que haré lo que me dice.

Mercedes se sienta en el sofá, ligeramente inclinada hacia delante, con los codos apoyados en las rodillas, desvalida, mirando al suelo. El guardia la observa con una lástima ya incapaz de disimular.

—Venga, quítese el abrigo y coma.

—No se preocupe. Le haré caso.

—Ahora tengo que regresar al cuartel. Si ocurre algo, llámenos. El teléfono está en la guía. Bueno, mejor se lo anoto. ¿Tiene papel y boli por algún sitio?

—En el primer cajón. —Le indica la librería que preside el salón.

El guardia extrae una cuartilla, escribe el número con trazos gruesos y le muestra la hoja a Mercedes.

—Aquí se la dejo, para que lo tenga a mano.

«Este hombre debe de imaginar que, además de estar loca y borracha, también tengo vista cansada», farfulla la mujer.

El guardia deposita la hoja en el centro de la mesa, apoyada sobre el jarrón, y se cerciora de que resulta visible desde cualquier punto del salón.

—¡Feliz Navidad, Mercedes! Y tranquilícese. Verá como su sobrino aparece en cualquier momento por esa puerta.

El guardia le hace un par de caricias en el hombro y se encamina hacia la salida. Ella le agradece el gesto con una sonrisa forzada.

«Yo no necesito arrumacos, sino que alguien me crea», rezonga a sabiendas de que el guardia ya no puede oírla.

Advierte un calor agobiante en todo el cuerpo. Se da cuenta de que no podía ser de otra manera: lleva todavía el abrigo encima. Se lo quita y lo cuelga en el respaldo de una silla.

«No pienso probar bocado ni echarme a dormir. ¿A quién se le ocurriría ponerse a comer después de lo ocurrido?», refunfuña.

En lugar de aceptar las sugerencias del guardia Madrigal, Mercedes se dedica a dar vueltas por la casa, buscando una respuesta a la evaporación súbita de Ricardo. Sospecha que su sobrino está fingiendo su muerte para asustarla y que en cualquier momento aparecerá en la bodega, detrás de un tonel, o en el desván, tras el colchón de lana que aún conserva si es que no se lo ha comido ya la polilla. O en el trastero. Si de algo está segura es de la presencia de Ricardo en la casa. Baraja la hipótesis de que ande escondido en algún rincón, como hacía de pequeño, y que en cualquier momento salga de su escondite para darle una sorpresa. Está convencida de ello. En el instante más inesperado se abrirá una puerta y aparecerá sonriendo con un regalo en las manos. Un ramo de flores o una flor de Pascua, y un regalo especial. Todos los años Ricardo le lleva a su tía un regalo bueno y caro, porque dinero no le falta y la quiere mucho. Sabe que su sobrino siempre la visita en Navidad y está convencida de que ese año no va a ser menos.

Baja a la bodega y pasa revista a cada hueco: tras el tonel no encuentra más que una telaraña de medio metro. Sube al desván y lo inspecciona con detenimiento. Aparte de polvo a raudales y una colección de objetos inútiles, allí tampoco encuentra ningún rastro. Desde la ventana del desván se divisa el huerto, seco y desolado. Lo que en verano es un auténtico vergel ahora únicamente acoge media docena de berzas fosilizadas y las varas de las judías que ese año ha olvidado extraer y guardar para la siguiente siembra. Estaba convencida de que las había recogido, pero siguen ahí, clavadas en la tierra. Ya solo le queda mirar en el tambor de la lavadora; de pequeño Ricardo se escondía allí dentro para que su hermana no lo encontrase. Mercedes se percata de que la lavadora está llena de ropa lavada. Había olvidado por completo tenderla.

Son las cinco de la tarde y Ricardo no da señales de vida. Por primera vez en horas, Mercedes es consciente de que no se encuentra en casa. Ni vivo ni muerto. Y tiene que empezar a hacerse a la idea. La mujer se devana los sesos preguntándose dónde se habrá ido, porque no se lo puede haber tragado la tierra.

Desconsolada, vuelve al salón. A pesar de haberse desprendido del abrigo hace un buen rato, sigue sintiendo calor. Se acerca al radiador y quema como el diablo, casi se escalda las yemas de los dedos. Ella suele apagar la calefacción cuando sale a la calle. Esa mañana, con la emoción de la posible llegada de su sobrino, se había despistado.

Gira la rueda del termostato y suspira angustiada. Algo raro le está pasando últimamente: no solo había olvidado quitar la calefacción al salir de casa, una férrea costumbre, sino que la colada llevaba tres días metida en la lavadora.

El médico le había diagnosticado lagunas temporales. Mercedes se pregunta si los vecinos estarán en lo cierto cuando la llaman «vieja chiflada» a sus espaldas.

La mujer abre la puerta del porche para que se disipe el calor. El aire gélido y húmedo le golpea en la cara y la ayuda a despejar la mente. Llega a la conclusión de que tal vez el guardia estaba en lo cierto y Ricardo nunca había estado allí.

EL GUARDIA MADRIGAL regresa al cuartel y se acomoda en la oficina. Contempla reflexivo las bandejas donde se hallan los formularios. Duda si redactar un informe o esperar a los acontecimientos. Decide contar antes lo ocurrido al sargento Paredes y aguardar las indicaciones de su superior. Es el sargento quien debe tomar una decisión así. Lleva años en el cuartel y conoce perfectamente a Mercedes y su familia. Tratarán el tema de forma extraoficial antes de ponerse a redactar documentos que luego acaben en la papelera.

Nada más aparecer el sargento por el vestíbulo, el guardia lo aborda.

—Señor, Mercedes ha estado aquí. La mujer ha venido llorando y desencajada. Dice que ha visto a su sobrino congelado sobre el piano en el salón de su casa. No estaba en sus cabales. Tenía pinta de haberse bebido una botella entera de vermú.

Extrañado, el sargento Paredes se atusa la barbilla.

—¿Cuándo ha venido?

—Hace un rato. La he acompañado a su casa para asegurarme de que desvariaba y, efectivamente, allí no había nada. He registrado toda la vivienda y ni rastro del músico.

El sargento menea la cabeza y pestañea con insistencia.

—Normal. Me acabo de cruzar con Ricardo en la rotonda del puente. Iba en su coche.

—Ajá. —El guardia Madrigal no le había otorgado credibilidad al testimonio de Mercedes en ningún momento, pero la respuesta del sargento le tranquiliza por completo. Su siguiente cuestión responde a una mera curiosidad—: ¿Qué coche tiene Ricardo?

—Un Jaguar verde. Te juro que lo he visto hace quince minutos como mucho. Conducía una mujer rubia y Ricardo iba de copiloto. Imagino que era su esposa o su hermana, como las dos son rubias y tan parecidas… Salían de la rotonda y tomaban el puente.

—No sabía qué hacer al respecto. Mercedes estaba fuera de sí, como poseída. Tendría que haberla visto. ¡Pobre mujer!

—Siempre que viene al pueblo, Ricardo suele subir al lagar de Timoteo a comprar unas cuantas cajas de sidra para llevarse a Madrid. Seguro que dentro de un rato están de vuelta.

—Eso ya suena mejor —manifiesta el guardia, ya más sereno.

—Estoy seguro de que han subido allí. Incluso igual se han acercado a la granja Lisuca, le encanta el queso que hace esa mujer. Cuando llenen el maletero de sidra y queso, da por seguro que bajarán a comer con Mercedes, y sus preocupaciones se habrán acabado de un plumazo.

—Imagino la emoción de la mujer cuando lo vea aparecer por la puerta —se consuela el guardia.

—¡Y vivo! —bromea el sargento.

—Pfff. No quiero ni pensar la alegría que se va a llevar. Le juro que estaba medio trastornada. Nunca la había visto en ese estado.

—La soledad es dura —reconoce el sargento, con un destello de tristeza en los ojos.

—Bueno. Asunto solucionado —zanja el guardia Madrigal, frotándose las manos.

—Estupendo. ¿Alguna otra incidencia?

—Nada más. Ha sido una mañana tranquila. Lo único reseñable ha sido la visita de Mercedes.

—Una verdadera pena. Entre el alcohol y otras cosillas… —insinúa el sargento, meneando la cabeza.

—¿Cosillas?

—Pastillas. Ya sabes. —Contrae los labios—. Muchas pastillas, de todos los colores. Vive sola y los sobrinos vienen cada vez menos por culpa del trabajo. El otro día me dijo Alicia, su vecina, que la había pillado tirando piedras a su huerto. Y cuando se lo recriminó, le contestó que era para espantar a las gaviotas. Pero las gaviotas no anidan en esa zona. Está un poco… —Se lleva el dedo índice a la sien.

—No lo sabía.

—Es algo que no tiene solución. A todos nos tocará pasar por ahí. Tenlo por seguro.

—Ajá. O sea que no abrimos diligencia.

—No es necesario. —El sargento da una palmada al guardia en el antebrazo—. Bueno, me voy a comer. Mi mujer me va a echar la sopa por la cabeza como no me dé prisa.

2

ADOLFO

Adormilado dentro del coche y con el motor apagado desde hace un buen rato, así es como me encuentro. Me cuesta un horror entrar en casa. El vacío que dejó Irina es tan apabullante que abarca cada centímetro cúbico.

El piso donde vivo no es mío, estoy de alquiler. El propietario es un compañero de trabajo que está forrado y me lo deja por trescientos euros. Una ganga, tratándose de una urbanización de lujo.

Esta noche me he pasado de la raya. Casi no distinguía la carretera de la cuneta al dejar atrás la autovía y cruzar el monte. Los *gin-tonics* eran de primera, plus, importados directamente del Edén. Nunca había flotado a tanta altura. Hasta he bailado salsa. ¿O era bachata?, ¿merengue, tal vez? Tengo mis dudas. Todas las músicas latinas me parecen iguales.

Cuando estaba en pleno frenesí, han pinchado *If you leave now*, de Chicago. No sé por qué recurren a canciones de hace un siglo para fastidiarme la noche. En medio de la canción he descolgado el abrigo y me he largado.

Mi coche es un viejo Ford Mondeo con veinte años de vida y la chapa superpoblada de rayones, algunos oxidados a fuerza de dejarlo siempre a la intemperie. No desentonaría en un desguace.

Dentro del coche hay un tío con melena, que soy yo, y en el asiento del acompañante reclama mi atención una bolsa de donuts de chocolate, la mejor compañía que he conseguido esta noche en una de esas tiendas que abren las veinticuatro horas.

A falta de Irina, que es quien debería tener su culo pegado a ese asiento, debo conformarme con una dosis de repostería. La glucosa es el mejor sucedáneo del amor.

Al otro lado de la calle hay un Lexus gris —propiedad de una vecina peluquera—, un Mini rojo —cuyo dueño ignoro quién es— y una furgoneta con el logotipo de una empresa de limpieza. En el techo de la furgoneta han amarrado una escalera de tres piezas, como las que usan los electricistas para encaramarse a las fachadas. El vehículo no me resulta familiar. Desde luego no le pega a una urbanización tan selecta como la mía.

Haré una foto a la furgoneta con el móvil y la subiré a Instagram, pero antes borraré la matrícula y el logotipo de la empresa. Hay gente que sube fotos de gatos y perros a sus redes sociales. Yo soy mucho más original: subo furgonetas.

Encuadro y… ¡clic! Abro la aplicación de retoque fotográfico para imprimirle un aire personal. Con la niebla de fondo y el tono descolorido del filtro, parece una furgoneta de la antigua Unión Soviética. Irina es rusa y lista, se dará por aludida. No quiero quedarme corto con la insinuación, le añadiré un comentario: «Limpia tu corazón, cabrona». Tengo quinientos seguidores que no sabrán a quién me refiero. El mensaje va dirigido exclusivamente a ella.

Quizá haya empleado un lenguaje demasiado directo y excesivo. Me arrepiento al instante. Seguro que me llama y me echa la bronca. Bueno, al menos oiría su voz. ¿Cuánto tiempo llevo sin hablar con ella? ¿Dos semanas, tres? Ya casi ni me acuerdo de su entonación. Miento, sí la recuerdo. Cuando se enfadaba conmigo le daba por hablar como los funcionarios de aduanas en los aeropuertos, dando órdenes con un tono monocorde y desganado: «abra la maleta, quítese las botas, rebuzne…».

Elimino el término «cabrona» del pie de foto y me quedo más tranquilo. «Limpia tu corazón» es más que suficiente. La gente avispada no necesita mensajes redundantes. E Irina lo es. Tanto que a veces me asusta. Y me indigna, porque yo no llego a tanto. Me desespera que su cerebro disponga de cuatro hemisferios. Y, si no fuera así, rinde como si los tuviera.

Sintonizo en la radio una emisora de música clásica. El ritmo y la melodía me aportan sosiego. Salvo la ópera, lo bueno de la música clásica es que carece de letra. Nadie te suelta a la cara «Si me dejas ahora» precisamente cuando alguien te acaba de dejar. No evoca amores rescindidos a medio camino ni ilusiones tapiadas por la demoledora realidad.

Necesito calma para despejar los fantasmas y destronar al caos, aunque vivo a gusto en su compañía. Mi padre me lo decía: «Vives en el caos. Es tu lugar natural».

Algo parecido dejó caer mi entrenador de baloncesto. Metí veinte puntos en el primer tiempo y en el segundo solo dos; en vez de centrarme en el aro contrario me inflé a darles porrazos a los rivales hasta que me expulsaron por cuatro faltas y una técnica. El entrenador me soltó esa expresión que no comprendí de primeras: «Adolfo, eres volátil, y así no llegarás muy lejos».

—Papá, el entrenador me ha llamado volátil —le espeté a mi padre nada más llegar a casa, completamente sudado, afligido por la derrota y con los nudillos desollados a causa de los puñetazos propinados al equipo contrario.

—Es cierto, hijo, eres inestable —reconoció—. No aprovechas las buenas rachas. Vas y vienes como un mirlo aburrido.

Un mirlo aburrido. Bonita metáfora, papá. No la olvidaré nunca.

Tengo ganas de abrazar a mis padres. Hoy lo haré, es Nochebuena. Soy un buen hijo. A falta de otras virtudes destacables, probablemente esa sea mi mejor condición.

Abro el paquete de donuts y la botella de agua. Dejo el móvil sobre el asiento y me llevo uno a la boca.

En el interior del coche se respira quietud. El donut sabe riquísimo, Mozart se expresa como nadie a través del violín, la bruma ahoga cualquier interferencia sonora procedente del bosque… Hasta que un golpe violento en la ventanilla ahuyenta la recoleta paz del habitáculo. Tras la ventanilla, como si fuera una visión repentina, atisbo el rostro enrabietado de una mujer mayor. Desconozco el motivo. No puede molestarla la música que escucho dentro de mi propio coche.

—¿No ve que está aparcado en una zona de minusválidos? —gruñe alzando los brazos.

Ahora la reconozco. Es Elisa, la mujer del parapléjico.

No es para tanto, señora. Simplemente, cuando llegué a las seis de la madrugada no se veía nada. Era de noche y yo andaba medio ciego por culpa de los *gin-tonics*, así que no identifiqué las marcas blancas en el asfalto. Pero todo eso no se lo podía explicar a Elisa. No quería que me reconociese y luego pregonara lo ocurrido en la siguiente reunión de vecinos.

La vieja me mira como una leona a punto de lanzarse sobre una gacela. Me cubro la cara con la mano izquierda mientras acerco la derecha a la llave de contacto. Me siento ridículo al huir de una anciana casada con un inválido.

—Voy a apuntar la matrícula y se la daré a la policía —amenaza—. Tiene toda la calle para usted y aparca justo en la plaza de minusválidos de mi marido.

Me intranquiliza la vehemencia de Elisa, que había salido a pasear con su bichón maltés de ladrido compulsivo. El perro luce en el cuello un cono de plástico de los que colocan a esos bichos cuando los operan. El animal parece un alienígena gruñón, una mutación estúpida de la naturaleza.

Me preocupa que la mujer acabe por reconocerme, de modo que solo resta una alternativa: no soliviantarla más y largarme de allí cuanto antes.

La anciana entrecierra los ojos para escrutar mejor la matrícula. Es capaz de denunciarme, de modo que arranco el coche dando un fuerte acelerón. Tras el maletero dejo una humareda negra y tóxica que envuelve por completo a la mujer y a su escolta canino. Continúo calle abajo manteniendo la estela nebulosa a mis espaldas.

Elisa mezcla maldiciones hacia mi persona con toses asmáticas, coreada por su pequeño perro cabreado, al tiempo que se abanica con la mano para espantar el humo de la cara. La nube negra es tan densa que ya casi no aprecio la figura de la anciana acogotada por el humo, es apenas una mano temblorosa agitándose.

Recorro un centenar de metros y freno. Por el retrovisor advierto que la anciana ha desaparecido, seguramente hacia el monte, que parece ser la letrina de los perros de la urbanización.

Elisa fue actriz en los setenta. Participó en un par de películas de bajo presupuesto y menor éxito. Dicen que en una de ellas salía medio desnuda. De aquella época le debe de venir esa capacidad para gesticular y amedrentar a trasnochadores como yo. El marido también trabajó en el cine como especialista. Los vecinos cuentan que en un rodaje se cayó del caballo, con tan mala suerte que tuvo que cambiar la silla de montar por la de ruedas. A veces me cruzo con él en el portal. Suele llevar una manta de cuadros marrones y negros sobre las piernas. Me dedica una mirada de profunda tristeza, como lo haría un gato en su séptima vida.

Con el enemigo neutralizado o en franca retirada, bajo la ventanilla y enciendo un cigarrillo con calma. Necesito reactivarme después del conflicto con Elisa, así que mando a Mozart al banquillo y lo sustituyo por Bon Jovi. El panorama cambia por completo. Suelto una bocanada de humo que me deja un agradable sabor en el paladar, aunque necesitaría algo más fuerte. El tabaco complace, pero no emociona.

Tiro la colilla por la ventanilla y saco del abrigo una bolsita de marihuana que tengo por la mitad. Lío un porro con torpeza, no estoy acostumbrado. Mis tratos con la hierba comenzaron cuando se largó Irina, hasta entonces ni nos habían presentado. El resultado es un verdadero churro. Pero, cuando la *maría* es buena, la estética no importa lo más mínimo.

Terminaré por salir del coche y bailar en medio de la calle como el fantasma en el que me he convertido desde que la rusa llenó el maletero de cajas y cambió de distrito postal.

Cierro los ojos y doy una larga calada. Bon Jovi canta en exclusiva para mí. Yo suspiro de gozo solo para él.

Cuando quiero darme cuenta es hora de acudir al trabajo. ¡Aggg! No tengo tiempo ni de darme una ducha.

Subo el volumen al máximo. Meto primera y arranco a toda pastilla, moviendo la melena al ritmo que dicta la batería.

A través del espejo retrovisor contemplo el humo oscuro de mi coche dibujar ondas en el aire. Un crujido rítmico en la parte trasera anuncia que el tubo de escape también se mueve al compás de la batería. En cualquier momento se acabará de soltar y lo perderé por el camino. Debo sustituirlo de una vez, aunque lo más práctico sería cambiar de coche.

Pongo rumbo a la estación de esquí a través del monte. La predicción meteorológica anunciaba que hoy tendríamos sol radiante y sin viento. Un día ideal para esquiar.

3

GENOVEVA

Veinte horas sin noticias de Ricardo, un plazo excesivo para una persona con un notorio sentido de la responsabilidad. Me aseguró que iba a visitar a su tía Mercedes, comería con ella y regresaría a Madrid para la cena de Nochebuena. Este año tocaba en casa de mi hermana, pero, como está embarazada, hemos decidido reunirnos en el piso de mis padres. Ricardo debería estar aquí sobre las nueve. No me gusta andar con prisas ni llegar tarde.

Mi marido no es de los que cambian de planes de buenas a primeras. Si alguna revista elaborara un *ranking* con los hombres más previsibles del planeta, Ricardo estaría, con toda seguridad, entre los diez primeros. Es un metrónomo. En caso de que surjan contingencias que desbaraten sus previsiones, no duda en descolgar el teléfono y mantenerme informada. Es un metrónomo y una antena humana. Desenfunda su móvil ante la menor eventualidad. Su conciencia le impide crear el más mínimo malestar. Tiene otras carencias, como todo el mundo, pero la despreocupación no es una de ellas.

Miro por la ventana con la esperanza de verlo cruzar el paso de cebra que hay frente a nuestro portal. ¡Qué estúpida! Vivimos en una quinta planta y es de noche. Lo único que distingo es un ejército de hormigas entrando y saliendo de las tiendas.

Me resulta raro que tenga el teléfono apagado durante tanto tiempo. Debe de haber ocurrido algo que se me escapa. He pensado llamar a su tía Mercedes, pero no soy una persona de su agrado. Cuando Ricardo y yo éramos novios, ya era consciente de que no le caía bien. En cuanto tiene la oportunidad de mostrarme sus reticencias, lo hace, dejando bien claro que existe una distancia insalvable entre nosotras. Una distancia de seguridad, como en el tráfico. Si trato de acercarme a ella a través de un gesto cálido, ella responde en sentido contrario, pero con sutileza. Disimula para que Ricardo no se dé cuenta, aunque yo lo noto. La frialdad es como el electromagnetismo; no se percibe a simple vista, pero sus efectos se aprecian fácilmente.

Dudo si coger el coche y presentarme en Ribadesella. Emplearía cinco horas de viaje, nada menos, y cinco de vuelta. Pensándolo bien, creo que sería una inmensa tontería, incluso puede que nos cruzáramos por el camino.

Su hermana Beatriz tampoco sabe nada de él. Son uña y carne. Si ella no tiene información de Ricardo, mal asunto.

No sé a quién más acudir. Ricardo no es de las personas a las que le sobren los amigos. Yo no sería capaz de nombrar ninguno. Y no me refiero a otros músicos, sino a personas en las que deposite su confianza o con las que intercambie confidencias delicadas. Por alguna razón que desconozco, los colegas de profesión nunca obtuvieron su beneplácito para adquirir el estatuto de auténticos amigos. Cabe la posibilidad de que Ricardo sea incompatible con los músicos en particular o con la especie humana en general.

He consultado con la policía y me dicen que hasta que no se cumpla un mínimo de veinticuatro horas no se puede catalogar el hecho como una desaparición. Argumentan que no tendría sentido organizar un protocolo de búsqueda cada vez que alguien falta al trabajo o se le acaba la batería del móvil. El razonamiento tiene su lógica. Deben de estar hartos de falsas alarmas, de desapariciones que al cabo de unas horas se demuestra que realmente son despistes, travesuras juveniles o deserciones plenamente deliberadas. Ricardo es un verso suelto en ese aspecto. Él nunca falta al trabajo, nunca se queda sin batería, jamás da oportunidades al azar para que se inmiscuya en sus planes.

Se conocen tantos sucesos en los informativos que me da por pensar si ha podido ser presa de algún desalmado, aunque no lo considero una alternativa probable. ¿Quién va a querer hacerle daño a Ricardo? Su única actividad es tocar el piano. Ensayar, ensayar y tocar. Y volver a ensayar para el siguiente concierto, para la siguiente gira. No vive para otra cosa. Como no haya cabreado a algún purista por su última interpretación de Liszt, que no fue su mejor noche, no imagino otros potenciales enemigos. Y, por lo general, los amantes de la música clásica suelen ser un público poco beligerante.

He leído el parte meteorológico y anuncia que en el norte persisten los bancos de niebla. Conozco esa comarca, y cuando la niebla asalta la carretera no se ve prácticamente nada aunque dispongas de los faros más potentes del mercado.

¡Por Dios! Estoy pintando un escenario trágico y muy poco navideño. Ricardo es un hombre cabal. Si tuviera dificultades para conducir, sería el primero en reducir la marcha o detenerse en algún pueblo. No lo veo con la nariz pegada al parabrisas adivinando hacia dónde girar el volante. No arriesgaría su vida de una forma tan tonta.

Tal vez se le olvidó el cargador del móvil. Lo he buscado por todas partes y no lo encuentro, pero tampoco lo considero un hecho significativo. Es tan maniático con sus pertenencias que puede estar en el rincón más insospechado. En todo caso, si lo hubiera olvidado me llamaría desde la casa de su tía o desde cualquier otro sitio donde hubiera tenido que detenerse ante alguna emergencia.

Mientras buscaba el cargador, he querido cerciorarme de que la maleta grande sigue en su sitio. Ha recurrido a la bolsa de viaje que usa cuando planea pasar fuera una sola noche. Tal como me dijo, su viaje era de ida y vuelta. Ida hasta Oviedo ayer por la tarde, noche en el hotel Cavia, comida con la tía Mercedes hoy en Ribadesella y regreso inmediato para llegar a casa de mis padres a la hora de cenar. A mí me resultaría complicado desenvolverme con tanto apremio, pero para él no supone ningún problema. Le gusta pisar el acelerador y disfruta con ello. No da esa sensación cuando lo conoces. Pausado y tranquilo en su vida social, en cuanto se sube al coche la cosa cambia por completo.

Estoy empezando a alterarme. Acabaré levantando el parqué de toda la casa del trote que le estoy dando. Me tomaré una tila y saldré de tiendas. Tengo un montón de regalos pendientes. Para mis sobrinas, mis padres, mi hermana…, y sobre todo para el futuro bebé: mi tercera sobrina. Y eso que mi hermana es más pequeña que yo.

El mejor bálsamo para la angustia es un centro comercial en Navidad. Esquivar a la gente por los pasillos requiere más concentración que interpretar una sonata de Mozart. Iré de tiendas para borrar la ansiedad de mi cara y la pesadumbre que se ha apoderado de mi estómago.

DESPUÉS DE DOS horas comprando regalos a mansalva para la familia, el teléfono sigue sin sonar. Tal vez no activé la vibración y ha sonado sin que me percatara de ello. Abro el bolso y me aseguro. No hay llamadas perdidas. El buzón de mensajes está lleno de felicitaciones navideñas, pero el único mensaje que me interesa no llega.

No me queda otra opción que llamar a Mercedes. Aunque me ladre, no me importará aguantarlo si me cuenta que Ricardo ha comido con ella y ha salido ya en dirección a Madrid. Si me confirma que ha estado en su casa, aceptaré con estoicismo sus malas formas.

Marco su número. Suena el desagradable tono intermitente y en la pantalla aparece el texto «terminal ocupado», algo normal tratándose de la tarde de Nochebuena, en la que medio mundo habla con el otro medio para transmitirle sus buenos deseos. Repito la llamada a los diez minutos y obtengo el mismo resultado. Al parecer, Mercedes sigue de cháchara con familiares y amigos. Un rato más tarde lo vuelvo a intentar. En vano. Da la sensación de que la mujer se ha quedado con el teléfono pegado a la oreja. De la primera llamada a la última han transcurrido cuarenta minutos. Demasiada charla para una anciana que vive en un pueblo y ve a sus amigas a diario. En cuanto a familiares, tampoco es que le sobren.

Salgo del centro comercial y me dirijo al aparcamiento. Dejo los regalos en el maletero del coche. Me siento, reclino la cabeza y cierro los ojos.

Se me ocurre que tal vez Mercedes no haya colgado bien el teléfono. No había caído en la cuenta en un primer momento; ese tiene que ser el motivo de que el tono no varíe por mucho que insista. Tratándose de una mujer mayor, es normal que la tecnología tan moderna la supere; no resulta difícil pulsar sin querer alguna tecla indebida o dejar el auricular mal colgado.

Quiero pensar que se trata de una mera casualidad. El teléfono no está operativo por culpa de un despiste o, sencillamente, la mujer ha cogido la lista de familiares lejanos y se está dejando llevar por la emoción de estas fechas. No tiene otra cosa mejor que hacer. Vive sola y cenará sola, salvo que mi cuñada Beatriz haya decidido acompañarla.

Eso es lo que quiero pensar. Lo que en verdad me viene a la cabeza es que algo no va bien. Son demasiadas contingencias técnicas, demasiada fraternidad repentina, demasiadas casualidades que convergen en el mismo lugar y al mismo tiempo.

Por primera vez en todo el día no vislumbro ni una sola señal positiva en el horizonte. Lo único que veo delante de mí son luces rojas parpadeando.

Esta noche iré a cenar a casa de mis padres. Y lo haré sin la compañía de mi marido. No les puedo decir que carezco de noticias de Ricardo desde hace horas y que estoy a punto de coger el coche y salir zumbando hacia Ribadesella. Debo ahorrarles una preocupación estéril: tendríamos una cena desangelada con mi desasosiego como plato principal. Después de que mi madre se haya pasado toda la semana preparándola, la hija mayor acude con sus tribulaciones de esposa histérica y tira por tierra su esfuerzo, convirtiendo una festiva reunión familiar en un velatorio.

No estoy acostumbrada a mentir, pero no me queda otro remedio. Diré que le ha salido un concierto de última hora, o que se ha puesto enfermo de repente y prefiere quedarse en casa reposando. En ese caso, mi madre se preocupará y empezará a hacer preguntas sobre el tipo de malestar. Es médico y querrá telefonearle para informarse sobre los síntomas y darle algunos consejos. No es buena idea. Mejor recurrir a la fórmula aérea: «Regresaba esta tarde de París y el vuelo se ha retrasado». Mi familia sabe que viajamos mucho y que se producen retrasos con cierta frecuencia. Media Europa vive bajo la nieve. Las Navidades son la temporada idónea para este tipo de incidencias. Colará, claro que colará. Es una magnífica idea.

Esa es la frase que suelto a la familia nada más llegar: «Ricardo no va a poder venir a cenar porque su vuelo se ha retrasado. Os ruega que lo perdonéis y os desea una Feliz Navidad».

Todo el mundo lo entiende como una circunstancia lógica. Nadie manifiesta la más mínima desazón. Tengo el convencimiento de que la cena transcurrirá con normalidad.

Abrazo a mis dos sobrinas y a mi hermana, que ha encargado una tercera que vendrá al mundo en primavera.

Nos sentamos a la mesa y comenzamos a cenar. Contemplo con pesadumbre la silla vacía de Ricardo justo delante de mí. Menos mal que mi sobrina mayor, que me adora, ha dejado su asiento junto a mi cuñado y viene a ocuparla. Se le han caído las dos paletas y se le ha quedado una cara muy graciosa.

Aunque consulte el teléfono con frecuencia en busca de alguna señal de Ricardo, ninguno de los miembros de la familia le otorga la menor importancia. Mi marido está colgado en el aeropuerto Charles de Gaulle y resulta comprensible que me mantenga informada.

En mitad de la cena acudo al baño y vuelvo a llamarlo. Sigue con el teléfono apagado. Lo intento de nuevo con Mercedes y la respuesta es la misma que las que he obtenido durante la tarde: un perpetuo y desagradable texto de «terminal ocupado».

Al salir del baño me sobresalto. Mi madre se encuentra en medio del pasillo con las manos anudadas a la cintura, esperándome. Tiene los ojos entornados y me mira con una mezcla de suspicacia y preocupación, como cuando yo tenía diecisiete años y comenzaba a llegar de madrugada los fines de semana. Me esperaba despierta, y nada más abrir la puerta de casa me escrutaba el rostro, la voz, el aliento, incluso el tono de piel. Juraría que nació con rayos X en las pupilas. No la podía engañar. Han pasado los años y puedo asegurar que mantiene intacta su perspicacia.

—¿Qué pasa, niña? —Ella siempre me llama niña, a pesar de que he sobrepasado los treinta hace tiempo—. Estás muy rara.

En este momento debería pedir *tiempo muerto*, pero lo único que se me ocurre es remangarme los puños de la blusa, como si en los pliegues de algodón pudiera encontrar una respuesta.

—No pasa nada, mamá —miento con pesar y bajo la mirada para que los rayos X no acierten en el blanco.

—No me tomes por tonta. Tiene que ver con Ricardo, ¿verdad? —articula con una seguridad que me desarma.

Dudo si seguir ocultando la verdad. Sería una estupidez. Mantendríamos durante el resto de la cena un desagradable duelo de miradas. Ella interrogando, yo fingiendo no verla y emitiendo comentarios sobre lo exquisita que está la merluza rellena. Además, necesito contárselo a alguien y soltar lastre. Me rindo. Estoy dispuesta a contárselo todo.

La agarro de la mano y me la llevo a su habitación para evitar miradas y oídos indiscretos.

—Mamá, Ricardo no está en París. No hay ninguna demora en su vuelo.

—Lo sabía. Sabía que era una patraña. —Asiente repetidas veces con la cabeza mientras se atusa un pendiente, maniobra que adopta cuando algo le preocupa—. ¿Y sabes por qué me he dado cuenta? Me creí lo del retraso del vuelo. Estoy harta de oírlo: retrasos, cancelaciones, huelgas de controladores precisamente en estas fechas para fastidiar al personal y conseguir sus reivindicaciones... Pero cuando dijiste que Ricardo nos transmitía su «felicitación navideña...» —Arruga el entrecejo—. Eso no coló. Se notaba que te lo acababas de inventar. Ricardo no es amigo de agasajos, al menos con esta familia.

Esboza una sonrisa comprensiva.

Mi madre tiene razón. Ricardo es una persona bastante sobria en ese aspecto. Nos echamos a reír las dos. Una risa que persiste hasta que doy paso a una confesión completa:

—No tengo noticias suyas desde ayer.

—¿No te ha llamado?

—Tiene el teléfono apagado. Se fue a Ribadesella para comer hoy con su tía. Ya sabes que la adora y siempre le hace una visita en Navidad. Luego pensaba regresar aquí a la hora de cenar. Para él los kilómetros nunca son un problema.

—¡Dios santo! ¿Y por qué no has llamado a su tía?

—Lo he hecho. Me ha costado, pero lo he hecho.

—¿Y? —Mi madre enarca las cejas.

—Comunica. Lleva toda la tarde y toda la santa noche comunicando o con el teléfono descolgado. Estoy muy asustada, mamá.

—Llama a la policía, lo mismo ha tenido un accidente. —Me agarra por los hombros.

—En ese caso me hubieran llamado ellos.

—Pues entonces que lo busquen, por Dios.

—Me he informado a fondo: no consideran este tipo de casos como desapariciones hasta que no pasa un tiempo razonable. Me sé el protocolo de memoria.

—Pues si mañana sigue sin aparecer, que empiecen a buscarlo —clama irritada.

—Hay quinientos kilómetros desde aquí a Ribadesella, mamá. Puede estar en cualquier sitio.

Mi madre lanza una subrepticia mirada hacia el comedor para asegurarse de que la cena sigue su curso con normalidad.

—Si faltamos a la mesa durante mucho más tiempo, la familia nos echará de menos. Sospecharán que ocurre algo y tendrás que dar más explicaciones de las necesarias. Así que volvamos y ni una palabra. ¡Shhh! ¡Ni-u-na-pa-la-bra! —me ordena, sellando sus labios con el dedo.

Sigo sus consejos a rajatabla. Regresamos al comedor y evito sacar el tema para no reventar el buen ambiente que se respira. Y con más razón al estar mis sobrinas delante y mi hermana embarazada de seis meses.

Mi madre y yo nos sentamos y nos sumamos a la conversación con naturalidad.

Mi hermana tiene pensado cambiarse de piso cuando llegue el bebé. Mi cuñado trata de convencerla de que, ya puestos, sería mejor un chalé. Busca con la mirada el apoyo a su propuesta en el resto de la familia. A mí no se me plantea ese problema. Ricardo y yo no tenemos hijos. Viajamos mucho, casi todo el año, por los cinco continentes. Algunos músicos vivimos más en el aire que en la tierra.

Ahora que me da por pensar en el asunto, Ricardo jamás ha sacado el tema de la paternidad, ni siquiera para desestimarlo. No es algo que le quite el sueño, desde luego, o que esté entre sus inquietudes prioritarias.

Terminada la cena, mi cuñado comienza a descorchar botellas como un loco. Ha conseguido que la familia apoye por mayoría su propuesta de cambiarse a un chalé y lo está celebrando por todo lo alto. Mi hermana asume la derrota con resignación.

Hago de tripas corazón. Bebo la misma cantidad que el resto y engullo turrones de todos los sabores. Entre trago y trago, consulto el teléfono desesperada, con la esperanza de que aparezca algún mensaje revelador.

Sobre las dos de la madrugada damos por finalizada la velada. Nada más bajar a la calle vuelvo a llamar a Ricardo y recibo un angustioso silencio. Pruebo con Mercedes y obtengo a cambio el enervante mensaje de «terminal ocupado».

Subo al coche y avanzo por la calle Hermosilla. Me detengo ante el primer semáforo en rojo. En casa de mis padres me había contenido haciendo grandes esfuerzos. Ha llegado el momento de desahogarse. Rompo a llorar sobre el volante.

Unos golpes en la ventanilla me asustan. Un hombre alto, desgarbado y melenudo me hace gestos muy extraños. Dios santo, creo que me va a atracar. Lo que me faltaba para culminar un día glorioso. De pronto el hombre se aleja hacia la acera y me señala el semáforo. Caigo en la cuenta de que no pretende robar a una mujer vulnerable, sino mostrarme el color del semáforo. Por el retrovisor advierto otro coche detrás del mío. El desconocido tiene razón, estoy entorpeciendo el paso. Me limpio las lágrimas con un pañuelo y bajo la ventanilla.

—¿Se encuentra bien? —me pregunta el hombre.

—Sí, sí. Perfectamente. Disculpe. No es nada. Ya me voy.

Subo la ventanilla y, en cuanto el semáforo cambia a verde, acelero a fondo.

Regreso a casa sobre las dos y media de la madrugada. Me tumbo en el sofá y cierro los ojos. Repaso la jornada por si acaso he pasado por alto algún detalle significativo.

A Ricardo no le gusta dormir en casa de su tía. Dice que es como viajar al siglo XIX. El suelo de madera de su habitación cruje, incluso algunas tablas se levantan por un extremo al pisar el opuesto. La ventana no ajusta como debiera y por las noches entra por las rendijas un frío muy desagradable, sobre todo si sopla el viento; un frío que la calefacción no consigue mitigar. En las vigas del techo, la tía Mercedes tiene colgados manojos de hierbas para que se sequen —té, orégano, manzanilla de roca, hierbaluisa…—, y después de un par de años sin que la mujer recuerde que en su día las colgó allí, empiezan a desmigajarse, ya completamente secas, y pueden caerte sobre la cara en pleno sueño. Una sensación de lo más ingrata. La decoración tampoco favorece la confortabilidad: la casa está llena de fotos viejas y desvaídas, cubiertas de polvo y guarnecidas por vetustos marcos de madera o repujados en plata que han perdido el lustre. Una galería de fotos de personas con miradas tristes, apenadas, la mayoría de ellas ya muertas.

La tía Mercedes dispone de tiempo libre en abundancia, pero lo dedica a otros menesteres; desde luego limpiar el polvo y modernizar la decoración no es uno de ellos.

Su casa no resulta acogedora. Estoy segura de que en algún momento lo fue. Ricardo se crio en ella junto con su hermana. Cuando eran niños, apostaría a que en aquella casa se respiraba un gozoso ambiente hogareño, escenario de carreras de un lado para otro y gritos infantiles. El aspecto actual no tiene nada que ver con el del pasado. Es un lugar mustio, poco luminoso y carente de calidez. El ambiente hogareño ha desaparecido, dando paso a un mausoleo gráfico.

Tanto si viaja con su hermana como conmigo, Ricardo prefiere quedarse a dormir en Oviedo. En el hotel Cavia, concretamente, y ya por la mañana recorre los ochenta kilómetros hasta Ribadesella.

Es Nochebuena, casi las tres de la madrugada, ni mucho menos un momento ideal para llamar a un hotel y pedir información acerca de un cliente. Pero la situación ha pasado de delicada a desesperada. Busco por internet con el móvil hasta que encuentro el número de teléfono del hotel. Pulso el icono de llamada.

—Buenas noches —me contesta una voz femenina.

—Perdone que llame a estas horas y en un día como este, pero no sé nada de mi marido desde ayer por la tarde y estoy intranquila. Tenía previsto dormir en el hotel la noche del veintitrés. ¿Me podría confirmar si fue así? Se llama Ricardo Manrique.

La mujer hace una pausa antes de contestarme.

—Lo siento, pero no podemos dar información sobre nuestros clientes.

—Pero si soy su esposa —reacciono contrariada.

—Aunque así fuera. La ley nos impide proporcionar ese tipo de información.

—¡Santo Dios! Me estoy volviendo loca. Salió ayer por la tarde de Madrid y no tengo noticias suyas. Temo que le pueda haber pasado algo. Solo le pido que me confirme si durmió o no en el hotel.

—Lo siento. No puedo, no debo...

Por el tono de su voz, sospecho que me comprende, pero no quiere dar un paso en falso. Seguramente sea una empleada joven, sin mucha experiencia, a la que le otorgan las peores fechas del calendario. Se nota a la legua que no tiene intención de pillarse los dedos.

—Se lo ruego —insisto indignada—. ¿No comprende que es una situación de fuerza mayor?

La chica emite un largo suspiro de desagrado.

—Espere un momento.

Deja la llamada en espera. Como sintonía suena una melodía clásica. Nada más y nada menos que el Concierto número 2 de Rajmáninov. Ricardo interpretó esa pieza el día en que lo conocí en Salamanca. Esa pieza en concreto, vaya casualidad. Me da por pensar que tal vez la recepcionista se estaba burlando de mí, pero no podía ser tan taimada. Las centralitas de los hoteles funcionan de forma automatizada. No hay un pinchadiscos bajo el mostrador que elija la sintonía en virtud de quién esté al otro lado de la línea. Probablemente las cambian al mes o anualmente. Y por una remotísima casualidad, hoy, el día en que mi marido ha desaparecido, tenían programada la melodía con la que nos conocimos. Una pieza que jamás he escuchado como sintonía en ninguna otra centralita del mundo.

La música cesa y la mujer retoma el auricular.

—Como le decía, siento no poder ayudarla. Al tratarse de una situación excepcional lo he consultado, pero la ley es taxativa en aspectos de privacidad.

—¿No puede hacer una excepción? Toda ley tiene su excepción.

—Lo siento de verdad. Créame.

—La creo. Sé que usted lo siente de verdad. Pero sintiéndolo no ganamos nada. Me iría mejor si lo sintiera menos y me ayudara. —Muestro un enojo desproporcionado con una empleada que no tiene ninguna culpa, pero una regla escrita en un papel no debe privarme de una información fundamental.

—Puede hacer una cosa. Si es usted su esposa, acceda a la cuenta bancaria y compruebe si hay un cargo del hotel. Hay tarjetas que cargan el coste de forma inmediata. Pruebe, no pierde nada.

—¿La cuenta bancaria? No lo había pensado. Pero no sería más fácil…

—Es todo lo que puedo decirle —me interrumpe—. De verdad. Y me sabe mal porque me pongo en su lugar.

—Muchas gracias —replico con un tono ya mucho más afable al darme cuenta de que la chica cumple con su deber—. ¡Feliz Navidad!

—Feliz Navidad, señora. Espero que todo se arregle y su marido aparezca pronto.

—Por cierto, ¿quién elige la melodía de la llamada en espera?

La muchacha probablemente se extraña más de esta pregunta que la referida a mi marido.

—No sabría decirle, llevo poco tiempo en el hotel. Supongo que el informático. Yo me limito a pulsar la tecla. Lamento no poder ayudarla.

Fue colgar el teléfono y encender el ordenador. Voy directa a la cuenta bancaria y reviso los últimos movimientos. Ningún pago corresponde al hotel Cavia. El último cargo en cuenta proviene de una floristería de Madrid; a Ricardo le gustaba llevarle siempre algún detalle floral a su tía. Quizá abonó la cuenta del hotel con una tarjeta distinta a la que usó en la floristería y el importe aparecerá reflejado a principios de mes. También cabe la posibilidad de que pagara en metálico. La tercera opción es que no hubiera dormido allí.

4

ADOLFO

MI CONTRIBUCIÓN A la humanidad consiste en adoctrinar a los nuevos amantes del esquí para que usen adecuadamente las tablas y no acaben con sus huesos en el hospital.

Desde que Irina se largó, acostumbro a salir por las noches y no contenerme. Reconozco que este trabajo es uno de los mejores remedios para la resaca: el frío me despeja. A la media hora de llegar a la estación ya me siento como nuevo. Las toxinas que no son eliminadas mueren directamente por congelación.

La timba de ayer tuvo que ser monumental, porque la mañana transcurre y no me acabo de recuperar del todo. Tengo la cabeza como si me hubieran inyectado helio.

Hoy es un día muy particular. Este año al gerente se le ocurrió la original idea de que los monitores nos disfrazáramos de Papá Noel el día de Nochebuena. Queda simpático ver a un monitor disfrazado, pero resulta poco práctico y nos impide movernos con soltura. Sobre todo la puñetera barba postiza, que pica un horror y se desprende con facilidad. No sería de extrañar que el bigote acabe a la altura de la barbilla.

Nada más llegar al vestuario después de terminar la jornada, me repantigo en un banco y bostezo a conciencia. El resto de monitores se despiden de mí, me desean una feliz noche y se van a casa con sus familias. El vestuario se ha vaciado en un abrir y cerrar de ojos. Sería capaz de dormir tumbado en el banco. Frío no iba a pasar con el maldito disfraz. Pero es Nochebuena. Tengo que hacer un esfuerzo porque mis padres me esperan. He comprado un capón para cenar. Me dio por ahí. Este año quería sorprenderlos. Llamé a mi madre y le dije que no se preocupara de guisar, que el plato principal corría de mi cuenta. Cuando me ofrecí voluntario, la primera intención era cocinarlo yo mismo, pero tras la marcha de Irina no me encontraba con el ánimo suficiente. Entré en internet, escribí «cena de Nochebuena» en el buscador y la primera imagen que apareció fue la de un capón con una pinta estupenda.

Estaba a punto de empezar a quitarme las botas cuando aparece Cristóbal, el gerente. Tiene cara de haberse comido un lagarto crudo.

—Sé que no es el momento idóneo, pero prefiero ser honesto contigo y también conmigo. —Pone los brazos en jarras y hace una pausa dramática que sugiere los peores augurios—. Hoy es tu último día en esta estación. Mañana ni aparezcas por aquí.

Un balazo en el hígado me hubiera dolido menos. No solo me echa del trabajo el muy imbécil, sino que lo hace el día de Nochebuena, el día de la fraternidad y el amor universal. Ni siquiera me da la oportunidad de despedirme de mis compañeros como es debido. Tengo ganas de escupir en su cara de primate, pero la barba del disfraz se quedaría con la mitad del esputo. Además, un profesional como es debido protesta, gesticula, grita, pero no escupe.

—Y ahora me soltarás una lista de motivos, supongo —mascullo sin dejar de quitarme las botas. Cuando alguien te despide de una forma inesperada e injusta es mejor dar la impresión de que la cosa no va contigo. El mundo sigue girando muy a su pesar, e incluso te hace un favor echándote de la empresa. Sé de lo que hablo. He sido despedido en varias ocasiones de una forma inesperada e injusta, al menos desde mi punto de vista.

—Conducta inadecuada con los clientes. Eso para empezar —cacarea, abriendo los brazos como un predicador.

—¿Conducta inadecuada? Suena a reprimenda escolar y tengo más de cuarenta tacos.

—Tus clientes novatos se quejan de que no les prestas la atención que se merecen. Les sueltas cuatro indicaciones y les mandas a coger el remonte. Pagan un dineral por tus clases y se supone que a cambio deben de aprender a esquiar —lamenta, visiblemente decepcionado.

—O sea, que conmigo no aprenden…

—A coger el remonte, a eso aprenden —vocifera Cristóbal tras dedicarme una sonrisa forzada—. Son la leche, los más hábiles de la estación con diferencia. Pero en cuanto se deslizan veinte metros, se caen. Les das cuatro lecciones exprés y los mandas a coger el puñetero remonte. Eso es lo que haces aquí cada día.

—Bueno, a veces sí es cierto que les dejo un poco a su aire…

—Sigo, si te parece —adopta una mueca cínica.

—Adelante.

—Retrasos injustificados y reiterados. —Golpea su reloj con el dedo y asiente con la cabeza, como si se diera la razón a sí mismo—. ¿Cuándo fue la última vez que llegaste a tu hora?

—Ahhhh. —Miro al techo en busca de inspiración.

—A mí me da igual lo que hagas con tu vida desde que te vas de aquí hasta que vuelves al día siguiente, pero debes respetar el horario de la misma forma que yo te pago religiosamente tu sueldo.

Hace una pausa en busca de nuevos dardos envenenados.

—Continúa, Cristóbal. Da la impresión de que la lista es más larga.

—Y la gota que ha colmado el vaso. —Arruga la nariz y me clava una mirada iracunda—. Esta mañana te has dormido en el telesilla y se te ha caído un bastón, con tan buen tino que has golpeado a una mujer en la cabeza y esta ha acabado con una conmoción cerebral. Después de todo, hemos tenido suerte. La mujer llevaba gorro y el bastón la ha golpeado por el lado de la empuñadura. De haberle caído de punta, seguramente estaríamos hablando de una desgracia. Llevo en esta estación doce años y jamás, ¡jamás!, un monitor se había dormido en la silla. Es algo inaudito.

—Completamente cierto. Me dormí —asumo con sincero arrepentimiento—. Lo siento. No volverá a pasar.

—Claro que no volverá a pasar. Al menos en esta estación.

Dormirse en el telesilla y estar a punto de matar a una esquiadora no es motivo de orgullo. Siento vergüenza.

Termino de quitarme las botas y las lanzo con rabia contra el suelo. Cristóbal mete las manos en los bolsillos del anorak y sale del vestuario sin proferir un mínimo y caballeroso «¡Feliz Navidad!».

¿Y ahora, qué? Toca buscar trabajo en otra estación de la sierra y, si no encuentro nada decente, siempre puedo largarme a los Pirineos. Allí pagan mejor y hay una docena de estaciones dispuestas a recibirme con los brazos abiertos.

UNAS HORAS DESPUÉS de mi despido, saco el capón de la nevera y lo meto en el maletero. Bajo a Madrid y ceno con mis padres. Nochebuena y familia forman parte de una ecuación que no me planteo modificar.

Mi padre me pregunta si estoy contento con mi trabajo en la estación. Como no podía ser de otra manera, miento con la astucia y convicción de un agente doble.

—Me va muy bien, soy jefe de monitores y gano un pastón.

Allí ni siquiera existe el cargo de jefe de monitores, pero suena más importante que monitor a secas.

—Hijo, si ganas un pastón, ¿por qué no cambias el coche de una vez? —reacciona mi padre con una propuesta que me pilla a contrapelo.

—Lo voy a hacer, papá. Pero ahora mismo me estoy planteando la posibilidad de ir al norte. Pirineos, Alpes... Allí sí se gana dinero de verdad. Y la temporada es más larga. Hablo de triplicar las cifras. Estoy manejando varias ofertas. En cuanto acabe la temporada me vas a ver con un cochazo de flipar —profundizo en el embuste.

Es Nochebuena. Un día fraternal, hogareño, donde los corazones se abren y las distancias se estrechan. Y no hago otra cosa que mentir a mis padres. Mentiras piadosas, como se las llama, pero al fin y al cabo mentiras encadenadas con el propósito de que no accedan a una verdad descorazonadora y sigan pensando que son unos padres con suerte de tener un hijo como yo. Sobrepaso los cuarenta años y es mi deber ocultarles que me he quedado sin trabajo por enésima vez. En medio de la temporada alta y cuando gozaba de una situación privilegiada: la estación dista quince minutos de mi casa.

Mi madre no parece muy interesada en los Alpes ni en los Pirineos. O me conoce tan bien que nota cómo los músculos de la boca se me tensan. En mi caso, dicho síntoma es señal de que algo no va bien.

—El capón está muy rico. ¿Cómo lo has hecho? —me pregunta.

—No lo he cocinado yo, mamá.

No me trae a cuenta mentir en este caso. Mi madre me preguntaría la receta y me acabaría pillando.

—¿Entonces? —insiste, arqueando las cejas hasta el cogote.

—Lo he comprado por internet.

Ella lanza la cabeza hacia atrás, como si la estuviera amenazando con una antorcha.

—No sabía que se pudieran comprar platos cocinados por internet. Por cierto, ¿por qué no ha venido Irina?

Como era de esperar, mi madre saca el tema en cuanto ve la ocasión. Todos los años hemos ido juntos a cenar en Nochebuena y esta es la primera vez que acudo sin ella. No le ofrezco muchas explicaciones. Simplemente me baso en los hechos.

—Le ofrecieron un trabajo en un centro cultural de Avilés y aceptó. El nuevo cargo supone un gran salto en su carrera, no podía rechazar una oportunidad así.

Mi madre traga saliva. Su semblante es incapaz de esconder una profunda desolación. Mi padre deja de masticar, pero asume la situación con más naturalidad.

—¿Entonces ya no sois novios? —quiere saber mi madre, que no deja de morderse el labio.

—No, mamá. La relación se ha terminado. Cada uno seguirá su camino.

—Vaya —lamenta.

Aparta la mirada, menea la cabeza y comienza a doblar la servilleta hasta que le resulta imposible realizar más pliegues. De repente surge un destello de tristeza en sus ojos. No le preocupa el lado sentimental de mi relación con Irina, la ruptura en sí misma, sino la soledad consiguiente. Vivir solo es una condición excesivamente moderna para ella.

—Bueno, ahora se va a los Pirineos —interviene mi padre—. Seguro que allí conoce a alguna chica.

Asiento con resignación.

—¿Vendrás a comer mañana? —me pregunta mi madre—. Tengo lechazo al horno.

—Pero no ves que mañana trabaja —la corrige mi padre.

—Claro. Mañana no puedo, mamá. Además, estos días estamos a tope. Piensa que todo el mundo anda de vacaciones —suelto mi última mentira de la noche.

Una vez terminamos la cena, me despido de mi madre en el comedor. Mi padre me acompaña hasta la puerta y allí me da un cariñoso abrazo. Noto su cálido aliento a champán junto a mi oreja.

—¿Y por qué no dejas el esquí, el surf y todas esas zarandajas, y te pones a trabajar en algo serio de una vez? —me alienta. Ha venido a despedirse de mí hasta la puerta con el fin de que nuestra conversación no llegue a oídos de mi madre.

—Tengo un trabajo serio, papá.

—Sí, los anteriores también lo eran y no te duraron un pimiento. ¿En cuántos sitios has estado ya? ¿Diez, una docena? La charla de mi padre ha calado tan hondo como un rejón en la tierra húmeda. Él no está conforme con mi vida, no le gusta el cariz de provisionalidad laboral que presenta mi biografía. Llevo veintitantos años trabajando aquí y allá sin experimentar ninguna progresión. Según su criterio, a estas alturas ya debería haber crecido profesionalmente y haber pasado a ocupar puestos más notables en la escala laboral.

Me ha dolido especialmente porque no lo ha expresado con la brusquedad de un padre autoritario, sino de un modo irónico, casi indulgente, con la naturalidad de un transeúnte que pasa junto a ti, te toca en el hombro y te dice: «Oiga, se le ha caído un billete de cincuenta euros».

A las dos de la madrugada planto mi pie en el acelerador y cruzo un Madrid iluminado con figuras navideñas que vuelan de un lado a otro al atravesar las calles principales. Luces intermitentes, de múltiples colores, en una ciudad muda y con apenas tráfico.

En el cruce de la calle Hermosilla con Velázquez topo con un semáforo en rojo. Me antecede un coche conducido por una mujer, un Alfa Romeo Giulietta de color blanco. El semáforo se pone en verde, pero la mujer no arranca. Por su espejo retrovisor creo adivinar que está llorando. No me parece adecuado pitar, al fin y al cabo, no tengo ninguna prisa por llegar a una casa fría y vacía. Pasan los segundos y el coche permanece detenido. Le dirijo una ráfaga que resulta insuficiente. Repito la operación, pero la mujer no percibe las señales de alerta. Tiene la cara cubierta con las manos y está apoyada sobre el volante. El semáforo cambia de color un par de veces más y el coche no reacciona, como si lo hubieran clavado al asfalto. Solo hay un carril, de modo que si no avanza me quedaré bloqueado un buen rato. Echo el freno de mano y salgo. Me acerco a la ventanilla y toco en el cristal con los nudillos. La mujer se asusta, lanza su cuerpo hacia el asiento del copiloto en un acto reflejo y me mira como si fuera a atracarla. Me alejo hacia la acera y le doy a entender con gestos elocuentes que no respondo al perfil de atracador. Soy el conductor del coche de atrás y solo trato de transmitirle que me obstaculiza el paso. La mujer mira al semáforo y acto seguido a su espejo retrovisor. Al fin detecta el problema. Se limpia las lágrimas y baja la ventanilla.

—¿Se encuentra bien? —le digo, manteniéndome a una distancia prudencial.

—Sí, sí. Perfectamente. Disculpe. No es nada. Ya me voy —se excusa con expresión aturdida.

La mujer sube la ventanilla y, en cuanto el semáforo retoma el color verde, arranca con un potente acelerón.

La Nochebuena produce efectos diversos. A unos les da por pasarse de la raya con la comida, a otros con la bebida y a otros les da por llorar.

Vuelvo a mi coche y continúo circulando por la ciudad muy despacio, tanto que podría contar el número de personas sin techo que pasan su Nochebuena entre cartones.

En cuanto llego a casa, me voy directo a la cama.

No puedo dormir y en este caso no culpo a la copiosa cena o al café postrero. El insomnio me lo produce Irina. Su ausencia en el lado derecho del colchón.

El mundo es un lugar de tránsito, o algo así debió de pensar ella. Veinte años conviviendo con el esquiador representaban una pequeña eternidad, y la eternidad es para los muertos. Así que puso remedio a una compañía tan prolongada y emigró al norte.

Desde que se largó, he desarrollado el síndrome del miembro fantasma. Irina ya no forma parte de mi vida, pero mi cerebro no ha procesado la información, ha sido incapaz de actualizarse, el muy estúpido. Sigue pensando que somos dos a la hora de comprar la comida o planificar el fin de semana. A veces, mientras conduzco, le hablo al asiento vacío con absoluta naturalidad.

Qué difícil va a ser acostumbrarse a vivir sin ella. Ver la vida a través de sus ojos resultaba tan asombroso. Conservo la vaga esperanza de que el trabajo le vaya mal en Avilés o simplemente recapacite y regrese.

Me levanto de la cama y deambulo por el pasillo. Siento un estremecimiento por todo el cuerpo. De repente el apartamento se me antoja siniestro, inerte, como una cueva deshabitada desde hace miles de años. Tengo la sensación de que sus muros son capaces de detectar las presencias y las ausencias. De alguna forma que no llego a comprender, la casa me envía un mensaje: Irina no regresará jamás. Esta ya no es vuestra casa. Esta ya no es tu casa. Lárgate de aquí.

Me siento en la cocina, enciendo un cigarrillo y pongo la radio. Suena *On the road again,* de Willie Nelson. Tamborileo con los dedos sobre la mesa y me tomo la letra como una exhortación.

5

GENOVEVA

25 de diciembre de 2018

Hoy es Navidad. Nadie lo diría.

Apenas he dormido. Antes de acostarme me aseguré de que el teléfono tuviera el volumen al máximo y lo dejé en medio de la mesita, como si fuera un tótem, con la esperanza de que en cualquier momento sonara, aunque fuese la tenue señal de un mensaje de texto.

Tengo la certeza de que a Ricardo le ha ocurrido algo grave, pero no soy capaz de delimitar el rango de la desgracia: una enfermedad repentina, un accidente de tráfico… Puede haber tantas razones para explicar su silencio que resulta difícil destacar alguna.

Ricardo es una persona sana, pero con la salud nunca se sabe. Tal vez a estas horas está ingresado en un hospital. Su teléfono, por lo general, tiene activado el bloqueo de pantalla; si estuviera inconsciente o sedado no habría forma alguna de acceder a los contactos. No obstante, suele llevar consigo la cartera con todo tipo de documentación. Es muy ordenado y cuidadoso con esos detalles. Ya se habrían puesto en contacto conmigo.

A pesar de que la urgencia médica no está descartada por completo, un accidente de tráfico parece lo más probable. Le gusta correr. Me pone la carne de gallina pensar que su cuerpo pueda yacer atrapado entre hierros y perdido en una cuneta. En caso de accidente, la mayor dificultad radicaría en localizar el punto exacto. Entre nuestra casa y la de su tía Mercedes median más de quinientos kilómetros. Podía haber ocurrido en cualquier punto.

Llamo a la tía Mercedes por enésima vez y su teléfono sigue comunicando.

Ayer por la tarde Beatriz me aseguró que no sabía nada de su hermano. O al menos eso traslucía su voz afectada. De hecho, comenzó a preocuparse tras mi llamada, lo que aumentó, si cabe, mi desesperación. A ella tampoco le había telefoneado para felicitarle la Navidad, algo que me resultó alarmante. La relación entre ambos no pasa por su mejor momento, pero de ahí a no contactar con ella en estas fechas me parece un giro demasiado drástico. No es propio de Ricardo olvidarse de su hermana por muy crispada que hubiera sido la discusión.

La única idea que se me ocurre es ponerme en contacto con el cuartel de Ribadesella. En caso de accidente de tráfico, imagino que la Guardia Civil dispondrá de algún tipo de información.

Responde al teléfono una persona que se identifica como guardia Madrigal.

—Buenos días. Soy Genoveva, la esposa de Ricardo Manrique. No sé nada de mi marido desde hace dos días. Ricardo tenía la intención de ir al pueblo ayer y regresar esa misma tarde a Madrid. He pensado que quizá hubiera tenido un accidente, porque no encuentro otra explicación.

—¿Ricardo Manrique es el músico?

—En efecto.

—Bueno, por esta zona ha habido un par de salidas de la vía a causa de la niebla, pero nada de importancia. Ricardo no está entre los accidentados. Tiene un Jaguar, ¿verdad?

—Sí, un Jaguar verde.

—¿Sabe la matrícula?

—Pues no. Si quiere le puedo dar el número de carné.

—Eso me servirá para conseguir la matrícula.

Le proporciono los datos que me pide. A través del teléfono le oigo teclear en el ordenador a gran velocidad.

—Vamos a ver, vamos a ver… Negativo. No hay ninguna incidencia con esa matrícula.

—¿Los datos que usted maneja se limitan a la comarca o a toda España?

—El servicio informático está centralizado. Los datos corresponden a todo el país.

—No sabe usted lo que me tranquiliza saber que no ha sufrido ningún percance. Estaba angustiada.

—Ahora que recuerdo... —Vacila, como si tratara de medir sus palabras—. Ayer, a la hora de comer, el sargento Paredes me dijo que lo había visto en su coche, y que conducía una mujer rubia. Ambos pensamos que sería usted o su hermana Beatriz.

—Por supuesto que no era yo, estoy en Madrid. Como no fuera su hermana... ella también es rubia, de pelo largo. Nos parecemos mucho, la verdad.

—Precisamente por eso. —El guardia hace otra pausa—. Beatriz también viene a menudo al pueblo. ¿La ha llamado? Es muy posible que estén juntos.

—Hablé con mi cuñada ayer y me dijo que no sabía nada de Ricardo desde hace semanas.

—¿Y a su tía Mercedes? Quizá ella —titubea— esté al corriente de sus movimientos.

—Comunica sin cesar. Debe de tener el teléfono descolgado.

—Ahhhh... —Por alguna extraña razón, el guardia medita en exceso sus respuestas, intuyo que dispone de alguna información de la que me priva a propósito—. Si quiere puede presentar una denuncia y, en cuanto se nos comunique, iniciaremos el protocolo de desaparición.

—Lo haré, no le quepa la menor duda. No me gusta el cariz que está tomando el asunto.

—El sargento Paredes me comentó que Ricardo y esa mujer rubia iban en el coche hacia el puente. Quizá tenían intención de visitar los Picos de Europa, están preciosos en esta época del año. Completamente nevados. Es como si les echasen azúcar glas por encima. Un verdadero espectáculo.

El guardia trata de quitar hierro al asunto subrayando la belleza natural de la cordillera. Una maniobra de distracción que le agradezco, pero, conociendo a Ricardo, no le otorgo ni un mínimo de probabilidad.

—No le gustan mucho las montañas y menos aún la nieve. En todo caso me habría llamado. Lo que me angustia es su silencio.

—Ya, ya. —Suspira—. Si su marido no aparece, ponga una denuncia. Es lo más apropiado, y entonces pondríamos en marcha un operativo de búsqueda.

—Gracias. Hablaré con Beatriz. Tal vez ella tenga más información que yo.

El hecho de que el sargento Paredes hubiera visto a Ricardo con una mujer rubia no me encandila precisamente. Solo podría tratarse de Beatriz. A ella le gusta manejar el volante cuando van juntos en el coche. Dice que Ricardo la pone nerviosa. «Toca el piano como un budista, pero conduce como un piloto de *rally*», suele comentar al respecto.

Beatriz me había asegurado que no tenía noticias suyas. Gracias al guardia, ahora sé que los dos están en Ribadesella, moviéndose con el coche de un lado a otro. ¿A qué está jugando mi cuñada?

Marco su número en pleno ataque de ira. Seguramente habían quedado para ir a comer juntos con Mercedes. Si fuera así, no entiendo la razón de tanto misterio, comer con su hermana en casa de la tía Mercedes durante la Navidad no es un delito. Todo lo contrario. Es lo mínimo que se espera de ellos, teniendo en cuenta que esa mujer los ha cuidado desde que perdieron a sus padres.

Beatriz contesta al teléfono como si se acabara de levantar de la cama.

—Beatriz, ¿por qué me has mentido? —la increpo nada más descolgar—. ¿Dónde está Ricardo?

Mi cuñada hace una pausa antes de responder, con toda probabilidad tratando de buscarle un sentido a mi pregunta o de desperezarse sin más.

—¿Se puede saber en qué te he mentido?

—Me aseguraste que hacía semanas que no hablabas con tu hermano. Pues bien, en el cuartel de Ribadesella me dicen que ayer te vieron con él en el coche.

—¿Ayer? ¿Con mi hermano en Ribadesella? Pero si estoy en Madrid.

—Me acaban de comunicar desde el cuartel que Ricardo iba de acompañante y que conducía una mujer rubia de pelo largo. Ahora mismo no se me ocurre otra persona con esas características que no seas tú.

—¿Qué está pasando, Geno? Estoy en Madrid, ya te lo he dicho. Pensaba pasar la Navidad con mi tía, pero no me siento con fuerzas, si te digo la verdad.

—¿Cómo puedo saber que estás en Madrid? —insisto ya bastante alterada.

—Joder, cuñadita. Hasta ahí podíamos llegar. Llámame al teléfono fijo si lo dudas.

—No es necesario —rectifico, y lo hago con un tono que transmite mi total confianza en sus palabras y una disculpa implícita por mi anterior embestida verbal.

—¿Qué pasa con mi hermano? ¿Dónde está Ricardo? —clama con voz quebrada.

Ahora la crispada es ella. Comienza a sollozar. De su afectación sincera se desprende que no está al tanto de los movimientos de Ricardo y, desde luego, que no era ella quien conducía el coche. Entonces, ¿quién iba al volante? ¿Con qué mujer rubia andaba Ricardo pasando sus Navidades rurales?

—¿Qué está pasando, Geno?

—No tengo ni la menor idea. Pensaba que ibas a ser tú quien me ayudara a conocer su paradero, pero veo que andas igual de despistada que yo.

—Hace semanas que no hablo con Ricardo —admite con tono lacrimógeno—. Voy a llamar a mi tía. Ella tiene que saber dónde anda mi hermano.

—Tiene el teléfono descolgado desde ayer por la tarde. La he llamado más de cien veces.

—Entonces lo intentaré con alguien del pueblo. Se me ocurren unas cuantas personas que nos pueden ayudar. En cuanto tenga noticias te vuelvo a llamar.

Comienzo a sospechar que Ricardo está con otra mujer, aunque *a priori* no lo incluiría en esa clase de hombres. O tal vez pertenezco yo a esa clase de mujeres que jamás sospechan de sus maridos cuando estos tienen un carácter sobrio, poco dado a deslices sentimentales. Un estudio de una universidad danesa dice que son los hombres con aire de formalidad los más dados a los escarceos extramatrimoniales precisamente porque su conducta comedida no suscita sospechas en sus esposas, y así les resulta más fácil sobrellevar sus correrías sin recibir un marcaje que les ponga en riesgo.

Yo creía conocer a Ricardo. Llevamos diez años casados. La confianza que rezuma nuestra relación está a prueba de estudios universitarios de todo tipo. Si hubiera deseado fugarse con otra mujer, no lo hubiera hecho el día de Nochebuena, sabiendo el dolor innecesario que añadiría a su ausencia. Y tampoco hubiera elegido Ribadesella como nido de amor; es el lugar menos indicado del planeta. Allí vive su tía y todos los vecinos lo conocen.

Solo se me ocurre una razón que explique la situación. ¿Un amor de juventud que yo desconozco? ¿Uno de esos romances que se mantienen aletargados durante años y el día más insospechado recobran el vigor de sus inicios?

En las últimas semanas Ricardo se ha mostrado más distante que de costumbre, aunque lo achaqué a los ensayos para la gira de conciertos que empezará a mediados de febrero. Un repertorio nuevo suele significar nerviosismo y algo de inseguridad. Su carácter afable se trastocó en las últimas semanas. Se comportaba con educación, algo que no perdía en ningún momento, pero también de un modo más irritable de lo habitual.

Tengo la sensación de que anda metido en un lío de faldas y se siente tan culpable que ha apagado el teléfono para no oír mi voz. De ese modo le resultará más fácil apaciguar su mala conciencia.

Tal vez la razón de dormir en Oviedo es esa y no otra; la excusa de que la casa de su tía es una antigualla ya no colaba. Acudió a un hotel para pasar la noche con esa mujer, incluso dos noches seguidas. Acompañado de un amor remolcado desde su juventud. Ni accidente de tráfico, ni repentino ataque de apendicitis: Ricardo está con otra. Rubia y de pelo largo, como yo, pero seguramente una mujer que lo libera de mí. ¡Que lo libera de mí!

Con el paso de las horas y el aumento de los indicios, la hipótesis de la aventura amorosa cobra más visos de certidumbre.

Agarró la bolsa de viaje en vez de la maleta solo para disimular. La comida con su tía representaba la disculpa perfecta para disipar sospechas. La factura de la floristería no correspondía a un detalle hacia Mercedes, como yo había imaginado en una asociación rápida de ideas inspirada en la costumbre; en realidad iban destinadas a su «amiga». La primera noche en Oviedo le supo a poco y quiso repetir. A la recepcionista le hubiera sido muy fácil comunicarme que Ricardo no había pernoctado en el hotel porque, en ese caso, no habría cliente cuyos datos proteger. ¡Claro! Ricardo se encontraba en la habitación cuando llamé, la recepcionista era consciente de ello. Durante su turno debió de verlos subir al ascensor en algún momento. En principio pensaría que se trataba de una pareja más, pero, cuando llamé de madrugada preguntando por mi marido, ató cabos y llegó a la conclusión de que la mujer que acompañaba a ese hombre no era su esposa. Por esa razón ocultó la verdad y me soltó la letanía del dichoso reglamento interno. Ricardo no se puso en contacto conmigo, sabía que si me llamaba para cancelar la cena con mi familia no habría forma de justificar un desprecio tan burdo.

Suena el teléfono, lo que me saca de mis tristes cavilaciones. Beatriz al otro lado. Su tono no invita al optimismo.

—He hablado con varias personas de nuestro grupo de amigos en el pueblo y no saben nada. No lo han visto por allí y Ricardo tampoco les ha llamado para verse. Nada de nada. Por cierto, mi tía sigue sin coger el teléfono. Lo mismo se le ha quedado descolgado, como tú decías.

—Déjalo, Beatriz. Ya sé lo que ha ocurrido. Ricardo me ha dejado. Tiene una aventura o algo parecido.

—Pero eso es imposible.

—Nada es imposible.

—En este caso, sí. Mi hermano te adora —afirma categóricamente, y no parece que trate de combatir mi abatimiento para quedar bien. Sus palabras suenan con una firmeza difícil de impostar.

—Pues a lo mejor no me adora tanto como tú piensas.

—Si mi hermano te hubiera dejado, no lo habría hecho de una forma tan poco caballerosa. El día de Nochebuena, nada menos. No. Imposible. Me niego.

—No se me ocurre ninguna otra explicación y llevo casi dos días dándole vueltas.

—Tal vez esa rubia de la que hablas era una mujer del pueblo, sin más. Tampoco es necesario dramatizar. Ya sabes que cada vez que va a Ribadesella le gusta hacer una escapada a comprar queso, sidra, mantequilla... En una palabra, montar su pequeño supermercado en el maletero. —Deja escapar una risita—. Es una manía como otra cualquiera.

—Aunque su intención fuera llenar el maletero de productos artesanos acompañado de alguna lugareña, me extraña que la dejara conducir, quienquiera que fuese.

—Tienes razón —reconoce después de resoplar—. Eso ya es más raro. Yo consigo que me permita conducir porque lo chantajeo. Le digo que si no me deja llevar el coche me bajo, aunque sea en marcha. No le doy opción.

—Tengo que pensar en todo esto, Beatriz. Si sabes algo, llámame de inmediato. Te lo ruego.

—Así lo haré. Y tranquilízate, ya verás que al final es una tontería. Lo mismo ha atropellado a una vaca y la está fileteando para traerse a Madrid carne autóctona —bromea y suelta otra risita.

Le agradezco a Beatriz su afán por animarme.

Me tumbo en el sofá. Necesito reflexionar con frialdad y recomponer la situación, analizar los hechos paso a paso. Creo que he sacado demasiadas conclusiones precipitadas.

La tarjeta no reflejaba ningún cargo del hotel Cavia, lo cual no significa necesariamente que no hubiera dormido allí. Podría haber utilizado una tarjeta de crédito que cargara los pagos a principios de enero. Lo que sí me resulta extraño es que en la floristería usara una tarjeta y en el hotel otra distinta. A veces es maniático, pero no hasta ese punto.

En la centralita del hotel sonaba el concierto de Rajmáninov. ¿Una mera casualidad? ¿Tiene Ricardo algo que ver con la elección de esa pieza?

Durmiera en Oviedo o no, el sargento Paredes lo vio el día de Nochebuena con una mujer, y además en nuestro coche.

Creo de corazón que abandonarme no estaba entre sus planes. Ricardo no es de esa clase de hombres que se van tras unas faldas a la primera de cambio.

Probablemente llegó al pueblo y se encontró con una amiga de juventud, recordaron viejos tiempos y se dejaron llevar. Ella le debió de decir: «qué coche tan bonito tienes», él propuso que lo condujera y ella aceptó con una sonrisa idiota. Es la explicación más sencilla. Si las cenizas de un amor no están apagadas del todo, con un leve soplido pueden resurgir. Y si eso pasa con la ceniza, imagino de lo que son capaces los potentes músculos de un corazón humano.

Presa de una insoportable desazón, llamo de nuevo a mi cuñada.

—Bea, ¿tuvo Ricardo alguna novia en Ribadesella? Novia, amiga especial, un primer amor adolescente o algo así. Tiene que ser una mujer que viva en el pueblo o que vaya de vez en cuando.

Beatriz guarda silencio durante unos instantes que me parecen eternos. Tras un suspiro profundo me contesta.

—Bueno, creo que eso te lo debería decir él. Yo... —Suena a evasiva.

—Beatriz, da la casualidad de que no responde a mis llamadas. —Me enciendo—. Trato de buscar algún sentido a lo que está pasando. No lo estoy juzgando, no voy a censurar su conducta para hacerme la mártir, no es el momento. Solo intento cuadrar el rompecabezas antes de volverme completamente loca.

—Cuando tenía dieciocho años —comienza con un hilo de voz— salía con una chica del pueblo.

—Qué raro. Nunca me habló de ella.

—Bueno, yo no lo achacaría a un intento de ocultar otra relación, sino a un gesto de prudencia. Supongo que a nadie le gusta que le recuerden ese tipo de antecedentes.

—¿Rubia, morena, pelirroja? —pregunto de forma tajante, no quiero perder ni un segundo en menudencias sobre la biografía sentimental de mi marido.

—Un poco de todo. Su pelo es castaño, pero cambia de tinte con facilidad. No me extrañaría que en estos momentos fuera rubia, pelirroja o que se hubiera puesto mechas. Le encanta cambiar de imagen.

—O sea que podría ajustarse al perfil que busco.

—Ricardo te quiere, Geno. Creo que estás sacando las cosas de quicio.

No deseo que mi cuñada me aconseje, sino que me informe.

—¿Esa mujer vive en el pueblo? —prosigo con el interrogatorio.

—Sí —confirma Beatriz, tras una nueva vacilación.

—¿Quién es? ¿La conozco?

—Ahhh. No sé si debo...

—¿Beatriz, la conozco? —insisto, haciendo que mis palabras tomen un tono intimidatorio.

—Se llama Carla.

—Carla, Carla… No caigo. ¿Soltera? ¿Casada?

—Soltera.

—Creo que Ricardo y esa tal Carla están reviviendo los viejos tiempos.

—Te lo hubiera dicho, Ricardo no te ocultaría una cosa así. Es mi hermano. Llevamos juntos treinta años.

—Y después de treinta años, ahora cada uno está por su lado. ¿Me equivoco?

—No te equivocas —admite con voz queda.

—A ti, que eres su hermana y te has desvivido por él, te ha aplastado como a una colilla. Imagina lo fácil que le resultaría hacerlo conmigo.

—Pero lo nuestro es distinto. Fue una discusión visceral; contigo las cosas…

—A lo mejor ese era el problema, Beatriz —la interrumpo—. Que nosotros no discutimos nunca. Tal vez Ricardo ha ido acumulando en silencio algún tipo de rencor hacia mí y ha considerado que era el momento de soltar amarras.

—No sé qué decir. Ya me haces dudar —reconoce con una voz tan amortiguada que apenas la oigo.

—Ayer llamé al hotel Cavia. Seguro que lo conoces porque os habéis quedado a dormir allí varias veces cuando habéis ido juntos a Ribadesella.

—Sí, claro que lo conozco.

—Tenían programada como música de espera el Concierto número 2 de Rajmáninov. Anoche fue la primera vez que escuché esa música como sintonía en una centralita telefónica. Y no es una melodía que le pegue a una centralita, créeme. Puedes pensar que soy una chiflada, pero hasta he llegado a creer que se trata de una sutil maniobra de Ricardo. Él sabía que la primera persona a la que yo iba a llamar tras su desaparición sería a ti, luego a Mercedes, y el tercer número que marcaría sería el del hotel. Estaba todo calculado. Ricardo tenía la seguridad de que yo llamaría al hotel para preguntar por él, la persona de la recepción me pondría en espera para comprobar sus datos y no me quedaría más remedio que escuchar esa pieza.

—Me parece muy extraño eso que cuentas. ¿Y qué tiene de particular ese concierto?

—Es la pieza que tocó cuando nos conocimos. Creo que ha sido su particular manera, cobarde manera, de decirme adiós.

—¿Con la melodía de una centralita? Por Dios, Geno.

—Sí, con la melodía de una centralita, porque a través del teléfono o en persona ha demostrado ser incapaz de hacerlo.

—Una música de espera como mensaje de despedida me parece algo ridículo. No puedes ser tan retorcida.

Ricardo es poco amigo de grandes gestos, le van más las sutilezas, y pedirle al director del hotel que inserte esa melodía en la centralita es una manera delicada de decirme que las relaciones empiezan y acaban. Estoy convencida de que en estos momentos se encuentra en los brazos de esa tal Carla. Seguramente la hija de un pescador que ha aprovechado el espíritu navideño para atraparlo entre sus redes.

Por primera vez, después de diez años compartiendo mi vida con Ricardo, me encuentro sola, vacía, dolida y cansada. Me apetece prepararme un café, una tarea tan sencilla como insertar una cápsula en la cafetera y colocar una taza debajo. Sin embargo, hasta ese mínimo esfuerzo me resulta inabordable.

Recuerdo las palabras que mi madre me soltó durante la cena de Nochebuena, cuando le confesé que Ricardo felicitaba la Navidad a la familia: «No cuela». Tenía razón. Ricardo era una persona caballerosa en su día a día, pero poco amigo de cumplidos. Si por él fuera, dejaríamos el árbol de Navidad de un año para otro. Jamás me hubiera transmitido por teléfono un mensaje de felicitación navideña para mis padres. No pensaba en el resto de la familia.

Mi padre me habló en términos parecidos la primera vez que Ricardo vino a casa: «Hija, ese novio tuyo me mira como si no me viera». Yo estaba tan enamorada de él que no reparé en una conducta tan egocéntrica. Creo que la confundí con timidez, o prudencia, o serenidad, pero en realidad era desinterés. A veces daba la impresión de que se había casado conmigo y que mi familia solo formaba parte del decorado. Llegado el momento, parecía que hasta la actriz protagonista había dejado de interesarle.

Incluso en unas circunstancias tan poco halagüeñas, no me doy por vencida; termino la conversación con Beatriz y vuelvo a llamar a Mercedes. En algún momento tendrá que darse cuenta de que tiene el teléfono descolgado y lo colocará en su sitio. Hay suerte, da tono y responde a la tercera señal.

—¿Sí? —contesta con voz apagada y ronca.

—Mercedes, ¿cómo estás?

—Mal —reconoce, haciendo gala de un tono cortante. Yo sabía que no le caía bien, pero no tanto como para dispensarme ese grado de desdén.

—Estoy preocupada. Ricardo fue ayer al pueblo a verte y no sé nada de él. ¿Está contigo?

Oigo su respiración entrecortada de fondo, pero la mujer no articula palabra. Y la pregunta no es tan difícil de contestar.

—Mercedes, ¿sigues ahí?

—Sí —responde, como si estuviera pensando en otra cosa.

—Quería saber si Ricardo estuvo ayer comiendo contigo.

—No.

—¿Qué ocurre? ¿Hay algo que me quieras decir y no te atrevas?

—Pues…

—Mercedes, ¿hay algo que me tengas que contar? —insisto. Su nula colaboración me está empezando a desquiciar.

—Sí y no.

—¿Cómo?

—Si te lo digo, me tomarás por loca.

—No, mujer. Di lo que tengas que decirme. Te lo ruego. Llevo dos días sin saber de él.

—Ayer, cuando llegué a casa, Ricardo estaba en el salón, junto al piano. Pero… —Rompe a llorar—. Pero…

—Mercedes, ¿qué ocurre?

—Tenía el cuerpo frío y duro. Creo que estaba… congelado.

—¿Cómo? Eso es una barbaridad. No digas esas cosas ni en broma.

—Congelado sobre el piano… —prosigue, como si no hubiera escuchado mi tibia reprimenda.

Ricardo ya me había advertido que su tía no se encontraba muy bien, tomaba demasiados medicamentos y se le empezaba a ir la cabeza. Repetía las frases, se inventaba situaciones, tenía lagunas de memoria, acusaba a su vecina de robarle ropa del tendedero y cosas por el estilo. Pero no imaginaba que la enajenación fuera tan profunda.

—Mercedes, no digas cosas raras, te lo ruego.

—Sí, congelado sobre el piano. Congelado sobre el piano. Congelado… —recita a modo de penitencia.

—Déjate de bromas —la corto—, y pásamelo si anda por ahí.

—No puedo. Ya no está. Fui al cuartel y cuando volví ya no estaba. Había desaparecido.

Mercedes rompe a llorar y ya no consigo sacarle más información. ¿Qué historia es esa? No tiene ni pies ni cabeza.

—No estoy loca, no estoy loca, Genoveva. No estoy loca… —se desespera entre sollozos.

—Claro que no estás loca, Mercedes. Nadie ha dicho que lo estés. ¿Ricardo te llamó por teléfono en algún momento?

—Siempre lo hace cuando viene, tú lo sabes. —Vacila y lanza un profundo suspiro—. Pero esta vez no me llamó.

—Bueno, ya verás como en cualquier momento aparece por la puerta con una flor de Pascua, porque sabe que te gusta ponerla sobre la mesa del salón.

—¿Tú crees? —se ilusiona—. Entonces, ¿cuándo va a venir?

—Muy pronto, Mercedes, muy pronto.

Me despido de ella antes de que yo también rompa a llorar.

Su testimonio es propio de una persona trastornada, pero no deja de resultar estremecedor. Vuelvo a llamar al cuartel.

—Cuartel de Ribadesella.

A juzgar por el timbre de voz, es el guardia Madrigal quien responde.

—Soy Genoveva, la mujer de Ricardo.

—Dígame. La escucho.

—Aquí está pasando algo muy raro. La tía Mercedes dice que Ricardo estaba congelado sobre el piano de su casa. Fue a comunicárselo a ustedes y, cuando regresó del cuartel, el cuerpo había desaparecido. ¿Qué está pasando? Me voy a volver loca, si es que no lo estoy ya.

—Ella vino ayer al mediodía y… —hace una pausa, lo que significa que la respuesta no es fácil o no resultará agradable— nos dijo exactamente lo que me acaba de contar usted. Nos pareció un completo disparate. Para que se tranquilizara me acerqué con ella a su casa, y allí no había ni rastro de su marido. Le dije que se echara una buena siesta y que cuando se despertara todo volvería a la normalidad. Por lo que usted me cuenta, sigue adelante con su delirio.

—¿No vio nada que se pudiera relacionar con Ricardo? Cuando salió de casa llevaba una bolsa de viaje gris con asas negras. Tal vez…

—No vi nada fuera de lo común. Desde luego ningún objeto que pudiera pertenecer a su marido.

—¿Y por qué se inventaría Mercedes una cosa así?

—Seguramente sea una especie de proyección de sus deseos y sus miedos. Ella esperaba a su sobrino, él no se presentó y su cabeza empezó a dar vueltas y más vueltas. No es la primera vez que un anciano nos confiesa todo tipo de alucinaciones.

—¿Una alucinación tan absurda?

—Sí, claro. Piense que vive sola. Además, ayer se había tomado unos cuantos vinos con sus amigas. La mezcla de alcohol y pastillas tiene consecuencias muy negativas. Estaba bastante borracha cuando se presentó aquí. Perdone la expresión, pero apestaba a alcohol.

—¿A qué hora llegó Mercedes al cuartel?

—Sobre las tres y veinte. Un rato más tarde apareció el sargento Paredes, se lo comenté y me dijo lo que ya le transmití ayer: que acababa de ver a Ricardo en el coche con la mujer de pelo rubio. Así que nos quedamos tranquilos.

—O sea que Mercedes creyó ver a mi marido sobre las tres. ¿Cuándo lo avistó el sargento Paredes en el coche?

—Me dijo que sobre las tres y media, más o menos.

—¿Seguro que era mi marido?

—Pues claro. El sargento conoce a Ricardo desde hace años. Y era el coche de su marido. Me lo aseguró con rotundidad.

—Aquí está pasando algo muy raro —murmuro, aunque en realidad es una reflexión en voz alta. Está claro que el guardia Madrigal no va a ampliar mucho más la información que ya me ha proporcionado. Una información tan jugosa como descabellada. Ya solo me queda despedirme y agradecerle su ayuda.

Por muy dolida que estuviera la tía Mercedes al ver negadas sus expectativas de comer con su sobrino, como auguraba el guardia en un voluntarioso ejercicio de psicología para principiantes, su alucinación me resultaba desconcertante y abría la puerta a múltiples posibilidades: Ricardo estuvo en casa de su tía, tocó el piano y charló con ella. En un momento dado salió, se subió al coche, recogió en algún sitio indeterminado a la rubia y ambos se largaron en dirección al puente, lo que explicaba que el sargento Paredes los hubiera visto pasar. Cabía una segunda alternativa: Ricardo nunca estuvo en casa de Mercedes y la escena que relató en el cuartel se debía a un puro desvarío. En cualquiera de los casos, nada explicaba el pertinaz silencio de Ricardo.

Hago una nueva llamada a Mercedes con la intención de averiguar si se trata de una alucinación o si realmente Ricardo pasó por su casa en algún momento. Me responde con la voz algo más sosegada y agradable que hace unos minutos.

—¿Sabes ya algo de mi sobrino? —me pregunta nada más descolgar.

—No, pero me gustaría darte buenas noticias muy pronto —miento con un nudo en la garganta.

—Dios lo quiera.

—Mercedes, escúchame con atención. ¿Te acuerdas de la ropa que llevaba Ricardo cuando lo encontraste en el salón?

—Claro que me acuerdo. Su imagen no se me va de la cabeza. Un abrigo oscuro…

—¿Puede ser azul marino?

—Sí, azul marino. Y una bufanda de color amarillo, un amarillo como sucio.

—¿Color mostaza?

—Sí, eso, más o menos como la mostaza.

—Genial, Mercedes. Muchas gracias. Eso nos ayudará. Y ahora te dejo tranquila. Todo se va a solucionar, que no te quepa ninguna duda. Ricardo va a aparecer.

—El guardia me dijo que tengo alucinaciones porque mezclo alcohol con pastillas, pero no es cierto. —Se oye de fondo un murmullo estridente, como el crujido de un plástico al aplastarlo—. Ayer por la mañana, con la ilusión de ver a mi sobrino, me olvidé por completo de las pastillas.

—¿Y cómo sabes que las olvidaste?

—Las tengo delante. Uso una especie de tarta para poder ordenarlas. Como se me olvidan las cosas, en la farmacia me preparan toda la medicación del mes. Así no tengo que estar pendiente de si he tomado o no las dichosas pastillas. Y las del día veinticuatro por la mañana las tengo intactas, metidas en su celdilla. Estaba tan ilusionada con ver a mi sobrino que olvidé tomarlas. Aquí están, Genoveva. Tengo la caja en la mano. No las tomé.

—Te creo, Mercedes. Yo sí te creo.

—¿Qué está pasando con mi sobrino? Lo quiero tanto.

—Todo se aclarará. Tranquilízate. Aparecerá cuando menos te lo esperes.

En cuanto cuelgo el teléfono, corro al armario de Ricardo y reviso la ropa colgada en las perchas. Efectivamente, falta el abrigo azul marino. Abro y cierro cajones hasta dar con una pila de bufandas de varios colores colocadas a la perfección. Ante mi estupor, falta la de color mostaza.

Por muchos ánimos que le transmita a Mercedes, no logro sacudirme la angustia que siento. Más bien ocurre todo lo contrario: cada segundo que pasa me atenaza con más fuerza.

Mañana madrugaré y me convendrá preparar un café bien cargado. Me espera un largo camino hasta Ribadesella.

6

ADOLFO

Marzo de 1998

Vivo en un bloque de viviendas de construcción antigua. El piso de arriba lo han alquilado unos estudiantes de Medicina que organizan unas fiestas colosales casi todos los sábados. Y hoy es sábado.

A eso de las diez suena el timbre. Abro y aparece uno de mis vecinos acompañado de una muchacha. La notable caída de párpados de ambos visitantes me lleva a sospechar que la caipiriña ha producido ya sus efectos colaterales.

—Buenas noches. Perdona que te moleste… ¿Tienes hielo? —me pregunta el estudiante.

—¿Alguien se ha hecho un esguince? —replico con sorna.

El muchacho suelta una carcajada. La chica me observa muda, con los brazos cruzados sobre el pecho, inmóvil. Más que un ser humano, parece uno de esos cartones rígidos de personajes silueteados que colocan en las entradas de los cines para promocionar un estreno. Tiene los ojos claros, aunque yo solo diviso el izquierdo; el otro yace escamoteado por un largo flequillo oscuro que le tapa media cara. En realidad, ella no muestra ningún interés en mí como persona: soy un mero proveedor del ingrediente necesario para seguir atiborrándose el resto de la velada. Su máximo interés no es otro que mantenerse en pie.

Los acompaño a la cocina y vierto en la cubitera el hielo acumulado en el congelador.

—Muchas gracias, vecino. Si quieres subir a tomar una copa, ya sabes dónde estamos —anuncia el estudiante, arrastrando las eses por efecto del alcohol.

—Cierto. Como para no saberlo, la música está a punto de resquebrajarme la escayola del techo. —Le dedico una sonrisa cómplice. En realidad, sus fiestas no me producen ninguna molestia—. Y no os olvidéis de devolverme la cubitera.

No había transcurrido ni una hora cuando ocurre algo insólito.

Desde el salón oigo un alarido agudo, desesperado, que no corresponde al típico lamento por una copa de cristal rota u otras menudencias. Se trata de un chillido extremo, de pánico real, amplificado por la reverberación que produce el patio de luces. Acompañando al chillido, desde el salón distingo un objeto colorido caer a gran velocidad. Doy por hecho que se trata de una cometa que alguien ha estado manipulando en el ático y ha perdido el control, pero las cometas no gritan.

Me acerco a la ventana y un escalofrío me recorre todo el cuerpo: sobre las cuerdas del tendedero, una muchacha agita la cabeza de un lado a otro, buscando con la mirada un asidero donde agarrarse a la vida y no caer al vacío. Sus manos se mueven como garfios mientras intenta engancharse a las cuerdas repletas de ropa tendida.

A pesar de su expresión descompuesta, reconozco de inmediato en ese rostro a la muchacha que vino a pedir hielo junto al estudiante.

Desde la ventana del salón no puedo ayudarla, lo ideal es intentarlo desde la cocina. Acudo volando, abro la ventana, estiro el brazo y logro agarrarla de un zapato. Al tirar me quedo con el zapato en la mano. Lo suelto, no me sirve. El estruendo al golpear con una caja de cartón abandonada en el patio la asusta aún más. A mí también. Debe de imaginar que ella será la siguiente en caer. Yo lo doy por seguro. Un leve movimiento y las cuerdas se separarán lo justo como para que su cuerpo se escurra entre la ropa colgada y se estrelle contra el suelo de hormigón que la espera cinco plantas más abajo.

Le grito órdenes que ella no puede comprender. Los estudiantes, asomados a las ventanas del piso superior, también le dedican todo tipo de consejos baldíos.

Fruto del bullicio, las ventanas de otras viviendas comienzan a abrirse. Cabezas angustiadas se asoman y miran hacia arriba. Algunos gritan, otros solo se muerden las uñas y con sus miradas parecen querer elevar a la muchacha. Hay quienes me ofrecen voluntariosas sugerencias para proceder correctamente al rescate. Indicaciones del todo inútiles: cuando uno se halla en pleno afán por salvar una vida, no atiende a más razones que a las propias, aunque rudimentarias, cavilaciones.

Estiro mi cuerpo al máximo y consigo hacerme con un tobillo. Comienzo a tirar, pero la chica se hunde cada vez más entre las sábanas.

—¡Agárrate a esa cuerda! —le grito desesperado—. ¡La de las camisetas, joder!

Por fin su mano derecha se sujeta a la cuerda de la que cuelga una ristra de camisetas, pero la izquierda permanece aleteando en busca de otro asidero. Tras un afortunado forcejeo, finalmente consigue atrapar una sábana. Clava las uñas en ella y la rasga al tirar, dibujando un siete de medio metro.

Con la situación algo más estabilizada, tiro de una de las cuerdas hacia mí. Estas circulan por una polea, de modo que al arrastrar una hacia la ventana, la opuesta se desplaza en sentido contrario. Con semejante estrategia no consigo acercar a la chica, sino girarla. No queda otra que apostar fuerte. Me encaramo sobre el alféizar y dejo más de medio cuerpo fuera de la ventana. Me agarro con la mano izquierda al marco, y con la derecha sobrevuelo el tendedero y consigo alcanzar su mano. Tiro de ella muy despacio. Al arrastrarse sobre las cuerdas, su cuerpo desprende las pinzas y la ropa colgada cae al vacío. Cada «clac» de una pinza al chocar contra el suelo es una señal de peligro de muerte. Centímetro a centímetro, la voy conduciendo hasta la ventana.

Al verse a salvo, me abraza. Llora de forma ahogada. En una mano conserva la camiseta que le ha servido de asidero. La usa para enjugarse las lágrimas.

Durante un minuto largo tengo su cuerpo tembloroso pegado al mío. Mi oreja derecha queda completamente adormecida por su aliento alcohólico. Acto seguido me vomita por toda la espalda.

Suena el timbre. Sus compañeros de timba han bajado en manada.

La siento en el sofá y abro la puerta. Los jóvenes entran en mi casa cabizbajos, perplejos y seguramente arrepentidos. Observan a la muchacha a la vez que forman un corro a su alrededor. Medio tumbada en el sofá, parece un peluche abandonado.

El bullicio vivido en el patio de luces ha mutado en un silencio casi de duelo. Solo se percibe la música del piso de los estudiantes, que continúa sonando de fondo. Los chicos comparten pesares en voz baja y cabecean lamentándose. El pánico es más efectivo que una ducha fría: ha terminado con la borrachera de todos de un plumazo. Poco a poco, sus amigos se van acercando a ella. Algunos la abrazan llorando.

Me llueven los agradecimientos, pero nadie se me acerca; debo de oler fatal.

La chica recobra poco a poco la compostura y el ánimo. Gimotea al pensar en el trance por el que acaba de pasar: se ha librado de una muerte segura de puro milagro.

Juro que, si algún día me cambio de casa, elegiré un ático.

En cuanto se recupera, un par de chicos la agarran por las axilas y se la llevan en dirección a la puerta. En pasitos cortos, el trío sube los peldaños de la escalera en dirección al piso de los estudiantes. En procesión silenciosa, les sigue el resto del grupo.

El estudiante que bajó a pedirme el hielo pasa junto a mí. Lo sujeto por el brazo.

—¿Qué narices ha pasado? ¡Esa chica se podía haber matado!

El joven baja la mirada, avergonzado.

—Creo que se acercó a la ventana para tomar el aire y... se cayó.

Lo empujo al interior de la cocina con un ánimo más expeditivo.

—Tenéis que tener cuidado con esas fiestecitas. Ya has visto que os podéis complicar la vida sin esforzaros mucho.

—Tienes toda la razón —reconoce y, en cuanto puede, se zafa de mi sermón y se aleja en dirección a la puerta.

Una semana más tarde, la muchacha viene a visitarme.

—Hola, comoquiera que te llames. Venía a darte las gracias por salvarme la vida y a devolverte la camiseta —me dice con un acento de Europa del Este mientras me muestra una bolsa de plástico.

—Entra, mujer. Soy Adolfo, ¿y tú?

—Irina. Es un nombre ruso.

Su rostro adquiere una repentina circunspección.

—Te debo la vida. Y quería agradecértelo en persona. Aquella noche estaba muerta de miedo. Fue una estupidez. No suelo acudir a fiestas, por eso me dejé llevar. Me pasaban copas y yo me las bebía, una tras otra. Fue una completa locura. Empecé a marearme y fui hacia la ventana para respirar aire fresco. El capítulo siguiente ya lo conoces. Por cierto, te he traído un regalo.

La conduzco al salón y nos sentamos en el sofá donde unos días antes ella había recuperado el resuello después de haber mantenido una partida más que entretenida con ese enigma por resolver que la gente llama destino, para renunciar a llamarlo por su verdadero nombre: azar. O más llanamente: casualidad. Si yo hubiera hecho la colada el domingo, como es mi costumbre, las cuerdas habrían estado vacías y el cadáver de esa muchacha yacería hoy enterrado en algún cementerio ruso.

Abro la bolsa y desenvuelvo el regalo.

—¡Una camisa blanca con cometas! Preciosa, muy simbólicas las cometas.

Suelto una carcajada y me planto la camisa encima de la que llevo puesta para ver cómo me sienta.

—Creo que la camisa que llevabas el sábado la dejé para tirar a la basura, aunque no me acuerdo mucho, si te digo la verdad.

—Bueno, estuvo varios días metida en lejía. Creo que han desaparecido todos los restos orgánicos... ¡y las rayas!

Ríe con ganas. Su mirada se pasea por las paredes del salón, un tanto sorprendida de que no esté decorado con cuadros, sino con pósteres clavados directamente en la pared con chinchetas.

—Veo que tienes la casa llena de fotos de esquiadores. ¡Qué curioso!

Le hago una pequeña ruta turística por mi salón.

—Alberto Tomba, italiano. Aunque lo veas gordo era una auténtica bala. Y este otro es Hermann Maier, austríaco, una fiera. Solo con escuchar su nombre ya dan ganas de apartarse y dejarlo pasar: ¡Her-mann-ma-ier! —pronuncio con voz crepitante, imitando la fonética alemana—. Trabajaba como albañil hasta que se dio cuenta de que la nieve era más divertida que el cemento.

—Sí, el cemento no debe de ser muy divertido.

—Por cierto, ¿te apetece tomar algo?

—No, me tengo que ir a buscar piso. Gracias.

Hace ademán de incorporarse, pero se detiene al ver que yo mantengo viva la conversación.

—¿Te mudas?

—¡Qué remedio! —Se encoge de hombros y su rostro se ensombrece de repente—. Mi novio me ha echado del apartamento.

—¿Y eso?

—Cuando se despertó y me vio tumbada en el sofá con una camiseta llena de babas, apestando a vómito y a alcohol, no le hizo mucha gracia. «Me ha sentado mal la cena», le dije. Luego traté de explicárselo, pero no me creyó. Le conté que agarrarme a una camiseta me había salvado la vida y hasta se enfadó. Pensó que era una alcohólica y una depravada. Me ha dado una semana para hacer las maletas y largarme de casa.

—Vaya. Lo siento.

—El caso es que me ha puesto de patitas en la calle. El apartamento es de su familia.

—¿Y qué vas a hacer?

—Compartir piso con otros estudiantes, como todo el mundo. En la facultad hay un tablón de anuncios de gente que busca compañeros para compartir gastos. No será difícil.

La naturaleza le ha otorgado a Irina un precioso rostro alargado, de mandíbula y nariz afiladas. Ojos de un azul eléctrico sin contaminar por la invasión de grises o verdes que maticen ese color tan puro. El flequillo le cae hacia el lado derecho e invade una mejilla casi por completo. Solo los labios resultan vulgares en ese rostro tan agraciado.

Mi amigo Jacinto se había marchado hace un par de meses a los Alpes y no tenía intención de regresar por el momento. Su habitación permanecía desocupada y yo comenzaba a aburrirme de tanta tranquilidad.

—Si quieres te puedes quedar aquí durante un tiempo. Hay una habitación libre. La ocupaba un compañero, pero se ha ido a trabajar a Francia.

Irina arquea las cejas y su mirada se ilumina.

—Pagando los gastos, claro —matizo.

—¡Estupendo! Por supuesto. ¿Cuándo me puedo mudar?

—Cuando quieras. Te daré una llave.

Me incorporo, abro la puerta de la habitación de Jacinto y la invito a pasar. Ella salta del sofá y se planta en un suspiro dentro del cuarto. Le debe de gustar lo que ve, porque me regala un abrazo largo y cálido de inmediato. Esta vez no huele a ron, sino a colonia.

Unas horas más tarde de nuestro segundo encuentro, Irina deshace sus maletas en la habitación más grande de la casa.

Orientada al norte y bastante fría en invierno, pero la más fresca en verano.

Junto a las maletas observo una especie de mono de goma de color azul.

—¿Qué llevas ahí? ¿Un disfraz de Spider-Man? Vaya, si lo hubieras llevado puesto el otro día te habría sido de gran ayuda —bromeo.

Irina vuelve a reír. Da gusto verla feliz después del sufrimiento padecido sobre el tendedero.

—Es un traje de neopreno. Me gusta el mar.

Imagino que practica buceo, una disciplina que empieza a ponerse de moda.

Así es como Irina se instala en mi vida. Primero llegó de una forma poco ortodoxa, por la ventana, y ahora lo hace por la puerta, como corresponde. Con seis maletas y un traje de neopreno, que es como el traje de novia de las muchachas modernas, pero azul y ceñido al cuerpo.

La muchacha baja de nuevo al portal y en esta ocasión regresa con un tablón ovalado bajo el brazo. A primera vista parece un cabecero con tres trozos de plástico en un extremo que simulan la aleta de un tiburón. Rectifico: no se trata de un cabecero, sino de una tabla de surf.

—¡Te gustan las olas, eh!

—Sí, me encantan —su rostro se vuelve a iluminar.

—Ajá. Lo mío es el esquí. Bueno, ya te lo habrás imaginado por la decoración.

—Podemos hacer un intercambio —propone Irina, esbozando una sonrisa juguetona—. Tú me enseñas a esquiar y yo te doy clases de surf.

—Genial. Me parece una buena idea.

A los pocos días de instalarse, me doy cuenta de que Irina y yo somos dos seres contrapuestos. Hacemos la compra juntos y en dicha tarea ya empezamos a mostrar criterios diferentes. Al clasificar la comida por colores, como los niños, ella tiende más al verde y yo al rojo. Me da a conocer productos naturales que yo no sabía ni que existían: quinoa, guanábana, chirivía, bimi… Algunas especies han tenido que cruzar varios océanos para llegar hasta el mercado de abastos. En la cocina somos el yin y el yang. Y también en el resto de aspectos de nuestra vida en común.

Cuando hablamos por teléfono, Jacinto me pregunta si «la nueva» —como él la llama— y yo hemos sustituido el concepto de «compañeros de piso» por otro más relacionado con las hormonas. Por el momento, mis hormonas permanecen en estado de latencia.

Irina sale con frecuencia por las noches y en numerosas ocasiones regresa a casa con algún ligue de esos que te encuentras por la mañana en el pasillo medio desnudo, bostezando, rascándose la cabeza y desorientado. Me saludan y me preguntan dónde está el baño, la cocina… Tengo la sensación de que desempeño la función de guía turístico en mi propia casa y no me resulta agradable. No estoy dispuesto a seguir aguantando esta situación por mucho más tiempo.

Al levantarme una mañana, encuentro a un muchacho en la cocina comiendo un yogur y vestido con una bata de Irina. Me sienta rematadamente mal. Por primera vez soy consciente de que me duele que ella se acueste con otros chicos. En pocas palabras, estoy prendado de la rusa hasta la médula.

Cuando el chico hace ademán de volver a la habitación, no me parece buena idea y le digo que dispone de dos minutos para largarse.

Al verme alto, pero algo flacucho y desmañado, debe de pensar que mis amenazas son un farol y continúa sentado en la mesa de *mi* cocina, comiendo uno de *mis* yogures. Lo agarro por los hombros y lo empujo hasta la encimera. El muchacho esboza una mueca que expresa sorpresa y pánico a partes iguales. Abro la sandwichera e introduzco su cabeza dentro. Al ver mi dedo índice dirigiéndose con determinación al botón de encendido, me implora que lo libere y me asegura que se largará de inmediato.

La misericordia es una de mis escasas virtudes, así que lo libero antes de que su cara luzca de por vida una especie de tatuaje polinesio.

Regresa a la habitación y, a los dos minutos exactos, sale por la puerta atándose los cordones a toda prisa.

Cuando Irina se levanta de la cama, algo aturdida, me pregunta por el muchacho.

—Se ha ido. Me ha dicho que tenía que trabajar —musito con desgana concentrado en la lectura del periódico, lo que me otorga más credibilidad.

Ella no cree del todo mi testimonio. Me mira con recelo y sospecha que miento, pero no me pide más explicaciones. Intuye que me lo he quitado de encima. Y eso solo significa una cosa: que ella me gusta. En realidad significa algo más: me gusta y me estoy metiendo en su vida. Haberla salvado de una muerte segura y cobijarla en mi casa no me da derecho a inmiscuirme en su agenda de contactos. Y menos aún en sus hábitos nocturnos.

La jugarreta no le ha gustado. Me siento culpable por haber echado al muchacho de casa de una forma tan poco caballerosa. Culpable pero encantado.

A la hora de comer trato de suavizar la tensa situación que ha ocurrido por la mañana.

—¿Me das un poco de tu bonsái hipocalórico? —le propongo, apoyándome en una sonrisa sincera.

Irina se ríe a carcajadas. Una buena noticia: no me guarda rencor.

—¿Estás seguro?

Deposita en mi plato un trozo de bimi humeante. La planta es una mezcla de brócoli y col oriental.

Son exactamente las tres de la tarde cuando nuestras miradas se cruzan como las de John Travolta y Uma Thurman en la secuencia de baile de *Pulp Fiction*. Pero sin cocaína de por medio, como mucho los restos de harina que han quedado sobre la encimera tras la elaboración de la bechamel. Sin camareras que emulen estrellas de los años cincuenta ni un decorado a base de Cadillacs reconvertidos en mesas. Nuestro escenario es mucho más vulgar. Estamos sentados en sillas que tienen las patas descromadas en algunos tramos y pegados a una mesa de formica que ha perdido la estampación original en la parte central; un viejo calentador de gas cuelga en un extremo de la cocina y un frigorífico con el lacado ya amarillento luce en el opuesto. Una atmósfera nada romántica y de lo más cutre conforma nuestro decorado.

Sin previo aviso, Irina se levanta de la silla, acerca su cara a la mía y me planta un beso.

Mantengo los ojos abiertos para constatar que la situación es real. Ella los cierra. Yo los cierro. El beso dura tres segundos. Suficientes.

A todos los efectos, y sin confirmación oficial por la otra parte, mi historia de amor con Irina queda inaugurada.

Continuamos comiendo en un silencio incómodo durante un rato. Tras acabar el segundo plato, abro el frigorífico, cojo unos profiteroles y el bote del sirope de chocolate.

—¿Quieres algo de postre? —le digo, a fin de añadir un poco de ruido a un silencio que me angustia.

—A ti —me suelta.

Se levanta de la silla y me besa, esta vez con más profundidad. Un beso amasado, jugoso, carnal. Nos abrazamos. Yo solo puedo hacerlo con los antebrazos; en una mano todavía tengo el platillo de los profiteroles y en la otra la botella de sirope.

Me aprieta contra el frigorífico con tan mal tino que me clavo un imán adherido a la puerta, concretamente un pequeño sacacorchos que había comprado Jacinto en Burdeos como recuerdo.

Permanezco inmóvil. Estoy viviendo el momento cumbre de mi vida y no puedo desaprovecharlo. Noto su lengua entre la mía, sus labios dentro y fuera de mi boca, sus brazos anudados con fuerza a mi cuello. Aprecio también cómo el sacacorchos me atraviesa la epidermis, luego la dermis y va camino de perforarme un pulmón. Una extraña forma de aprender que amor y dolor van de la mano; son dos caras de una moneda que, en mi caso y hasta la fecha, había rodado siempre tambaleándose y amenazando con caer del lado equivocado.

Han pasado veinte años desde que Irina volara sobre mi tendedero y, sin embargo, lo recuerdo como si hubiera sido hace veinte minutos.

La herida del sacacorchos tardó en cicatrizar un par de semanas, y poco más de siete días en desaparecer la marca en la piel que decía: «Burdeos, tierra de vino».

Durante el invierno, los fines de semana que ella no tenía exámenes subía conmigo a la estación, y yo le enseñaba a esquiar. Aprendió rápido. Tenía una habilidad natural para ceñirse a la nieve. También es cierto que partía con una ventaja: ella venía de un país donde la nieve es su medio habitual.

Cada vez que nos sentábamos en el sofá, Irina me señalaba una desagradable mancha de humedad situada en medio de la pared, justo encima de la televisión.

—Con lo bonito que es el salón, esa mancha lo estropea por completo. ¿Me dejas que le ponga remedio? —me propuso.

—Por supuesto.

Yo ya lo había intentado con un par de manos de pintura, pero la mancha se reproducía una y otra vez en contra de las leyes físicas y mi paciencia. Imaginé que Irina bajaría a la ferretería y compraría algún producto capaz de tapar la mancha para siempre.

Al día siguiente me percaté de que había solucionado el problema de forma definitiva y un tanto original: sobre la mancha había pintado un precioso fresco de la Capadocia. Un globo sobrevolaba un conjunto de rocas con forma de percebe, horadadas con el fin de crear viviendas en su interior. Me quedé perplejo ante la belleza del mural y la capacidad creativa de Irina.

—Solo te falta firmar el cuadro y ponerle un título —sugerí.

—*Globo aerostático sobrevolando las chimeneas de hadas* —replicó.

—Un poco largo.

—Tienes razón. Dejémoslo en *Percebes turcos*.

Solté una carcajada. Era una mujer muy inteligente, brillante, especial.

Cuando llegó junio y acabó los exámenes, me convenció para que compráramos una furgoneta de segunda mano acondicionada para acampar.

Yo le había enseñado a esquiar y ahora tocaba la segunda parte: le correspondía a ella adiestrarme en el manejo de la tabla de surf.

Acampamos en una playa asturiana con un oleaje ideal para los no iniciados y allí pasamos todo el verano.

El surf fue un gran descubrimiento. Disfrutaba como un niño practicándolo. Le dedicábamos una hora y media por la mañana y otro tanto a media tarde, para aprovechar los momentos en que el oleaje volvía a ser propicio.

A Irina se le ocurrió una gran idea. «En cuanto acumules unas horas de práctica, tendrás la suficiente maña como para enfrentarte a un reto mayor. Durante el invierno puedes trabajar como monitor de esquí y, en verano, sacarte una buena tajada con el surf. Además, tendrás un bronceado que estarás para comerte.»

Irina era una mujer con grandes ideas y una perspicacia singular.

A principios de septiembre regresamos a Madrid. Sus vacaciones se habían terminado y comenzaban las clases en la universidad.

Apenas llevábamos una semana instalados cuando se produjo un hecho espantoso. A través de la ventana observamos un humo denso y negro en el patio de luces. Abrimos la ventana y nos percatamos de que las llamaradas procedían de más arriba. El piso de los estudiantes estaba ardiendo, con tan mala suerte que uno de los chicos se había quedado encerrado dentro a merced del fuego. Para evitar ser abrasado por las llamas, se lanzó desesperado por la ventana de la cocina. Su cuerpo voló las seis plantas y quedó aplastado contra el hormigón del patio. No pudo agarrarse a las cuerdas del tendedero, como le ocurrió a Irina tiempo atrás. Vista desde nuestra ventana, la escena resultó espeluznante.

Tras la caída, el chico presentaba una postura contorsionada y el cuerpo yacía cubierto por las cuerdas que había arrancado a su paso. Bajo su cabeza, el diámetro del charco de sangre crecía por segundos. Los ojos abiertos miraban a la pared; sus manos, lacias e inertes, reposaban sobre una caja de cartón; una pierna estirada y la otra contraída daban la impresión de que estuviera pedaleando. Me recordaba al aspecto de los esquiadores de descenso cuando pierden el control a ciento cuarenta kilómetros por hora y caen a plomo sobre la nieve helada.

Nunca olvidaré su expresión interrogativa, como si se preguntara la razón de morir tan joven y a causa de un fuego estúpido, producido seguramente por una sartén o una colilla extraviada en un sofá. En la mayoría de las ocasiones, los accidentes domésticos tienen como origen una nimiedad, un descuido. Aquel joven estudiaba Medicina para curar a la gente y no había sabido cuidarse él mismo.

El piso de los estudiantes quedó calcinado y el nuestro también presentaba algún daño, aunque se podía seguir viviendo en él después de hacer unos mínimos retoques al tubo de la salida de humos y a la ventana de la cocina, ambos chamuscados después de que los hubieran alcanzado las llamas.

Los padres de Irina le habían enviado desde Rusia una sustanciosa cantidad de dinero al principio del curso para sus gastos académicos y de manutención, así que decidimos que era un buen momento para cambiar de residencia. Ella no mostró ningún reparo en elegir como nueva morada un piso amplio, viejo pero reformado, con vistas al Paseo del pintor Rosales. Un lugar ideal. Yo disponía de salida directa a la carretera de La Coruña y ella tenía la universidad a un paso. Además de gozar de unas espléndidas vistas a la Casa de Campo.

No planteé ningún impedimento a la nueva casa cuando Irina me comunicó que ella asumiría la mayor parte de los gastos. Sus padres formaban parte de la naciente burguesía adinerada rusa y ella se beneficiaba de aquello. Nada que objetar.

Nunca me hablaba de su familia hasta que un día se lo pedí. Su padre poseía una flota de camiones que alquilaba a una explotación minera en Yakutia y su madre regentaba una empresa de jardinería. Su hermano mayor había fallecido tras una explosión en el gasoducto donde trabajaba y el pequeño estudiaba Secundaria. Vivían en un pueblo cercano a Sochi. Tenía la sensación de que no mencionaba a su familia con frecuencia precisamente para no recordar la dolorosa pérdida de su hermano.

Disfruté de uno de los veranos más felices de mi vida y nada hacía presagiar que el resto del año la cosa pudiera cambiar. Irina era la mujer más extraordinaria que un hombre pudiera conocer. Y me había venido caída del cielo.

7

GENOVEVA

26 de diciembre de 2018

Ni a los cuervos les apetece salir de sus nidos a hurgar en la tierra.

Al bajarme del coche siento un frío húmedo en el ambiente y una sensación de vacío general entre los vecinos de Ribadesella. Caminan con los hombros encogidos y la cabeza gacha, huyendo de la niebla como si fuera un apestoso insecticida.

Me acerco a la casa de la tía Mercedes y echo un vistazo por las calles aledañas en busca del coche de Ricardo. Ni rastro.

Me armo de valor y me planto en la puerta.

Tengo gran interés en que hablemos largo y tendido sobre su «experiencia mística». Trataré de averiguar lo que de verdad vio Mercedes y no dejaré pasar la oportunidad de husmear dentro de la casa en busca de alguna pista que me ayude a sacar conclusiones.

Pulso el timbre un par de veces. Suena como la bocina de un camión viejo, afónica al tiempo que estridente. Un gruñido muy desagradable, en todo caso.

No hay movimiento en el interior. Entretengo la espera observando en detalle la puerta; en su momento fue verde. La lluvia, el sol y la dejadez de Mercedes han transformado su aspecto en un gris agrietado y feúcho. En el felpudo aún se barrunta la cola de un gato, el mismo animal que me recibió en mi primera visita a la casa cuando Ricardo y yo éramos novios.

Vuelvo a tocar el timbre. Ahora sí escucho pasos acercarse lentamente y detenerse detrás de la puerta. La llave gira dentro de la cerradura y la puerta cruje al abrirse y rascar el suelo. La madera ha dejado en las baldosas un trazo curvo, como si fuera obra de un compás con punta de acero capaz de delinear surcos profundos.

Tras la puerta entreabierta aparece el rostro alicaído y somnoliento de Mercedes. Me dedica una mirada entornada, reticente, señal inequívoca de su decepción al verme. Ella esperaba a su amado sobrino y en su lugar se presenta la esposa.

Sujeta el canto de la puerta con una mano y con la otra se apoya en el marco, gesto que interpreto como una señal de desconfianza. Me llega un desagradable olor a lentejas quemadas.

Después de repasar mi aspecto de arriba abajo —dudo que realmente me reconozca—, me invita a entrar ladeando la cabeza y sin mediar palabra, como si yo fuera una empleada del Ayuntamiento que se presenta en casa para leer el contador del agua.

Sigo sus pasos a lo largo del pasillo, flanqueado por una colección de cuadros con escenas de caza que ilustran ambas paredes.

Al entrar en el salón, me indica que me siente en el sofá mientras ella se deja caer en el sillón orejero. Al parecer estaba viendo un programa de televisión con el volumen muy bajo. Deduzco que no le interesa en exceso el concurso y que lo utiliza como fondo sonoro. Hay gente que vive sola y no soporta el silencio.

Tiene las bolsas de los ojos más inflamadas que de costumbre y un tono ceniciento en el rostro provocado por la tibia luz grisácea que penetra a través de las ventanas. Viste una bata descolorida y me da la impresión de que ni siquiera se ha peinado. O descuida su aseo personal o se acaba de levantar.

—¿Se encuentra bien? —le digo.

Mercedes no me mira a los ojos, sino a las rodillas. Sin soltar palabra. Tal vez padezca algo de sordera y por ese motivo ha tardado en abrirme la puerta.

Aparte de la peste a legumbre quemada, la casa huele a mueble añejo y rastros oleaginosos. Por alguna extraña razón, la casa de Mercedes me recuerda el olor de las almazaras.

—Mercedes, ¿qué tal estás? —insisto.

—No estoy bien ni lo voy a estar mientras no aparezca mi sobrino —afirma con voz baja, casi inaudible, con la mirada fija en mis rodillas y las manos firmes sobre los apoyabrazos del sillón, en la misma posición que toman en el momento del despegue los viajeros que cogen un avión por primera vez. Por fin alza la mirada y busca la mía sin mucho afán.

Le pido que me describa de nuevo la historia que me contó por teléfono. Quiero saber si mantiene su extraña versión de lo acaecido en ese mismo salón hace un par de días o introduce alguna variante que dé pie a nuevas expectativas. Advierto que no le agrada repetir aquella situación tan desagradable. Entre guardias, amigos y vecinos, supongo que es la enésima vez que cuenta el mismo relato. Lo rememora a regañadientes, arrastrando las palabras, como cuentan las cosas quienes experimentan los efectos de una leve sedación.

Mientras la escucho, paseo la mirada con disimulo por el salón en busca de cualquier detalle que me resulte llamativo, algún indicio revelador de la presencia de Ricardo en la casa. No encuentro por ningún sitio las flores que compró en Madrid antes de salir.

El salón no ha variado ni un ápice desde la última vez que estuve aquí. Los cientos de retratos toman las riendas de la decoración, ellos son los protagonistas absolutos de la estancia. La librería, el aparador y la mesa de comedor hacen las veces de peanas para acomodar imágenes. Los marcos de las fotos han perdido el lustre, conquistados por un manto de polvo de notable grosor que se acentúa en los pliegues. Las paredes ayudan a completar la galería a base de una variopinta muestra de dibujos y acuarelas infantiles pintados por Ricardo y Beatriz.

Mercedes no varía ni una coma la versión que me ofreció por teléfono. O anda muy convencida de lo que vio o se ha creído su propio delirio. Acierta, sin embargo, con la vestimenta que llevaba Ricardo. Elementos reales e imaginarios se entremezclan en su relato.

Con el pretexto de ir al baño, recorro la casa palmo a palmo, incluso echo un vistazo al cubo de la basura. Todo está en su sitio, tal y como lo recordaba. No encuentro ningún objeto que delate la visita de mi marido.

Vuelvo al salón y le prometo a Mercedes que encontraré a su sobrino. Es cuestión de tiempo. Sentada en el sillón y con la cabeza reclinada hacia un lado, la mujer me atiende abatida. No consigo levantarle el ánimo por mucho que insista en que Ricardo acabará por aparecer. No es tonta. Sabe que si me he desplazado desde Madrid a Ribadesella no es para tomar el aire. Algo grave y sumamente confuso le ha pasado a su sobrino.

—¿Quieres tomar algo? —me pregunta sin apenas vocalizar.

—No, gracias, tengo que irme. Solo quería pasar a saludarte y ver cómo estabas.

Me da pena dejarla sola, recostada en un sillón que a buen seguro tendrá ya su silueta impresa. Mercedes no me traga y yo tampoco siento afecto por ella. En cualquier caso, el dolor es un buen lubricante cuando las relaciones familiares chirrían. Y las dos sufrimos un verdadero calvario en este momento.

La dejo viendo la televisión y salgo a la calle. Recorro el pueblo de punta a punta, callejuela por callejuela, rincón tras rincón. Bajo hasta el puerto y, como imaginaba, no hay ni un alma. Los barcos pesqueros yacen amarrados en una perfecta hilera. Un gato husmeando bajo un contenedor es el único rastro de vida que hallo en la zona portuaria. Cruzo el puente y merodeo por el barrio de la playa. El coche de Ricardo no aparece por ningún lado. Quizá permanezca escondido en algún garaje. Si su intención era pasar desapercibido, ponerlo a resguardo hubiera sido la maniobra más inteligente.

En un descampado junto al camping cruza un joven montado en una moto cuyo desagradable estrépito supera con mucho su velocidad. Da la impresión de que el joven propietario ha instalado un ruidoso tubo de escape para que la moto ruja como una trompeta sin sordina. El muchacho se divierte trazando derrapes en la superficie arenosa y desaparece acelerando a tope.

Podría pasarme horas dando vueltas por el pueblo examinando callejuelas y fisgoneando tras los ojos de las cerraduras de los garajes. En definitiva, persiguiendo sombras. Soy consciente de mis limitaciones. Efectúo un rastreo demasiado inocente y, desde luego, ineficaz. En un pueblo es difícil pasar inadvertido. Aparte del sargento Paredes, y probablemente la tía Mercedes, alguien más tendría que haberse topado con Ricardo en algún momento.

Apenas conozco gente de Ribadesella. Algunos amigos de Ricardo, de los que solo recuerdo los nombres, pero cuyos domicilios sería incapaz de localizar. Tampoco dispongo de sus números de teléfono. Cuando visitábamos el pueblo, yo mostraba más interés en fijar la hora de vuelta que en retener información de las personas que formaban parte del pasado de mi marido. Ribadesella no pertenecía a mi mundo, por mucho que nombraran a Ricardo hijo predilecto. Las coordenadas del pueblo correspondían al mapa vital de mi marido, no al mío. Si soy sincera, he de reconocer que nunca me ha gustado el pueblo, y siempre he tenido la sensación de que yo tampoco le gustaba a él. Ricardo era consciente de esa incompatibilidad y no me forzaba a visitarlo con más frecuencia de la necesaria.

Me acerco a la playa y camino sin rumbo fijo. Al final del recorrido, restriego las suelas de los zapatos contra la hierba para eliminar la arena. Diviso al joven de la moto ruidosa bebiendo agua de un caño. En un principio pensaba ignorar su presencia, pero no estoy en condiciones de despreciar ninguna posible fuente de información. El muchacho contorsiona su cuerpo para poder beber sin empaparse.

—¿Conoces a Ricardo Manrique? —le espeto sin esperar a que termine de beber.

El joven se gira como si le hubiera hablado un espectro, se seca la boca con la manga del chubasquero y niega con un mohín, como si tratara de demostrarme que le he interrumpido en medio de una tarea crucial en su vida. ¡Niñato maleducado!

—Que sepas que esa agua no es potable —le anuncio con rencoroso y despectivo deleite. Obviamente su idoneidad para el consumo estaba fuera de toda duda. El muchacho arruga los labios, como si le quemaran de repente, y se queda mirando el chorro con angustiosa perplejidad.

Me encamino hacia el centro del pueblo con el propósito de encontrar una mínima señal, dar con alguien que lo haya visto. Hasta ahora no cuento con más testimonios que la alucinación de Mercedes y la efímera percepción del sargento Paredes.

En la plaza Nueva me topo con una tasca reconocible como bar Saúl a través de un luminoso en el que solo permanecen encendidas tres letras. El resto ha muerto de fatiga y a nadie se le ha ocurrido reponerlas.

La tasca sería el primer lugar donde Ricardo entraría en caso de haberse detenido en el pueblo en algún momento. Le encanta charlar con los parroquianos, y ellos siempre le muestran un cálido recibimiento y una devoción reverencial cada vez que aparece en el pueblo.

La tasca ofrece un tenue aroma a pan tostado y a tabaco. La barra, de madera maciza, presenta una ostensible pátina de grasa que diezma el brillo original.

Algunos clientes juegan a las cartas en un silencio impropio de una partida, musitando sus jugadas sin excesivas ganas. Uno de ellos mantiene en perfecto equilibro un pitillo encendido en la comisura de los labios.

Encima de la hilera de botellas, un folio pegado en la pared anuncia que se alquilan habitaciones.

Saúl tendrá unos sesenta y tantos años. Un cuerpo enjuto, aunque adivinaría que fibroso, y una cabeza que la calvicie no ha conseguido conquistar, ni siquiera menoscabar. Luce una impresionante mata de pelo blanco presidida por un ondulado tupé. La piel del rostro contiene arrugas profundas, casi surcos, y un tono broncíneo. No sería de extrañar que fuera pescador en otra época y le hubiera dado por cambiar las redes por la cafetera. Me recuerda a esos hombres de otras latitudes, de mirada lánguida e impasible, que salen en los documentales.

Saúl parece más interesado en colocar en la estantería los vasos recién extraídos del lavavajillas que en atenderme. Carraspeo con ganas para que se percate de mi presencia.

Sobre el mostrador hay una vitrina distribuida en cuatro cubetas con diferentes guisos. Cada una ofrece un aspecto más siniestro si cabe que su vecina. Bajo mis pies advierto un suelo mullido, a causa de un montón de serrín que con toda seguridad tapa alguna bebida derramada. Me pregunto si no hubiera sido más fácil acudir a una fregona que a un aserradero.

Al entrar pensaba pedir una copa de vino para no parecer interesada exclusivamente en solicitar información sin la conveniente contraprestación. Visto lo visto, el establecimiento no me ofrece muchas garantías de higiene. Decido cambiar de criterio y pedir un té. Al menos el agua a punto de ebullición liquidará una buena parte de los microorganismos alojados en la taza. Saúl asiente con la cabeza, saca una taza de la estantería, la llena de agua y la coloca bajo el vaporizador.

—Estoy buscando a Ricardo Manrique. ¿Lo conoce, verdad?

—Claro, como no lo voy a conocer —me responde. Noto que se muestra más afable al escuchar el nombre de mi marido.

—Soy su esposa. Estoy preocupada porque no sé nada de él desde hace unos días y su intención era venir a Ribadesella. De hecho, ayer estuvo en el pueblo. ¿Usted lo ha visto? ¿Ha pasado por aquí en algún momento?

Saúl mete un saquito de té en la taza y coloca un platillo encima.

—Si le digo la verdad, ahora mismo no lo recuerdo. Desde luego, en el bar no ha estado. —Deja de dirigirse a mí y grita a los clientes que juegan a las cartas—: ¿Alguno de vosotros ha visto a Ricardo por aquí estos días?

Los jugadores sacuden negativamente la cabeza, todos a la vez, como un grupo de natación sincronizada.

—¿Le ha preguntado a su tía? —Saúl prosigue su charla conmigo después de comprobar que sus clientes no destacan precisamente por su grado de implicación.

—Fue lo primero que hice nada más llegar. Ella tampoco sabe nada.

—Qué fastidio. Pues si Merce no está al corriente… —lamenta, chasqueando la lengua.

Saúl me acerca la taza de té y se sitúa frente a mí, con las manos apoyadas en el mostrador, como si lo estuviera sujetando.

—Ayer lo vio el sargento Paredes en el coche, pero no sé nada más. Estoy muy preocupada, como puede imaginar —insisto. No me importa ser pesada si a cambio obtengo algún detalle que me ayude a localizarlo.

—Por supuesto que me hago cargo de la situación. Él siempre viene en Navidad a ver a su tía. —Arruga el entrecejo—. ¿Y usted dice que ella no sabe nada? Qué raro.

Juego con la bolsita del té, zambulléndola y sacándola de la taza. No pensaba comentarle a Saúl la alucinación de la tía Mercedes. No ganaría nada con ello. Aunque a esas alturas lo más probable es que todo el pueblo esté al corriente.

De repente recuerdo que Beatriz me confesó que Ricardo tuvo una novia en el pueblo antes de que comenzara nuestra relación. A buen seguro que Saúl la conoce y me puede aportar datos relevantes. Me resulta muy violento preguntar por ella directamente. Debo encubrir mis intenciones.

—Por cierto, hace mucho tiempo que no veo a Carla.

—Yo tampoco, si le digo la verdad. Esa muchacha hace más vida en Oviedo que aquí.

Oviedo, qué casualidad. La ciudad donde a Ricardo le gustaba hacer noche. Ya solo falta confirmar el color de su pelo.

Doy un sorbo a la taza. Es agradable sentir un líquido caliente en la garganta después de la mañana que llevo.

—No me extrañaría que se hubiera vuelto a teñir el pelo. Le gusta tanto cambiar de imagen. —Dejo la mirada extraviada y me llevo la mano a la barbilla, simulando recordar.

—No sabría decirle. No me fijo mucho en esas cosas. En invierno siempre la veo con un gorro de lana. Aunque usted no lo crea, aquí también hace fresco en estas fechas.

¿Saúl me ha sido útil o me ha confundido aún más? Esa tal Carla vive en Oviedo y visita de vez en cuando Ribadesella, un dato que cuadra con mis sospechas iniciales. Pero el asunto del gorro de lana me despista. El guardia me dijo que Ricardo iba en el coche con una mujer de melena rubia. Las temperaturas han sido frías durante toda la semana, sobre todo el día de Nochebuena, según los informes meteorológicos. Lo razonable hubiera sido que llevara el gorro puesto, salvo que se lo quitara para conducir.

Despliego hipótesis prometedoras que terminan anulándose entre sí.

Pensaba darle mi tarjeta a Saúl por si acaso tuviera alguna revelación sobre el paradero de Ricardo, pero me resulta ridículo e impropio. Se sobreentiende que una esposa tendría que ser la primera persona en saber dónde anda su marido.

Saúl no me puede aportar más datos, debo seguir buscando por mi cuenta. El hombre regresa al otro lado de la barra, donde ha dejado a medias el trajín con el lavavajillas para atenderme.

Doy otro sorbo y me quedo un rato observando con discreción al cuarteto que juega la partida de cartas. Tienen pinta de jubilados. No me miran como a una cliente, sino como algo anómalo. Tal vez alguno de ellos sí se cruzó en algún momento con mi marido, pero cuando Saúl les ha interpelado lo han negado por pura indolencia, no iban a interrumpir una tarea tan gloriosa como una partida de cartas.

Desde luego, el desinterés de esos hombres no invita a un interrogatorio por mi parte. La tasca tiene el techo alto y la televisión apagada, de modo que han escuchado sin problema el eco de nuestra conversación y son conscientes de mi grado de angustia. Parecen cuatro sordomudos cuya rutina consiste en dar golpes con la mano sobre la mesa e intercambiar naipes. Ninguno de ellos muestra una mínima iniciativa en colaborar, y no se lo pienso pedir. Sus ojos se mueven como lagartijas, pero sus rostros ofrecen la rigidez de la cera. Apostaría a que ni salivan.

Uno de ellos, sentado de espaldas a la puerta, me dirige una mirada furtiva que me hace sentir incómoda. Juraría que se ha enterado perfectamente de las vicisitudes por las que estoy pasando y observa mis movimientos a distancia. A pesar de tener más o menos la misma edad que sus compañeros de partida, de su silla cuelga un chubasquero amarillo de la marca Columbia. Desde luego no tiene mucho en común con el resto de jugadores.

El hombre del cigarrillo adosado a los labios traza un círculo con la mano, sobrevolando el tapete, gesto que Saúl interpreta como que desean otra ronda y suelta un desinflado «¡marchando!». Ni para pedir otra copa de vino son capaces de levantar la voz.

Termino la taza de té y doy por terminada mi visita a la tasca.

—Muchas gracias. Ha sido muy amable —le digo al dueño a modo de despedida.

—A ver si aparece —me responde. Se nota que es sincero y que a él también le inquieta la desaparición de Ricardo.

Salgo del bar y echo un vistazo al resto de negocios de la plaza. La dueña de una zapatería abre la puerta con la mano derecha mientras con la izquierda hace el gesto de abrocharse la chaqueta de lana que ya estaba debidamente abrochada. Le pregunto por Ricardo, pero no sabe darme ninguna referencia y, al igual que ha ocurrido con Saúl, también me remite a su tía. Mercedes es una de las claves del asunto, pero su boca es propensa a soltar delirios.

Uno tras otro, voy visitando los locales distribuidos por la plaza y las calles principales sin encontrar la más mínima pista.

Desesperada, me siento en un banco a pensar en el siguiente paso. Un grupo de niños cruza la plaza con la mirada fija al suelo, como si el horizonte grisáceo los cegara o se sintieran culpables por llegar tarde a algún sitio. Hasta los niños parecen desentenderse de lo que no sean sus propias cavilaciones.

Después de recorrer quinientos kilómetros, ¿ningún vecino me va a contar algo realmente útil sobre Ricardo? Está claro que el pueblo me da la espalda, me rechaza como si fuera una pedigüeña apestosa.

Me centro en el interesante dato proporcionado por Saúl: una antigua novia de Ricardo reparte su tiempo entre el pueblo y Oviedo. Su pelo puede ser rubio o no serlo, porque en invierno suele cubrirlo con un gorro de lana.

Me muevo más por desesperación que por convicción. Desde que salí de casa soy consciente de que va a ser difícil obtener algún rastro. Pero no puedo quedarme con las manos en los bolsillos esperando que Ricardo aparezca, o que me llame y me cuente que ha decidido independizarse y echarse a los brazos de una antigua novia. O una nueva, que también cabe esa posibilidad, aunque por ahora es una opción que no me planteo.

Doy por finalizada la fase de rastreo y me dirijo al cuartel. Solicito hablar con el sargento Paredes. Quiero que me cuente con detalle lo que vio en Nochebuena, aunque debe de pensar que actúo como una esposa despechada, desesperada y a punto de explotar.

El sargento se muestra muy amable conmigo. Hace gala de un tacto exquisito que agradezco. Da la impresión de que intenta complacerme ante la imposibilidad de poder ayudarme.

Me relata la secuencia completa, idéntica a la versión que el guardia Madrigal me ofreció por teléfono.

—Todo apunta a que se ha visto con una mujer y me lo está ocultando —le planteo, ante la contundencia de su testimonio.

—¿No sería Beatriz la que iba en el coche? Le gusta mucho venir a ver a su tía —sugiere el sargento.

—No creo. Me aseguró que estaba en Madrid. No tiene el menor sentido que me mienta.

El hombre exhibe una actitud de verdadera preocupación.

—¿Recuerda si Ricardo hacía últimamente llamadas telefónicas con más frecuencia de lo normal?

—En la última semana he notado que usaba más el teléfono, pero creo que es debido a la gira que empieza en breve.

El sargento entrecruza las manos y se muerde el labio inferior. Él también busca una respuesta ante una situación anómala, bastante insólita para un pueblo como este. A pesar de que los datos son bastante claros, me cuesta reconocer que mi marido pertenezca a ese tipo de hombres que se dejan llevar por un fogonazo pasional y luego son incapaces de hacer frente a las consecuencias.

—Un hemisferio de mi cerebro está convencido de que mantiene una aventura, la información que manejo apunta en esa dirección —reconozco—, y la otra mitad no lo acaba de creer. Ricardo no es una persona impulsiva, más bien todo lo contrario. No me cabe en la cabeza que, de la noche a la mañana, se eche a los brazos de otra mujer y venga a su pueblo a hacer la presentación oficial. Es un hombre formal, educado, un músico de prestigio. Si hubiera decidido dejarme plantada, me lo hubiera dicho. Estoy segura. —Vacilo—. Bueno, casi segura.

El sargento se palpa los bolsillos, como si buscara el tabaco. Lo que pone sobre la mesa es un paquete con caramelos de miel.

—¿Quiere uno? Son ideales para despejar la garganta.

—No, gracias.

Se introduce un caramelo en la boca y guarda el paquete. Acto seguido se dirige a mí con mirada impávida.

—Nosotros escuchamos todo tipo de versiones tras una desaparición. —El hombre me habla con serenidad, incluso percibo un toque de dulzura en su entonación—. Y, en ocasiones, créame, los que se largan actúan con ese patrón. Les da miedo enfrentarse a su pareja, o sencillamente no quieren pasar un mal rato discutiendo y lanzándose dardos envenenados. Prefieren que los hechos consumados hablen por ellos.

—Pero Ricardo no es así —protesto, comedida.

El sargento sonríe, arquea las cejas y se acomoda en la silla. Juega con el caramelo dentro de la boca.

—Esa es una frase que escuchamos sin cesar. «Mi marido no es así.» «Mi mujer no es así.» Pues claro, su marido es así, su mujer es así, pero el perro no muerde hasta que muerde.

—La actitud de mi marido resulta demasiado confusa. —Trato de explicarle la situación, tal vez ello me sirva para que yo misma la entienda mejor—. Me dijo que venía al pueblo a comer con su tía el día de Nochebuena y que regresaría a Madrid a cenar con mi familia en cuanto acabara. Si hubiera querido irse con otra mujer, no postergaría tanto las explicaciones. No se comportaría como un adolescente que evita a sus padres tras unas malas notas. Mi marido no es un adolescente. Al revés, a veces su seriedad asusta. Créame.

—Llevo treinta años en el Cuerpo y conozco prácticamente a todo el mundo de la comarca. Imagínese lo que he visto y oído durante este tiempo. Podría pasar la tarde contándole los casos más inverosímiles y no acabaría. El perro no muerde...

—Sí, hasta que muerde —lo interrumpo.

Los argumentos del sargento Paredes, fundados en una larga experiencia en el manejo de todo tipo de conflictos, se suman a mis peores augurios desde que llamé al hotel de Oviedo, escuché la música de espera y comprobé el cargo en cuenta de la floristería correspondiente a un ramo de flores que nunca llegó a manos de la tía Mercedes. Y, por si me quedase alguna duda, Saúl me acaba de confirmar lo que ya intuía: la antigua novia va y viene de Oviedo con asiduidad.

Analizado con frialdad, el caso manifiesta todos los síntomas de una infidelidad, una deserción silenciosa. Sin embargo, no me resigno a pensar que mi marido sea un canalla, como pronostica el sargento. Un canalla y un cobarde.

—Mi marido sería incapaz de hacerme una cosa así —aseguro, tras unos segundos de reflexión—. Ni a mí ni a su tía. Imposible.

El sargento abandona de repente su pose serena y me mira a los ojos con la cabeza entornada.

—¿No estará metido en algún asunto extraño? Me refiero a algún asunto que usted haya pasado por alto. El mundo en el que vivimos se ha vuelto muy... complejo.

—¿Ricardo? No lo creo. Solo vive para la música.

—¿Y si hubiera caído en alguna historia rara por internet?

—No entiendo a qué se refiere.

El sargento acerca su torso al escritorio con el ánimo de usar un tono de innecesaria discreción; estamos solos en la oficina.

—Usted sabe igual que yo que ahora a la gente le ha dado por relacionarse a través de la red. Hablando de una forma coloquial: ligar a través de una pantalla.

Tras unos instantes de vacilación, contemplo esa posibilidad. Me había centrado en esa primera novia de la que me habló Beatriz y no me dio por imaginar que el mundo ha cambiado en todos los aspectos, y las relaciones personales son uno de ellos.

—Ricardo no tiene redes sociales, y las veces que usa el ordenador lo hace en la mesa del salón, sin importarle mucho que yo ande trasteando de un lado para otro. En ese sentido estoy tranquila.

—Ya. —El sargento permanece pensativo, con el caramelo danzando de un carrillo al otro—. ¿Y el móvil? ¿Cómo sabe usted que no usa el móvil como herramienta para navegar por internet en lugar del ordenador?

—La mayoría de las veces cojo yo el teléfono cuando le llaman. Y lo mismo ocurre con el correo electrónico o los mensajes de texto. En caso de que manejara algún asunto tan delicado como un ligue supongo que no sería tan confiado.

—Ya. En ese caso...

El hombre se levanta de la silla y escruta durante unos instantes un mapa de la comarca que hay colgado en la pared. Se rasca la incipiente papada. Parece que intenta buscar alguna explicación a la ruta emprendida por Ricardo, algún accidente geográfico peculiar que le dé alguna pista sobre su paradero. Mueve el dedo índice por el mapa negando con la cabeza.

—No se me ocurre adónde pudo ir. Desde luego era él, de eso estoy seguro. E iba a cruzar el puente. —Clava con fuerza el dedo sobre un punto del mapa.

—¿Qué piensa usted de la descabellada historia de la tía Mercedes sobre el cuerpo congelado?

—Bueno, a esa mujer no hay que hacerle mucho caso. Ya sabe. —Reclina la cabeza hacia atrás, esboza el ademán de empinar el codo y acto seguido se lleva el dedo a la sien—: Vermú, pastillas, soledad, mucho tiempo libre... Siento decírselo en estos términos, pero está como una cabra. El otro día casi le abre la cabeza a una vecina de una pedrada con la excusa de que tiraba a dar a las gaviotas.

—La he visitado esta mañana y parecía bastante tranquila.

—Claro. Si se toma las pastillas está como una rosa, medio sedada, y da gusto hablar con ella. Pero cuando le da por salir con sus amigas por los bares del pueblo, como ocurrió esa mañana, la cosa cambia. La mezcla de los medicamentos con el alcohol la desquicia.

—Aunque esté como una cabra, no creo que su relato sea una completa aberración, tal vez haya algo de verdad. Mercedes me dijo que Ricardo llevaba puesto un abrigo azul oscuro y una bufanda de color mostaza. Y es muy probable que tenga razón. Desde luego, esas prendas faltan en su armario.

—¿Ricardo congelado y tocando el piano? Permítame, pero...

—El sargento abre los brazos en una clara manifestación de escepticismo.

—Respecto al cuerpo congelado, estamos de acuerdo en que es una pura alucinación, pero estoy convencida de que mi marido estuvo en su casa. El abrigo y la bufanda son la prueba. Lo que no sabemos es por qué se fue antes de comer, con qué destino y, lo más importante, quién lo acompañaba.

El sargento se queda pensativo, restregándose los labios con el dedo.

—Del abrigo no le podría decir el color, solo que era oscuro, pero sí es probable que la bufanda fuera de color mostaza. La llevaba anudada como si fuera una corbata.

—Así es —reconozco, dando pie a cierto optimismo—. A él le gusta lucirla con ese tipo de nudo y meterla por dentro del abrigo.

—O sea, que usted piensa que Ricardo estuvo en casa de Mercedes antes de que yo lo viera. Al final la mujer va a tener razón, al menos en una parte. El resto sí es un puro desatino.

—Estuvo en su casa, de eso no tengo duda. Sin embargo, no dejó allí las flores.

—¿De qué flores me habla?

El sargento abandona el mapa y vuelve a tomar asiento.

—En la cuenta del banco figura un cargo correspondiente a una floristería de Madrid. Las flores deberían haber sido para Mercedes, pero no están en su casa, lo que demuestra que no eran para ella, sino para otra persona. Una circunstancia poco agradable para mí, tengo que reconocer. Otra posibilidad es que Ricardo aún no se haya pasado por casa de Mercedes, aunque tenga previsto hacerlo en algún momento. Algo que tampoco me cuadra porque ella acertó con la descripción de la ropa que llevaba puesta, lo que significa que ya había estado en casa de su tía.

—Un verdadero galimatías —advierte el sargento, estrujándose el rostro con ambas manos—. La cosa parece seria. ¿Quiere presentar una denuncia por desaparición?

—Todavía no. Creo que se ha ido por voluntad propia.

—Como quiera.

—Pienso recorrer cada metro cuadrado de este pueblo. Le aseguro que no me moveré de aquí hasta que aparezca. Con amiga o sin ella, pero tiene que aparecer.

—Otro detalle que no podemos perder de vista es la comida —añade el sargento—. Está claro que no se quedó a comer en casa de Mercedes como era su intención. Entonces, ¿dónde narices lo hizo? Ricardo no es una persona que se alimente de bocadillos. Usted lo sabe mejor que yo. Le gusta la buena mesa. Yo lo he visto algunas veces en el restaurante Arbidel.

—Me pasaré por allí. En cualquier caso, si se entera de algo, manténgame al corriente, por favor.

—Así lo haré.

—Se lo agradezco.

—Siento de corazón el mal trago que está pasando y admiro la sangre fría con que lo afronta. La tendré informada, no se preocupe. Supongo que se alojará en el pueblo.

Al llegar a Ribadesella esta mañana, mi único propósito era encontrar a Ricardo, ni siquiera me había planteado dónde pasar la noche. Desde luego, la casa de Mercedes queda descartada. Cualquier sitio con una cama y baño me valdrá.

—En el bar de Saúl he leído que se alquilan habitaciones —pienso en voz alta.

—Sí, es él quien regenta un hostal situado en la plaza de Santa Ana. Se comenta que es un nido de moho. —El sargento se echa a reír con estrépito. Su risa suena como un papel al rasgarse—. Saúl cree que los radiadores forman parte de la decoración.

—Sé que estaría mucho más cómoda en el Villa Rosario o en el Hotel del Sella, sin duda alguna, pero si me alojo en el centro del pueblo todo será más fácil. Ante situaciones desesperadas, medidas desesperadas —concluyo.

Le entrego mi tarjeta y abandono el cuartel en un estado de nervios agravado por las nuevas conjeturas que conducen a una auténtica contradicción: ¿me estaba siendo infiel una persona a la que yo consideraba incapaz de serlo? Y, en caso de que fuera cierto, ¿lo haría en brazos de una antigua novia o cabe la posibilidad de que hubiera conocido a alguien a través de internet? Su aparente desinterés por las redes sociales y el poco celo en el uso de su móvil no hacen presumir que así fuera, pero tampoco destierro del todo esa posibilidad.

Cuando me casé con Ricardo imaginé los posibles rumbos que podría tomar nuestra vida en común: ¿Tendríamos hijos o preferiríamos dejar a otros la responsabilidad de mantener la especie? ¿Cambiaríamos nuestro pequeño piso por uno más grande o nos mantendríamos en el actual, muy confortable y de fácil acceso al aeropuerto? ¿Con el paso de los años nos seguiríamos queriendo con la misma intensidad que lo hacíamos en ese momento o experimentaríamos la caducidad del amor? Jamás me dio por pensar que un día de Nochebuena mi marido pudiera evaporarse como el agua de un florero.

8

GENOVEVA

Siguiendo la sugerencia del sargento, me acerco al restaurante Arbidel. El local está ya medio vacío a esta hora de la tarde. Le pregunto a una camarera muy joven sobre la posible presencia de Ricardo dos días antes. Me contesta negativamente. Puede que no lleve mucho tiempo trabajando en el local y, en caso de que Ricardo hubiera pasado por aquí, para ella habría sido un cliente más. Me traería más cuenta buscar al propietario o al metre.

Le pregunto a la chica si es posible hablar con alguno de ellos. La muchacha no me pone ninguna pega, pero me sugiere que espere y se dirige a la cocina. Enseguida sale a mi encuentro un hombre de unos cuarenta años. Por el fuste con el que viste tiene pinta de ser el metre.

—Buenas tardes. Perdone que le moleste. ¿Conoce usted a Ricardo Manrique?

—Sí, claro. Todo el mundo lo conoce —me asegura risueño y con un matiz de admiración en su respuesta. Su tono me levanta el ánimo.

—¿Recuerda si estuvo comiendo aquí el día de Nochebuena?

—No —responde sin necesidad de rememorar—. Me acordaría.

—Vaya. —Mi ánimo regresa a su pesimismo anterior—. Soy su mujer, perdone que no me haya presentado. Estoy muy nerviosa. No sé nada de él desde hace un par de días. El sargento Paredes me ha comentado que Ricardo viene aquí de vez en cuando.

—En verano viene bastante con su hermana. Pero hace tiempo que no lo veo —señala sin perder la sonrisa.

—Muchas gracias. En ese caso no le molesto más.

—No es molestia. Todo lo contrario. Espero que aparezca, por Dios.

Me despido de él y de la camarera que me había atendido. Avanzo hacia la salida con una nueva punzada de derrota en el estómago.

Antes de abrir la puerta, una mano sobre el hombro me retiene. Me giro. El metre menea la cabeza haciendo círculos, como si estuviera centrifugando las neuronas para que actuaran con más eficacia.

—¿Ricardo sigue teniendo el Jaguar verde?

—En efecto —respondo. Ahora la punzada es de entusiasmo.

—Me pareció verlo en la gasolinera que hay al final del pueblo en dirección a Oviedo. Es una gasolinera amarilla situada a la izquierda de una rotonda. Bien pudiera ser otra persona, pero no es un coche muy común por aquí.

—¿Sobre qué hora lo vio?

—No le podría decir la hora exacta, serían las tres y pico o las cuatro. Tenemos unos clientes de toda la vida que se beben un par de botellas de sidra cada uno y, antes de que se caigan a la ría, prefiero llevarlos a casa. No está la cosa como para perder clientela. —Se carcajea—. También tengo que decirle que iba bastante rápido.

—Sí, le gusta correr. ¿Recuerda si iba solo o lo acompañaba alguien?

—No sabría decirle. Lo vi de refilón al entrar en la rotonda.

—Muchas gracias. Cuando todo esto acabe, le diré a mi marido que vengamos a comer al restaurante.

—Será un placer servirles. A Ricardo le encanta nuestro ceviche de bogavante. Espero que todo vaya bien. ¡Feliz Navidad!

Centímetro a centímetro, micra a micra, avanzaban mis indagaciones. Albergaba la esperanza de que Ricardo anduviera por la zona. Desconocía la compañía y el lugar exacto, pero tenía que estar escondido en algún punto entre Ribadesella y las montañas.

Cuando venía al pueblo, él solía visitar una granja lechera, donde se aprovisionaba de quesos y mantequilla para una buena temporada. A continuación tomaba una carretera estrecha, prácticamente una pista forestal, y accedíamos a un lagar. Allí cargaba con un par de cajas de sidra natural. Todo eso podía adquirirlo en Madrid, pero a él le gustaba realizar el mismo recorrido en cada visita, como si consumara las diferentes etapas de un ritual de pertenencia a la tribu.

Calcaré el itinerario que solía trazar Ricardo.

Al llegar a la granja Lisuca me llevo una gran decepción. En la entrada encuentro un Nissan Primera, una furgoneta y, dentro del patio, un tractor de esos minúsculos que se usan en las pendientes de los prados para no volcar. Al fondo se levanta una torre de paquetes de hierba de forma cilíndrica, enfundados en plástico blanco. Una docena de gallinas picotean una mezcla de barro y estiércol, más estiércol que barro a tenor del apestoso olor que despide la mezcla.

Ningún Jaguar verde a la vista.

Al oír el ruido de mi coche en el patio, la dueña de la granja sale a mi encuentro. Le pregunto si mi marido ha pasado por allí en los últimos días y le cuento las circunstancias de la desaparición. La mujer me mira con desconfianza, desorientada ante una situación tan extraña. Me asegura que Ricardo no ha ido a visitarlos al menos desde octubre.

Imagino que tal vez decidió prescindir de los quesos y la mantequilla por una temporada y comprar solo sidra. Desde luego, la sidra es más navideña que la mantequilla.

Recorro unos cuatro kilómetros carretera arriba y tomo un desvío que recuerdo bien: una pista forestal hacia la izquierda. Las ruedas del coche emiten un traqueteo desagradable al desplazarse sobre la grava mezclada con guijarros voluminosos de aristas afiladas. Unos minutos después de tomar la pista, me detengo frente al lagar. Llamo a la puerta con los nudillos y aparece un hombre mayor vestido con un mono grisáceo; agarra de la mano a una niña que me mira como si yo fuera su nueva profesora. Da la impresión de que en ese momento se reúnen en casa las tres generaciones de la familia. Le explico la situación, que ya empieza a convertirse en una pesada y dolorosa retahíla de datos e incertidumbres.

El dueño me confirma la versión de la granjera. Hace tiempo que mi marido no acude a llenar el maletero de sidra. Le hago una caricia desganada a la niña y les deseo una Feliz Navidad. Ellos me devuelven la felicitación y me siguen con mirada recelosa hasta que, marcha atrás, mi coche sale de la propiedad.

Al contrario de lo esperado, Ricardo no hizo escala en esos lugares estratégicos en su habitual tarea de aprovisionamiento de productos artesanos. Entonces, ¿adónde se dirigía cuando fue visto por última vez? Ya no me encuentro frente a una mera hipótesis. Dos personas de fiar, como el sargento y el metre del restaurante, lo vieron, incluso han coincidido en el intervalo horario. El coche de Ricardo merodeó por aquel laberinto de pistas forestales y carreteras intrincadas. Cualquiera de las casas diseminadas por la comarca, provistas de chimeneas humeantes y rodeadas de herramientas de labranza, podía haber sido su cobijo. Probablemente esa maldita novia de juventud vive en alguna de ellas. A estas horas, no me cabe ninguna duda de que están juntos, alimentando la chimenea con troncos y dando rienda suelta a otro tipo de fuego. Hablar de una situación desalentadora es quedarse corta.

Continúo por la pista, conduciendo despacio por si acaso encuentro aparcado su coche frente a alguna de las casonas. El Jaguar no aparece por ningún sitio.

Después de trillar la zona sin encontrar el más mínimo rastro, empieza a anochecer. Ya no queda nada por hacer más que sentarse junto al teléfono y esperar a que emita algún sonido.

Regreso al coche, me siento y apoyo las manos en el volante. La noche cae frente al parabrisas. Con ella se desvanecen unas esperanzas mantenidas artificialmente. El desánimo más atroz me acaba de ganar para su causa.

En algún momento recibiré una llamada. El mensaje puede adquirir diferentes grados: abandono, accidente... Sea cual sea el contenido, estoy segura de que transmitirá una pésima noticia.

Las personas no aparecen por más que se las busque. Vuelven porque así lo han decidido ellos mismos o alguien lo ha decidido en su lugar.

Regreso al cuartel y pongo la denuncia con apatía infinita. A partir de ese momento se activa el protocolo de desaparición y se abren diligencias en distintos frentes: comprobación de llamadas telefónicas, triangulación de la señal para saber con exactitud el lugar donde el teléfono de Ricardo dejó de emitirla y un pormenorizado rastreo de la zona con helicópteros, todoterrenos y motos, apoyados por una partida de agentes a pie y acompañados por perros. Incluso un barco de salvamento marítimo se incorporaría al dispositivo si fuera necesario.

Abandono el cuartel y pongo rumbo a la tasca. Saúl me informa sobre la oferta del hostal: dispone de habitaciones con vistas a la ría y a la torre de la Atalaya. Insignificante detalle, la niebla no me permitirá divisar ni una cosa ni la otra. En otras circunstancias hubiera sido mucho más exigente, pero en este momento me conformo con una cama y una ducha. Saúl me entrega la llave y me facilita algunas instrucciones sobre el funcionamiento de la ducha y la posibilidad de dejar el coche en un pequeño aparcamiento situado en la parte trasera del edificio.

Me dirijo al hostal y aparco donde el hombre me ha sugerido. Echo mano a la maleta y subo a la habitación. Necesito una ducha caliente cuanto antes.

El cuarto ofrece una cama hundida en el centro, un armario empotrado, una mesa del tamaño de un pupitre, una alfombra deshilachada y —tal y como me anunció el sargento Paredes— una horrible mancha de moho que comienza en medio de un tabique, bajo la mesa, y termina en el balcón. El baño es modesto pero limpio y, de las dos bombillas del espejo, al menos luce una. La escueta mesita presenta la superficie justa para alojar una lámpara y el teléfono móvil.

La encimera alberga una pequeña placa eléctrica con dos fuegos y un fregadero. También descubro una cafetera italiana flanqueada por una jarra con cubiertos de tamaños y diseños variados. Sobre la encimera cuelgan un par de armarios con media docena de platos, varias tazas, un azucarero, un exprimidor de plástico y, lo que más agradezco, una bolsa de café llena hasta la mitad y atada con una goma. Imagino que es miel lo que esconde un tarro de cristal de color marrón con tacto pegajoso, o tal vez sea mermelada. No me molestaré en comprobarlo.

Guardo el número del cuartel en la agenda del móvil y lo pongo a cargar.

No tengo ganas de cenar. Coloco la cafetera sobre la placa y me siento en la cama a esperar que salga el café. Junto a la puerta sigue la maleta sin abrir y así permanecerá durante un buen rato.

Hace frío a pesar de que la calefacción está encendida. Giro el mando del radiador a tope, pero no advierto una subida proporcional de la temperatura. Al abrir el armario empotrado encuentro una manta cuyo aspecto no me depara ninguna confianza. El armario huele a contrachapado recién cortado. Probablemente las dos baldas superiores son la última aportación de Saúl al bienestar de sus clientes.

La cafetera ha hecho su trabajo. Vierto una buena cantidad y regreso a la cama sujetando la taza con las dos manos. Hay más calor concentrado en ella que en toda la superficie del radiador.

Bajo la persiana hasta que se atasca. Termino el café y salgo al pasillo a echar un vistazo por mera curiosidad. No se oye nada en absoluto. Tengo la sensación de ser la única persona alojada en un edificio de tres plantas y una docena de habitaciones. No me da miedo dormir sola en el interior de un edificio vacío. Si esta noche no consigo pegar ojo no va a ser por culpa de la soledad.

Una mancha de luz grisácea dibujada en la pared solo puede significar que ya ha amanecido.

Levanto la persiana acompañada de toda suerte de crujidos provocados por una excesiva fricción del plástico con el raíl metálico.

Echo un vistazo al móvil con una mezcla de desazón y vaga esperanza. El fondo de pantalla acoge un bosque tropical sobre el que no se percibe ninguna notificación. Ni mensaje, ni llamada, ni correo electrónico. Tan solo unos números grandes marcando las doce en punto. No conseguí pegar ojo hasta la madrugada y me ha costado desperezarme.

Me ducho sin mojarme el pelo y me visto con presteza. Apenas he comenzado a peinarme cuando suena el teléfono. En la pantalla aparece el texto «Cuartel de Ribadesella».

Un guardia, cuya voz no reconozco, me ordena que me acerque al cuartel en cuanto pueda. Tengo que firmar un consentimiento por escrito para que puedan acceder a los datos del móvil de Ricardo. En el cuartel no están acostumbrados a este tipo de casos y el trámite se le había pasado por alto al guardia que gestionó mi denuncia ayer por la noche.

Renuncio a un peinado en condiciones y resuelvo el asunto con una coleta. Normalmente no me gusta salir de casa a medio arreglar, pero cuando algo me preocupa tengo cierta tendencia a abusar de las coletas.

Me presento en el cuartel. Un guardia, que se identifica como Velarde, me recibe y me invita a entrar en la oficina donde me espera el sargento Paredes, sentado tras un escritorio lleno de papeles.

—Buenos días, Genoveva. ¿Qué tal ha pasado la noche? —me espeta con su habitual amabilidad y una sonrisa aleteando en los labios.

—Si algo bueno tiene el frío es que no te deja pensar en otra cosa.

—Sí, ya se lo dije. Saúl demuestra cierta pereza a la hora de atizar la calefacción. Siéntese, por favor.

El sargento se gira hacia un lado. De la bandeja superior de un archivador extrae una carpeta y la sitúa en el centro de la mesa. Coloca las manos sobre ella y aprieta con fuerza, como si quisiera aplastarla.

—Bien, Genoveva. Los documentos de la denuncia están correctos, no falta ninguno. —Hace una pausa y se atusa las mejillas arriba y abajo, como si comprobara que el afeitado le ha dejado la barba suficientemente rasurada. Carraspea y me lanza una mirada tensa—. La he mandado llamar por otra razón muy distinta y no me andaré con rodeos. Ricardo ha aparecido muerto esta misma mañana junto al pueblo de Berbes, muy cerca de una antigua mina. Lo ha encontrado un muchacho al que le gusta andar con la moto por el monte. El forense ha reconocido que la causa de la muerte probablemente haya sido un paro cardíaco. Por supuesto, se le practicará la autopsia para ratificar esta primera valoración.

«Berbes», «muchacho al que le gusta andar con la moto» —el desagradable jovenzuelo de los derrapes, sin duda—, «esta mañana», «el forense». Pero las expresiones más sobrecogedoras son «paro cardíaco», «Ricardo ha aparecido muerto» y «autopsia».

Uno, dos, tres, cuatro, cinco. Una especie de varas de madera, cinco en total, atadas por un cordel. De su interior asoma la hoja de un hacha. Las varas están dispuestas verticalmente en un ángulo de sesenta grados. En sentido contrario cruza una espada. Una corona preside la «X» desde arriba. El escudo de la Guardia Civil bordado sobre la camisa del sargento Paredes recibe toda mi atención en este momento. Desdeño la mirada angustiada del hombre que me ha dado la noticia y me centro en una filigrana de hilo dorado sobre fondo verde.

Aquello no era una noticia, sino un socavón para caer y hundirse dentro.

El sargento entrelaza las manos y las sitúa bajo la barbilla, como si la mandíbula se le fuese a desprender. Continúa hablando, ofreciéndome información médica y jurídica. También me parece oír alguna referencia a la accidentada geografía de la comarca, al coche de Ricardo y al clima. Al final de una larga parrafada a la que no presto excesiva atención, el sargento se ofrece a ayudarme en todo lo que necesite.

Siento que el pecho se me abre en dos, los pulmones se desplazan hacia el exterior arrastrados por una fuerza motriz descontrolada. No me queda aire ni para suspirar.

Al darse cuenta de que no le atiendo como debía, el sargento Paredes deja de hablar y me agarra las manos con fuerza. Las noto calientes y suaves. Hasta este momento no me había percatado de que el sargento tiene las patillas largas y las orejas diminutas, pero con los pliegues muy marcados. Parecen un par de ombligos adosados al cráneo.

Atenazada por el dolor, no puedo pensar en las circunstancias que rodean la muerte de mi marido sino en detalles nimios, como las orejas pequeñas y arrugadas del sargento o el escudo de la Guardia Civil bordado en su camisa.

—Aquí estoy para todo lo que necesites —le escucho por segunda vez.

Incapaz de articular palabra, le doy las gracias por su gentileza con un gesto y me levanto de la silla.

Desconozco cuál ha de ser el siguiente paso que debo dar. Supongo que acudir a algún sitio a reconocer el cadáver de mi marido, aunque tampoco parece una cuestión de fuerza mayor, al menos de momento. El sargento lo conoce a la perfección. Se tratará de un trámite puramente formal. ¿Podrá hacerlo él o tendré que acudir yo en persona al depósito? Esas escenas truculentas solo se ven en las series de televisión y en las películas. No ocurren en la vida real. No conozco a nadie que haya tenido que identificar a un marido en un depósito de cadáveres.

El sargento me comenta que él en persona se ocupará de informar a Beatriz y a Mercedes. Se lo agradezco. También me comunica que cualquiera de los guardias bajo su mando me asesorará sobre el procedimiento a seguir en un fallecimiento de esta naturaleza. La gente suele morir en una cama de hospital o tras un accidente de tráfico. Encontrar un cadáver en medio de una montaña resulta menos común. A eso se debe referir el sargento cuando habla de «un fallecimiento de esta naturaleza».

Sigo en la oficina, de pie, agarrada al bolso como si fuera un salvavidas.

—¿Tenéis contratado algún seguro de vida o alguna póliza de decesos? —se interesa el sargento con la intención de facilitarme la situación y agilizar el proceso.

Que yo recuerde no disponemos de ningún seguro. No habíamos previsto morir tan jóvenes. Por Dios, ni siquiera tenemos hijos, como para plantearnos una póliza de decesos. «Deceso», qué palabra es esa que pretende escamotearle a la muerte todo su dramatismo para convertirla en un tipo de póliza.

—Creo que no tenemos contratada ninguna póliza —vocalizo sin inflexión.

No puedo regresar a la habitación del hostal y comenzar a llorar recostada sobre la cama. Necesito agitar la cabeza, caminar, correr, dar patadas a las piñas. Conducir sería un buen recurso para desahogarme.

El sargento me acompaña hasta la calle sin dejar de apoyar la mano en mi hombro. Sus labios tiemblan casi tanto como los míos.

Subo al coche y salgo de Ribadesella. Antes de llegar a Berbes vislumbro el desvío al lugar donde se supone que Ricardo ha muerto. Doy un volantazo a la derecha y tomo una pista de tierra que va sorteando la maleza. A veces se bifurca y tengo que echar mano del móvil para no perderme. Al llegar a una pequeña explanada junto al lago de la mina, el camino se estrecha. Prefiero dejar el coche aquí y continuar a pie. Si recuerdo bien el relato del sargento, en este lugar es donde han encontrado el coche de Ricardo. No lo veo. Seguramente alguno de los guardias lo ha llevado al aparcamiento del cuartel. El camino zigzaguea colina arriba y muere en una ladera poblada de eucaliptos. A partir de ahí, un sendero embarrado conduce al mirador de Ricardo.

Huellas de moto y abundantes pisadas humanas dejan patente lo que ha ocurrido allí mismo hace unas pocas horas: el chico de la moto pilota dando rienda suelta a su obsesión por los derrapes. De pronto ve a mi marido sentado en unas rocas, frena sin parar el motor y le dice algo, pero Ricardo no responde. El muchacho apaga el motor y se baja de la moto. Se asusta al darse cuenta de que Ricardo mira al frente sin ver. Se alarma y piensa que el hombre sentado puede estar muerto. Le palpa el pulso y entra en pánico al descubrir que, efectivamente, lo que tiene delante es un cadáver. No sabe qué hacer. Ignora de quién se trata. Entonces hace memoria y recuerda a una mujer que había visto el día anterior. Él bebía agua de un caño y la mujer lo interrumpió para preguntarle por un tal Ricardo. El muchacho relaciona ambas circunstancias. Espantado por el siniestro hallazgo y muy nervioso, busca entre los bolsillos de su anorak. Encuentra por fin el móvil y llama a emergencias. El protocolo se pone en marcha y trasladan la información al cuartel de Ribadesella. Alguno de los guardias coge el teléfono y le transmite la noticia al sargento. Estoy por asegurar que es el sargento Paredes en persona, acompañado de algún otro guardia, quien sube hasta aquí y confirma que el cadáver hallado pertenece a Ricardo Manrique. El sargento prefiere no decirme nada hasta que llegue el forense y trasladen el cadáver al depósito. Quiere ahorrarme el mal trago de asistir de forma innecesaria a un lúgubre espectáculo. Sabe que no es agradable y que añadiría más dolor a mi sufrimiento.

Me siento en las mismas rocas donde estuvo Ricardo por última vez, acaricio su abrupta textura: una superficie de roca caliza tapizada de musgo en algunas zonas. A mi izquierda debería atisbarse la costa hasta Lastres si la maldita niebla no me lo impidiera. Aunque el día estuviera despejado tampoco podría divisarla con nitidez, porque están empezando a brotar las primeras lágrimas. Hace frío aquí arriba. Me subo el cuello del abrigo, meto las manos en los bolsillos y rompo a llorar. Regreso por el camino hasta la explanada. La cruzo sin poner mucho empeño en esquivar los charcos. Abro la portezuela del coche y me dejo caer en el asiento sin fuerza para apretar el botón del contacto.

No deseo que aparezcan los recuerdos en hilera y me hundan más de lo que estoy. He decidido establecer una barrera protectora. Aun así, algunos se abren paso, sortean el blindaje y avanzan con estrépito.

9

ADOLFO

27 de diciembre de 2018

En las últimas semanas se han acumulado las malas noticias. Me han echado del trabajo e Irina ha emigrado al norte. Dos golpes bajos ante los cuales he reaccionado de forma muy distinta. Al despido laboral respondí con cierta indolencia, como si me hubiera picado una abeja. La huida de la rusa sí supuso un auténtico terremoto interior, una convulsión de vísceras y una desorientación en todos los órdenes de mi vida.

Hace un mes ella me comunicó que le habían ofrecido un puesto importante en el Centro Niemeyer de Avilés. Me alegré mucho por su mejora profesional. Me alegré menos por lo que sobrevino a continuación. Concretamente cuando le anuncié ilusionado que yo podría buscar trabajo de monitor en la estación de Valgrande-Pajares, cercana a Avilés, y de esa forma seguiríamos compartiendo nuestro amor imperecedero. Ella torció el gesto y me respondió que no lo consideraba una buena idea, que yo estaba muy bien donde estaba. Me costó entenderlo en un principio, hasta que una campanilla dentro mi cabeza tintineó con insistencia y me percaté de que el juego había terminado. El amor no es imperecedero sino episódico, transitorio y sujeto a erosión, como los guijarros de las playas. Después de todo no había razones para quejarse. Mi «episodio» con Irina había durado veinte años. Más que muchos matrimonios.

El viaje de Irina a Avilés no respondía solo a criterios laborales. Abandonaba Madrid en todos los sentidos, echaba el candado a una etapa de su vida y yo formaba parte de esa etapa.

Ahora tocaba ponerse en pie, hacer las maletas y tomar la autovía en dirección a los Pirineos.

Suelo escuchar emisoras musicales cuando estoy en casa: pop, rock, incluso clásica. Pero no es el momento de escuchar música. Sintonizo una emisora que se pasa el día emitiendo informes meteorológicos y noticias. Aburrida hasta el agotamiento, pero útil. El locutor anuncia buen tiempo en la zona pirenaica. A continuación escupe noticias que, en su mayoría, me traen sin cuidado: el barril de petróleo ha bajado a los cincuenta y siete dólares, se ha producido un robo de numerosas obras de arte en el monasterio de Guadalupe, las conversaciones palestino-israelíes siguen en punto muerto... Hasta que una de ellas me deja completamente helado:

«El pianista Ricardo Manrique ha sido hallado muerto en un mirador situado a unos diez kilómetros de Ribadesella. Al parecer, lo encontró un muchacho que practicaba motocrós por el monte. El cadáver se encontraba en una hendidura de la roca. El chico se acercó hasta el hombre y, al comprobar que no tenía pulso, llamó a emergencias, pero la atención del personal sanitario resultó inútil.

»No se han detectado signos de violencia en el cuerpo. Su coche se encontraba junto a una antigua mina de fluorita denominada El Frondil, un lugar muy próximo a donde se halló el cadáver. Se especula con que pudiera llevar dos días muerto. No se tenía noticias suyas desde el día veintitrés, fecha en la que salió de Madrid con el propósito de visitar a su familia en Ribadesella. Vecinos del pueblo aseguran que siempre lo acompañaban su mujer o su hermana. En este caso, ambas mujeres se encontraban en Madrid, donde residía el músico.

»A falta del resultado de la autopsia, el informe del forense en el momento del levantamiento del cadáver apunta a un paro cardíaco.

»Ricardo era una persona muy querida en Ribadesella, su lugar de nacimiento y al que acudía con frecuencia. Los vecinos se muestran consternados tras recibir la noticia, sobre todo al tratarse de unas fechas tan significativas.

»El féretro será trasladado al tanatorio de Ribadesella. El entierro está previsto mañana por la tarde en el cementerio de la localidad.»

La noticia tiene el efecto de una puñalada en el tórax. Me ha dejado sin aliento. No solo me sobrecoge la repentina muerte de un amigo, sino la circunstancia tan extraña que describe la noticia. El viaje al pueblo sin la compañía de su mujer o su hermana me resulta bastante raro y, por encima de todo, me llama la atención el lugar donde lo han encontrado: sentado en unas rocas, solo, como un ermitaño.

Su hermana o su esposa podrían proporcionarme más información sobre el caso, pero no dispongo del teléfono de ninguna de las dos. Tampoco de su tía Mercedes. Por alguna razón, Ricardo dividía sus relaciones personales en compartimentos estancos. Cuando quedábamos a tomar un café en el Patagonia, nunca hacía partícipe de nuestros encuentros ni a su mujer ni a su hermana, algo de lo más llamativo teniendo en cuenta que vivían a tiro de piedra. Tampoco se le ocurrió jamás invitarme a su casa. No es algo que le recriminara, en absoluto, pero me resultaba chocante una medida tan preventiva tratándose de su mejor amigo.

En vez de dirigirme a los Pirineos, decido cambiar de ruta y poner rumbo a Asturias.

La noticia me sume en una profunda tristeza. Ricardo era un buen amigo. Un hombre noble y un músico excepcional. Mi presencia en su funeral no le iba a devolver la vida, pero siento la obligación de despedirme de él, aunque no sirva de mucho, y la imperiosa necesidad de obtener información más concreta sobre las circunstancias de su muerte.

A medida que avanzo por la autopista, me surgen más dudas y nuevos interrogantes. Recuerdo nuestras conversaciones de los últimos encuentros y siento un repentino desasosiego.

¿Por qué narices fuiste tú solo a Ribadesella? En una ocasión me confesaste que no te gustaba viajar solo, ni comer solo, que te entraba una especie de vértigo. ¿Por qué en esta ocasión decidiste viajar sin nadie sentado a tu lado?

Cinco horas después de abandonar Madrid, aparco junto al tanatorio no sin dificultad. Los alrededores del edificio andan atestados de vehículos. Coches, furgonetas, camiones, incluso un autobús del que bajan individuos con un aire de académica circunspección. Supongo que serán los miembros de la orquesta sinfónica de la que su mujer era segundo violín y con la que Ricardo solía colaborar.

Fumo un par de cigarrillos antes de entrar. Qué mejor distracción que una buena cortina de humo.

Cruzo un vestíbulo atestado de gente, al igual que el pasillo y la sala del velatorio. Ni que decir tiene que no conozco a ninguno de los presentes. Voy rebasando los diversos grupos que se hacinan en la escasa superficie, se solapan entre sí y mezclan lamentos y conversaciones corrientes.

Me acerco al cristal tras el que reposa mi amigo. Celebro que la familia haya decidido que el ataúd permanezca cerrado. Ver cadáveres es algo que me supera. Los cadáveres son caricaturas. Prefiero quedarme con la última imagen que conservo de las personas vivas. En este caso, recuerdo con especial ilusión el instante en que Ricardo me anunció que acababa de firmar con Disney la composición de una banda sonora. «Como no tengo hijos, voy a tener que ponerme a ver películas de dibujos animados como un loco para encontrar la atmósfera», me soltó con una carcajada que delataba ilusión y resignación a partes iguales. Esa y no otra sería la imagen que yo guardaría de él. La única ocasión en que lo había visto reír con ganas.

Detrás de mí, en un sofá alargado, se concentra gran parte de la familia. Una señora mayor con la cabeza apoyada en una mujer más joven, ambas llorando sin consuelo. La anciana no puede ser otra que la tía Mercedes. A la más joven me cuesta reconocerla

porque el dolor y el llanto deforman sus facciones, pero aseguraría que se trata de su hermana Beatriz. ¡Cielo santo! La última vez
que la vi ella tendría trece años, quizá menos. Al lado derecho de
Mercedes, otra chica se aferra con fuerza al brazo de la anciana.

En el otro extremo de la sala, una mujer vestida con un ele-
gante traje de chaqueta conversa con una pareja que sobrepasa
los sesenta años. Apostaría por que se trata de la esposa de Ricardo y sus propios padres. La mujer mira al suelo y se sujeta la
frente, como si le pesara la cabeza. Lleva una coleta, pero algún
que otro mechón de pelo rebelde sortea la goma y se le va a la
cara. Ella lo retira con los dedos hacia la oreja a cámara lenta.
Suspira de forma acompasada. Su cuerpo experimenta un leve
balanceo y parece que en cualquier momento vaya a desplo-
marse sobre el pecho del hombre.

Imagino que el resto de personas reunidas en el velatorio son
familiares más lejanos, amigos y gente del pueblo, a juzgar por
la familiaridad con la que se tratan entre sí.

En un rincón, junto a un ficus de plástico, se han hecho hueco
unos cuantos músicos. Su impecable indumentaria y la formalidad de sus gestos son indicios claros de que no me equivoco. El
resto de la orquesta permanece en la calle, junto al autobús. Aquí
dentro no cabe ni uno más.

Lo correcto sería acercarse a los familiares y darles el pésame,
uno a uno. Pero no tengo previsto pasar por ese trance. Me resulta ridículo. No los conozco de nada y ellos tampoco a mí.
Compartir el dolor con un desconocido es un gesto gratuito y
estrictamente simbólico. Nunca fui amigo de los gestos simbólicos debido a su escasa utilidad.

Su hermana Beatriz se incorpora con dificultad y cruza delante
de mí, con el rostro hinchado y tapándose la boca con un pañuelo.
No puedo evitar saludarla. Cuando era niña y acampábamos en la
playa de Vega —yo tenía entonces veinte años recién cumplidos—,
venía a nuestra furgoneta y nos decía que de mayor quería ser como
nosotros, trotamundos, gente capaz de llevar su casa a cuestas.

Simplemente le digo: «Hola, Beatriz. Soy amigo de Ricardo». No me sale nada más. Ella me mira fijamente con el propósito de identificarme. No es momento de hacer un viaje nostálgico de veinte años y confesarle que compartimos playa durante una buena temporada. Habrá mejores oportunidades más adelante. Me agradece el gesto con una mueca y continúa hacia el grupo de los músicos. Debe conocerlos bien porque la reciben con extraordinaria calidez.

Me dirijo a la máquina del café. No pretendo hacer relaciones públicas, solo despedirme de Ricardo. No sé cómo comportarme en los duelos, qué decirles a los familiares ni cómo tratarlos. Ignoro la forma de estar a la altura. Pienso que todo lo que diga sonará banal.

Junto a la máquina expendedora, un hombre mayor y peinado con gomina sujeta por el hombro con cariño a un joven algo más informal en su vestimenta. Parece su hijo, al menos comparten facciones, a excepción de una barbilla excesivamente curva, afilada y con unos pocos pelos a modo de perilla. La barbilla del muchacho me recuerda el extremo de un plátano.

El hombre mayor debe de pensar que estoy solo, que con toda probabilidad sea amigo de Ricardo y me vendría bien un poco de conversación mientras espero a que el ronroneo de la máquina cese y el vaso de plástico se colme de café con leche.

—¿Qué tal? Soy Mauro y este es mi hijo, Víctor —me suelta el hombre, esbozando una media sonrisa que desaparece de inmediato—. Eras amigo de Ricardo, supongo.

—Adolfo, de Madrid. Efectivamente, éramos buenos amigos. —Estrecho la mano de ambos. Son fuertes, gruesas y rígidas.

—¿También eres músico? —me pregunta Mauro.

—No. Ya me gustaría —le respondo sin darle más detalles.

El nombre de Mauro me suena familiar. Ha cambiado su aspecto por completo. Mucho menos pelo, rostro más relleno, trajeado... Tardo en asociarlo con el aspecto que tenía cuando regentaba uno de los chiringuitos de la playa: Casa Mauro.

¡Madre mía! ¡Cuántos helados y refrescos podía vender aquel hombre durante el verano!

Él no me ha reconocido o, si lo ha hecho, lo ha disimulado a conciencia.

Me comporto con ambos de una forma cortés, pero sin ánimo de darles muchas explicaciones sobre los lazos que me unen a Ricardo. Escucharé sus lamentos con educación, compartiré su aflicción y, en cuanto tenga oportunidad, saldré por piernas hacia el vestíbulo a tomar el café tranquilamente.

—Ha sido un golpe muy duro para todos —apunta Mauro—. Ricardo era una persona muy querida por aquí. Amigo de mi hijo desde que eran pequeños.

—Imagino.

El hijo de Mauro no reacciona al comentario de su padre. Parece ausente.

—Aunque vivía en Madrid, venía mucho al pueblo. Y en verano se pasaba un par de semanas dando vueltas por aquí. Mi hijo está destrozado —explica el hombre mientras acaricia el cuello de su hijo, que gime de manera ahogada, como si quisiera contener unas lágrimas que se mueren por saltar.

Víctor permanece de brazos caídos, apoyado ligeramente sobre el hombro de su padre. Más que apoyarse en él, da la impresión de buscar el contacto físico con su padre. Debe de ser duro perder a un amigo de toda la vida.

—Parece que la tragedia se ha adueñado de la familia —señala Mauro—. Primero los padres y ahora Ricardo —lamenta, sacudiendo la cabeza.

La máquina anuncia con un chivato parpadeante que mi café está listo. Saco el vaso, lo remuevo con la diminuta cucharilla de plástico y doy un sorbo. Es mi particular manera de plantar una pausa en medio de la conversación con el sibilino deseo de que sirva de punto final a una deriva de lamentos inútiles. Mauro, que parece un tipo inteligente, se percata de mis intenciones y cambia de tema.

—¿Se quedará usted al entierro?

—Sí, claro. —No estoy seguro de ello, pero me parece brusco e innecesario responderle con una negativa. Si yo era amigo de Ricardo como les he dicho, lo normal sería acompañarlo hasta la tumba.

—¿Dónde va a dormir? ¿Conoce la zona? Le puedo recomendar algún sitio.

—Se lo agradecería. Anduve por aquí hace tiempo, pero ahora estoy completamente perdido. Este mes no me han ido muy bien las cosas. Me interesaría algo… modesto.

—En ese caso le puedo recomendar un hostal. Y, créame, no tendrá problemas de reserva. —Ríe de forma contenida.

—¿Y eso?

—En verano se llena, pero ahora…

—Ajá. ¿Cómo se llama?

—Hostal Saúl. El dueño se llama Saúl y, como puede comprobar, no le gusta complicarse con la terminología. Si quiere quedarse en el hostal no vaya directamente allí. Tiene que acudir primero al bar Saúl, en la plaza Nueva y preguntarle a él.

—Muchas gracias.

—Bueno, nosotros nos vamos. Las vacas no esperan. Ya nos veremos mañana en el entierro.

Mauro me da una palmada en la espalda y Víctor me alarga una mano lacia para despedirse. Una tristeza gigantesca cae sobre sus espaldas. Camina encogido de hombros, con los brazos colgando y pegado a su padre. Parece un colegial al que hubieran reprendido y buscara el amparo paterno.

La mujer de la coleta se acerca a la máquina, introduce una moneda y pulsa el botón de capuchino. Apostaría por que no le apetece tanto un café como alejarse durante unos instantes del clima de duelo. Experimentar por un momento su dolor en soledad, al margen de conversaciones bienintencionadas, pero con toda probabilidad tediosas. A estas alturas ya habrá tenido que explicar las circunstancias de la muerte de su marido a un centenar de personas a cambio de recibir sentidas condolencias como contrapartida. Algunas sinceras. A la gente le gustan los relatos. Con más razón si cuentan hechos trágicos y se refieren a personas conocidas.

—Supongo que eres la esposa de Ricardo. Soy Adolfo.

Ella me mira como si hasta ese instante me hubiera confundido con una columna. Además de dolor, su rostro tenso transmite una rabia contenida.

—Lo soy. Bueno, lo era —afirma en tono seco, sin mirarme, concentrada en el hueco de la máquina donde comienza a chorrear el líquido.

—No sé si Ricardo te habló de mí alguna vez.

Alza la mirada y me escruta durante un par de segundos.

—Pues ahora no caigo. Discúlpame. Estoy... —musita tras un largo suspiro.

—Lo entiendo. No te preocupes. Quedábamos a veces en el Patagonia a tomar algo.

Me extraña que Ricardo no me hubiera citado en ninguna ocasión en las conversaciones con su esposa. Éramos amigos. Lo mínimo que esperaba es que le hubiera hablado de mí alguna vez, aunque fuera de pasada. Tal vez lo había hecho, y ella, por las circunstancias tan delicadas que atraviesa, lo ha pasado por alto. Pero no es momento de entrar en detalles.

—No sabía que Ricardo tuviera un problema cardíaco —confieso.

Genoveva se muestra desorientada ante mi comentario, como si nadie hasta el momento le hubiera trasladado una preocupación de esa naturaleza.

—No lo tenía. O si lo tenía, se lo había callado.

—Bueno, a veces las enfermedades se camuflan y cuando se manifiestan ya es tarde.

Genoveva me observa con detenimiento y da un largo sorbo a su capuchino. Presiento que agradece que yo sea un perfecto desconocido y no un miembro de la familia de su marido o un amigo del pueblo, así podrá dejar de ceñirse a los estándares de un duelo y evadirse durante un rato de un estado de aflicción general.

No demuestra el desconsuelo de una viuda convaleciente, sino la rabia desgarrada de una mujer a la que le han arrebatado al amor de su vida. Con la mano derecha sujeta el café y se lleva la izquierda a la frente, como si experimentara ráfagas de lucidez en medio de una profunda confusión.

—Agradecería que se fuera todo el mundo y quedarme sola con él. —Se le quiebra la voz—. Me voy a volver loca.

—Imagino. Perder a tu marido de una forma tan… —Iba a decir trágica, pero el término me parece inadecuado— poco común.

—Todo esto es muy duro para mí. —Su mirada se concentra en el vaso del café—. Desde la víspera de Nochebuena no he sabido nada de él y de repente aparece muerto. ¡En un mirador! —Arquea las cejas—. Esto es un completo sinsentido.

—Conozco ese lugar. A Ricardo le encantaba. Las vistas a la costa son espectaculares desde allí arriba.

Genoveva clava sus ojos en los míos.

—¿Vistas? Llegué a este maldito pueblo hace un par de días y no he conseguido ver el sol ni de refilón. Llevan una semana con niebla cerrada en toda la comarca. ¡Una semana! —me refuta ligeramente airada.

—O sea que había niebla cuando lo encontraron. Vaya, ese dato no lo contaron en el informativo que escuché por la radio.

—¿Has venido al funeral por una noticia que escuchaste en la radio? ¿Nadie te avisó de lo ocurrido? —me pregunta, atónita.

—Pues no. Si no es por la radio, no me hubiera enterado.

—Pero, entonces, ¿de qué conoces a Ricardo? Porque de músico no tienes pinta —pregunta con cierto recelo.

—Tienes razón. No soy músico. Nuestra amistad es una larga historia y este no es el mejor momento para aburrirte. El caso es que nos vimos hace unos meses después de años sin contacto.

Mis padres viven en vuestro barrio y, cuando bajo a verlos, a veces quedamos en el Patagonia a tomar un café.

—No lo sabía. El Patagonia le encantaba.

—A mí también. Charlábamos durante horas. Hablábamos de todo un poco. Desde luego, de música clásica no. Yo soy más de los Rolling que de Chopin, ya me entiendes. Aunque a veces me da por ahí. Ricardo me estaba llevando por el buen camino. Ya distingo un violín de un violonchelo.

—Vaya, no tenía ni idea. —Arruga el entrecejo—. Él nunca me habló de ti.

—Lo sé. Era un tipo peculiar.

—No te imaginas cuánto. —Genoveva desliza la mirada hacia la pareja con la que estaba hablando unos minutos antes—. Tengo que regresar con mis padres, están solos —se disculpa, bajando el tono y envolviendo sus palabras en un halo de complicidad—. Tengo una hermana, pero no ha podido venir; está con un bombo de seis meses. Después del entierro regresarás a Madrid, supongo.

—Por el momento no. Me acaban de echar del trabajo y pensaba ir a los Pirineos.

—Creo que tú eras su único amigo —me revela, apoyando el dedo índice en mi pecho con firmeza—. Era una persona muy… especial. O rara, como lo quieras llamar. —Se acerca a una cuarta de mi cara y me susurra una mezcla de confesión y declaración de intenciones—. Cuando pase todo este follón del entierro me gustaría que habláramos tranquilamente, si te parece. El informe previo del forense le convence a todo el mundo menos a mí, pero es algo que no quiero compartir con la familia de Ricardo ni con la mía. Bastante mal lo están pasando ya como para llenarles la cabeza de especulaciones.

—¿Cuál es el resultado de la autopsia? —le pregunto para estar más seguro de lo que me está tratando de decir.

—Aún no está terminada. Tardará unos días. El informe provisional es el que has oído por la radio.

Me urge la vuelta a las pistas de esquí. Cada día que pase en Ribadesella supone una oportunidad menos de encontrar trabajo en lo que resta de temporada navideña. Pero el comentario de Genoveva envía mis afanes profesionales a un segundo plano.

—Me quedaré hasta después del entierro —le anuncio—. Y me alojaré aquí, en el pueblo. Me han recomendado el hostal de un tal Saúl. Si me necesitas para cualquier cosa, allí estaré.

—Te lo agradezco. Mis padres y yo también nos alojamos allí. La tía Mercedes ha insistido en que nos quedásemos en su casa, pero no me apetece en absoluto, demasiado dolor por metro cuadrado. Hay hoteles mejores en el pueblo, pero he preferido traerlos conmigo a un lugar donde lo tengamos todo a mano. Bastantes vueltas he dado ya.

Como carezco de tarjeta de visita, anoto mi número de teléfono en un díptico publicitario que recojo de una mesa, se lo entrego y ella lo guarda en el bolso.

—Llámame cuando quieras —le sugiero.

—Mañana, nada más finalice el entierro, mis padres regresarán a Madrid. En cuanto se vayan te llamo.

—Que descanses.

—Eso va a ser imposible, pero gracias.

Genoveva esboza una sonrisa que transmite dulzura y pesadumbre. Bebe el resto del café y tira el vaso a la papelera. Me estrecha la mano y se pierde en dirección a la pareja, su auténtica familia. Algo me dice que su familia política es estrictamente política.

Recorro en zigzag la sala del velatorio en dirección a la salida. De camino escucho con el oído bien afilado las conversaciones de los asistentes. Nunca se sabe hasta dónde puede llegar un ser humano a la hora de elucubrar sobre la muerte de otro ser humano.

«Un infarto. ¡Pobre hombre! Bueno, al menos murió en el pueblo que tanto amaba.»

«Dicen que lo vieron en el coche con una mujer. Para mí que era una amiguita. Con su mujer las cosas no debían andar muy bien. Ya me entiendes.»

«Era una gran persona. A mi hijo lo ayudó todo lo que pudo.»

«El cadáver no tenía ni un rasguño. Y el coche, intacto.»

«Era un genio. Yo tengo en casa un montón de discos suyos, y eso que a mí la música clásica me parece un tostón.»

«Debía de estar mal del corazón y no se lo había dicho a nadie, ni a su propia mujer.»

«A la tía Mercedes se le apareció antes de morir. Dicen que llevaba la misma bufanda y el mismo abrigo con el que lo encontraron.»

«No hagas ni caso a ese tipo de comentarios. La tía Mercedes está como una puta cabra.»

Las habladurías en torno al suceso no cesaron durante el rato que permanecí en el velatorio.

La versión oficial sobre la muerte de Ricardo, extraída del informe preliminar del forense, parecía contundente: muerte por fallo cardíaco. Sin más. Ante la falta de indicios de otro tipo, la Guardia Civil no vio razón alguna para ponerse a investigar antes de que dieran los resultados de la autopsia.

En ningún sitio dice que oficial sea sinónimo de infalible. Y el talante de Genoveva dista mucho de ser el de una esposa cautiva de los informes preliminares.

Abandono el tanatorio en dirección al centro. En un lado de la plaza Nueva aprecio un luminoso que reza «bar Saúl». Entro con el ánimo de alquilar una habitación en el hostal, tal y como me ha propuesto Mauro.

En el local hay una docena de mesas, todas vacías y en perfecta geometría; todas salvo una, ocupada por cuatro hombres viejos que juegan a las cartas. Sus rostros revelan que lo practican más por rutina que por verdadero deleite. Al pasar junto a ellos me miran con desconfianza, como si fuera un intruso.

Tras la barra, un hombre próximo a jubilarse deja el periódico a un lado, se limpia las manos con un paño y se acerca a mí arrastrando las zapatillas. Al no ver a nadie más en el negocio, imagino que es el mismísimo Saúl en persona quien sale a mi encuentro.

—¿Qué va a ser, caballero? —me pregunta.

—Una caña, por favor.

—¡Marchando! —exclama sin mucho afán, dándose ánimos a sí mismo.

—Me han dicho que regenta usted un hostal.

—Pues le han informado bien —contesta mientras mira al trasluz el vaso donde me va a servir la caña por si hubiera algún resto de suciedad.

—Necesitaría una habitación para una o dos noches.

El hombre coloca el vaso bajo el grifo y comienza a llenarlo, moviéndolo en círculos para que la espuma adquiera la textura idónea.

—Las tengo con vistas a la ría y a la torre de la Atalaya. Con vistas a la ría valen cincuenta euros la noche; a la torre, cuarenta —anuncia de corrido.

—Con esta niebla me va a dar un poco igual.

—Algún día tiene que levantar, imagino. Si quiere, cuando acabe la cerveza se las enseño y usted elige.

—¿Y quién atiende el bar?

—Nadie, pero no pasa nada. Estos son de confianza —aclara, dirigiendo un ademán un tanto despectivo hacia los cuatro clientes—. Se tiran toda la partida con una consumición. No crea que me voy a arruinar porque me dé un poco el aire.

Termino la cerveza y sigo los pasos de Saúl. A doscientos metros de la plaza se encuentra el hostal, un edificio de tres plantas. Unas hortensias de casi cuatro metros tapian la fachada. Se nota que el edificio no tiene más de quince años, desde luego no existía cuando yo pasé por ahí. A pesar de ser una obra nueva, parece que no se le ha prestado una atención excesiva y presenta un aspecto deteriorado.

El hombre saca un manojo de llaves y tarda lo suyo en encontrar la correcta. Ese dato solo puede significar una cosa: o Saúl anda flojo de memoria o hace siglos que no alquila una habitación.

El hostal huele raro al entrar y la temperatura del interior me parece idéntica a la del exterior.

—Están todas libres menos dos en la primera planta —constata mientras subimos la escalera. Las habitaciones ocupadas deben estar alquiladas a Genoveva y sus padres.

Una por una, va enseñándome las disponibles. Me quedo con la que acoge una menor mancha de humedad en sus paredes. Miro por la ventana para comprobar la orientación. A pesar de la cortina de niebla, advierto algunos barcos en primer término, y al fondo se insinúa la curva de la playa.

—Huele a humedad de estar cerrada —aclara Saúl—. No se preocupe. Basta con abrir bien las ventanas y el mal olor se va rápido.

—No hay problema.

—Ha venido usted al entierro, supongo.

—Sí. Ricardo era amigo mío.

—Es una desgracia lo que ha ocurrido. —Percibo un destello de abatimiento en sus ojos—. En cuanto aparezca el camión de los refrescos, cierro el bar y voy al tanatorio. Era un tipo encantador. Siempre que venía por el pueblo se pasaba a visitarme.

—Ya me he enterado de lo ocurrido. Al parecer lo encontraron cerca de la vieja mina.

—Sí. Pobre hombre.

Saca un par de toallas del armario y las coloca en el baño. A continuación comprueba que los grifos del lavabo y de la ducha funcionan correctamente.

—En el tanatorio la gente hace todo tipo de especulaciones —señalo. Durante mi breve estancia he escuchado chismorreos y comentarios variados, pero no he oído a nadie poner en duda la versión oficial. Es Genoveva la única que lo plantea.

—A la gente le gusta hablar sin saber. Pero cuando no se saben las cosas, es mejor callarse —responde Saúl de forma categórica.

—¿Usted qué opina?

Se vuelve hacia mí entrecerrando los ojos. Una tibia indignación aflora en su rostro.

—Yo no soy médico. Y si el médico, que es el que sabe, ha dicho que no hay que buscarle tres pies al gato, ¿quiénes somos nosotros para ponerle pegas? Ricardo está muerto. Y hay que hacerse a la idea, aunque no es fácil. Yo perdí a un hijo en la mar. Era pescador, como yo. Y aún sueño que cualquier día aparecerá en el puerto con las redes llenas de peces. Pero no ocurrirá, los muertos no regresan por más vueltas que se le dé al asunto. En estos casos, cuanto antes te hagas a la idea, mucho mejor.

No se me ocurre nada más que añadir.

—Aquí tiene. La número veintidós. —Me entrega una argolla con un par de llaves—. Una es del portal y la otra de la habitación.

Regresamos al bar. Saúl anota mis datos en un cuaderno con una caligrafía impecable. Echo mano a la cartera y coloco sobre la mesa un billete de cincuenta euros.

—Tenga, si me quedo otra noche ya le pagaré el resto.

—Espero que se encuentre a gusto. No crea que el pueblo está siempre tan triste —objeta—. En Semana Santa y verano se pone hasta los topes.

Abandono la tasca sin dejar de pensar en las palabras de Saúl: «Cuando no se saben las cosas, es mejor callarse».

¿Era una frase hecha, una mera obviedad, o disponía aquel hombre de alguna información que el resto desconocíamos?

10

GENOVEVA

28 de diciembre de 2018

ESTA MAÑANA ME he despertado con un traqueteo en los oídos, como si hubiera pasado la noche en un tren de mercancías. Me estoy acostumbrando a despertar con la misma sensación de soledad que si lo hiciera en medio del Ártico.

Tu corazón se ha parado de repente y ya no volverá a echar a andar. Nunca más te volveré a ver por la mañana en nuestra cocina preparando el café e introduciendo rebanadas de pan en la tostadora, rebanadas a las que luego le untas la mantequilla que traes de Ribadesella, como si la que proviene de otras vacas no estuviera igual de sabrosa. Nunca más pasaremos juntos el control de aduanas en el aeropuerto de cualquier ciudad del mundo con la total certidumbre de que a ti te pitará el cinturón que siempre olvidas quitarte y a mí me incautarán la botella de agua. Nunca más retozaremos en ese hotel que tanto nos gusta con vistas al Tíber. Nunca más te escucharé tocar el piano frente a mil personas rendidas, embelesadas. Se acabó lo de pasear agarrados de la mano por el bulevar Saint-Michel hasta llegar al Sena.

Hay tantas renuncias por abordar que la lista se vuelve interminable y estoy muy cansada para seguir haciendo inventario de lo que me espera.

Tu corazón cobarde se detuvo al mirar el mar y ya no volverá a latir. Esa es la cruda realidad que me has dejado en esta Navidad gélida que no olvidaré mientras viva.

Ricardo ha desaparecido de mi vida. Ricardo y una parte de mí.

Me lo dijo el sargento Paredes personalmente. Me comunicó que habían encontrado tu cadáver cerca de una vieja mina. Después de escuchar la palabra «cadáver» ya no presté atención a nada más. El hombre debió de soltar una retahíla de detalles médicos y orográficos, incluso climáticos, pero cuando se abre un abismo frente a tus pies, el resto de información deja de tener importancia.

Luego sobrevino el ajetreo. Gente que no conozco me da el pésame y a continuación se ofrece a prestarme su ayuda para lo que necesite. «Ricardo era como un hermano para mí», «Ricardo era como un hijo». Al parecer eras uno más de la familia para mucha gente del pueblo. Reconforta saber que todo el mundo te quería.

Tengo que rellenar un documento tras otro, firmar papeles que no puedo leer porque las lágrimas me lo impiden. Firmo debajo del texto sin leerlo, como una analfabeta. Beatriz intenta ayudarme, pero ella está igual de afligida que yo. Parecemos dos ciegas tratando de cruzar la M-30.

Mercedes se ha retirado a su salón de clausura y Beatriz no sabe ni por dónde anda, así que me he convertido en la única portavoz de la familia.

Tu hermana está completamente ida. No deja de llorar y lamentarse, como si fuera ella la responsable de velar por tu corazón, se le hubiera olvidado hacer guardia y, en ese breve lapsus, este se hubiera parado. Me preocupa. No habla dos palabras sin echarse a llorar. No hace caso a los consejos de nadie. Lleva sin comer desde que se enteró de tu muerte. Subsiste a base de infusiones. Cuando no está sollozando recostada sobre un sofá, camina de un lado a otro dando tumbos, con la mirada perdida y las manos en los bolsillos. Sé que te quería mucho, pero no imaginaba que tanto. Los documentos que tienen que ver con la familia me los pasa a mí. Ha dimitido. No quiere saber nada. Solo desea encontrar una esquina, un sofá, lo que sea, y que la dejen llorar a gusto.

Lo bueno del papeleo es que me distrae. Las gestiones burocráticas me mantienen en tensión, me impiden ahogarme en el fango. Cuando estoy a punto de derrumbarme, siempre viene alguien, me toma del brazo con suavidad y me pide que me suba a un coche para ir a la funeraria, al tanatorio, al cementerio. Incluso he tenido que acudir al ayuntamiento porque ha habido un problema con el panteón familiar. Me han preguntado si quería que te enterrase junto a tus padres. He dicho que sí. Imagino que ese hubiera sido tu deseo. Pero nunca hablamos de ello, apenas hablamos de lo que les pasó. En cualquier caso, ya no hay solución. Reposarás a su lado durante toda la eternidad.

Llevo dos días tomando decisiones. No me importa, es mejor tomar decisiones que pastillas, como la tía Mercedes. La mujer se volvió medio loca cuando le comunicaron lo ocurrido, si no lo estaba ya. El médico le ha duplicado la medicación porque temía que hiciera alguna tontería. Ella no entiende lo que ha pasado. Yo tampoco, y tu hermana menos aún. Las tres andamos medio trastornadas porque no encontramos explicación a esta cadena de sinsentidos. Y si no la encontramos es porque no la tiene.

Querido Ricardo, el corazón no se para de un día para otro. Avisa, envía señales inequívocas, parpadea como un fluorescente a punto de fundirse. ¿Ibas al cardiólogo y no me mantuviste informada? ¿Tomabas pastillas a mis espaldas? Jamás vi en casa medicinas sospechosas. Tal vez las escondías entre los calcetines a sabiendas de que yo jamás hurgo en tus cajones. Imagino que no me lo dijiste para que no me asustara y así tu salud no me obligase a mantenerme en alerta permanente. No querías preocuparme. Pero tú eras de los que dicen que hay que asumir las flaquezas, ser consciente de las debilidades y afrontar los desafíos.

Mis padres regresan hoy a Madrid. Gracias a ellos me he mantenido en pie después del golpe. Mi hermana no ha podido venir, está demasiado embarazada como para traerla hasta aquí a pasar frío y subir cuestas. Me quedaré unos días en el pueblo. Todavía hay papeleos por hacer y asuntos por cerrar.

Por cierto, ha venido al entierro un tal Adolfo. Dice que es amigo tuyo y que se ha enterado de tu muerte por la radio. Por lo que contó, debe de ser monitor de esquí o algo por el estilo. Nunca me hablaste de él y desconozco la razón. Al parecer os conocíais desde hace tiempo y retomasteis la relación en un momento dado. Algo así me ha dicho. ¿Qué os traíais entre manos? Nunca te vi muy proclive a esquiar. Si erais tan amigos, no me explico por qué motivo nunca lo mencionaste. Ni siquiera un comentario fortuito.

Estoy deseando salir de este nido de viejas y corral de habladurías en el que se ha convertido tu querido pueblo. La gente me mira con suspicacia y compasión al mismo tiempo. Unos parecen decirme: «¿Cómo lo dejaste solo sabiendo que tenía un problema cardíaco?». Otros me ven como una víctima. Se ha extendido el rumor de que ibas acompañado de otra mujer el día de Nochebuena, lo que automáticamente me convierte en una esposa engañada. No sé qué es peor, si pasar por ser una mujer hosca o por una candorosa víctima.

¿Quién era esa mujer, Ricardo? Como comprenderás, me dolería saber que me eras infiel. Yo jamás te hubiera engañado, y mira que tuve oportunidades. En la orquesta hay unos tíos muy apetecibles, pero jamás se me pasó por la cabeza llevarlos a mi habitación o visitar la suya.

Esa tarde te vieron el sargento y el metre de un restaurante. Una mujer iba conduciendo tu coche y tú la acompañabas. Si me quedaban dudas a ese respecto, te diré que la Guardia Civil ha revisado tu coche y ¿sabes lo que han encontrado en el maletero? Un ramo de flores. Debía ir destinado a tu tía, pero a ella no se lo entregaste al pasar por su casa porque en realidad no eran para ella, sino para tu amiga rural, ¿verdad, Ricardo? Seguro que se las regalaste nada más verla; ella cerró los ojos, olió los pétalos y te dijo en un asqueroso tono meloso: «Son preciosas, Ricardo, qué detalle». Me imagino una expresión así u otra igual de cursi. Y luego te plantó un largo beso en los morros como contrapartida. ¡Cómo no! Imaginarás lo que haré con las flores en cuanto las vea: irán directas al contenedor.

Un día después de tu paseo por el pueblo en el coche encuentran tu cuerpo sentado en las rocas y ni rastro de tu acompañante. Ni siquiera se llevó las flores. Esa mujer no te quería tanto como tú imaginabas. Cometió la indecencia de abandonarte como a una colilla cuando se percató de que tu corazón perdía fuelle y la cosa se complicaba. Y tú, ¿la querías a ella? A estas alturas es lo único que me importa. Como comprenderás, no me retuerzo de sufrimiento por un episodio de infidelidad. Lo que me duele es que hubieras dejado de querer a tu mujer y no tuvieras el coraje de decírselo.

Los músicos también tenemos nuestros defectos. Pasamos por seres pulcros, vestidos de etiqueta y colocados en una perfecta armonía sobre el escenario, apostados tras los instrumentos como ángeles que abandonaron la gloria celestial y descendieron al mundo terrenal para interpretar partituras con una insólita perfección. Pero nuestra impecable vestimenta y aparente formalidad encubren defectos de todos los colores. Podemos ser tan ruines y miserables como el resto del mundo. Nuestra principal virtud es la capacidad para disimularlo, ¿verdad, Ricardo? La simulación también puede ser un arte.

Qué egoísta. Hasta tu muerte te la has guardado para ti, no has querido compartirla con nadie. ¿Por eso preferiste venir solo? Temías que tu corazón flaqueara y acudiste al pueblo a morir como esos elefantes africanos que se encaminan de forma deliberada hacia su propio funeral. Me estoy poniendo cursi con las menciones a los elefantes. Siempre fui romántica, pero no cursi. Tú lo sabes. Así que eliminaré cualquier referencia futura a la agonía de los pobres elefantes.

He quedado con Beatriz para acudir juntas al Instituto de Medicina Legal de Oviedo. He hablado con el sargento Paredes y le he mostrado mis recelos sobre la causa de la muerte. No solo ha comprendido mi malestar, sino que se ha prestado a ayudarme, me ha sugerido que viniera. Sabe cómo funcionan las cosas allí y me ha facilitado un encuentro con el forense que asistió al levantamiento de tu cadáver y redactó el primer informe.

Durante la hora que ha durado el trayecto, Beatriz y yo casi no hemos cruzado palabra. Se ha recostado en el asiento, ha cerrado los ojos y se ha pasado los kilómetros suspirando y restregándose pañuelos de papel por la cara. Preferiría haber venido sola, a decir verdad, pero no quiero ocultarles a Mercedes y a tu hermana ningún movimiento y que luego piensen que actúo a sus espaldas. Las relaciones ya son bastante tirantes entre nosotras como para complicarlas más.

El médico ha sido muy amable. Nos ha explicado con todo detalle el procedimiento a seguir cuando se halla un cadáver en estas condiciones. Y, lo más importante, el motivo por el que en un principio todo apuntaba a un paro cardíaco, pero, al tratarse de una persona relativamente joven y sin patologías conocidas, solicitó la autopsia.

Ahora estamos sentadas en una especie de sala de espera, tratando de digerir las palabras del forense. Si ya albergaba cierta suspicacia antes de salir del pueblo, tras escucharlo se ha multiplicado.

Algo le ha llamado la atención al médico y así nos lo ha manifestado. Cuando alguien fallece, si el cuerpo permanece sentado sobre una superficie dura e irregular durante mucho tiempo, como fue tu caso, pueden aparecer lividideces en las superficies donde recayó el peso, en este caso en los glúteos. Sin embargo, él no ha encontrado ninguna marca tras la exploración, circunstancia que le ha parecido extraña, pero a la que tampoco ha concedido una importancia especial, pues esas lividideces se producen desde dentro hacia fuera y suelen tardar un tiempo en aparecer.

A continuación nos ha transmitido su valoración sobre el día y la hora de tu muerte. Unos cálculos que disparan más si cabe mi inquietud. A tenor de sus deducciones, falleciste el día veintidós, a más tardar la madrugada del veintitrés. Algo completamente imposible: el veintitrés desayunaste conmigo, y a mediodía del veinticuatro el sargento Paredes y el metre del Arbidel te reconocieron sentado en tu coche.

Cuando le he comunicado que te vieron el día de Nochebuena por el pueblo, el forense se ha quedado estupefacto. Al parecer hay un margen de error en este tipo de mediciones, pues tu cadáver estuvo en el monte expuesto a bajas temperaturas durante un período largo, y eso habría acelerado el enfriamiento del cuerpo, pero no hasta el punto de alterar la data de la muerte en dos días.

Al escuchar mi aclaración, el forense ha meneado la cabeza y me ha confesado que el bulbo raquídeo estaba afectado, algo que sucede cuando se produce una inhibición del sistema nervioso central, lo que podría descartar el fallo cardíaco. Por esa razón ha solicitado estudios toxicológicos e histopatológicos complementarios.

No sé dónde nos llevará todo esto y qué pueden añadir esos estudios al caso. De lo que no me queda ninguna duda es del dónde y del cuándo. Ricardo, no pudiste morir sentado en el mirador. Y lo más difícil de comprender: falleciste como mínimo un día antes de lo que todo el mundo da por hecho.

El forense también ha mencionado una especie de tatuaje en un brazo, pero no le ha dado importancia.

Beatriz sigue aquí conmigo. Se ha derrumbado en el despacho del forense cuando el hombre ha empezado a hablar de órganos, temperaturas y estudios toxicológicos. Debe de pensar que te drogabas o algo así. No para de llorar y sonarse la nariz. Parece tan ofuscada que su cabeza es incapaz de analizar nada que requiera una mínima concentración. Si sigue así voy a tener que llevarla al centro de salud para que le receten algo que la devuelva a la realidad.

En la sala han colgado un calendario gigante. Hoy hace un mes que celebramos tu cumpleaños. Lo recuerdo como si lo tuviera delante. Tu rostro iluminado por las velas. Treinta y cuatro años ya.

Sujeto del brazo a Beatriz y salimos a la calle en dirección al aparcamiento. Al ver el coche, mi cuñada suelta un respingo. Noto que no le apetece volver a casa, acurrucarse en el sofá de su tía ni dedicarse a llorar o a manosear fotos antiguas, en el mejor de los casos.

Paseamos durante un buen rato, llegamos tan lejos que topamos con el hotel Cavia.

Convenzo a Beatriz para que me acompañe sin explicarle el motivo —hubiera sido muy tedioso e improductivo— y la dejo sentada en el vestíbulo. Me acerco a la recepción. Un chico joven me atiende detrás del mostrador. Le explico la historia de la centralita. Me confiesa que el informático solo acude cuando hay alguna incidencia, pero que tal vez el gerente del hotel pudiera estar al tanto. Marca una extensión en el teléfono y cuenta lo que le acabo de transmitir. Dos minutos después aparece un hombre de mediana edad que me atiende muy predispuesto.

—Buenos días, ¿en qué puedo servirle?

—Hace unos días llamé al hotel para hacer una reserva, me dejaron en espera y sonó una melodía muy particular: el Concierto número 2 de Rajmáninov. Era la primera vez en mi vida que escuchaba esa pieza en una centralita y, créame, me paso media vida durmiendo en hoteles. Si no es indiscreción, ¿de quién fue la idea?

—Fue la sugerencia de un cliente.

—¿Recuerda su nombre?

El gerente entrecierra los ojos y vacila unos segundos.

—Me temo que no le puedo proporcionar ese tipo de información.

—¿No me diga que va a aplicar la ley de protección de datos a una sugerencia musical para una centralita?

El hombre se rasca la ceja para ganar tiempo y pensar cómo salir del paso. Es probable que en su larga experiencia hotelera los clientes le hayan pedido verdaderas extravagancias, pero ninguna similar.

—Si le digo yo la respuesta —insisto— usted no tendrá que revelar ningún secreto, ¿de acuerdo?

Asiente con la cabeza, aunque detecto una tenue reticencia.

—El cliente que le pidió esa pieza fue Ricardo Manrique, mi marido. Bueno, mi difunto marido.

El gerente se queda lívido. Le falta tiempo para estrecharme la mano en señal de duelo.

—Oh, perdóneme. No la he reconocido. Siento mucho lo de Ricardo. Era un buen cliente y una buena persona. Lo siento de veras. Sí, fue él quien me lo pidió.

—¿Recuerda cuándo?

—Hace unos meses. Probablemente en octubre —titubea—. Sí, fue a mediados de octubre. Recuerdo que me acababa de incorporar de las vacaciones.

—Supongo que le dio alguna razón.

—Me dijo que esa obra tenía un significado muy especial para él. —Esboza una sonrisa cómplice.

El catorce de octubre se cumplían exactamente diez años desde que nos conocimos. Oh, Dios. Ricardo se había acordado de una fecha tan importante para nosotros.

—¿Le dijo cuál era ese significado?

—Claro, no tendría por qué ocultarlo. Todo lo contrario. Sus palabras exactas fueron: «Ese concierto fue la primera pieza que toqué con una orquesta sinfónica».

No era la respuesta que yo esperaba.

—Además de eso, ¿no hizo referencia a que hubiera conocido a alguien ese día?

—No, solo mencionó lo de la orquesta sinfónica.

Yo pensaba que era una extraña pero bonita manera de evocar el día que nos conocimos. Pero no, se trataba de una evocación estrictamente profesional: ¡Su estreno con una orquesta sinfónica!

Doy las gracias al gerente, me agarro del brazo de mi cuñada y salimos del hotel con pasitos cortos y dubitativos. No sé quién de las dos ofrece más aspecto de sonámbula.

Hasta la última semana, mi biografía era una ascendente línea de color rosa, sin apenas reveses. Una línea emborronada de repente, como si le hubiera caído una palangana de agua encima.

11

ADOLFO

AYER FUE UN día frío, anómalo para los que estamos acostumbrados a pautas funerarias urbanas. Nunca había asistido a un entierro con más de cincuenta personas. En mitad de la ceremonia, aprovechando que nadie me conocía, abandoné el cementerio y caminé hasta la playa. Me apetecía pasear lejos del aroma a agonía, de la insoportable transparencia del dolor que transmitían Beatriz, Mercedes y Genoveva. Con solo mirarlas se podía atisbar la amargura más profunda, ese agujero negro que captura cualquier amago de esperanza y lo engulle en un núcleo hermético.

Si existía lo que los doctos religiosos y filósofos antiguos llamaban alma, esta habría abandonado el cuerpo de Ricardo hacía horas y andaría ya por la playa, vagando de un lado a otro, aprovechando su inmaterialidad, como una brisa furtiva. Moraría eternamente entre la arena, los eucaliptos y los troncos podridos convertidos en hormigueros.

Genoveva no me llamó después del entierro. Era de esperar. Debió de terminar agotada, como un boxeador medio inconsciente al que le vienen los golpes en cascada y ya no distingue un impacto del siguiente. Llegó al pueblo en busca de un marido y se encontró con un cadáver. Nadie se recupera de algo así en un par de días. Por mucha condolencia y aluvión de abrazos que recibiera durante las horas posteriores, apostaría a que no halló ni un momento de paz. Ni lo hallará durante meses. Tal vez nunca será ya la misma persona. La acosará un permanente sentimiento de culpa, aunque ella no haya tenido nada que ver con la muerte de su marido.

Me ha telefoneado esta mañana. Tenía previsto ir a Oviedo con su cuñada a resolver un asunto y regresaría al pueblo en cuanto terminara. Hemos quedado para vernos por la tarde en el café Bergantín. Antes de reunirme con Genoveva, me he deshecho de la bolsa de *maría*. No la necesito.

Me gustan los cafés que emplean madera y piedra en la decoración. Me transmiten sosiego. No lo he leído en ninguna revista, pero tal vez ambos elementos, presentes en nuestras casas desde la prehistoria, formen parte del inconsciente colectivo o algo por el estilo. En la parte superior de las paredes han fijado unas peanas con forma de viga. Sobre ellas se pueden apreciar figuras de caballitos de mar, faros y aves marinas cuya especie me resulta difícil de discriminar. Reparo también en un velero a escala; imagino que se trata de un bergantín.

Me siento a una mesa junto a la ventana, pido una copa de vino y hojeo el periódico *La voz de Asturias*. Le dedican una cuarta parte de la portada al entierro de Ricardo. Leo detenidamente la noticia, pero no cuenta nada que no sepa ya.

Genoveva no tarda en llegar. Camina mirando al suelo, como si hubiera charcos que sortear. Lleva un chubasquero rojo y el pelo recogido en una coleta. Entra con diligencia y me busca con la mirada. En cuanto me divisa, se quita el chubasquero sin detenerse, me dedica un esbozo de sonrisa a modo de saludo y se sienta frente a mí.

El camarero se acerca con mi copa de vino. Genoveva le pide un café cortado.

Ya no tiene los ojos tan enrojecidos como ayer. Hoy lleva unas gafas sin montura. Descubro que es guapa sin deslumbrar.

—¿Cómo te encuentras? —le pregunto.

—Sin ganas de nada. Agotada y vacía. Desmoralizada —me responde con un tono sin inflexión.

Imagino su estado de ánimo, aunque no puedo ponerme en su lugar. Nunca he sufrido la muerte de un familiar cercano, excepto la de mis abuelos, y era un crío cuando ocurrió. Aparte de la natural amargura, la noto tensa, mirando a todos lados, como si sospechara estar siendo grabada por una cámara oculta.

No sé cómo comportarme con ella. Es difícil encontrar el equilibrio entre la sobriedad que requiere la situación y un cierto brío con el que tratar de combatir su abatimiento.

—Supongo que estás deseando volver a Madrid y alejarte de todo esto —acierto a decir.

—Desde luego. El cuerpo me pide hacer la maleta y volver a casa. Mis amigos me aconsejan que cierre este capítulo en cuanto pueda, por muy doloroso que resulte, y comience de nuevo. Los compañeros de la orquesta me sugieren que vuelva a la música cuanto antes. Los ensayos, las clases y los conciertos constituyen el mejor bálsamo. Seguro que tienen razón. Sea lo que sea lo que ocurrió ahí arriba, comerse la cabeza no servirá para devolverle la vida. El mejor cicatrizante para las heridas es el tiempo. Eso dicen, ¿no?

—Tal vez sea lo mejor. Tratar de olvidar no tiene por qué ser un síntoma de derrota, sino de adaptación —agrego, rememorando alguna de esas citas que leo de vez en cuando.

—Adolfo… Te llamas Adolfo, ¿verdad?

—Sí. Lo eligió mi madre porque no tiene abreviatura. Y acertó de pleno, odio los diminutivos.

Genoveva adquiere de repente una expresión reflexiva.

—Tu nombre procede del alemán y significa «noble lobo» o «noble guerrero». No lo recuerdo bien. Hubo un tiempo en que me dio por estudiar alemán.

—«Noble lobo.» Me gusta más. —Simulo un aullido.

Cruza los brazos sobre la mesa y me mira fijamente.

—¿Sabes una cosa? Sueño con la mujer rubia. No me la quito de la cabeza.

—¿Cómo dices? —No sé a qué se refiere.

—Ah, perdona, he hablado con tanta gente en estos días… Pensaba que te lo había contado. El día de Nochebuena, Ricardo fue visto en su coche y conducía una mujer rubia, bastante rápido, por cierto. Una mujer que nadie sabe decirme quién era. La Guardia Civil no le otorgó demasiada importancia, pues su hermana y yo somos rubias. Así que pudo tratarse de Beatriz u otra mujer. Si se diese la segunda opción, Ricardo habría tenido una aventura en el pueblo antes de su muerte.

—¿Ricardo... una aventura? —La sugerencia de Genoveva me deja atónito. Yo no lo hubiera imaginado ni por asomo.

—Me duele ser traicionada, como a cualquiera, pero es algo que ya no le puedo reprochar. Lo que de verdad me atormenta son las dudas.

—Supongo que te refieres a las dudas de los vecinos. En el tanatorio...

—Lo que piensen los vecinos me importa poco —me interrumpe—. Me refiero al papel de esa mujer en todo este asunto. Ando tan paranoica que incluso le pedí al sargento Paredes que asistiera al entierro y tratara de reconocerla entre los asistentes. Hasta ese punto de paranoia he llegado. El hombre va a pensar que estoy chalada.

—¿Cuál fue su reacción?

—Me dijo que era ridículo. Además, llevaba gafas de sol.

—¡Gafas de sol con niebla! —observo— ¡Qué curioso!

—Sí, muy curioso —asiente Genoveva. Su mirada escruta la mesa, como si contara las marcas de la madera.

—Y dices que conducía rápido... —pienso en voz alta.

—Está claro que no quería que la reconocieran o tenía prisa.

—Tal vez ambas cosas.

—Todo el mundo pensaría que Beatriz o yo íbamos al volante. Te diré algo más. Cuando Ricardo y Beatriz venían a Ribadesella, era ella quien conducía. A Ricardo le gusta correr y mi cuñada tenía miedo de que un día se estrellasen. De modo que a ningún vecino que los viera ese día le extrañaría. Ricardo podría haber puesto en práctica su infidelidad sin levantar sospechas.

—¿Estás segura de que Ricardo tenía una... aventura? —susurro.

—Estoy convencida. Sin embargo, si su acompañante no fuera Beatriz sino una mujer de la zona, no tendría sentido que la dejara conducir.

—Resulta extraño. Extraño de narices.

—A veces me da por sospechar que era mi cuñada quien iba al volante.

—¿Estaba Beatriz en el pueblo cuando el guardia vio a la pareja en el coche?

—Ella me aseguró que no. La llamé por teléfono para saber si tenía alguna noticia de Ricardo y me contestó que se encontraba en Madrid, que andaba muy deprimida y que no tenía ganas de salir de casa. Pero eso es algo que nunca sabré con certeza porque la llamé al móvil. Ante mi desconfianza sobre su verdadera ubicación me insinuó que marcase el número fijo, pero no lo hice, mi recelo no llegaba tan lejos. Ahora me arrepiento. Debería haber probado.

—Joder, me cuesta tanto pensar que una persona pueda hacerle daño a su propio hermano... Aunque yo no tengo hermanos. No puedo dar lecciones.

—No sé cuál de las alternativas que se me plantean resulta más probable.

Me lanza una mirada suspicaz.

—¿Ricardo nunca te confesó nada sobre una aventura? Entre amigos es normal compartir ese tipo de confidencias.

—Jamás. Y te soy completamente sincero. No podría ocultarte algo así en estas circunstancias.

—No me extraña en absoluto que te mantuviera al margen. Si se calló su problema cardíaco, como para no ocultar una infidelidad. Y esa mujer era de aquí. Incluso aseguraría que estuvo presente en el entierro, la muy descarada.

—No me queda claro el motivo por el que tenga que ser del pueblo.

—Las mujeres no solemos correr al volante. Mucho menos si desconocemos el pueblo. Tengo la sensación de que esa mujer, quienquiera que fuese y viviera donde viviera, conocía el lugar al dedillo.

A pesar de la tortura por la que estaba pasando, Genoveva demostraba una tremenda sagacidad. El dolor le había hecho doblar una rodilla, pero no las dos. Y, desde luego, no había menoscabado su lucidez.

—Lo que no termino de comprender es que la mujer lo dejara solo —balbucea, entrecerrando los ojos—, que lo abandonara sentado en las piedras.

—Si se trataba de una aventura, como dices, es lógico que esa tía no quisiera quedarse con el culo al aire —expongo, echando mano del más puro sentido común.

—Esa es la clave. Si tanto quería a mi marido, ¿por qué lo dejó morir como un perro? Entiendo que no quisiera involucrarse, pero podía haber llamado a emergencias de forma anónima. Hay mil maneras de hacerlo. No es tan difícil, por Dios.

El camarero deposita el café sobre la mesa. Genoveva alcanza el sobre del azúcar y comienza a agitarlo, como si el movimiento mecánico la ayudara a concentrarse.

—Se me ocurre que tal vez Ricardo la dejara en algún sitio: su casa, otro pueblo… y luego se dirigió al mirador —aventuro—. En ese caso, no habría ninguna relación entre la mujer y su muerte.

—¿Ir a un mirador a disfrutar de la niebla? —Un amago de sonrisa sarcástica se asienta en la comisura de sus labios.

Genoveva tiene razón. Subir al monte en esas condiciones no se le ocurriría a nadie que estuviera en sus cabales. Y Ricardo siempre estaba en sus cabales.

—¿El coche ha aparecido? —planteo, tanteando otras posibles fuentes de información.

—Junto al lago de la vieja mina. Perfectamente aparcado y Ricardo tenía las llaves en el bolsillo de su abrigo, según me han dicho.

—Supongo que la Guardia Civil lo ha registrado por si hubiera algún rastro.

—Exacto. Nada de nada.

Genoveva vierte el azúcar en la taza y remueve a conciencia.

—La persona del pueblo más cercana a Ricardo es su tía. Al centrarnos en la rubia del coche, tal vez nos estemos olvidando de una pieza fundamental. Imagino que tampoco te ha aportado mucho.

Genoveva arquea una ceja en un claro gesto de desdén.

—Sigue con su delirio. No hay manera de quitárselo de la cabeza. No quiere que la tomen por loca, pero no pone mucho de su parte para evitarlo. Me está sacando de quicio.

—¿A qué delirio te refieres?

Genoveva toma un sorbo de café y se limpia la boca con una servilleta de papel.

Yo no estaba al tanto de ese capítulo. Genoveva me explica la asombrosa historia que Mercedes le había ofrecido a la Guardia Civil sobre el cadáver congelado.

—Claro, ahora entiendo el motivo de que alguno de los asistentes al tanatorio dijera que está como una cabra.

—No sé qué pensar de ella. Me tiene desconcertada. Creo que mezcla fantasía y realidad.

—Bueno, cuentan que los viejos y los niños siempre dicen la verdad.

—No. —Dibuja otro amago de sonrisa que no llega a cristalizar—. Son los niños y los borrachos.

La historia del sobrino congelado constituía una aberración física y una verdadera alucinación, propia de una mente trastornada. Pero en todo relato, por muy fantasioso e irreal que resulte a primera vista, siempre puede esconderse algún dato aprovechable.

—Resultaría interesante visitar la casa de Mercedes —le sugiero—. Saber si Ricardo estuvo allí antes de desaparecer y por qué motivo se fue.

—Puede que tengas razón. —Frunce los labios—. Dejando aparte el asunto de la congelación, me contó que le había visto con un abrigo azul marino y una bufanda de color mostaza, las prendas que llevaba encima cuando lo encontraron.

—Pudo ser casualidad. Tal vez era la ropa que vestía el año pasado y es la imagen que ella conserva en la cabeza. La gente mayor a veces se acuerda mejor de lo que pasó hace un siglo que de lo más reciente.

Genoveva niega con la cabeza.

—Tengo una corazonada. La historia de la congelación es pura fantasía, pero creo que Ricardo pasó por casa de su tía en algún momento.

Suena una melodía clásica dentro de su bolso. Genoveva abre la cremallera y saca el teléfono. Al ver el nombre que aparece en la pantalla, se incorpora y se aleja hacia un rincón del local para disfrutar de mayor intimidad. Habla mirando hacia la pared. La conversación apenas dura medio minuto. Supongo que se trata de alguna formalidad relativa al funeral.

Regresa vacilante, rodeando las mesas en vez de tomar la línea recta, con una expresión de temor en el rostro. Se vuelve a sentar y deja el teléfono sobre la mesa. Le da un sorbo al café y se limpia con la servilleta. Intuyo que se limpia la boca cada vez que sorbe. Es fina de narices.

La seguridad mostrada hasta el momento ha desaparecido. Mira el teléfono con desconfianza.

—Era el sargento Paredes. Dice que me ha mandado por correo electrónico la información telefónica. Contiene todos los movimientos que hizo Ricardo desde que salió de Madrid.

—¿Y eso? —pregunto por puro desconocimiento. Salvo Instagram, no estoy muy familiarizado con los logros tecnológicos.

—Cuando presenté la denuncia, abrieron diligencias para tratar de localizarlo. Una de ellas fue el rastreo de su móvil. De esa manera podré saber el recorrido que hizo desde que salió de Madrid hasta que se le acabó la batería.

Suspira varias veces. Coge el móvil y juguetea con él durante unos segundos, como si tratara de calcular su peso.

—No estoy tan segura de lo que me voy a encontrar aquí dentro.

Pulsa sobre la pantalla y mueve los dedos por ella con desenvoltura.

—Aquí está el archivo.

Gira el teléfono para que yo también pueda ver la pantalla. No muestra ningún reparo en compartir conmigo la información, gesto que agradezco. Me acaba de conocer y está dispuesta a desvelarme los movimientos de su marido antes de su muerte.

—No podemos considerarlo del todo fiable. No sabremos dónde estaba Ricardo en cada momento, sino su coche —matiza.

—No lo entiendo. Ahora sí que me he perdido.

—Cuando viajábamos, a Ricardo no le gustaba llevar el teléfono encima si no era imprescindible. Era un tanto aprensivo, ¿sabes? Decía que no se fiaba de la radiación que emiten esos aparatos. Siempre dejaba el teléfono en el coche y solo lo guardaba en el bolsillo cuando subíamos al hotel o teníamos previsto ausentarnos durante un rato largo. —Exhala un profundo suspiro y fija la mirada en la pantalla—. ¡Vamos allá! Mira, el día veintitrés salió de casa a las tres de la tarde, hizo una parada de veinte minutos a dos manzanas, probablemente para comprar las flores, y puso rumbo al norte.

—¿Comprar flores?

—Sí, para su tía. Siempre le lleva flores. —Genoveva vuelve a centrarse en la pantalla—. Sale de Madrid, coge la carretera de La Coruña, Tordesillas, circunvala León y llega a… ¿Qué es esto? Un momento. ¡No pasó por Oviedo! A las 19.27 se desvió en Mieres… ¡Vaya! —Aleja el teléfono y me dirige una mirada de asombro—. No durmió en Oviedo, como yo pensaba. Y si no lo hizo allí, y en casa de Mercedes no le gustaba quedarse… —Resopla y vuelve a concentrarse en la pantalla. Su rostro adquiere un aire de intranquilidad—. Continuó hasta Pola de Siero y allí tomó la A-64 en dirección a Villaviciosa. Luego la autovía del Cantábrico hasta que llegó a Ribadesella a las 20.40. Se detuvo un buen rato frente a… este edificio alargado, ¿qué puede ser? —Gira el teléfono hasta situarse como si ella fuera el punto rojo—. El Sella queda detrás, el pueblo frente a mí formando casi un ángulo recto… Este edificio puede ser la lonja. Esto parece un aparcamiento, y al lado de la lonja hay otro edificio que no tengo ni idea de lo que es. Creo que no he estado más de dos veces en el puerto. Sea lo que sea, el coche estuvo aparcado treinta minutos entre la lonja y ese local. Después regresa hacia la rotonda grande, cruza el puente y se mete por un laberinto de carreteras estrechas. Toma una de ellas y se detiene en un lugar entre la costa y Tereñes. No hay calle ni número. Supongo que se trata de una de esas casonas situadas en medio de una finca. —Vuelve a mover el teléfono hasta encontrar la posición ideal—. Hay docenas de casonas en esta zona, pero no sé a quién pertenece cada una. Desde luego, no me suena que yo haya estado por allí.

—Tal vez pertenezca a alguno de sus amigos.

—Puede ser. Lo mismo se pasó a saludar y quedaron en verse más tarde —sugiere Genoveva en busca de mi beneplácito, y continúa su repaso a los datos informáticos—. Frente a esta casa permanece un minuto. ¡¿Solo un minuto?! —Levanta la vista y me interpela, como si yo pudiera ayudarla a descodificar los datos y ofrecer una lectura real, física, humana—. Primero el puerto, luego una casa en medio del campo… No entiendo nada. Lo primero que suele hacer Ricardo cuando llega al pueblo es ir a ver a su tía. No es solo una costumbre, se trata de un auténtico dogma. Para él, su tía es lo prioritario. —Su mirada se vuelve a clavar en el aparato—. Sigamos. Después de la casona regresa a Ribadesella y se dirige a la calle del Comercio número 5. Aparca y no mueve el coche de allí hasta… ¡Oh, Dios! Hasta las 13.10 del día veinticuatro. —Desliza con rapidez los dedos por la pantalla, amplía y reduce el mapa en un intento desesperado de encontrar sentido a una pausa tan prolongada.

—La casa de su tía, supongo.

Me mira como si hubiera dicho una estupidez.

—No. La casa de Mercedes está a cuatrocientos metros de aquí. ¿Tú aparcarías tan lejos si puedes dejar el coche en la mismísima puerta?

—Tampoco es la dirección de un hotel, ¿verdad?

—Efectivamente. No me suena que en esa zona haya ninguno. Ricardo no durmió en Oviedo ni en casa de su tía. Donde dejó aparcado el coche no hay ningún hotel. En ese caso, ¿dónde pasó la noche mi querido esposo?

—Tal vez aparcó en esa calle, pero se alojó en un hotel que estuviera más lejos. Mucho equipaje no debía de llevar, desde luego.

—Cuando viajamos juntos solemos alojarnos en el Villa Rosario. Y, si no tienen habitaciones, nos quedamos en el Hotel del Sella, que está muy cerca. Ambos situados en el barrio de la playa. No tiene sentido que se alojara allí y dejara el coche en el centro del pueblo, a quince minutos a pie.

El rostro de Genoveva ya no transmite intranquilidad sino una honda preocupación. Acerca y aleja el mapa con los dedos y gira el teléfono nerviosa. De pronto, ha debido detectar algo interesante, porque su cabeza se inclina hacia delante, las pupilas dejan de bailar por la pantalla y enfocan un punto con detenimiento. Lee con una inflexión casi teatral, como si hubiera hallado la clave definitiva.

—¡¿Carnicería Ramón?!

Me invita a echar un vistazo a la pantalla.

—La carnicería de Ramón está en la Gran Vía —prosigue—, paralela a la calle Comercio y a la misma altura que el lugar donde estuvo aparcado el coche de Ricardo toda la noche —me aclara enarcando las cejas.

—Lo siento, pero ese dato no me dice nada. Recuerda que no conozco el pueblo.

—La familia de Ramón vive encima de la carnicería. La hija del carnicero creo que se llama Carla y fue la primera novia de Ricardo. No había caído hasta ahora. Tal vez por eso no me contestaba. Abandonó el móvil en la guantera del coche y pasó la noche con esa mujer. Apuesto a que sus padres no estaban en casa, tienen por costumbre cerrar la carnicería en Nochebuena y Nochevieja.

—Tampoco te lances. El hecho de que el coche esté aparcado en esa calle no es un dato definitivo. Bien pudo pasar la noche en otro hotel que no te suene. Tenía dos piernas y supongo que usarlas era costumbre suya.

—Las usaba lo menos posible. Y te lo dice su esposa, que lo conoce bien. Mejor dicho, lo conocía bien, o eso pensaba. Tengo serias dudas. Sigamos. —Genoveva vuelve a pegar la nariz a la pantalla—. Esto no acaba aquí. Mira, el día veinticuatro abandona la calle Comercio a las 13.10 y, cinco minutos después, se presenta en casa de Mercedes. Ves como no le gustaba andar —me recrimina con tibieza—. Permanece en casa de su tía hasta las 15.18. Y esto cuadra perfectamente con lo que me dijeron en el cuartel. Según el guardia Madrigal, fue sobre las 15.20 cuando Mercedes se presentó en el cuartel para contar su alucinación.

—Pero su tía no estuvo en casa durante esas dos horas, ¿me equivoco? Debía de estar con sus amigas recorriendo los bares del pueblo. Ricardo no pudo entrar en casa de su tía.

—Eso a él no le importa. Posee una llave y dentro hay un piano. Tiene por costumbre practicar un mínimo de dos horas al día. Los músicos profesionales no tenemos vacaciones. Así que entró y se puso a tocar como si estuviera en su propia casa. Luego llegó su tía y se lo encontró tocando. Todo encaja.

—Empiezo a estar apabullado, créeme.

—Continuemos con el recorrido. A las 15.30 pasa por la rotonda de la gasolinera amarilla de la que me habló el metre del restaurante. Mira el icono. —Me muestra el símbolo de un surtidor—. El teléfono se debió de quedar sin batería a unos cien metros de la gasolinera, porque ya no hay más datos.

Genoveva cierra el archivo y devuelve el teléfono al bolso.

—Por eso no había un cargo del hotel Cavia en la cuenta —murmura en dirección a la mesa, como si le hablara a la taza—. Me extrañó que hubieran cargado el coste de la floristería y no la factura del hotel. No tenía sentido usar tarjetas distintas. No durmió en Oviedo. Pasó la noche en Ribadesella con esa maldita Carla.

Genoveva pone freno a su lengua al tiempo que todo su cuerpo transmite una ostensible rabia. Se lleva las manos a la cara y la cubre por completo, como si no quisiera ver la realidad que le acaba de descubrir un archivo informático sumamente preciso.

Si la trayectoria que siguió Ricardo fue la que muestran esos datos telefónicos, todo encaja salvo el asunto de la congelación. Habrá que centrarse en ese misterio.

—¿Y si Mercedes tiene razón? —aventuro sin excesiva convicción, aferrando las manos de Genoveva con las mías—. A veces ocurren las circunstancias más insólitas.

—¿Qué quieres decir? No lo pillo.

—Una persona congelada delante de un piano es algo que escapa a toda lógica, hasta un niño de seis años lo entendería, por eso desestimamos completamente que fuera verdad. Y a continuación acusamos a Mercedes de estar medio loca y sufrir delirios. —Hago una pausa para estar seguro de lo que estoy a punto de decir—. Pero ¿y si fuera cierto?

—¿Cómo? —bufa Genoveva, mirándome como si no estuviera en mis cabales.

—No me preguntes más porque no sabría decirte a dónde nos lleva esta posibilidad. —Me encojo de hombros—. No soy Sherlock. Simplemente, de entrada no eliminaría ninguna opción.

—Adolfo, un hombre congelado tocando un piano no es ninguna opción. Es un espejismo. —Aparta el bolso a un lado, como si necesitara más espacio para esparcir su desaprobación alrededor de la mesa.

—Escúchame, por favor. El año pasado, en la estación de esquí donde trabajaba, me topé con un *bikini* en medio de la pista en pleno mes de febrero. Y te juro que no sufro delirios ni fue un espejismo. Los monitores no encontramos ninguna explicación, pero allí estaba el puñetero *bikini*.

—¿Estás bromeando?

—En absoluto. Las dos piezas, azul turquesa con lunares negros, en medio de una pista roja.

Genoveva abre los ojos al máximo que admiten sus párpados y lanza un resoplido de fatiga.

—¿No hubo nada que te resultara extraño en casa de Mercedes, algo fuera de lugar? —insinúo.

—Nada. Te diría que todo estaba igual que la última vez que la visité.

—¿Y fuera? No sé si tiene jardín, patio…

—No tiene jardín, sino huerto. Tampoco vi nada raro. El rosal sin podar, las berzas medio secas, los palos… —Genoveva sacude la cabeza y agita las manos en señal de alerta—. ¡Los palos! —exclama. Ahora son sus manos las que agarran las mías con determinación.

—¿Palos? —pregunto completamente desorientado.

—La tía Mercedes tiene un huerto detrás de la casa. Le encantan las judías verdes. De hecho, las cuece y luego embota varios kilos para abastecerse durante el resto del año. Como vive sola, le suelen sobrar y regala media docena de tarros a cada sobrino. No sé si lo sabes, pero la planta de las judías trepa por unos palos como tú de altos o quizá un poco más, colocados a unos setenta centímetros unos de otros, que es la distancia habitual entre surco y surco. Lo normal es quitarlos una vez termina la temporada y volverlos a colocar la primavera siguiente. Se siembra la judía y, cuando brota la planta nueva y esta es capaz de trepar, se coloca el palo y se enrolla el tallo. Pues bien, este invierno, por la razón que sea, los palos siguen ahí, todos ellos bien clavados y rectos como mástiles. Todos salvo una fila, que estaba arrancada y con los palos desperdigados a varios metros. Me llamó la atención.

—No tengo ni la más remota idea de dónde quieres ir a parar con esta descripción de las actividades agrarias de Mercedes. Recuerda que soy un chico de ciudad.

Genoveva clava la vista en mí y esgrime una sonrisa cáustica.

—Alguien arrancó esos palos para poder pasar desde la puerta de la casa a la portillera que comunica el huerto con la calle. En el muro hay una portillera de madera sin cerrojo, tiene solo una aldaba.

—Has dicho que están clavados a unos setenta centímetros, una distancia suficiente para que una persona pueda pasar.

Genoveva menea negativamente la cabeza y apunta con el dedo hacia mi pecho.

—No si acarreas un cadáver.

—¿Un cadáver, dices? ¿Cruzando por el huerto? ¿No sería más fácil sacarlo por la puerta principal?

—Ni mucho menos. La puerta principal está cerrada con llave, pero no la que da al huerto. Esto es un pueblo. A nadie le daría por entrar en la casa de Mercedes atravesando un huerto embarrado.

—No sé qué decir.

—Qué estúpida he sido. —Genoveva se estruja las sienes—. Suena descabellado, incluso grotesco, pero creo que estás en lo cierto. Por alguna razón que desconocemos, Ricardo estaba congelado y sentado al piano cuando su tía regresó a casa.

—Esa es la pieza suelta de todo este lío, desde luego que lo es. Joder, Ricardo congelado. No es algo fácil de digerir.

Apuro la copa de vino de un trago. Necesitaría otra y un cigarrillo. Sobre todo un cigarrillo.

—Ignoro quiénes han podido cometer una barbaridad de ese calibre —aduce Genoveva con la mirada extraviada y mordiéndose el labio—. Ignoro las razones y el lugar donde lo pudieron hacer. Pero es terrible pensar en unas mentes capaces de sentar al piano un cadáver justo en casa de su tía, la mujer que lo había cuidado desde que fallecieron sus padres.

—¡Qué hijos de puta! —mascullo.

—Cuando la tía Mercedes regresó del cuartel acompañada de un guardia, el cuerpo había desaparecido. Pero no porque se hubiera evaporado, sino porque esos tiparracos ya se lo habían llevado.

—En ese rato, los asesinos decidieron cambiarlo de sitio por algún motivo —especulo.

En busca de inspiración, Genoveva agita el café de una taza ya medio vacía.

—Creo que alguien debió de reconsiderar la situación de Mercedes. Pensaron que no tenían por qué causarle un dolor innecesario —sugiere.

—¿Tú crees que alguien capaz de congelar a una persona se apiadaría de una anciana?

Genoveva deja la cucharilla en el plato y apura el último sorbo.

—¡Aggg! Se ha enfriado ya. Qué rápido.

A pesar de que el café no está a la temperatura ideal, se queda con la taza en las manos. El contacto con ella ha debido de servir de estimulante a su cerebro, porque de repente suelta sobre la mesa una reflexión que me deja asombrado:

—No se lo llevaron por una cuestión moral, sino por culpa de la calefacción.

—No entiendo adónde quieres ir a parar.

—A Mercedes le extrañó haberse dejado la calefacción encendida, algo que nunca hace cuando sale de casa para no aumentar mucho la factura. No le sobra el dinero, ya me entiendes.

—Sigo sin ver la relación.

Deja la taza sobre el plato. En esta ocasión no hace uso de la servilleta.

—Fueron esos malnacidos quienes la encendieron.

—¿Con qué propósito? Ya lo habían asesinado y se lo habían quitado de encima. ¿Qué más les daba la temperatura del salón?

—Esa es la clave, Adolfo, la temperatura del salón. Lo depositaron sobre la butaca del piano, pero luego cambiaron de opinión. Y no fue por un repentino ataque de moralidad, sino por la temperatura. En un principio pensaron dejarlo allí, subir el termostato para que saltara la calefacción y así se descongelara más rápido el cadáver. Esa gentuza pensó que, si ponían la calefacción al máximo, el cuerpo se descongelaría antes de que Mercedes regresara y, a todos los efectos, la muerte de Ricardo se debería a un fallo cardíaco, que es lo que les sucede a los que fallecen por hipotermia. Mi madre es médico. En los inviernos crudos de Madrid, las ambulancias a veces recogen cadáveres de personas sin techo que han muerto por la noche a causa del frío, y los síntomas son muy parecidos, o incluso idénticos, a los de un paro cardíaco.

—Pero… ¿cómo sabían esos hijos de mala madre su hora de regreso?

—El barrio de la Cuesta no es muy grande. Además, la calle es bastante empinada y Mercedes camina despacio. Cualquiera podía conocer sus hábitos.

—O sea que el corazón de Ricardo funcionaba como un reloj. No padecía insuficiencia de ningún tipo —deduzco.

—Ya me extrañaba que me hubiese ocultado su supuesto problema cardíaco. De esta manera, la historia resultaría creíble a oídos de todo el mundo. Como hacía todos los años, Ricardo visitó a su tía para comer juntos, se puso a tocar el piano mientras esperaba a que ella regresase y, de repente, su corazón dejó de latir. Muerte natural.

—Cero sospechas, cero investigaciones, cero riesgos —concluyo.

—Cuando esta gente se dio cuenta de que Mercedes había visto el cadáver congelado, la coartada de la muerte natural ya no funcionaba. La Guardia Civil se pondría a investigar de inmediato, así que decidieron llevárselo de allí. Aprovecharon que era un día de niebla y lo sacaron por donde lo habían metido para evitar testigos desagradables. Detrás del huerto hay una campera coronada por un montículo. Nadie podía verlos. No lo pudieron introducir en el maletero, como hubiera sido su deseo, ya que el cuerpo seguía rígido. Entonces, alguno de ellos, desde luego muy ocurrente, decidió que la mejor idea era subirlo al asiento del copiloto de su propio coche. La rigidez del cuerpo dejó de ser un problema. El aspecto de una persona sentada al piano es muy similar a la de alguien sentado en un coche.

Necesito otra copa de vino para digerir algo así. Le pregunto a Genoveva si desea tomar algo más. Declina mi oferta. Llamo la atención del camarero y le pido que me sirva una segunda dosis.

—Ricardo pesaba unos noventa kilos, ¿cómo pudo hacerlo una mujer sola? —planteo.

—Por ese motivo te he hablado en plural. Alguien la ayudó. Ella conducía, pero alguien más colaboró. Desde la casa de Mercedes no hay forma de llegar al puente sin cruzar el pueblo. Era Nochebuena, habría gente rondando por el centro para tomar el aperitivo. De modo que la mujer se puso las gafas de sol para no ser reconocida y salió zumbando con mi marido a su lado. Era rubia, como Beatriz y yo. Si se cruzaban con algún vecino, nadie sospecharía. Condujo hacia la antigua mina de El Frondil, donde la esperaba el resto del equipo con otro coche, seguramente un todoterreno, para afrontar los últimos metros de un camino estrecho, pedregoso y embarrado. Cuando llegaron al final del camino, lo bajaron del vehículo. Entre todos lo acarrearon por el sendero que serpentea entre los eucaliptos y lo colocaron sobre las rocas. Una vez terminaron la faena, la mujer regresó tan tranquila junto a sus socios en el segundo coche y dejaron el Jaguar en la mina. Un plan perfecto. Ricardo moría en «su mirador», víctima de un corazón averiado. El lugar que tanto le gustaba visitar para sentarse a contemplar el mar durante horas. Nadie sospecharía. La tía Mercedes podría decir lo que le viniera en gana. Todo el mundo conocía sus antecedentes psiquiátricos, su gusto por el vermú y la explosiva mezcla del alcohol con las pastillas. Ni los vecinos ni la Guardia Civil le prestarían la menor atención y el asunto se acabaría olvidando. Por si faltaba algún detalle, la suerte se puso del lado de esos asesinos: el sargento Paredes lo vio entrar en el puente y el metre reconoció su coche en la gasolinera.

—Los borrachos y los niños siempre dicen la verdad. No lo olvidaré.

—Pero no existe el crimen perfecto —prosigue—. La niebla que los ayudó a sacar el cuerpo de la casa los iba a traicionar. Nadie sube a un mirador si no hay nada que mirar.

—Dios santo. No me cabe en la cabeza que alguien tenga el valor de congelar a un ser humano.

—Ricardo era una buena persona. No tenía enemigos. Todo el mundo lo quería. —Genoveva me dirige una mirada de intensa amargura—. ¿Quién puede estar detrás de una maniobra tan siniestra?

—Hay algo que no acaba de encajar en este rompecabezas. Tal y como sugieren los datos que has leído, Ricardo pasó la noche en casa de Carla.

—Los datos y mi presentimiento desde un principio.

—Entonces, ¿cómo y dónde congelaron el cuerpo?

Genoveva tuerce el gesto y deja vagar la mirada por la cafetería en busca de una explicación.

—Otro maldito *bikini* en medio de la nieve, ¿eh? —se mofa.

—Es un pueblo. No se me ocurre ningún lugar donde pudieran hacerlo.

—En este momento, a mí tampoco. Mi cabeza ya no da más de sí. Salvo que… —Me vuelve a clavar esa incisiva mirada suya—. El teléfono siguiera en el coche y Ricardo anduviera por otro lado.

—O sea, que no pasó la noche en casa de Carla.

163

—Creo que pudo dormir allí, estoy casi segura de ello. Pero salió por la mañana para quedar con alguien mientras el coche seguía aparcado en el mismo sitio. Recuerda que en la noche del veintitrés estuvo junto a la lonja y pasó por una casona en el campo cuyo propietario desconocemos.

—¿En las lonjas hay cámaras frigoríficas? —se me ocurre.

Genoveva muestra una sonrisa de satisfacción.

—Imagino que sí. No había caído. El círculo se va cerrando, Adolfo. Mi marido durmió en casa de Carla, se levantó y fue a la lonja. Allí debió de ocurrir algo de lo que no tenemos ni la menor idea. El caso es que lo encerraron en una cámara hasta convertirlo en hielo. El día veinticuatro por la mañana extrajeron de su bolsillo las llaves del coche y lo aparcaron frente a la casa de Mercedes. A continuación, trasladaron el cuerpo congelado desde la lonja a la casa en algún vehículo que desconocemos. El resto ya lo sabemos.

12

GENOVEVA

Primavera de 2008

EL PIANISTA QUE colabora habitualmente con nuestra orquesta ha sufrido un cólico nefrítico dos horas antes del concierto de Salamanca. Necesitamos un músico que lo sustituya de forma inmediata. Habrá que suprimir la pieza inicial del programa si no se consigue un pianista de primer nivel en menos de una hora. Nuestras dificultades no terminan aquí; el músico debería estar familiarizado con dicha pieza, nada más y nada menos que el Concierto número 2 de Rajmáninov, cuyo tercer movimiento entraña una gran complejidad técnica. Será un milagro que se cumplan tantas condiciones en tan poco tiempo.

El concierto comienza a las ocho de la tarde y a las siete seguimos con la banqueta del piano vacía. Iniciamos el ensayo de la orquesta a sabiendas de que no podremos incorporarlo a tiempo. Habrá que suprimir a Rajmáninov del programa y disculparse con el público.

A las siete cuarenta y cinco se presenta en la recepción del auditorio un joven vestido de calle y con una cámara de fotos colgada del hombro. Al parecer estaba haciendo turismo por la ciudad cuando le sonó el móvil.

La orquesta cuenta con una lista de cuatro pianistas para suplir a Lucas en caso de baja. Los tres primeros se encontraban a más de dos horas de viaje. El joven que acababa de llegar ocupa el cuarto lugar de esa lista, pero es el único capaz de plantarse en el auditorio a tiempo.

Al haberlo avisado con tanta premura, lo normal por su parte hubiera sido esgrimir una disculpa y negarse a participar en un reto de esta magnitud. Sin embargo, el muchacho acepta de buen grado y lo único que pide es que le proporcionen un traje cuanto antes; no puede sentarse al piano con unos vaqueros y una camisa de rayas.

Alguien se pone a buscar como loco la indumentaria de nuestro pianista titular entre el equipaje y se la entrega al suplente. Surge entonces otro problema: existe una diferencia de quince centímetros y veinte kilos entre uno y otro.

El nuevo pianista se presenta en el escenario con la chaqueta suelta porque le resulta imposible abrocharla sin asfixiarse. La chaqueta le queda pequeña y los pantalones, cortos. Por suerte, este último defecto no se apreciará desde el patio de butacas. Lo más llamativo es su pelo, rizado y muy largo. Nada más verlo, la violinista que tengo al lado me suelta: «Madre mía, parece el pianista de los Jackson 5».

Le echo unos veinticinco años. Demasiado joven para asumir un reto tan exigente.

El muchacho se coloca junto al piano y se dirige simultáneamente a los músicos y al director.

—Me llamo Ricardo Manrique. He venido hasta aquí porque considero que es mi deber. No podía dejar tirados a unos compañeros, pero tengo que decir que hace siglos que no toco esa pieza.

Los músicos nos miramos con cierta pesadumbre. Excesiva juventud, escasa familiaridad con la pieza y un pelo como una coliflor no parecen los mejores augurios para encarar la sesión. El director baja la cabeza y comienza a rascarse el cuello, desolado. Si un concierto fracasa por un motivo artístico, la responsabilidad recae solo sobre él.

—No podemos hacer otra cosa —se lamenta el director, dirigiéndose a los técnicos y a la gente de producción que anda entre bambalinas—: Pasadle al suplente la *particella* y que sea lo que Dios quiera.

Alejandro, de producción, y el director técnico se quedan mudos y cruzan miradas azoradas, al tiempo que reflejan un repentino sentimiento de culpa por no haber hecho bien su trabajo. Alejandro responde al director con un temeroso hilo de voz:

—No tenemos la *particella* de piano. Como Lucas se ha puesto malo de repente y han tenido que llevarlo al hospital, con las prisas se ha debido de quedar en el hotel.

—¡¿Somos una orquesta sinfónica o una tuna universitaria?! —estalla el director, ya completamente atacado.

El hombre no está acostumbrado a un nivel de improvisación de semejante calibre. De ningún calibre. En una orquesta sinfónica, los grados de organización y previsión son máximos.

—Gracias por acudir a echarnos una mano, Ricardo, pero no podemos arriesgarnos. Esta pieza es una de las más difíciles que se han escrito para piano. Hace tiempo que no la tocas y, además, no tenemos la *particella*. El desastre está más que garantizado. Así que eliminaremos a Rajmáninov del programa y pediremos disculpas al público. Tampoco es que hayamos cometido un delito. Ha sido una causa de fuerza mayor.

Ricardo enturbia el gesto.

—Yo no he venido hasta aquí para perder el tiempo. Alguien de la orquesta me llamó al móvil, me preguntó si estaba disponible y, cuando le dije que sí, me rogó que sustituyera al pianista titular. Y aquí estoy. No se me puede contratar y despedir al mismo tiempo. No es honorable ni inteligente. La pieza será interpretada en primer lugar, como figura en el programa.

Ni el director ni los músicos esperábamos una respuesta de esa naturaleza. El nivel de confianza en sí mismo del joven pianista nos apabulla, ¿lo hará también su capacidad interpretativa sin *particella* ni ensayos previos?

Ricardo se abre la chaqueta por completo. Su deseo habría sido desprenderse de ella, pero la etiqueta no lo permite. Coloca la banqueta a la distancia que considera oportuna, tira de los pantalones hacia arriba y se sienta.

—Cuando quieran. Estoy preparado —anuncia—. Esa gente de ahí fuera ha pagado su entrada y no podemos defraudarla.

A pesar de su buena voluntad, el concierto va a resultar un fiasco considerable y el buen nombre de la orquesta quedará en entredicho. Pero es demasiado tarde para salir airosos del desbarajuste que se avecina.

La expresión de mis compañeros cuando Ricardo planta sus dedos sobre las teclas es una mezcla de incertidumbre y pánico. Los músicos apretamos los dientes y cerramos los ojos.

Al escuchar los primeros compases, nos percatamos de un notorio titubeo. Durante el primer movimiento, las dudas persisten y alguna que otra nota suena fuera de tiempo. En el segundo movimiento, el más dulce, la melodía no resulta tan mal como habíamos previsto. Después de treinta segundos, el recelo inicial va desapareciendo. La interpretación del suplente no solo suena correcta, sino que su nivel técnico se le acerca al que Lucas nos tiene acostumbrados. Pero es en el comienzo del tercer movimiento, el más complejo, cuando Ricardo Manrique se desmelena. En el momento indicado, las manos saltan sobre las teclas como ranas en una charca o se deslizan como serpientes si lo que demanda la obra es templar la cadencia.

El chico se muerde el labio inferior con fruición. Su cuerpo se lanza con vehemencia sobre el teclado, con la barbilla a no más de una cuarta; acto seguido retrocede, estira los brazos hasta dejarlos casi rígidos, echa la cabeza hacia atrás y se queda mirando al vacío. Incluso en algunos momentos cierra los ojos. El extravío dura unos instantes. De nuevo vuelve a abrirlos y se tira sobre el teclado como un ave de presa. Rajmáninov suena a gloria bajo sus dedos. El tercer movimiento resulta un prodigio interpretativo. ¡Oh! Se desencadena una verdadera explosión, una perfecta comunión entre pianista y público. No puedo dejar de comparar lo que estoy oyendo con las actuaciones de Lucas. Se palpa la diferencia entre lo brillante y lo sublime.

Al terminar la pieza, la gente aplaude durante varios minutos. El director no se lo puede creer. No se mueve de su sitio, impactado, estremecido, feliz.

No hemos contratado a un suplente para salir del paso. Ese joven es un auténtico portento.

Ricardo agradece el cariño del público y se retira del escenario. Se pasa el dorso de la mano por la frente y sonríe a los técnicos y al personal de producción, que le reciben emocionados entre bastidores. El director abandona su sitio junto a la orquesta y se acerca a él con la intención de estrecharle la mano. En el último momento se arrepiente y le propina un abrazo que el pianista no esperaba.

Cuando termina el concierto, Ricardo y yo coincidimos en el vestíbulo. Lo felicito y él me agradece el gesto, pero lo que más desea, por encima de elogios y agasajos, es quitarse de una vez el traje que le oprime como una camisa de fuerza y recuperar su vestimenta. Buscamos al responsable de producción que se ocupa del vestuario para que le devuelva la ropa. Ricardo se dirige a los camerinos.

Los músicos van desfilando hacia el autobús y apenas queda nadie en el auditorio. Lo espero en el vestíbulo con el propósito de que no se quede solo. A fin de cuentas, nos ha salvado la noche.

Ricardo aparece vestido de calle, con unos vaqueros, una camisa por fuera del pantalón y unas deportivas blancas. Con esa pinta, parece un tenista. Nadie diría que bajo ese aspecto corriente late un corazón con una sensibilidad tan afilada.

Alejandro nos retiene unos instantes para tomarle los datos y proceder a la tramitación de su contrato y al correspondiente pago de su jornada.

Alguien desde el autobús nos mete prisa, toda la orquesta nos está esperando. Alejandro ordena al conductor que salgan hacia el hotel, nosotros iremos después en un taxi.

Tras echar varias firmas a los diferentes documentos, Ricardo me aparta de Alejandro y me susurra al oído que conoce un restaurante griego con una comida deliciosa. «Está a dos manzanas de aquí, seguro que a estas horas de la noche tiene alguna mesa libre.»

No sé qué decir. Los músicos de la orquesta tenemos por costumbre cenar todos juntos en el hotel y Alejandro ya ha solicitado un taxi para él y para mí.

Ricardo es un músico extraordinario, un pianista fuera de lo común y, a buen seguro, tiene un futuro cargado de éxitos, pero no es una persona que me atraiga como para irme con él de cena romántica. Dudo la respuesta. El muchacho no tiene un pelo de tonto y se percata de la situación.

—Tranquila, no quiero ligar contigo. He venido a Salamanca con mi hermana, a estas horas ya habrá cenado y estará en la habitación del hotel viendo la tele o leyendo. Y, si te digo la verdad, no me gusta cenar solo.

Su sinceridad me apabulla. Me siento más tranquila al conocer sus intenciones. Cenaremos comida griega y charlaremos de música. Como no podía ser de otra manera, accedo con gusto.

El restaurante griego está cerrado. Nos metemos en un mesón medio subterráneo de paredes encaladas y motivos de forja por todas partes. El nombre de los platos aparece escrito con tiza en una pizarra situada en un extremo de la barra. El camarero pregona el menú de memoria en cada mesa y lo corrige sobre la marcha en caso de que algún plato ya no esté disponible.

Durante la cena, Ricardo no se muestra muy hablador. Soy yo quien conduce la conversación, y en muchas ocasiones él se limita a asentir por pura cortesía. Acapara otros dones, pero no el de palabra. Una exquisita educación, por ejemplo. Desde luego, la situación no responde a una cena romántica ni por asomo.

Salimos del restaurante y paseamos por la calle Compañía en dirección a la plaza de San Benito. Nos acercamos al Puente Romano, pero el río transmite bastante frescor y regresamos al centro. De camino pasamos junto a un cine. Desde el exterior se oye perfectamente cómo los graves de la banda sonora percuten contra la pared de la sala. Ricardo se detiene y señala la cartelera.

—Algún día compondré bandas sonoras —me suelta.

—¿Y eso?

—Las bandas sonoras son las sinfonías de nuestro tiempo. Mozart, Beethoven, Tchaikovsky, Bach, Schubert... Todos ellos son grandes genios, no voy a ser yo quien lo niegue, pero no me cambiaría por ninguno de ellos.

—¿Ah, no? ¿Y por quién te cambiarías?

—Ennio Morricone.

Ricardo lleva cargadas en un iPod la mayor parte de sus bandas sonoras: *El bueno, el feo y el malo*; *Érase una vez en América*; *Por un puñado de dólares*; *Cinema Paradiso*; *Los intocables*; *Malena*; *La misión*... De cada una reproduce un par de minutos y me cuenta alguna anécdota de la película o me habla sobre la riquísima y original variedad de instrumentos que usan en los *spaghetti western* de Sergio Leone.

—Me gustaría llegar a una décima parte de lo que ha escrito este señor —aventura.

La contenida locuacidad mostrada durante la cena se desborda junto a los muros de un cine, como si hubiera abierto de repente las compuertas de su intimidad.

Tras nuestra charla cinematográfica, Ricardo se dirige a su hotel y yo al mío. Ha sido una noche agradable, sin más, con un final curioso: el pianista que nos salvó el concierto adora las bandas sonoras y, en concreto, las firmadas por Morricone.

En aquel momento no se me pasó por la imaginación que sería el hombre de mi vida: no me gustaba su forma de vestir, más propia de un deportista que de un músico clásico, ni su caballerosidad excesiva, ni esa seriedad que le apagaba el ánimo en algunos momentos, ni mucho menos el pelo rizado y con forma acampanada: parecía que llevara en la cabeza la funda de un sombrero. No era un chico guapo; eso sí, mantenía en guardia permanente una sonrisa irónica que le concedía cierto atractivo.

El pianista titular tendría que pasar una semana en reposo y el diagnóstico médico apuntaba a una posible repetición de los cólicos, ya que las piedras del riñón no se habían eliminado del todo.

Ricardo accedió a colaborar con la orquesta durante ese tiempo. Ya en Madrid, coincidíamos al tomar el metro después de los ensayos. Y así fue como comenzó nuestra relación. Por pura inercia, sentados juntos en un vagón que a esas horas de la tarde ya despedía un tufo desagradable. Un prólogo exento de cualquier género de romanticismo.

Cuando se lo conté a mi madre se partió de risa y mencionó lo paradójica que es la vida: «A dos personas que interpretan *El lago de los cisnes* y nos hacen llorar de emoción, resulta que les surge la chispa del amor en medio del traqueteo de la línea nueve».

Comenzamos a salir, pero no de un modo sistemático. Cada uno teníamos una agenda que cumplir y unas horas de ensayo diario ineludibles. Podíamos pasar tres semanas sin vernos y luego compartir un fin de semana completo. A veces nuestros fines de semana se correspondían con un martes y un miércoles.

Ya desde un principio me di cuenta de que Ricardo no era un músico común. Nada más sentarse al piano, se transformaba en otra persona. Se desmarcaba de las coordenadas físicas y alcanzaba un estado cercano al trance. En esos momentos, su volumen capilar se balanceaba de un lado a otro, impelido por vehementes sacudidas de cabeza; las manos cobraban vida propia, como si en las muñecas escondiera un mecanismo capaz de acelerar y templar la velocidad de sus dedos; la boca albergaba un microcosmos de contorsiones, mordisqueos labiales, estiramientos y contracciones. Teniendo en cuenta que los violinistas apenas gesticulamos al tocar —tenemos el instrumento soldado al mentón—, contemplar a Ricardo sobre un escenario suponía asistir a un verdadero repertorio teatral. No era un intérprete sino un artista, desde su pelo rizado hasta la punta de los zapatos.

Gracias al cielo y a mi persistencia, fue dejándose el pelo cada vez más corto. Con el paso del tiempo, la dosis de energía que entregaba en cada concierto también aminoró. En los últimos años se sentaba al piano haciendo gala de una mayor serenidad. También fue perdiendo la estética juvenil que lucía en nuestros primeros encuentros. Las zapatillas deportivas, los vaqueros y las camisas informales desaparecieron de su armario. Se había vuelto una persona comedida, sobria. Si me hicieran una encuesta y tuviera que definirlo con una sola palabra, no tendría duda sobre qué casilla marcar: clásica. Ricardo era una persona clásica en todos los aspectos.

13

ADOLFO

29 de diciembre de 2018

Por fin un día de sol desde mi llegada. La niebla se ha retirado para concedernos una merecida tregua. Desde la ventana diviso la mitad del pueblo y me imagino la otra mitad. La desembocadura del Sella, la playa, los barcos atracados en el puerto, las calles peatonales pobladas de gente. Y, al otro lado de la autovía, el valle que conduce a los Picos de Europa. Qué pena que en esas montañas no haya pistas de esquí.

Echo un vistazo en el teléfono a mi cuenta de Instagram. La foto de la furgoneta con aire soviético ha sido apreciada por cincuenta seguidores, un éxito teniendo en cuenta que con una foto normal no paso de treinta. Eso demuestra que el desaliento es más creativo que la euforia.

¿Qué estará haciendo Irina en este momento? Me la imagino sentada en un sillón de esos altos y acolchados, situado al fondo de un despacho enorme provisto de una cafetera de cápsulas y un gran ventanal con cortinas de bandas verticales.

La llamo para comunicarle lo ocurrido con Ricardo sin entrar en detalles. Se alegra de oír mi voz, al menos esa es la sensación que transmiten sus palabras al otro lado de la línea. Quizá finge, pero no puedo distinguirlo. Como era de esperar, lamenta profundamente lo sucedido con Ricardo. Sabe que éramos amigos.

Oigo voces de fondo, supongo que anda atareada. Solo le transmito que le había fallado el corazón. No me alargo en la descripción de lo sucedido ni deslizo sospechas sobre las causas alternativas de su muerte que barajamos Genoveva y yo. Le hablo con una voz neutra, sin afectación, como si fuera un periodista dando una noticia.

Era yo quien había iniciado una amistad con Ricardo desde nuestro encuentro en la catedral de Palencia un año antes; ella se había mantenido al margen.

Mi comportamiento respondía a una especie de acuerdo tácito entre Ricardo y yo. Él desestimó la idea de invitar a Genoveva o a su hermana a nuestras tertulias en el Patagonia, y yo, con el fin de no caer en una especie de imprudente asimetría parental, acudía a la cafetería sin contar con Irina, lo que no significaba que la mantuviera desinformada. A veces le contaba algún dato de nuestras conversaciones, sobre todo circunstancias que tenían que ver con Ribadesella o con la carrera de Ricardo como pianista. Ella me escuchaba con atención, pero sospecho que lo hacía más por educación que por un verdadero interés en mantenerse al tanto de los logros del músico.

Antes de poner punto final a nuestra conversación telefónica, le anuncio que sigo en Ribadesella y que me encantaría acercarme a verla; únicamente me separa una hora de camino hasta Avilés. Irina acepta encantada y me propone un encuentro a las dos, hora en la que sale del trabajo para ir a comer. Quedamos en vernos en Casa Lin, un restaurante situado al lado de la ría y enfrente del Niemeyer.

Regreso al hostal, me cambio de ropa y me subo al coche. Siento una punzada de agitación en el estómago que va creciendo a medida que me acerco a Avilés.

En cuanto me ve, me da un abrazo y un beso en los labios, como hacía siempre. Se trata más bien de un gesto de cariño, una especie de ritual en honor a «los viejos tiempos» —que no son tan viejos— más que una reconsideración por su parte del estado actual de la relación. Irina no es de las personas a las que le seduzcan las vacilaciones; cuando toma una decisión, lo hace con todas las consecuencias. En este caso, su proyección profesional en el mundo artístico queda muy por encima de todo lo demás.

A pesar de convivir con ella durante veinte años, nunca consiguió contagiarme su amor por el arte. Por muchas catedrales o iglesias que visitáramos, no logró que la arquitectura religiosa me despertara más allá de una ligera curiosidad. En el caso particular de las catedrales, me producían gran admiración como reto constructivo, pero en modo alguno me transmitían el goce propio de una experiencia estética. Con los museos de pintura me pasaba algo similar. «Si a un cuadro lo giras ciento ochenta grados y transmite lo mismo que en su posición original, no puede ser una obra de arte, más bien es un timo», le decía cuando me insistía en la genialidad de un pintor.

Mi verdadero deleite en aquellas visitas consistía en verla disfrutar a ella. Aunque yo estuviera dotado solamente de una sensibilidad primitiva, me gustaba acompañarla en sus rutas culturales. Yo hacía de asistente personal más que otra cosa, y soltaba algún comentario jocoso que le divertía. Toda reina necesita un bufón.

Sentados a la mesa de Casa Lin, no presto excesiva atención al menú. No hay mejor plato que tener a Irina delante de mí después de un mes sin verla. Nada de lo que figure en la carta podría superarlo.

Se la ve ilusionada con su nuevo destino. Me confiesa que la experiencia en el área museística de un centro cultural no tiene nada que ver con su actividad como profesora. La han destinado al área internacional. Al parecer, nada más sentarse en su despacho ya le pusieron sobre la mesa un proyecto de envergadura: conducir las negociaciones con un museo vienés para traer una colección de Klimt. Respondo con una ingenuidad casi infantil y mi acostumbrada socarronería:

—Klimt me suena a marca de detergente.

Irina suelta una sonora carcajada. Siempre lo hacía cuando yo le respondía con una mezcla de espontaneidad e ignorancia. Creo que las personas intelectualmente brillantes no comparten su vida con individuos de su mismo nivel, sino que buscan el contrapunto. Ignoro si con el fin de que no les hagan sombra o, sencillamente, porque debe de ser muy aburrido cenar cada día frente a otra persona y que la conversación gire en torno a claroscuros, capiteles o bóvedas de cañón. Irina no compartía conmigo sesudos juicios artísticos, pero tampoco lo necesitaba; conmigo se lo pasaba en grande.

—Es un pintor austríaco cuya obra quiero traer aquí —me explica—. Tienes que ver un cuadro suyo fabuloso. Se llama *El beso*.

Irina alcanza el teléfono y toquetea la pantalla. Me muestra una imagen del lienzo: un hombre besando en la mejilla a una mujer mientras ella mantiene los ojos cerrados. Lo que más me llama la atención es el extraño ropaje de ambos.

—La túnica de ese tío está llena de parches. Me recuerda a las colchas que confeccionaba mi madre usando una técnica que aprendió en las actividades para adultos que organiza el Ayuntamiento. *Patchwork*, creo que se llamaba.

—¡Es cierto! —Vuelve a reír—. Pero no te fijes en los trajes, sino en la expresión de ella: se aparta y al mismo tiempo se deja llevar sin oponer resistencia.

Supongo que con semejante apreciación pictórica lo que pretende es hacer un paralelismo con nuestro caso particular: «Ella se aparta y al mismo tiempo se deja llevar».

¿Es eso lo que pasa con nosotros dos? ¿Irina se ha apartado de mí, pero en el fondo sigue deseando que la bese?

Trato de cogerla de la mano, pero la retira a tiempo. Vuelvo a intentarlo y la esconde bajo la mesa. Al parecer, el paralelismo entre el arte y la realidad reside únicamente en mi imaginación.

—Ese cuadro es una maravilla —señala, obviando mi estéril intento de acercamiento—. Estoy haciendo gestiones con el museo Leopold de Viena para traerlo.

Al comprobar que Irina mantiene las manos bajo la mesa, me doy cuenta de que mi viaje a Avilés ha sido en balde. Ella es feliz con el nuevo rumbo de su carrera, negociando con museos europeos para montar exposiciones temporales, y no entra en sus planes retroceder una casilla en su biografía.

Abro la carta y echó un vistazo rápido a los platos.

—Creo que pediré una ensalada mixta y una copa de vino —anuncia Irina.

—Yo también tomaré ensalada. Y tráiganos una botella de vino, si es tan amable. —Me da pereza lanzarme a leer un listado de platos.

—¡Pero si tú no eres de ensaladas! —me reprocha.

—A partir de ahora sí. He leído en algún sitio que contienen antioxidantes.

Yo solía aprovechar mis visitas al dentista para leer revistas de divulgación científica en las que se menciona ese tipo de consideraciones útiles para la vida diaria.

La camarera nos toma nota y recoge la carta.

De fondo se oye un estruendoso tintineo de conchas. Desvío la mirada hacia las mesas cercanas y me percato de que este restaurante es un lugar idóneo para tomar mejillones. En la carta mencionan los mejillones en salsa picante como una de las especialidades de la casa. Debería haber sido más paciente y haber prestado más atención a la oferta gastronómica.

—Me alegra verte de nuevo y saber que sigues igual —confiesa con una mirada dulce, aunque algo distante.

—Solo en apariencia. Desde que te fuiste he envejecido cinco años —refunfuño.

Ella ignora que tras su independencia dejé de ser la misma persona. Comencé a salir de noche y a regresar a casa de madrugada, a confundirme con gentes diversas que pasaban de ser completos desconocidos a casi hermanos. Y lo peor es que me ha dado por llenar los pulmones de humo y el estómago de *gintonics*. En definitiva, he tratado de cubrir su ausencia de cualquier manera. Pero la soledad es un pozo sin fondo, no se llena por mucho que lo atiborres.

—¿Cuándo has venido a Ribadesella? —quiere saber Irina.

—Hace tres días.

—Sabía que erais amigos, pero no imaginaba que tu relación con Ricardo fuera tan estrecha como para acudir al entierro, teniendo en cuenta que vives muy lejos. —La dulzura vuela de su rostro, que cobra un aire de repentina seriedad.

—No he venido solo por el entierro. Me ha echado de la estación el muy… —Hago una mueca furibunda y cierro los puños—. Así que he decidido largarme a los Pirineos.

—Vaya, lo siento. —Advierto un centelleo de tristeza en sus ojos.

—Había pensado ponerme en camino después del entierro, pero voy a quedarme un día más. La mujer de Ricardo está destrozada. Y también muy sola desde que sus padres regresaron a Madrid. Esa familia…

—¿Con el cuerpo aún caliente y ya se están acuchillando por la herencia?

—No creo que sea un asunto de herencias. Tiene toda la pinta de ser algo más… viejo.

—¿Latente?

—Sí, esa es la palabra. En el tanatorio me dio la sensación de que su tía y su hermana iban por un lado y su mujer por otro. Ricardo era el pegamento entre ambas facciones, y si falla el pegamento…

—Me dijiste por teléfono que lo encontraron en una especie de mirador. ¡Qué espanto, Dios! —Irina esgrime un gesto de estupor.

—En efecto. Con toda probabilidad a causa de un paro cardíaco, según el forense. Pero ni a su mujer ni a mí nos acaba de resultar muy convincente.

—¿Ah, no? O sea que sospecháis que hay algo más —desliza ladeando la cabeza.

En un principio no era mi intención involucrar a Irina en las tribulaciones que Genoveva y yo alimentábamos. No es menos cierto que me apetece conocer su opinión al respecto. Irina no solo se persigna al revés, como buena ortodoxa, sino que en muchas ocasiones muestra una perspectiva de las situaciones completamente opuesta a como yo las entiendo. Después de una convivencia tan larga, llegué a la conclusión de que su perspicacia a veces rayaba en lo paranormal.

La camarera aparece con la botella de vino y nos sirve. Irina propone un brindis. Acepto sin saber muy bien el propósito.

Le cuento los pormenores de la muerte de Ricardo y nuestras sospechas sobre un posible asesinato camuflado bajo causas naturales. Mientras realizo la exposición de los hechos, Irina menea la cabeza con parsimonia, procesando cada detalle, cada mínimo dato. Si duda de algo o detecta alguna incongruencia, me pregunta hasta disipar las dudas. No pasa nada por alto. Como si fuera un médico solicitando al paciente una enumeración completa de los síntomas, hasta de los más aleatorios, con el fin de no equivocarse en el diagnóstico.

—¿Qué opinas? —le pregunto, tras acabar mi relato.

En ese momento la camarera deposita en la mesa nuestras ensaladas. Irina es la primera en hincarle el diente.

—Hmmm. —Cierra los ojos—. Buenísima. La lechuga está crujiente, como a mí me gusta. —Sorbe un trago de vino y se inclina hacia delante—. ¿De verdad quieres mi opinión?

—Por supuesto.

—Si la desgracia hubiera ocurrido en Madrid, apuntaría directamente a los músicos.

—No fastidies —rezongo. Jamás hubiera reparado en esa posibilidad. Esa gente tiene un aspecto tan académico, tan serio.

—No creas. Son humanos y tienen las mismas debilidades que el resto.

—¿A un tío que toca el oboe o la flauta travesera lo ves capaz de asesinar a un compañero?

—Por supuesto. La música es una carrera como otra cualquiera y te encuentras con rivales a cada paso. Los primeros son los propios compañeros. Otro pianista, por ejemplo. El suplente en la orquesta, se me ocurre. Ricardo colaboraba con la orquesta sinfónica de su mujer, creo que me dijiste en una ocasión, y las orquestas disponen de un listado de suplentes para los diferentes instrumentos. O quizá otro músico al margen del grupo, alguien que también estuviera pendiente del asunto de las bandas sonoras. Porque también me hablaste de que iba a componer una banda sonora para una película, ¿verdad? Rivalidad, celos, por ahí podrían ir los tiros.

—No había pensado en esa posibilidad —admito extrañado—. De hecho, estuve junto a ellos en el entierro y los vi tan prudentes, tan educados...

—Pero... —Hace una pausa y barre lentamente sus labios con el dedo índice, a modo de limpiaparabrisas—. No ocurrió en Madrid, con lo cual los músicos quedan descartados. Al menos por ahora.

—Desde luego no tenían cara de asesinos, aunque tampoco los vi muy apenados, si te digo la verdad. Su tristeza parecía más solidaridad corporativa que otra cosa.

Irina ensarta con su tenedor una aceituna y un trozo de huevo duro. Mi ensalada permanece ilesa. Me atrae más la copa de vino. Le propino un buen sorbo.

—También descartaría a su tía Mercedes y a su hermana —aclara.

—¿Descartas a su hermana? A mí también me cuesta considerarla una aspirante. Tal vez sea porque la conozco desde niña o por la forma en que lloraba en el tanatorio, aunque nunca se sabe.

—Por supuesto. Para la tía Mercedes, Ricardo era su hijo, y Beatriz lo consideraba su hermano del alma. Ninguna da el perfil.

—Genoveva me dijo que Beatriz y Ricardo habían discutido hacía poco. Una discusión muy bronca, al parecer.

—Yo también discutía con mi hermano mayor, y en ocasiones hubiera sido capaz de romperle su dura cabezota, pero nunca lo hice —admite con una mueca de risueña melancolía.

—Genoveva está segura de que es alguien del pueblo. Solo así se entiende que condujera tan rápido y supiera que el mirador era un lugar venerado por Ricardo.

—¡No fastidies, Adolfo! —brama—. ¿Cuál sería el motivo para que un vecino decidiera cometer un crimen tan horrendo? Se me ocurre que quizá discutió con alguien en un bar, ese individuo no lo asumió de buen grado y decidió tomar represalias. Pero congelar a alguien por una riña callejera y en plena Navidad me parece un poco excesivo.

—Eso es cierto —reconozco.

—Por lo que me cuentas, Ricardo era un buen hombre, tranquilo y poco amigo de meterse en líos. Además, tengo la sensación de que ocurrió justo lo contrario. Todo el pueblo fue a su entierro, incluso gente de la comarca.

—Pues me has dejado sin sospechosos —lamento.

—No lo creas. —Hace una pausa—. He dejado al mejor para el final.

Me disponía a propinar el primer mordisco al atún, pero la apreciación de Irina me deja a medio camino.

—¿El mejor?

Aparta su copa y acerca su cara a la mía.

—Quien reúne todas las papeletas es alguien que has pasado por alto —susurra, y esboza una sonrisa maliciosa con los ojos entornados.

—¿Quién?

Levanta la copa y la mueve en pequeños círculos. El vino se bambolea. Da un trago, se pasa la lengua por los labios y devuelve la copa a la mesa.

—¡Su mujer!

La conclusión de Irina me sobrecoge por cruel e inesperada.

—Pero si está destrozada, tendrías que verla… —grazno irritado ante un juicio tan miserable—. Genoveva no puede ser una asesina, jamás. En todo caso es una víctima, la víctima número dos. Tú no has percibido la amargura en sus ojos como la he observado yo. No la has visto temblar cuando metían el ataúd en la tumba.

—Teatro, cariño, teatro —espeta Irina, impertérrita ante mis pretensiones de acorralarla y hacerla sentirse mezquina en un asunto tan delicado.

—Me niego a aceptarlo. Genoveva vino desde Madrid el día de Navidad porque Ricardo llevaba dos días sin dar señales de vida.

—Eso es lo que te ha dicho ella. ¿Cómo sabes que no miente? ¿Te ha enseñado el tique de la autopista?

—Genoveva pasó la Nochebuena con su familia —le grito. Mi indignación sigue en aumento, tanto que incluso la camarera que nos atiende se queda observándome recelosa al verme tan alterado. Debe de pensar que no somos los clientes ideales: comemos poco y gritamos mucho, al menos yo.

—Otra mentira sin riesgo de ser detectada —aduce Irina sin perder la calma—. Ni siquiera conoces a su familia. Nunca podrás comprobarlo.

—He visto su cara y con eso es suficiente. Estaba muerta de dolor. —Decido serenarme y responder a las acusaciones de Irina haciendo uso de la lógica—. Ella no pudo hacer una cosa así. El sufrimiento no se finge tan fácilmente.

—¡Qué ingenuo eres! —Sacude la cabeza en señal de disconformidad—. Me lo has dicho tú mismo hace cinco minutos. El sargento vio a «una mujer conduciendo el coche de Ricardo, y esa mujer bien pudiera ser su esposa o su hermana». Lo dice el sargento, un tipo de fiar, no lo digo yo. Y ese hombre conoce a la pareja desde hace mucho tiempo. «Su esposa o su hermana», dijo. Yo descarto a su hermana. ¿A quién descartas tú, querido?

—Joder, Irina. No sabría decirte —admito, ante la avalancha de lógica que despliega sobre la mesa.

—Piénsalo bien. Beatriz y Ricardo estaban muy unidos. Pero olvidemos por un momento el aspecto sentimental, ¿vale? Incluso olvidemos que eran hermanos. ¿De qué vive Beatriz? De

Ricardo. Es su representante, *manager* o como se diga. No sabe hacer otra cosa. Si se carga a su hermano se va al paro. Nadie en su sano juicio segaría la mano que le da de comer.

—Genoveva me dijo que discutieron y la pelotera los enfrentó de tal modo que a partir de ese momento Beatriz dejó de ser su *manager*.

—Tonterías. Seguramente fuese algo pasajero y, superado el enfado, Ricardo y ella volverían a trabajar juntos. Me has dicho mil veces que él era un caballero. Estoy convencida de que en cualquier momento descolgaría el teléfono y la llamaría para hacer las paces.

Las últimas consideraciones de Irina siembran dudas en mi ciega defensa de Genoveva.

—Cada vez me lo pones más difícil. Si Genoveva fuese tan buena actriz como dices, y todo esto resultara ser una puñetera farsa, no se me ocurren las razones por las que venir al pueblo a cargarse a su marido. Viven juntos. Habría sido más fácil…

Irina mastica con deleite. Se la nota abstraída, en plena reflexión. Desde aquí puedo percibir el runrún de su cerebro cuando procesa las ideas a toda máquina.

—Creo que Genoveva no vino al pueblo a cargarse a su marido —dicta, sin inflexión, como si leyera un mensaje en el móvil—. ¡Lo hizo por celos!

—¿Cómo? —clamo alterado por lo que me parece una completa ocurrencia.

—No fue premeditado. Ricardo siempre viajaba al pueblo con su mujer o con su hermana. En esta ocasión, saltándose sus propios hábitos, le dijo a su mujer que deseaba venir solo. Su esposa, que no tiene ni un gramo de tonta, sospechó que había gato encerrado y lo siguió. Llegó al pueblo y descubrió el pastel. Tuvo un ataque de ira que no pudo, o no supo, controlar, y las consecuencias a la vista están: un cadáver en una roca, un entierro multitudinario y la esposa fingiendo el dolor por la pérdida.

—Ricardo murió congelado, joder. ¿Cómo pudo ser capaz Genoveva de hacer una cosa así? No me cabe en la cabeza.

Un repentino silencio aterriza en la mesa. Aprovecho el paréntesis para propinarle un segundo bocado a la ensalada. Debería haber pedido los mejillones. El olor que me llega de las mesas aledañas presagia que deben estar riquísimos.

El argumento genialmente hilado por Irina sigue una línea lógica perfecta, pero está llegando demasiado lejos y merodea lo inconcebible. Pensar que Genoveva pudiera haber participado en una maniobra tan siniestra resulta descabellado. Considero verosímil el móvil de los celos, de hecho, ella misma creyó en un principio que la causa del repentino silencio de su marido se debía a una aventura, pero atribuirle a Genoveva tal dosis de maldad como para congelar vivo a Ricardo en represalia por una infidelidad constituye un disparate intolerable.

—Todo esto es una barbaridad, Irina. Un completo absurdo.

—La gente se puede volver loca si se ve traicionada —postula con autoridad. Seguramente le hablaba con esa lucidez a sus alumnos cuando impartía clase. Ella está acostumbrada a enseñar y piensa que posee el monopolio de la verdad, incluso en campos ajenos a su disciplina.

—Vamos a suponer que Genoveva descubrió a Ricardo en los brazos de otra mujer —sugiero con el fin de sabotear su teoría— y, empujada por los mismísimos demonios, decidió vengarse. Pero la venganza no es una tarea fácil. No existe un manual de instrucciones para ejecutarla. Imaginemos que se le pasó por la cabeza la extraña idea de llevarlo a la lonja, donde seguramente tienen cámaras frigoríficas para conservar el pescado. Primero tendría que haberlo conducido hasta allí con algún pretexto, engatusarlo para poder meterlo en una cámara frigorífica, echar el cerrojo y bajar la temperatura a los grados que sean necesarios para convertir a un ser humano en un trozo de hielo. Dios santo, Irina, esto es una completa locura. Además, en la lonja habría más gente.

—No conozco mucho las costumbres de los pescadores, pero supongo que no trabajan a las ocho de la tarde la víspera de Nochebuena.

—Es posible. Pero sigo sin entender con qué pretexto lo llevó hasta allí y lo empujó dentro.

Irina da un largo trago a su copa y se acomoda en la silla.

—Ricardo llegó hasta la lonja y allí lo congelaron. En eso puede que tengas razón. Desconocemos los pasos anteriores: si fue engañado, si lo hizo por voluntad propia o si había quedado allí con alguien. Una vez dentro, tampoco tengo claro el procedimiento que siguieron para introducirlo en la cámara frigorífica. Tal vez lo golpearon y lo dejaron inconsciente. —Sacude la cabeza—. Aunque es poco probable que lo golpearan, en ese caso habría marcas del golpe reflejadas en el informe del forense.

—Ricardo pesaba noventa kilos; Genoveva, unos cincuenta y cinco. Una mujer acostumbrada a sujetar un violín de cuatrocientos gramos no puede cargar con un tío de noventa kilos.

—Exacto. Por eso te digo que no tengo ni idea de cómo lo hicieron. Está claro que hay varias personas implicadas.

—No me imagino a Genoveva buscando socios en un pueblo donde no tiene una relación muy cercana con nadie.

—Pues conocía a algún trabajador de la lonja. Alguien que odiaba a Ricardo o que tenía alguna cuenta pendiente con él.

—Lo que dices suena fatal. Ese tío era un santo.

—Los santos también tienen enemigos. De hecho, algunos padecieron una muerte horrenda. Te acuerdas del cuadro de…

—Pero Genoveva dice que no tiene amigos en el pueblo —la interrumpo.

—Una cosa es lo que te haya dicho esa mujer y algo muy distinto lo que ocurrió de verdad. —Esgrime un ademán condescendiente—. Después de años visitando Ribadesella, lo más sensato es que conozca a un montón de vecinos.

—Joder, Irina… —protesto ya sin convicción, sobrepasado y casi vencido por la contundencia de su argumento.

A priori, no concibo que Genoveva haya podido encabezar una operación de tal magnitud. No obstante, cada vez estoy más cerca de aceptar que esa mujer haya sido capaz de mentir a todo el mundo e interpretar el papel de viuda con incuestionable credibilidad. La lógica posee una naturaleza terca, siempre se acaba imponiendo. Los comportamientos humanos se adecúan en la mayoría de los casos a mecanismos simples: traición, deliberación y venganza. No he leído semejante conclusión en ninguna revista, ¿o sí?

En todo caso, Genoveva ha necesitado al menos un colaborador para ejercer su venganza. Alguien que tuviese alguna cuenta pendiente con Ricardo. Un odio cultivado durante años puede ser capaz de acometer semejantes bajezas.

Irina adelanta su silla y pega su rostro al mío, como si me fuera a besar. Al menos ese es mi deseo. Que me bese y se olvide durante unos instantes de cavilaciones criminales. Por mi parte, ya no deseo seguir con este maldito asunto. Lo que en verdad me apetece es sentir sus labios como la primera vez, en la cocina cochambrosa de mi apartamento. Pero estos se mantienen a una distancia prudente que no piensa reducir. En lugar de besarme, martillean mis tímpanos con un capítulo más de este crimen monstruoso. Porque solo un monstruo cavernario puede proceder con semejante crueldad.

—Creo que tu querida Genoveva congeló a su marido en la lonja y luego lo abandonó en casa de Mercedes —concluye—. Entre las dos mujeres nunca ha habido buena relación, de modo que no le importó dejar el cadáver en su salón.

—Hay una cuestión que no acabo de entender. Si Genoveva quería que la muerte de Ricardo pareciese un paro cardíaco, y el forense así lo consideró al encontrar el cuerpo, había conseguido su objetivo. ¿Por qué se quedó en el pueblo tras el entierro? ¿Por qué motivo me planteó la posibilidad del asesinato? Tendría que haber hecho lo contrario: enterrar a su marido y largarse del pueblo cuanto antes.

Irina zarandea el vino dentro de su copa y se queda medio hipnotizada observándolo.

—En primer lugar, por el resultado de la autopsia. No es lo mismo el informe de una muerte que una autopsia. Imagino que esta podría haber descubierto que el cuerpo había sido congelado. Genoveva temía que eso pudiera ocurrir.

—Es cierto —constato—. Acudió con su cuñada al Instituto de Medicina Legal en Oviedo. Y no me extrañaría que sus intenciones fueran las de conocer cómo iba el asunto.

—Pues ahí tienes la prueba. —Se encoge de hombros—. En caso de que la autopsia revelara que Ricardo había sido congelado, no estaría de más parecer inocente. Y la mejor forma de lograrlo es buscar un culpable alternativo. Ya verás como acaba construyendo sospechas alrededor de alguien del pueblo o involucrándolo directamente.

—Joder, qué retorcida eres. A mí no se me ocurriría una cosa así.

—Hay una segunda razón: Mercedes —añade Irina.

—¿Mercedes? —pregunto algo despistado.

—Por lo que me has contado, parece una mujer luchadora. En cuanto se recuperase del *shock,* no me cabe duda de que acabaría convenciendo a los guardias de que vio a su sobrino congelado en el salón. Tarde o temprano se iniciaría una investigación. Y te repito lo que te he dicho antes…

—No hay mejor forma de parecer inocente que buscar un culpable alternativo —concluyo su frase.

El argumento de Irina revela la verdad en toda su crudeza y desarma una por una mis certidumbres.

—Ya no sé qué pensar. Me resulta espeluznante la idea de la lonja. ¿Cómo una persona puede llegar a odiar tanto a otra como para congelarla viva?

Irina abre los brazos y arquea las cejas.

—Así es. Ocurre todos los días. No hay más que leer los periódicos o ver la televisión. Un periodista entrevista a los vecinos de un individuo que ha cometido un crimen horripilante y no oirás a ninguno confesar que fuera una persona malvada, o que los escupiera al cruzarse con ellos en la escalera o comiera gatos crudos. Más bien todo lo contrario. Suelen coincidir en su buena educación y la gran amabilidad que mostraba con todos los vecinos. El mundo es un puñetero abrevadero donde coincide la fauna más variopinta, y la criatura con aspecto más entrañable es la que te hunde la cabeza bajo el agua.

Abandonamos finalmente el asunto de Ricardo y continuamos la comida hablando de otros temas más agradables. Irina me describe su trabajo en el museo al detalle y me comunica que el próximo verano quiere pasar una buena temporada en Rusia. Echa de menos a su familia y quiere visitar la tumba de su hermano.

Se adelanta a pagar la cuenta con la excusa de que tiene que regresar con urgencia a la oficina. Sabe de sobra que mi economía hace aguas tras perder el trabajo y tener que afrontar en solitario los gastos del apartamento. Nos damos un largo abrazo que bien pudiera ser el último en mucho tiempo. O quizá el último, a secas.

Enciendo un cigarro y camino en busca del coche. Siento un ardiente odio por Genoveva que me impide disfrutar del tabaco, así que lo tiro tras la segunda calada.

Arranco en dirección este. Dispongo de una hora para meditar sobre mi futuro: quedarme en Ribadesella y desenmascarar a Genoveva u olvidarme por completo del asunto y continuar mi ruta hacia la nieve. Cualquiera de las dos opciones me va a resultar complicada. Tengo el extraño presentimiento de que, tome la decisión que tome, acabaré arrepintiéndome.

14

A MI PADRE le encantaban los puzles de castillos medievales. Apoyaba la tapa de la caja sobre el jarrón y se adueñaba de la mesa del comedor, que apenas se usaba, salvo días señalados del calendario.

Siempre procedía de la misma manera, murmurando con antelación sus movimientos y colocando las piezas.

Pieza azul, cielo;
pieza verde, bosque;
pieza gris, muro del castillo;
pieza roja, bandera;
pieza blanca, nube;
pieza amarilla, campo de narcisos alrededor de los muros;
pieza negra…

¿Dónde narices se puede colocar esa pieza, si no existen áreas negras en la bandera que pende de la torre?

Las piezas negras tienen que corresponder a alguna zona de sombra, cualquier rincón umbrío en los muros.

Las sombras eran las más difíciles de componer. El hombre se desquiciaba tratando de hallar la ubicación correcta.

Completaba el resto de la imagen y dejaba las zonas oscuras para el final.

Entonces llegaba la ofuscación. Se mostraba incapaz de colocar una sola pieza negra. Se irritaba, gruñía, daba un puñetazo en la mesa y terminaba por abandonar.

El extraordinario esfuerzo previo no había servido de nada. Un puzle a medio acabar es la materialización de un fracaso.

Afortunadamente, yo no soy como mi padre. Para mí las piezas negras no entrañan mayor dificultad que las amarillas de los narcisos o las verdes del frondoso campo circundante.

15

ADOLFO

Antes de salir de Avilés, suena el móvil. Un número desconocido aparece en la pantalla. Aparco y me llevo el teléfono a la oreja con cierto recelo.

—Buenos días, ¿es usted Adolfo Becerra? —me suelta una voz desconocida.

—Sí, soy yo.

—Le habla el cabo Carlos Moreno, del cuartel de Guadarrama.

¿Por qué razón me llamaría la Guardia Civil? Tras unas décimas de segundo desorientado, pienso que seguramente tiene algo que ver con mi despido de la estación de esquí. Tal vez la mujer a la que casi le abro la cabeza me ha denunciado. Esa debe de ser la razón: una denuncia por comportamiento imprudente, temerario o algo por el estilo. Apostaría por que soy el primer caso en la historia judicial del planeta en el que se juzga a alguien por dormirse en un telesilla.

—Le llamo porque han robado en el chalé situado frente a la urbanización donde usted reside —aclara el cabo—. Los ladrones aprovecharon que la familia se encontraba de vacaciones para desvalijar la vivienda.

La noticia me pone de mal humor. Es una gente extraordinaria. En la casa reside un matrimonio de unos sesenta años y su hijo pequeño. La hija mayor vive en Alicante, lo que hace suponer que sería allí donde estaban pasando las Navidades cuando robaron en su casa.

—Los ladrones no solo se limitaron a acaparar los objetos de valor —prosigue—, sino que destrozaron el mobiliario en busca de una caja fuerte o alguna otra pieza que pensaban encontrar en el interior, sin dar con ella.

—Es una pena. Son muy buena gente.

—Sí, lo son. Bueno, vamos al tema que nos ocupa. —Su tono se vuelve repentinamente seco, incluso algo brusco—. Un vecino de su comunidad nos comunicó que usted se encontraba, precisamente durante la madrugada del día veinticuatro, dentro de un coche aparcado frente a la vivienda objeto del delito. ¿Posee usted un Ford Mondeo azul?

—Exacto.

—Entonces no cabe ninguna duda. La matrícula que nos facilitaron coincide con ese modelo.

Maldita sea. Estoy seguro de que fue Elisa, la vieja del chucho asqueroso, quien les había ido con el cuento. Debería haber acelerado con más ímpetu para que el humo la hubiera cegado del todo y así no hubiera podido memorizar la matrícula.

—¿Por casualidad no les proporcionaría la matrícula una mujer llamada Elisa?

—Comprenderá usted que no le revele ese tipo de testimonio.

—Seguro que ha sido ella. Pero yo estaba…

El cabo me corta en seco.

—Nos gustaría que se pasara por el cuartel para que le hagamos unas preguntas.

—¿Cuándo?

—Hoy mismo si es posible.

—Estoy en Asturias y no pensaba regresar a Madrid en breve. De hecho, mi plan es viajar en los próximos días a los Pirineos. Soy monitor de esquí.

—Vaya. —Emite un desagradable chasquido de contrariedad.

—No pensará que yo he tenido algo que ver con el robo.

—Usted se encontraba junto a la casa cuando se produjo el delito. Coincidencia o no, tenemos que interrogarlo.

—Pura coincidencia. Esa noche, esa madrugada, mejor dicho, estaba dentro del coche, es cierto. Aparqué sin darme cuenta en la plaza de minusválidos del vecino. La esposa me dijo que se lo iba a comunicar a la policía. Veo que es una mujer de palabra. Pero le repito que no tengo nada que ver con el robo.

Podía contarle al guardia que rumiaba dentro del coche el dolor por la huida de Irina, pero no lo consideré procedente. Era mi vida. A nadie le atañen mis madrugadas.

—Si no le importa —explica—, esto que me está diciendo vía telefónica debería contárnoslo en persona aquí, en el cuartel.

No puedo regresar a Madrid ahora. Supondría una pérdida de tiempo, un sabotaje en toda regla a mis planes.

Recuerdo de pronto la furgoneta aparcada junto al chalé robado. En su momento me pareció tan extraña su presencia, y tan pintoresca, que le hice una foto, la edité y la subí a Instagram. Por suerte, aún conservo la imagen original.

—Hay algo que les puede ser útil. No me gustan las redes sociales, solo tengo Instagram. De vez en cuanto me topo con alguna cosa rara y la subo a mi cuenta...

El cabo vuelve a interrumpirme. Debe de tener prisa por desatascar el asunto.

—¿Y qué tiene que ver Instagram con este caso?

—Iré al grano. Desde el coche vi una furgoneta aparcada a diez metros de la entrada del chalé. Era bastante vieja, pertenecía a una empresa de limpieza y en la baca llevaba una escalera de esas plegables. Me chocó la presencia de una furgoneta así en una urbanización de lujo y le hice una foto. Borré la matrícula y el logotipo de la empresa y la subí a Instagram. Si lo desea puede entrar y verla, para que compruebe que no le miento.

—Pero si no hay matrícula ni nombre de la empresa no nos servirá de mucho —replica el guardia, cuya voz ha perdido el tono brusco pero no la seriedad, como si no creyera del todo mi historia.

—Conservo la foto original.

—En ese caso, le agradecería que nos la enviara.

—Sin problema. Encantado de colaborar. Y con más razón si se trata de esa familia.

—Le facilitaré una dirección de correo electrónico y, si es tan amable, envíenosla cuanto antes. En cualquier caso, permanezca localizable por si fuera necesario que acuda al cuartel más próximo para prestar declaración.

Espero que mi aportación sirva para detener a esos ladrones. El mundo está lleno de hijos de perra que siempre actúan de la misma forma: ensañándose con el más débil.

Abandono el móvil en el asiento y me pongo las gafas de sol por primera vez desde que ando por estas tierras. Arranco con la intención de acceder cuanto antes a la autovía.

Dispongo de una hora para tomar una decisión: seguir en dirección a mi próximo lugar de trabajo o meterme de lleno en la boca del lobo. Continuar mi camino y desentenderme de una situación que no me incumbe directamente, mucho menos tras descubrir que fue Genoveva quien congeló a su marido, o regresar al pueblo y hacer de detective profano, muy profano, dotado de más empeño que capacidad.

Desisto. No deseo enfrentarme a Genoveva y dejar en evidencia su falta de escrúpulos. Tampoco me compete la tarea de buscar a su posible socio entre los vecinos; la mayoría de ellos son personas completamente desconocidas para mí.

Acudí a Ribadesella con la intención de despedirme de un amigo y después largarme a los Pirineos. En lugar de seguir mis planes iniciales, me doblegó el abatimiento de Genoveva, su vulnerabilidad. Mordí el anzuelo.

Llega el momento de retomar mi vida, algo tan sencillo como continuar en línea recta por la autovía y evitar los cantos de sirena.

Echo mano del primer cedé que encuentro en la guantera. Abro la funda e introduzco el disco en el reproductor. Me lo grabó Ricardo hace unos meses, tras pedirle consejo para introducirme en el mundo de la música clásica de una forma indolora.

Recuerdo que le dije: «Ricardo, de la música clásica solo me suenan *Las cuatro estaciones*, el *Canon* de Pachelbel, *La quinta sinfonía* de Beethoven y poco más. Quiero que me hagas una selección de piezas para no iniciados. Ya me entiendes, nada de esos truños de cuarenta minutos que escucháis los músicos y que para los noveles son un verdadero tostón. Y una última cosa: nada de violonchelos. Todas las películas tristes incluyen insufribles solos de violonchelo en su banda sonora. A la mierda las películas tristes y los solos de violonchelo».

Ricardo sonrió y confirmó mi teoría sobre el abuso del violonchelo con fines dramáticos en las películas.

En nuestro siguiente encuentro en el Patagonia, Ricardo puso un compacto sobre la mesa, lo arrastró hacia mí y me dijo: «Es como una selección de cuentos para niños, pero en versión música clásica. Por cierto, he elegido las piezas que más me gustan a mí, no las que los críticos musicales suelen prescribir para los profanos».

He escuchado el disco tantas veces que soy capaz de enumerar las obras en orden: *Adagio para cuerdas*, de Barber; la *Suite orquestal número 3*, de Bach; la *Suite número 1*, de Grieg; el *Minueto de Bocherini* —ya la había oído en un anuncio de miel—; *Panis Angelicus*, de César Franck... Y así hasta veinte melodías. Ricardo me confesó que, si superaba la prueba y seguía interesado, me grabaría un segundo disco, y luego un tercero y un cuarto, hasta convertirme en un verdadero experto.

En un indicador azul sobre la autovía advierto que el desvío a Ribadesella está situado a dos kilómetros. En este instante suena la *Suite* de Grieg, la pieza que más me emociona de la recopilación. ¿Se ha confabulado el destino con el reproductor musical del coche?

Grieg me invita a quedarme en Ribadesella y a mí me encanta aceptar las invitaciones.

Tomaré ese desvío, no dejaré que su esposa se salga con la suya. Él no me lo va a reprochar desde su última morada, a dos metros bajo tierra y con una losa de granito como techo, pero me resultaría muy difícil seguir viviendo con semejante peso sobre los hombros. Una rata, acompañada de otras ratas, lo congelaron vivo. Y eso es algo que no se puede pasar por alto si uno posee un mínimo sentido de la lealtad. Y de la justicia. No me caracterizo por atesorar un gran número de virtudes, pero la lealtad siempre estará en la lista.

En ese pueblo se recluían al menos dos monstruos confiados en que habían cometido un crimen sin dejar rastro. Y uno de esos potenciales verdugos, la sufridora esposa Genoveva, se largaría en cuanto terminara sus gestiones. O sea, en cualquier momento.

El sol comienza a ocultarse tras el monte cuando pongo el intermitente, reduzco a tercera y tomo el desvío hacia Ribadesella.

Genoveva se aloja en el mismo hostal que yo, no me resultará difícil abordarla y sacarle los colores. Aprovecharé nuestra reciente complicidad para verme con ella, dejarla en evidencia e invitarla a visitar el cuartel para confesar el crimen. Podría llamarla por teléfono, pero estas cosas han de ser resueltas cara a cara.

Por desgracia, el aparcamiento del hostal está vacío. Tal vez haya ido a visitar a Mercedes, aunque su relación no sea idílica. Al fin y al cabo, era la madre de Ricardo a todos los efectos.

Me acerco a la casa de su tía y echo un vistazo rápido a las calles aledañas. El vehículo de Genoveva no aparece por ningún sitio. Tampoco descubro ningún otro coche frente al muro de piedra que la circunda, lo que me hace suponer que la hermana de Ricardo ha regresado ya a Madrid. Cabe la posibilidad de que Genoveva haya decidido largarse del pueblo, aunque me extraña que no me lo haya comentado. Quizá no sea mala idea llamar al timbre y saludar a Mercedes. Cuando una persona pierde a un ser querido, imagino que el peor remedio es verse desamparada y cualquier presencia es bienvenida, incluso la de un completo desconocido, como es mi caso.

Toco el timbre y la mujer tarda un buen rato en aparecer, pero finalmente me abre la puerta. Presenta un rostro somnoliento y tiene el pelo del lado derecho aplastado, como si se hubiera echado una prolongada cabezada en el sillón. No abre la puerta del todo, solo lo necesario para hacer hueco a su cuerpo encorvado. Lo interpreto como señal inequívoca de que las visitas no son bienvenidas en este momento.

—Buenas tardes, Mercedes. Soy Adolfo, amigo de Ricardo.

—Ajá —responde, con voz ronca y notable desgana.

—Simplemente quería transmitirle mis condolencias —digo, recurriendo a una manida expresión cuyo significado preciso nunca me ha quedado claro.

Mercedes vacila.

—¿Es usted músico?

—Oh, no. Soy un amigo de Ricardo, sin más, nada que ver con el oficio.

Debe de pensar que me está tratando con una frialdad que no merezco y empuja la puerta con dificultad hasta que se abre por completo.

—Pase, pase.

Me conduce por un pasillo largo con suelo de madera cubierto de hule en la parte central. Abre la última puerta, tras la que se accede al salón.

—Siéntese ahí mismo —me indica, y señala el sofá.

Por fin me encuentro en el lugar donde Mercedes vio a su sobrino por última vez, ya fuera vivo o muerto. Seguramente muerto, ya no me quedan dudas de ello. Como no puede ser de otra manera, desvío la mirada hacia el piano. Pensaba que experimentaría alguna emoción al verlo, pero no siento nada en absoluto. Es solo un piano con un taburete.

El salón brinda una decoración estilo años sesenta iluminada por la tenue luz de una lámpara de araña con la mitad de las bombillas fundidas. La estancia yace esclerotizada por cientos de fotografías, una buena parte en blanco y negro. Hay fotos en todos los estantes de la librería, en el aparador, en la mesita del teléfono, encima del piano y sobre la mesa de comedor. Cualquier superficie horizontal sirve como peana para albergar retazos de su pasado.

—¿Quiere tomar algo? —me pregunta, con las manos anudadas sobre la cintura e implorando que mi respuesta sea negativa, pues sus lentos movimientos se dirigen hacia un sillón.

—No, gracias.

—Ay, Dios —gime.

La mujer se deja caer en el asiento con suavidad, como si a las articulaciones les faltara lubricante.

El aparador es el espacio más abastecido de retratos. Parece un campo de placas solares en miniatura orientadas hacia la luz plateada que atraviesa la ventana, como si buscaran la atención del recién llegado nada más cruzar el umbral. Niños, adultos, ancianos, gente en barcos de pesca, hombres a caballo, la playa en verano, hombres segando prados, la playa en invierno, ganaderos tras una manada de vacas, barcos en el horizonte, barcos entrando en la ría, barcos descargando el pescado en cajas de madera… Imagino que todo el árbol genealógico de esa mujer tiene su conveniente representación en la exposición. Las fotos en blanco y negro retratan a personas con miradas tristes, adustas, como si la lente de la cámara les causara respeto, incluso miedo.

En la librería proliferan las fotos en color. La mayoría de ellas incluyen un niño y una niña. Se reconocen sin dificultad: Ricardo y Beatriz en diferentes momentos de su infancia, incluso algunas de cuando eran bebés. Si el aparador está dedicado por completo a los antepasados de Mercedes, los estantes de la librería recogen imágenes de los hermanos a lo largo de su proceso evolutivo. Mezcladas con las fotos de los niños, también descubro algunas de sus padres. Me llama la atención una muy graciosa de ambos en bañador, muy jóvenes y agarrados de la mano.

—¿Quiere tomar algo? —me repite la mujer, que ha olvidado la invitación anterior. ¿Un mero olvido o su memoria padece ya los estragos de la edad?

—No, gracias. Tampoco quiero molestarla. Pronto me iré del pueblo y no quería hacerlo sin pasar a verla.

—Se lo agradezco —dice tras un largo suspiro.

—Solo quería darle el pésame personalmente. El día del entierro me fue imposible. Había mucha gente.

—Sí, demasiada. Fue agotador. —Mercedes interpone su mano derecha entre la cara y la tela del sillón, como si mitigara un dolor de muelas.

—Me lo imagino.

—Ay, Dios, qué faena más gorda. Esto acaba conmigo. Cuando me quedo sola se me viene el mundo encima.

—¿No está Beatriz?

—Ha salido, luego vendrá. Pero en algún momento tendrá que volver a Madrid para trabajar. Y Geno tampoco tardará mucho.

—O sea que la mujer de Ricardo todavía anda por aquí —deslizo.

—Creo que sí —confirma tras una tibia vacilación.

Debo centrar el foco de atención en Genoveva. Mi desconfianza hacia ella se ha disparado tras la enriquecedora conversación con Irina. Quizá Mercedes me pueda desvelar la auténtica personalidad de esa mujer con doble cara. Ya no me queda ninguna duda de que la relación entre el dúo tía-hermana y la esposa no era todo lo cercana que se pudiera esperar.

Ricardo viajó hasta aquí para verse con una mujer. ¿Sería Carla, la hija del carnicero, tal y como apuntaban los movimientos registrados en el GPS del teléfono de Ricardo? Mercedes no podría identificar a la mujer con la que su sobrino se vio en el pueblo, Ricardo lo mantendría en secreto a buen seguro, pero sí darme pistas sobre el verdadero carácter de Genoveva.

—¿De qué conocía a mi sobrino? —me pregunta con un hilo de voz.

—Del barrio —miento.

—Él tenía pocos amigos. Mi sobrina Beatriz me informaba de todo.

—No conozco a Beatriz, y tampoco a Genoveva. —¡Vaya embustero estoy hecho!

—¿No conoce a ninguna de las dos? —me pregunta con un tono que refleja perplejidad.

—Bueno, con Genoveva estuve charlando un par de minutos en el tanatorio, pero no nos conocíamos con anterioridad.

Eludo cualquier mención a mi presencia en el pueblo hace años. Es preciso que Mercedes me considere un amigo de Madrid, y así obtener una información completa sobre los últimos movimientos de Ricardo y su particular versión sobre la personalidad de Genoveva.

—La chica está destrozada. —Lanzo un señuelo para comprobar si Mercedes entra al trapo—. Hablé un rato con ella mientras tomábamos café. Qué desesperación se debe sentir al buscar a tu marido como una loca durante días… Aunque parece una mujer fuerte.

Mercedes me observa con mirada lánguida y manifiesta poco afán en responder a mis insinuaciones. Presiento que la anciana no tiene previsto comentarme nada sobre la mujer de su sobrino. No es el mejor momento para llevar a cabo un interrogatorio, pero no dispongo de mucho tiempo. La esposa está a punto de largarse del pueblo.

—Tiene usted muchas fotos —señalo.

—Demasiadas. Pero me hacen compañía, ¿sabe?

—¿Puedo echar un vistazo?

—Por supuesto.

Me levanto y recorro la colección gráfica. Tomo una al azar. En ella aparece Ricardo, con unos catorce años, sentado en un taburete plegable en medio de un prado. Luce una camiseta de manga corta y un bañador. A la cintura lleva abrochada una riñonera y, con los dedos de la mano derecha, dibuja el gesto de victoria a la cámara. Muestro la foto a Mercedes.

—Ricardo con trece o catorce años —pronostico.

—¡Su primer sueldo! —aclara ella, dibujando un amago de sonrisa—. Yo tenía en casa un viejo piano de pared. Decir viejo es quedarse corto, igual tenía cien años. A raíz de la muerte de sus padres, mis sobrinos vinieron a vivir conmigo. Supongo que conoce ese asunto...

—Sí. Ya sabía que usted fue una segunda madre para ellos.

—Desde entonces mi sobrino se centró en el piano. Casi no salía de casa. Se volvió un niño retraído. Un par de años antes de la tragedia, Ricardo había comenzado a ir a clase y, como en casa de mi hermana no tenían piano, venía aquí y practicaba en este mismo salón. —El rostro de Mercedes se ilumina de repente, perdiendo la laxitud mostrada hasta el momento. Recordar la infancia de su sobrino le proporciona las vitaminas adecuadas para contener su amargura, al menos de momento—. A veces lo acompañaba su amigo Víctor, al que Ricardo contagió su amor por la música. El piano se desafinaba una barbaridad porque la madera estaba medio podrida, y cada vez que venía un técnico a afinarlo nos cobraba quinientas pesetas. ¡Quinientas pesetas! ¡Ja! Se tiraba media mañana y total para nada. En un mes volvía a desafinarse. Pero yo no tenía dinero para comprar uno nuevo, ni él me lo pedía.

—Ya entiendo. Después de las clases tenía que practicar aquí con el piano destartalado.

—Aquí se las veía y se las deseaba para poder ensayar con semejante chatarra. Además, el padre de Víctor le compró a su hijo uno nuevo. Ellos no tenían problemas económicos y se lo podían permitir.

—Víctor es el hijo de Mauro, ¿verdad?

—Sí, el mismo.

—Lo conocí en el tanatorio.

—Son amigos desde muy pequeños. Han pasado muchos ratos juntos en esta casa. Yo les daba de merendar a los dos. —Permanece unos instantes con la mirada extraviada—. ¿Por dónde iba?

—Me decía que el padre de Víctor le había comprado un piano nuevo a su hijo y eso le fastidió a Ricardo.

—Ah, sí. Aquello le dolió de verdad. Debió de pensar que si Víctor, que no tocaba el piano sino que aporreaba las teclas, disfrutaba de uno nuevo, él no iba a quedarse a esperar que le cayera el suyo del cielo. Entonces se le ocurrió una idea muy curiosa. Teníamos un prado pegado a la carretera que lleva a la playa. En verano la gente acudía en coche y, como el espacio de aparcamiento era mínimo, lo metían en nuestro prado los muy cómodos. Ricardo se dio cuenta de la situación y se le ocurrió la genial idea de coger un taburete de tela —ese de la foto, concretamente— y sentarse junto a la entrada. Le cobraba cien pesetas a cada conductor. El prado es pequeño, pero imagínese usted cómo se ponía de visitantes los fines de semana de verano. Un domingo por la tarde, a mediados de agosto, se presentó delante de mí, vació la riñonera en la mesa y me dijo: «Tía Mercedes, setenta mil pesetas. Ya tengo suficiente para comprarme un piano nuevo».

—Qué niño más despierto.

—Cada día se subía a la bici y se pasaba las tardes en el prado. A principios de septiembre repitió la operación. Vació la riñonera y llenó la mesa de billetes y monedas. «Esto para el conservatorio», me dijo. Recogió el dinero y lo metió en un bote de Nesquik. —Aflora una sonrisa—. Cuando regresaba cada tarde en su bicicleta, la gente le decía en tono de broma: «Mira, el aparcacoches».

—El piano fue su refugio ante la muerte de sus padres, por lo que veo.

—Sin duda. Se pasaba las horas tocando. Los fines de semana, en vez de irse por ahí con sus amigos, se sentaba en la banqueta y no se levantaba hasta que la partitura que tuviera entre manos le saliera perfecta. «Todo es perfectible» era una frase que le debió de soltar su profesora en algún momento. Pues bien, él me la repetía cuando le insinuaba que lo había hecho muy bien y que ya era momento de sentarse a cenar.

—¿A su hermana le afectó tanto como a él la muerte de sus padres?

—Beatriz lo superó más rápido. El hecho de ser más pequeña en el momento del accidente también cuenta. Te diría que fue su hermana quien comenzó a tirar de él. A ayudarlo en todo. La repentina desaparición de los padres la convirtió en la perfecta hermana mayor que dedica su vida a cuidar del hermano pequeño, incluso siendo menor que él. Y así lo ha seguido haciendo toda la vida. To-da-la-vi-da —recalca.

Es curioso. Después de las largas conversaciones que mantuvimos Ricardo y yo, jamás mencionó la anécdota del prado. ¡Jodido aparcacoches! Él decía que aprendió a tocar con el piano de su tía, pero de ahí no pasaba. No pretendía atribuirse ningún mérito especial por ingeniárselas de una forma tan curiosa para conseguir fondos. Probablemente era esa la razón. Nunca se daba importancia ni presumía de sus logros. A veces los atribuía al mero azar: «Tuve suerte de que me seleccionaran en el conservatorio», «Si no hubiera sido por el piano de mi tía, hoy no estaría aquí». Recuerdo que cuando lo fichó Disney para crear la banda sonora de su próxima producción, tampoco presumió; todo lo contrario, me dijo: «Les he presentado una pieza de un minuto, pero la película dura una hora y media. A ver cómo me las apaño para rellenar el resto».

Vuelvo a sacar el tema de Genoveva. Mercedes se frota la cara y elude responder. Prefiere hablar de su sobrino; le proporciona serenidad, como si al evocar sus andanzas por el pueblo en cierta manera lo devolviera a la vida. Al menos a ella la sirve para salir del pozo durante un rato.

Junto a las docenas de fotos de Ricardo y Beatriz, hay una que me llama la atención. Ricardo tiene unos veinte años y está abrazado a una chica que no es su hermana ni Genoveva. Como fondo, una plaza en medio de una ciudad con edificios altos que no logro identificar. La observo con detenimiento. La chica es morena, risueña y muy guapa. Dudo unos instantes, pero juraría que es la misma persona que estaba en el tanatorio sentada junto a Mercedes. Recuerdo la imagen a la perfección. Las tres mujeres sentadas en el sofá y adosadas por los hombros, compartiendo el dolor a través de la piel. Mercedes en medio y las dos mujeres más jóvenes haciendo de contrafuertes. Alzo la foto y se la muestro.

—Esta chica no es Beatriz, ¿verdad? —deslizo disimulando mi verdadero interés.

Mercedes se vuelve hacia mí y entrecierra los ojos para enfocar mejor.

—Es Carla, la primera novia de Ricardo.

—No sabía que hubiera tenido más novias aparte de Genoveva.

—Así es. Y bien guapa. Mejor que… —Se detiene en ese punto, consciente de que pisa terreno resbaladizo—. Bueno, yo en sus cosas no me meto. No me metí cuando tocaba hacerlo, menos ahora que Ricardo ya no está con nosotros.

—¿Estuvieron mucho tiempo juntos?

—Unos cinco años.

Le faltó añadir que luego Ricardo conoció a Genoveva y se casó con ella. Yo sabía que había tenido una novia anterior, pero Ricardo la mencionaba de refilón, casi tratándola como un vaporoso amor de verano.

—Ricardo era muy feliz con ella —me explica conducida por su afán de desahogo y de ajustar cuentas con el pasado—, pero de repente se encariñó de Genoveva y dejó a Carla. Yo lo sentí mucho, mucho. —Hace una pausa—. Carla era una chica encantadora. Se iban a casar, pero llegó la otra, «la mujer de ciudad», y todo se fue al traste.

Cuando la anciana aludía a Genoveva como «la mujer de ciudad», ¿quería dar a entender que su sobrino se había comportado con Carla con cierta desconsideración? ¿La había despreciado?

Yo conservaba la imagen de Ricardo como una persona educada y formal, pero si Mercedes estaba en lo cierto, reconozcámoslo, también un poco elitista. De sus palabras se translucía que Ricardo tal vez consideraba a Carla una muchacha de pueblo, sin refinamientos y poco adecuada para el mundillo artístico en el que comenzaba a moverse en su carrera profesional. No cabe ninguna duda de que Genoveva era la mujer perfecta para desenvolverse en su círculo social.

—¿De verdad que no quiere tomar algo? Tengo una bandeja con mantecados y turrón —vuelve a proponerme la mujer. Esta vez no lo hace por cortesía, esperando a que yo renuncie para no tener que levantarse del sillón, sino con el ánimo de que le haga compañía durante otro rato, al menos hasta que Beatriz regrese.

Debo localizar a Genoveva cuanto antes y ponerla contra las cuerdas. Dejar en evidencia el cinismo con el que ha actuado durante estos días y ensalzar, ya de paso, su portentosa y conmovedora capacidad teatral.

Para ello es preciso el testimonio de Carla, la primera novia de Ricardo. Ella es la clave en todo este entuerto. De confirmarse que Carla y Ricardo se vieron los días anteriores a su muerte, como imagino, estoy en condiciones de probar que Genoveva descubrió el encuentro furtivo y tomó una decisión drástica.

—Mercedes, ¿no tendrás por ahí el número de Carla? Me gustaría darle el pésame.

Por la expresión de su semblante deduzco que a Mercedes le extraña mi interés por una persona con la que no me une vínculo alguno. A pesar de su recelo, accede.

—En el segundo cajón del aparador hay una libreta verde. Ahí tengo todos los teléfonos.

Abro el cajón. Está lleno de servilletas de tela y en el fondo vislumbro un mantel.

—Aquí no está, Mercedes.

—Pues no sabría decirte, últimamente ya no sé dónde pongo las cosas. Mira en el resto de cajones.

Abro y cierro todos ellos sin encontrar la maldita libreta. Tampoco quiero volver a molestarla; una libreta con números de teléfono debería estar junto al teléfono. Echo un vistazo al salón y descubro el aparato en una mesita situada entre el piano y el balcón de salida al porche. Junto al teléfono asoma la libreta. Está organizada alfabéticamente. No tengo dónde anotar el número de Carla, así que fotografío con el móvil la página completa.

Al dejar la libreta en su sitio, distingo algo brillante en el suelo, junto a una pata de la mesita. Me agacho y lo examino. Se trata de un tornillo diminuto. Apostaría que corresponde a unas gafas. Me da por cavilar. Mercedes no usa gafas, Beatriz tampoco. A Ricardo nunca lo vi con ellas, aunque tal vez las necesitara para tocar; desde luego, en los conciertos no solía llevarlas. El único miembro de la familia que las usa es Genoveva. Vaya, el círculo se sigue cerrando alrededor de la dolida esposa.

Doy por bien empleado el resto de la tarde charlando con Mercedes. Mi visita me está proporcionando una información que no esperaba. Y, sobre todo, contribuyo a que la pobre mujer haga un paréntesis en la Navidad más desgraciada de su vida.

En cuanto abandono la casa de Mercedes, lo primero que hago es llamar a Carla y presentarme como lo que soy: un amigo madrileño de Ricardo y nada más. Le transmito que me gustaría charlar un rato con ella. Le debe de caer en gracia mi petición y accede con suma naturalidad. Le propongo vernos al día siguiente sobre las diez de la mañana en la playa. Me contesta que no es la mejor hora ni la época idónea para darse un baño mientras envuelve su ironía en un amago de carcajada.

16

TENDRÍA DIECISIETE AÑOS *cuando ocurrió. Un rodillazo en el estómago,*
y al suelo.

—¿Qué hacéis, bastardos? —protesto en vano. Como mínimo son
tres.

Otro rodillazo en la cara. La acera se cubre con gotas de sangre que
brotan de la nariz. Creo. O de la boca. Zapatos que van y vienen. Oigo
una discusión. Uno se justifica, otro se lamenta, una tercera voz ame-
naza con seguir asestándome golpes.

—Por favor...

Una moneda cae junto a mi mano. Me la han tirado con desprecio,
desde lejos, porque resuena con un largo eco metálico. Creerán que
necesito un carrito de supermercado. Pero no. Lo que me hace falta es una
ambulancia y que se larguen.

—¡¿Te crees que somos imbéciles?!

Un grito junto al oído, cuando tienes la nariz medio rota, supone
una verdadera tortura. Quiero que se vayan. Que se lleven lo que quie-
ran. El reloj, la cartera...

Me hacen caso y me desvalijan por completo.

La vista se me nubla. Entro en una cueva negra, gélida, desaso-
segante. Me han debido de propinar otro golpe. Esta vez en la cabeza,
porque ya no escucho sus voces. En realidad, no escucho nada que
venga del exterior. Solo un zumbido, como el de los mosquitos cuando
merodean durante la noche.

De pronto el cuerpo comienza a levitar de forma irregular, desa-
compasada. Primero asciende el tronco y luego las piernas. Siempre
imaginé que la horizontalidad y la levitación iban de la mano. En

cualquier caso, no ha durado mucho. Vuelvo a estar sobre una superficie dura, plana y rugosa, aunque en un espacio cerrado, porque no siento frío.

El dolor sube desde la mandíbula hasta la frente, como un latigazo a cámara lenta. Oigo ronquidos de un motor al arrancar y la lluvia golpeando sobre chapa. Eso significa que he recuperado al menos uno de los sentidos perdidos.

No puedo mover los brazos, me lo impiden las cajas de cartón que me rodean. Diría que estoy en el interior de una furgoneta.

Unos minutos más tarde el motor se detiene. Unas puertas chirrían al abrirse. En el exterior escucho chapoteo y voces.

—Estaba junto a una marquesina —clama una voz masculina—. Creo que lleva una buena paliza encima.

Mi cuerpo vuelve a levitar, en esta ocasión de forma armónica: me levantan por la espalda y las piernas al unísono, con sumo cuidado. Aterrizo sobre una superficie plana y acolchada. Me tranquiliza oír una voz femenina y respirar un fuerte olor a medicamentos.

Varias manos trastean sobre mi cara a fin de curarme. Ahora las voces son de consuelo.

Cuatro días más tarde salgo del hospital con una venda en la cabeza y la nariz aún hinchada; algún resto de sangre seca permanece en los orificios. Las costillas me duelen al apoyar los pies en el suelo.

Durante las jornadas siguientes, después de hacer los deberes, acudo cada tarde a la gasolinera. No vi sus caras cuando me agredieron, pero eran tres imbéciles subidos en sus motos, y como las motos en algún momento se quedan sin gasolina, he supuesto que pasarán por aquí tarde o temprano.

Me presento con una gorra y gafas. No me reconocerán ni por asomo.

Una semana después de mi primera guardia en la gasolinera, aparecen los tres cobardes. Solo uno de ellos necesita repostar, los otros dos lo esperan charlando junto al túnel de lavado. Escucho sus voces con atención para asegurarme de que son ellos. He tenido suerte, el que va a echar gasolina es quien me daba patadas en la cabeza.

El imbécil aparca su moto junto a uno de los surtidores, se quita el casco, lo cuelga del manillar y reposta. Acto seguido se dirige al local con la cartera en la mano. Los dos amigos permanecen enfrascados en una animada tertulia. Es mi momento. Me acerco con las manos en los bolsillos, me detengo junto a la moto y aparento leer el precio del combustible. Miro de reojo hacia el interior del local. Ese tipo anda más pendiente de la cajera que de su moto. Así que hago lo que he venido a hacer y me alejo con naturalidad. Me sitúo tras un surtidor donde no hay nadie en este momento. Él sale del local guardando la cartera en el interior de su cazadora. Mientras camina hacia a la moto, silba a sus amigos y les muestra el pulgar hacia arriba.

Al colocarse el casco, un líquido le chorrea por la cara, como cuando te echas un cubo de agua por la cabeza para paliar el calor sofocante. Suelta un grito furibundo y permanece unos instantes con la boca abierta. Se debate entre la desorientación y el dolor más agudo que ha experimentado en la vida. ¿Qué narices podía contener el casco si lo ha colgado del manillar hace dos minutos? ¿Gasolina? ¿Sus amigos le han gastado una broma echando gasolina en su interior?

Los colegas acuden corriendo sin entender lo que sucede, ni siquiera lo intuyen.

Después de varios intentos, consigue quitarse el casco, pero ya es un poco tarde. Medio litro de ácido le ha dejado ciego y su rostro se deformará poco a poco.

Desde mi camuflado observatorio siento la misma piedad que si contemplara una botella de plástico retorciéndose en una hoguera.

Ha pasado mucho tiempo desde aquel suceso. Lo recuerdo con claridad porque fue el punto de partida de lo que vino después.

17

ADOLFO

30 de diciembre de 2018

LLEGO A LA playa diez minutos antes de mi cita con Carla. La marea ha cubierto la arena de algas y basura: maderas podridas, fragmentos de boyas, plásticos... Entre los desperdicios, descubro una especie de marco formado por listones de madera medio podridos unidos por el interior con una malla de alambre oxidada. Un objeto poco afín a las artes de pesca. La malla de alambre me despista. Diría que no procede de un barco. Se parece más al lateral de una conejera. Mi abuelo tenía en su pueblo una jaula para conejos y, desde luego, guardan una gran similitud. Un trozo de conejera en una playa puedo considerarlo un objeto pintoresco. Saco el móvil y le hago una foto. Aún no diviso a Carla. Me da tiempo a editarla y subirla a Instagram. Como pie de foto no se me ocurre nada brillante. Anoto: «Restos de conejera en la playa de Ribadesella».

Carla aparece por el paseo de Santa Marina. Camina hacia mí encogida de hombros a causa del frío. Luce un gorro de lana de color granate y un abrigo beis. No me conoce de nada y, no obstante, me saluda con una familiaridad que me descoloca. El hecho de ser amigo de Ricardo me proporciona el mejor salvoconducto para ser bien recibido en el pueblo y, ya de paso, no levantar suspicacias.

No me ando con rodeos. La sondeo sin tapujos sobre su antigua relación con Ricardo. Al principio le cuesta enhebrar las frases y, sobre todo, dar salida a una parte delicada de su intimidad. Me responde con generalidades: «Éramos del mismo pueblo», «tuvimos una bonita relación», «pasábamos juntos las tardes de verano...». Ese tipo de confesiones aplicables a cualquier pareja del mundo civilizado. Tendré que rascar más profundamente o me iré de vacío.

Le cuento algunas secuencias referentes a los inicios de mi relación con Irina y de ese modo se fomenta una atmósfera cómoda para ambos. Al comprobar que no tengo reparos en sincerarme con ella, poco a poco se va liberando de sus reticencias naturales.

—¿Nunca te contó Ricardo nada sobre mí? —insinúa sorprendida, y no le falta razón. Si yo era su amigo, es lógico que me hubiera comentado alguna particularidad sobre esa época de su vida. Y así fue. Alguna que otra vez dejó caer menciones livianas y de escaso valor informativo.

—Nunca —miento—. Pero de su mujer tampoco hablaba más de lo necesario.

—Ricardo era muy callado en su juventud y no ha cambiado mucho con el paso del tiempo.

—Desde luego. Clasificaba sus relaciones en apartados distintos. Su hermana y su tía por un lado, su mujer por otro y los amigos también aparte. Su vida era como una piscifactoría: cada especie en su tanque.

—Siempre fue así —me confirma—. Como si hubiera varias personas en una, ¿verdad? Yo era amiga de su hermana Beatriz antes de tener una relación con él. Algunos días Beatriz venía a mi casa a hacer los deberes del instituto y otros iba yo a la de su tía. Así fue como empecé a tratar con Ricardo. A su tía le gustaba darnos de merendar a los tres. Le encantaba vernos juntos. Se sentía como una gallina con sus polluelos.

—La visité ayer y me dio la impresión de que tiene debilidad por ti. Más que debilidad, auténtica pasión.

—Siempre la ha tenido. Desde la primera vez que llamé a su puerta. Recuerdo que estaba lloviendo y llegué con el pelo empapado, hasta la nariz me goteaba. Al verme como una sopa me dijo: «Entra niña, vas a pillar una pulmonía». Me llevó al baño, me secó el pelo y me puso un par de horquillas para que no se me viniera a los ojos.

—Intuyo que, de haberle pedido opinión, tú hubieras sido la candidata preferida como novia de Ricardo.

—Fue la primera en darse cuenta de que Ricardo me gustaba. Antes incluso de que Beatriz se enterara. Me sentaba en el sofá a merendar y se me caía la baba viéndolo ensayar. Él ni se daba cuenta de que su hermana y yo estábamos presentes. Cuando se ponía a tocar era como si viviera en otra dimensión. Me quedaba embobada durante horas, escuchándolo. Al principio yo era invisible para él. Una tarde, al levantarse de la banqueta, se me quedó mirando y se sonrojó, incluso recuerdo que se le cayó la partitura al suelo y se le desparramaron las hojas. No se había dado cuenta de que yo llevaba media hora sin pestañear. Lo primero que oí de sus labios en ese momento fue un dubitativo «Ahhh». —Esboza una sonrisa tierna—. No fue un comienzo muy prometedor, pero yo sabía que no era un muchacho que se distinguiera por su verborrea.

—De mayor tampoco —añado.

—Al recoger la partitura del suelo y cruzar frente a mí, la segunda frase que me dirigió fue: «No sabía…».

—No fue para tirar cohetes.

—Ni mucho menos. Pero por algo se empieza. Esa misma tarde me enamoré de Ricardo Manrique.

—Vaya, qué bonito.

—Todo fueron ventajas en el inicio de nuestra relación: yo disponía de una hermana cómplice y la tía Mercedes asumía voluntariamente el papel de celestina y anfitriona. Le caía muy bien a la mujer y me daba todo tipo de facilidades para que nos viéramos. Su casa se convirtió en sala de ensayo y nido de amor al mismo tiempo. Cuando queríamos más intimidad, en época de frío subíamos al desván y, en cuanto llegaba la primavera, veníamos a la playa y caminábamos hasta la Punta del Pozu.

Nuestro primer beso fue justo allí. —Señala el paseo empedrado que comienza en el extremo de la playa.

—No tienes por qué darme detalles tan personales si no quieres. Yo solo…

—No me importa. Además, me siento bien al hacerlo. Tú eres una persona desconocida para mí. Hoy estás aquí y mañana quién sabe.

—También es cierto. Nadie más se va a enterar de todo esto.

—Ricardo compaginaba el instituto con el Conservatorio de Gijón —prosigue contándome su vida con verdadero deleite—. La mañana se la pasaba en el instituto, y tres tardes a la semana acudía al conservatorio. No sé cómo podía aguantar el ritmo, a mí solo con el instituto ya me parecía agotador. Fue una época maravillosa. Cuando terminó el bachillerato, le otorgaron una beca a través de la Caja de Ahorros y se fue a estudiar a Madrid. Entonces la situación empezó a cambiar. Al principio venía a Ribadesella un par de veces al mes, pero los plazos se fueron alargando porque le salían conciertos los fines de semana en teatros municipales, centros culturales, fundaciones… Cuanto más progresaba en su carrera musical, más se atascaba nuestra relación.

—Suele pasar.

—En esa época conoció a Genoveva. El resto ya te lo puedes imaginar.

Carla introduce las manos en los bolsillos del abrigo y la sonrisa que llevaba puesta hasta el momento se desvanece. Su rostro adquiere un aire sombrío.

—¿Cómo ha sido vuestra relación desde entonces hasta hoy?

—Como dos amigos que se ven de vez en cuando. Yo no le reprochaba su decisión y él tampoco hacía referencias a nuestro pasado en común. Como si esos cinco años hubieran sido extraídos de su memoria con unas pinzas. Cuando nos veíamos por el pueblo hablábamos con naturalidad de cualquier cosa, pero no sacábamos a colación el pasado. Lo dicho: como dos amigos que coinciden en vacaciones.

Llega el gran momento de hacer frente a la cuestión más delicada. Teniendo en cuenta que nos acabamos de conocer, no va a resultar fácil.

—¿Os visteis Ricardo y tú los días anteriores a su muerte?

Carla tuerce el gesto y se vuelve hacia mí con el ceño fruncido y una clara expresión de malestar.

—¿Qué quieres decir?

—Me refiero a un encuentro, pero no como amigos, sino... cómo te lo diría... Un encuentro como dos personas que remueven las brasas y acaba prendiendo la llama de nuevo. Ya me entiendes.

—¡Noooo! —sentencia con indignación—. Ni siquiera sabía que Ricardo andaba por aquí. Él estaba casado. ¿A qué viene eso? —Me dirige una mirada recriminatoria.

Asiento con la cabeza en señal de comprensión. Al mismo tiempo debo transmitirle que mi interés no se debe a una curiosidad malsana. Tengo mis razones para indagar en lo ocurrido durante esos días sin dejar al descubierto lo que me traigo entre manos. Cuento con una información poderosa, objetiva y que no admite discusión: el coche de Ricardo estuvo aparcado detrás de su casa durante toda una noche. No sacaré a la luz ese dato. No quiero presionarla. Si lo hiciera, la muchacha se pondría a la defensiva y no me contaría lo que en verdad busco.

—Tengo la sensación de que su muerte no ha sido tan natural como pueda parecer. En todo caso, quiero que nuestra conversación no trascienda más allá de esta playa. No pretendo ni por asomo que su tía se entere de que estoy indagando sobre la muerte de Ricardo. Si llega a sus oídos, multiplicaremos su dolor de manera innecesaria.

Carla se muestra completamente desconcertada por mis observaciones.

—No entiendo a qué te refieres. Apareció muerto y todo el mundo dice que sufrió un paro cardíaco. Que lo encontraron sentado en el mirador.

—Cierto, esa es la versión oficial, pero yo tengo algunas dudas.

No es mi intención mencionar la hipótesis de la congelación ni involucrar a Genoveva en el asunto. Solo deseo que me confirme las sospechas derivadas de los datos que nos ofreció el teléfono de Ricardo.

—Quiero que seas sincera conmigo. Yo no soy Genoveva, ¿vale? Ni desempeño el cargo de consejero moral. Me importa poco si hubo un lío amoroso entre vosotros. Pero necesito que me confirmes si os visteis la noche del veintitrés o durante el veinticuatro. Me ayudaría más de lo que te imaginas. Y perdóname por no contarte más detalles, en este momento no puedo ser más claro. Soy consciente de que me acabas de conocer y es lógico que quieras mantener oculto algo tan íntimo, pero deberías decirme la verdad.

—No lo vi esos días. Te lo juro. En realidad, hace bastante tiempo que no coincidimos. Creo que desde octubre o noviembre.

—¿Seguro? —insisto, su testimonio es clave.

—Desde luego. Además, no he parado de un lado para otro durante toda la Navidad. Todos los años cerramos el veinticuatro y el treinta y uno. Tengo unos abuelos en Orense y otros en Valladolid. Con unos pasamos la Nochebuena y con los otros la Nochevieja.

—Vaya —refunfuño, insinuando mi decepción.

Sin esta pieza, el castillo de naipes se viene abajo de repente. Si no hubo aventura, carece de sentido la vehemente respuesta de la esposa maltratada, y sin esposa vengativa, me quedo sin autor del asesinato.

—Me has dejado intrigada, ¿en qué cambiaría la situación si nos hubiéramos visto Ricardo y yo alguno de esos días?

—No puedo decirte mucho más. —Trago saliva—. Lo siento. Pensaba que su fallecimiento, en apariencia natural, podía tener otro origen. Por eso era imprescindible tu versión. Después de lo que me has dicho, ahora estoy hecho un verdadero lío.

—¿Piensas que pudieron asesinarlo y hacer pasar el crimen por un fallo cardíaco? —dice con un tono amortiguado, casi un hilo de voz.

—Solo estoy especulando, intentando atar cabos. No soy policía, ¿sabes? Tan solo un amigo rabioso. Ricardo era un buen hombre y no encuentro razones para que alguien quisiera quitarlo de en medio. —Simulo una pérdida de interés en el hipotético asesinato.

—Claro que lo era. Nadie querría hacerle daño.

—Por supuesto. ¿Quién en su sano juicio acometería un acto tan espantoso? Creo que mis sospechas son infundadas. Olvida lo que te he dicho. Olvídalo, te lo ruego.

Miento con el propósito de que no le vaya con el cuento a nadie y se derrame sobre el pueblo una corriente de rumores. He obtenido de ella lo que pretendía, una confesión, aunque contraria a mis previsiones. La situación vuelve al punto de partida. A todos los efectos, a Ricardo se le había parado el corazón, como a tantas otras personas en el mundo.

Carla se quita el gorro y de su cabeza brota una larga melena rubia. Se ahueca el pelo con los dedos y se vuelve a colocar el gorro. Dios santo, otra rubia más. En mi visita al tanatorio me centré en Mercedes y Beatriz, no puse mucha atención en la tercera mujer, y mucho menos en el color de su pelo.

¿Y si era ella la que conducía el coche? Rubia, perfecta conocedora del pueblo y del apego de Ricardo por su mirador. Fueron novios y Ricardo la sustituyó por otra cuando todo apuntaba a una boda inminente.

Pudo ser Carla quien perpetrara el crimen. En ese caso, me acaba de mentir. Pero todo el mundo miente cuando se ve acosado. La naturalidad de sus respuestas y la predisposición a vernos no han alentado en un principio mis sospechas. O tal vez ocurre lo contrario: cuando uno se ve acorralado, la opción más inteligente consiste en manifestar plena predisposición a colaborar.

Carla conoce a todo el mundo en la lonja y cualquiera de ellos la podría haber ayudado a mover el cuerpo. En cualquier caso, ¿diez años no es demasiado tiempo para ejecutar una venganza?

Sigo pensando que Genoveva es la mala de esta historia.

Carla me ha mentido. No acompañó a sus padres, sino que permaneció en el pueblo la noche del veintitrés, encamada con Ricardo, aprovechando que tenía la casa entera a su disposición. Genoveva se olió el asunto y se presentó en Ribadesella. Vio el coche aparcado junto a la casa de Carla y no le fue difícil deducir lo que estaba ocurriendo.

Disponía de un motivo —la traición de su marido—, conocía el pueblo, las costumbres de Ricardo y los horarios de Mercedes. Por si faltara algún agravante, Genoveva y la tía de Ricardo mantenían una relación distante, de modo que no le causaría ninguna lástima dejar el cadáver en su salón como parte de la puesta en escena.

Me siento engañado por sus falacias, doblegado por su capacidad de persuasión. Todo impostor necesita un aliado, un testaferro. Yo solo soy un peón en sus manos, el aliado perfecto para salir airosa de un trance ciertamente complicado. Percibió mi vulnerabilidad nada más conocerme en el tanatorio, junto a la máquina de café: yo era un tipo fácil, amigo de Ricardo, pero sin vínculos con el pueblo y ninguna relación con la familia de su marido. El cómplice perfecto para tejer una coartada.

En cuanto la tenga delante, la someteré a una tormenta de fuego amigo que será incapaz de repeler. Mis argumentos no ofrecen ni el más leve resquicio.

Regreso al hostal. Desde la entrada atisbo el coche de Genoveva en el aparcamiento. Subo directo a su habitación y llamo a la puerta. Ella abre, me dedica una sonrisa a modo de saludo y regresa a su actividad: meter la ropa en la maleta. Reacciono con otra sonrisa, en mi caso cínica, que no le da tiempo a apreciar. La pila de ropa acumulada sobre la cama absorbe todo su interés.

—¿Vuelves a Madrid? —le pregunto en un tono cordial que no desvela mis verdaderas intenciones.

—En cuanto acabe de hacer la maleta —responde sin mirarme.

—O sea que te ibas a largar y no pensabas avisarme.

—¿Qué tontería es esa? —Alza la vista y esboza una mueca de desagrado—. No solo pensaba avisarte sino invitarte a comer.

—¿Ah, sí? Vaya, pues muchas gracias —digo en tono sarcástico—. Entonces, ¿no quieres saber lo que ocurrió de verdad con tu marido?

—Ya lo sabemos. Alguien lo congeló —replica con firmeza.

—¿Y te vas a quedar de brazos cruzados sin saber quién lo hizo?

Sacude la cabeza y abre los brazos en señal de capitulación.

—¿Qué más puedo hacer? Ya he comunicado en el cuartel nuestras sospechas, incluso en la Comandancia están informados, pero no van a mover un dedo. ¿Y sabes la razón? Mientras no haya autopsia definitiva, el informe preliminar del forense es lo único que tienen. Ese documento apunta a una muerte natural. Y cuando tengamos la autopsia delante dudo que cambien las cosas.

—Pero la congelación tiene que dejar algún rastro —sugiero, siguiéndole la corriente.

—Pues al parecer no lo deja. Cuando comenté nuestras conjeturas en el cuartel, poco más y me toman por tarada.

—El rastreo del móvil no ofrece dudas sobre sus movimientos.

—Ja, ja, el rastreo del móvil —exclama con sorna—. El itinerario y las paradas en cada punto son normales.

—Pero se ve con claridad que pasó la noche con otra persona. No durmió en ningún hotel ni en la casa de su tía.

—Esa es la clave, «pasó la noche con otra persona», una circunstancia en la que ellos no entran. La infidelidad no es un delito y la traición, tampoco.

—También es cierto —reconozco.

Cada vez más irritada, Genoveva mueve las manos de un lado a otro, como si quisiera cortar el aire.

—En el fondo piensan que actúo como una esposa despechada y eso me conduce a formular hipótesis estrafalarias. Creen que lo que en verdad me mueve es la venganza, conocer la identidad de la amante de Ricardo para tomar represalias. Y a ese juego ellos no se van a prestar. No me lo han dicho con esas palabras, pero sé leer entre líneas.

Bien, Genoveva, bien. Una vez más te empleas a fondo cuando representas el papel de víctima. Estás zanjando el asunto con la sensación de que has bajado los brazos. Si lo que cuentas del cuartel es cierto, te viene de maravilla que nadie vea motivos razonables para investigar. Ya solo te queda cerrar la maleta, soltar unas cuantas lágrimas como despedida y largarte con ese aire de mártir que representas de lujo.

Dejo de hacerle preguntas y la contemplo con detenimiento desde el fondo de la habitación. Aparentemente derrotada y ojerosa, coloca las prendas en los huecos con movimientos parsimoniosos, titubeantes, teatrales. Se retira con delicadeza los jirones de pelo que la goma de la coleta no ha conseguido apresar. Gime cada vez que sus brazos se estiran para descolgar alguna prenda de las perchas, como si su cuerpo se fuera a desarmar de un momento a otro.

Esperaré a que cierre la cremallera de la maleta para lanzarme a su cuello. La someteré a un interrogatorio severo, la haré sudar. Ha llegado el momento de dejarla en evidencia allí mismo, en medio de la habitación. Vamos allá. Primer asalto. Objetivo: marear al rival con un fluido juego de piernas a fin de que no sepa ni por dónde le vienen los golpes.

—¿Sabes? He estado hablando con Carla.

—¿Y? —Me dirige una mirada inquisitiva.

—Es una chica muy agradable. Hasta dulce.

—Norman Bates en *Psicosis* también lo era, ¿recuerdas? Agradable y hasta dulce.

—Carla es dulce y ¡rubia!

Genoveva detiene la faena y se queda con una percha en la mano, expectante.

—Hablo en serio. La he puesto en algún que otro apuro y sus reacciones no han sido las que yo imaginaba.

—¿Y cuáles han sido? —me espeta con indiferencia.

—Creo que pudo pasar la noche con Ricardo, pero no la veo capaz de hacerle nada malo.

Genoveva prosigue con la colocación de la ropa en la maleta. No muestra interés alguno por mis conclusiones sobre Carla.

—¿Me puedes hacer un favor?

—Por supuesto.

Saca del armario una bolsa con el logotipo de la funeraria serigrafiado en ambos lados.

—Es superior a mis fuerzas. No puedo llevar la ropa de Ricardo en la bolsa de una funeraria. —Suspira hondo y se borra un par de lágrimas de la cara con las yemas de los dedos—. Si eres tan amable, me gustaría que sacaras sus cosas de la bolsa negra y las metieras en esta. —Me entrega una bolsa de tela.

—No te preocupes. Yo me encargo.

El segundo asalto del interrogatorio tendrá que esperar un rato.

Extraigo una a una las prendas de Ricardo. Su abrigo azul, la bufanda de color mostaza, unos pantalones grises, un cinturón de piel, la cartera, una camisa blanca, sus zapatos tipo Oxford... Aún conservan algo de barro, los colocaré al fondo y pondré el resto de su vestimenta encima.

Al introducir los zapatos en la bolsa, advierto un trozo de papel pegado a una suela. Es un fragmento de papel de envolver. Se aprecia parte de un logotipo. En concreto tres letras de color azul: «ría».

Genoveva y yo nos quedamos pensativos mientras tratamos de identificar la tienda a la que pueden corresponder y el modo en que llegaron hasta una suela de zapato. El papelito podría pertenecer a docenas de posibles negocios: peluquería, frutería, pescadería…

—Tal vez provenga de una floristería —sugiero—. Me dijiste que había comprado flores en Madrid.

Ella da la vuelta al papel, desliza el dedo por la parte interior y me corrige:

—¿Conoces alguna floristería donde envuelvan las flores en papel plastificado?

—Ahhh. —No sé qué contestar.

—¡Carnicería Ramón! —afirma sin titubear.

—¿Estás segura?

—Estoy harta de verlo. Llevo años viniendo a este pueblo.

El hallazgo demuestra que Ricardo pasó la noche con Carla. A buen seguro la esperó en la carnicería, lugar donde el papel se adhirió a la suela, y a continuación ambos se fueron a dar rienda suelta a su recién recuperado amor juvenil. No obstante, Genoveva va más lejos.

—Está muy pegado a la suela. Y todo el mundo sabe que el hielo es un adhesivo extraordinario.

Después de pasar años en una estación de esquí, no me cabe ninguna duda de que así es.

Me quedo atónito ante la apreciación de Genoveva, al tiempo que confuso. Mis planes de despotricar contra ella se han venido abajo. El segundo asalto queda aplazado provisionalmente.

Las elucubraciones sobre las últimas horas de la vida de Ricardo cobran un rumbo nuevo y descorazonador cada cinco minutos. No lo congelaron en la lonja por culpa de algún conflicto que se nos escapa; el trozo de papel atestigua que la cámara frigorífica de la carnicería fue su última morada. El itinerario trazado por el GPS ratifica nuestras conclusiones: mientras el coche de Ricardo permanecía aparcado en la calle paralela a la carnicería, sus tejidos se iban convirtiendo en hielo en el interior de la cámara frigorífica que alberga el local.

El hallazgo del papel de envolver me hace regresar a tribulaciones ya superadas: ¿La dulce Carla no es tan dulce como parece a primera vista? ¿Su padre nunca superó la humillación sufrida por su hija hace diez años y consumó su venganza en cuanto se le presentó la ocasión? ¿El viaje a Galicia para ver a los abuelos no era más que una triquiñuela?

Me siento fatal por haberle atribuido a Genoveva una vileza superlativa. Menos mal que en ningún momento le he manifestado mi recelo y he tenido la oportunidad de frenar mis impulsos a tiempo.

Desbordado por el nuevo panorama que se cierne sobre el asunto, me siento junto a ella en la cama. Nos quedamos mirando a la cafetera como bobos.

—¿Qué hacemos? —le pregunto. Ella es la viuda, y quien tiene que tomar las riendas.

—Ahora mismo no lo sé. Estoy bloqueada.

Genoveva se coloca la maleta sobre las rodillas y apoya los codos en ella. Mira alternativamente a la cafetera y a mí. Se la ve desorientada.

¿Habría sido el carnicero con sus propias manos quien había congelado a Ricardo? ¿Fue la sociedad criminal Carla-Ramón la responsable del asesinato y posterior traslado del cuerpo?

La carnicería había permanecido cerrada el día de Nochebuena y los vecinos sabían que la familia solía pasar esos días fuera. También cabía la posibilidad de que hubiera sido obra de Carla en exclusiva, que tuvo la casa a su disposición durante un par de días. En ese caso, habría necesitado colaboración.

Trato de imaginármela cerrando la cámara y bajando la temperatura al máximo. Carla ayudando a su padre o a quien fuera su ayudante a trasladar el cadáver desde la carnicería al coche de Ricardo, y desde allí a la casa de Mercedes. Por Dios, ella misma me había contado las entrañables escenas de Mercedes patrocinando su relación con Ricardo. Qué sangre fría corría por las venas de esa mujer para dejar el cadáver en el salón de la anciana. Mucho debía de odiar a Ricardo como para querer causarle tanto dolor a Mercedes. ¡Oh! Cuando el odio se desmelena, no repara en gastos ni en víctimas colaterales.

Le he comentado a Genoveva que Carla me parece una buena chica, «hasta dulce», si me apuras. Y Genoveva la ha comparado con Norman Bates. Lo cierto es que me dejé llevar por el rostro risueño de Carla y su gorrito de lana. Qué tropiezo tan colosal. Si soy yo quien la ha fastidiado, no me quedará más remedio que salir como sea de este lío.

Llamo a Carla, pero no me coge el teléfono. Si la hija no descuelga el teléfono, hablaré con el padre.

—Espérame aquí —le propongo a Genoveva—. Voy a visitar a nuestro amigo Ramón.

—Te acompaño.

—Ni hablar. Es cosa mía. Además, a mí no me conoce. Si vas tú se pondrá a la defensiva desde el primer momento y no sacaremos nada en claro.

QUE ESTÉ HACIENDO cola junto a tres personas en la carnicería de Ramón no quiere decir que mi intención sea adquirir media tienda para pasar el resto de las Navidades. Mi propósito no tiene nada que ver con la carne animal, sino con la humana. Mis verdaderos intereses van dirigidos a un habitáculo empotrado en el pasillo que se adivina por detrás del mostrador. Concretamente una cámara frigorífica a la que Ramón accede de vez en cuando para sacar piezas enormes con sus potentes brazos y colocarlas sobre la mesa de operaciones. Ayudado de un híbrido entre cuchillo y hacha, rebana unas piezas más pequeñas que deja en el mostrador refrigerado y retorna las originales a la cámara.

Tendré que esperar a que el local se despeje. Mientras haya clientes, me será imposible hablar con él de lo que he venido a tratar. Necesito una discreción absoluta. Esperaré hasta el cierre si es necesario.

Aprovecho el momento oportuno y pongo en marcha un talante que siempre da resultado en estos casos: hacerse el ingenuo.

—Me llamo Adolfo y era amigo de Ricardo —suelto a modo de saludo.

—Ah, sí. ¿De Madrid?

—Sí, del barrio. —Por acción u omisión, me estoy acostumbrando a mentir a todo el mundo.

—¡Vaya faena! —Ramón menea la cabeza lamentándose—. Está todo el mundo que no se lo cree. Bueno, al menos ha muerto en su pueblo. Era un buen hombre. Ha sido una verdadera pena.

—Sí, un gran tipo. El corazón nunca avisa. —Indico una bandeja repleta de salchichas. Acarrearé con carne que no necesito con el único fin de que nuestra conversación tenga un cariz de espontaneidad—. Esas salchichas tienen buena pinta. Me llevaré medio kilo. —Hago una pausa—. ¿Lo vio usted en la carnicería o por el pueblo los días que estuvo aquí?

—No. Este año no. —Señala con el dedo en dirección a las dos pilas de salchichas—. ¿Blancas o rojas?

—Rojas, aunque las otras tampoco tienen mala pinta. —Ser simpático y valorar el producto es la mejor manera de preparar el terreno. Nada como adular a alguien para que repliegue sus defensas.

Ramón corta la ristra por donde considera oportuno y la deposita en la báscula.

—¿Sabe? Llevo aquí unos días y he escuchado todo tipo de rumores —sondeo.

—¿Sobre qué? —replica concentrado en la pantalla de la báscula.

—Su muerte. Yo no tengo tan claro que le fallara el corazón. Íbamos juntos al gimnasio y nunca me dijo que tuviera un problema cardíaco.

—Yo tampoco lo sabía. Mercedes y Beatriz vienen mucho por aquí, y ninguna de las dos me había comentado nada. —Envuelve las salchichas y deposita el paquete sobre el mostrador—. ¿Va a querer algo más?

—Sí, carne picada, otro medio kilo. —Hago otra pausa—. La tía Mercedes dice que lo vio congelado en su casa. Yo no la conozco mucho, pero dicen que está un poco… trastornada.

Ramón corta un trozo de carne y lo introduce en la trituradora. A continuación, coloca un papel debajo y el picadillo va cayendo como si fueran gusanos en plena estampida.

—Sí, dice que se lo encontró hecho un témpano de hielo. Pero tiene usted razón, a la mujer se le va un poco la cabeza. No hay que hacerle mucho caso.

—Pues yo la creo. De hecho, estoy seguro de que no se lo inventó. Ricardo murió congelado en una cámara frigorífica. —Me lo juego todo a una carta—. Una como esa que tiene usted ahí. —Señalo el pasillo.

Ramón deja de prestar atención a la trituradora y me dirige una mirada de incomprensión y cierta hostilidad.

—¿Está insinuando que en esta cámara…?

—En esta o en la de la lonja. Me han dicho que también disponen de cámaras allí. Pero bueno, son cosas que se comentaban en el tanatorio. No le podría decir quién lo sugirió, porque no conocía a nadie.

—Eso es una locura, ¿quién querría congelarlo? Era un buen hombre —aduce el carnicero—. De las mejores personas que he conocido en mi vida.

—Bueno, también Jesucristo era una buena persona, y no le sirvió de mucho.

—Eso que plantea usted es imposible. Todo el mundo en el pueblo lo quería.

—A veces hay odios camuflados durante años.

—Nadie que estuviera en su sano juicio podría odiar a Ricardo.

—Tal vez alguien trataba de vengarse por algo que sucedió hace mucho tiempo y nunca tuvo la oportunidad… —Voy a tumba abierta, directo a la yugular. Quiero observar en primer plano su reacción ante una acusación directa—. Por ejemplo, un hombre, un padre concretamente, ofendido porque Ricardo hubiera dejado plantada a su hija.

Ramón detiene la trituradora y apoya los gruesos brazos en la mesa de madera donde realiza los cortes. Me taladra con sus ojos diminutos. Ahora que los tengo más cerca reparo en que son idénticos a los de su hija.

—¿Qué está insinuando? —suelta con fiereza.

—En la suela de un zapato de Ricardo había pegado un trozo de papel como este. —Indico la pila de papeles de envolver colocados en un extremo del mostrador.

De repente Ramón se muestra desorientado. No soy policía y sin embargo lo estoy acusando. No lo conozco de nada y no obstante lo estoy implicando en un asesinato. El hombre no sabe si echarme de la carnicería o clavarme uno de esos cuchillos con pinta de estar muy afilados.

—¿Un papel en la suela? Bueno, pasaría por aquí, medio pueblo entra en mi carnicería durante la Navidad.

—Me acaba de decir que no lo había visto este año.

—A veces tengo que salir y se queda mi hija atendiendo a los clientes.

—¿Su hija se llama Carla, verdad?

Arruga la nariz y ladea la cabeza. Alguien se está metiendo en su vida y en la de su hija. Un tío al que acaba de conocer lo está acusando. Desconfía de mí, está molesto por mi actitud hostil y preocupado por el tono belicoso que está tomando la conversación.

—¿Conoce a mi hija?

—Claro. Estuve hablando con ella y me dijo que tampoco lo vio antes de que falleciera. Pero ese papel en el zapato…

—Chasco los dedos.

—¿Está usted insinuando que a Ricardo lo congelaron dentro de mi carnicería? —Ramón habla ahora de un modo más aturullado. El enojo gana terreno a la perplejidad inicial.

—Al principio pensé que podría haber sido en la lonja, le soy sincero, pero el trozo de papel pegado al zapato me trajo hasta aquí. Lo único que hice fue seguir el rastro.

Me apunta con un dedo rebozado de grasa y tan grueso como dos de los míos.

—¿Por qué iba yo a hacer una cosa así? —grazna verdaderamente irritado, con la carótida a punto de saltarle de la garganta—. Le voy a... —Desenfunda un gesto de amenaza con ambas manos que no me amedrenta.

—Ricardo dejó a Carla después de cinco años de noviazgo y se casó con otra mujer. De la noche a la mañana y sin dar explicaciones. Usted se sintió ofendido ante la humillación de su hija. Entiendo el dolor de un padre ante una putada como esa. Probablemente le dio un par de puñetazos a uno de esos cerdos que tiene colgados dentro de la cámara para desahogarse, pero prefirió no tomar ninguna decisión en un momento de acaloramiento. La venganza se sirve mejor fría, pero usted se pasó con la temperatura.

—Eso es mentira. —El carnicero hierve de ira. Su mano rechoncha sale disparada hacia mí y casi me alcanza la cara—. Yo nunca podría hacer daño a Ricardo. Lo quería como a un hijo.

Ramón se mueve enfurecido. Sale y cierra por dentro la carnicería. No es una encerrona, solo quiere que nadie entre en un momento tan delicado. Agita los brazos con agresividad frente a mi cara. Se vuelve hacia el mostrador, coge un papel de envolver con ambas manos y me lo pone delante de la cara.

—¿Por esta mierda de papel, y sin conocerme de nada, es usted capaz de acusarme de haber matado a Ricardo?

Sacude la cabeza, devuelve el papel al mostrador y se limpia las manos con el delantal. Le tiemblan las aletas de la nariz. Está realmente enfadado. Me agarra de la solapa con sus manos simiescas y me zarandea. No opongo resistencia, creo que la cosa no irá a más.

—Por ese papel y porque usted tiene sus razones —replico sin perder la calma—. Un odio... larvado.

—¿Un odio larvado? ¡Qué estupidez!

—A mí no me parece que sea una estupidez.

—No diga tonterías. No sé si es amigo de Ricardo o no. Y, si lo es, me da igual. Pero deje de decir estupideces. ¿Quién es usted para acusarme de una barbaridad semejante?

—Estoy seguro de que fue ahí dentro donde lo congelaron —insisto, señalando con la barbilla.

—Yo no he metido a Ricardo en mi cámara. ¿Lo entiende? No podría hacerlo. —Parece sincero. Me suelta la solapa y a partir de ese momento usa sus manos solo para gesticular—. Además, hay más gente en el pueblo que tiene llave de mi establecimiento.

Esa opción no la había previsto. Tal vez sea una forma de salir airoso.

—¿Ah, sí? ¿Quién?

—Mauro, por ejemplo. A veces me trae la carne ya despiezada desde el matadero. Para mí es más cómodo.

—Ajá, Mauro. ¿Alguien más?

—Beatriz. Me la pidió para hacer un videoclip.

—¿Un videoclip? —gruño.

—Sí, creo que se llaman así.

—¿Un videoclip con un pianista en una carnicería? ¡Qué raro!

—Con Ricardo no. Aparte de su hermano también tiene otros clientes. Es *manager* de un grupo un poco raro. Vinieron al pueblo y grabaron un vídeo aquí dentro. Decía que tenía un estilo *gore* o algo así.

—¿Grabaron aquí dentro un videoclip *gore*? —replico extrañado por el curso que está tomando la conversación.

—Les di carne que tenía un poco pasada, sangre de cerdo, huesos... Lo pusieron todo perdido. Menos mal que luego lo recogieron. Y me pagaron bien, tengo que admitir.

Beatriz pudo grabar el vídeo del grupo y hacer una copia de la llave. Genoveva no está segura de que pasara la Nochebuena en Madrid.

En conclusión: Mauro y Beatriz contaban con una llave de la carnicería y disponían de cierta libertad de movimientos.

El papel de envolver hallado en la suela de Ricardo abre nuevas vías por explorar que me superan. Yo soy instructor de esquí, no detective. Me siento perdido en mi propio laberinto.

¿Y si ese papel ha sido un señuelo, una maniobra de Genoveva para desviar la atención hacia Carla y su padre? ¿Por qué me pidió que sacara las prendas de Ricardo de la bolsa de la funeraria y las metiera en la de tela? El funeral de su marido lo había gestionado una funeraria, no debe de resultar tan dramático regresar a casa con la ropa de tu marido metida en una bolsa negra. Después de los acontecimientos vividos durante estos días, me parece hasta anecdótico un logotipo en una bolsa de ropa.

¿Ha colocado ella misma el papel para que yo lo encontrara? Recuerdo que apenas ha dudado al leerlo. Enseguida ha señalado la carnicería de Ramón como lugar de procedencia. Y no queda ahí la cosa, ha desestimado la posibilidad de que el papel se hubiera adherido a la suela de forma casual en las inmediaciones del local. Ha apuntado directamente al hielo como pegamento consciente de que mi experiencia en la estación de esquí lo ratificaría.

¿Es la aparición del trozo de papel en la suela del zapato otra más de sus artimañas?

18

RECORRO EL PUEBLO *hasta llegar al mar. Aparco y me bajo del coche. El agua refleja las luces de las farolas y las estira sinuosamente, como si fueran cerillas hipertrofiadas intentando iluminar un horizonte imposible.*

Un joven con mallas y gorro corre resoplando. Una mujer pasea un golden retriever, *una raza de perro que se ha puesto de moda en los últimos años.*

Dos hombres de tez oscura yacen sentados sobre unos cartones hablando una lengua africana. Un tercero se me acerca, saca un tetrabrik *del bolsillo del abrigo, se lo lleva a la boca y permanece bebiendo durante quince segundos, como si hubiera hecho una apuesta de resistencia conmigo. El líquido que no consigue penetrar en su boca se desliza por una barba de varias semanas. A continuación carraspea, tira el* tetrabrik *al mar y se desploma. Sus amigos ni se inmutan, deben de estar acostumbrados a presenciar cada noche la misma coreografía.*

Ese hombre sí tiene un problema gordo. Lo mío es cuestión de días. En cuanto acabe la Navidad, el pueblo se quitará la conmoción de encima como si fuera caspa y todo volverá a la normalidad. Por mucho que se queje, a la gente le gusta la normalidad, la rutina. Somos animales de costumbres. Es cuestión de conservar la calma, mantener los ojos bien abiertos, las orejas empinadas y dejar que pase el tiempo.

19

ADOLFO

Acompaño a Genoveva al cuartel. Tiene la intención de presentar el trozo de papel como prueba de que Ricardo fue congelado en la carnicería de Ramón. Le sigo el juego. Quiero conocer de primera mano sus astutas maniobras, hasta dónde es capaz de llegar para derivar la autoría del crimen hacia el carnicero y su hija. Si la autopsia revelase que Ricardo murió por congelación, Genoveva ya se habría encargado de señalar la dirección correcta que debería seguir la investigación.

El sargento Paredes se ha ausentado y nos atiende el guardia Escribano. Me percato de que Genoveva y él no se conocen. El chico es muy joven y debe de llevar poco tiempo destinado aquí. Genoveva saca el papelito de la cartera y lo pone encima de la mesa con la delicadeza que se merece una prueba irrefutable en la resolución de un crimen.

—Estaba pegado en la suela de un zapato de Ricardo. Ya hablé con el sargento Paredes sobre la posibilidad de que mi marido no hubiera fallecido de muerte natural, sino por congelación. Y este trozo de papel así lo prueba. Estoy convencida de que murió en la cámara frigorífica de la carnicería.

El guardia le dedica al papelito una mueca despectiva.

—Un papel en una suela… Bueno, lo incorporaremos al expediente, pero cualquier vecino podría llevarlo pegado en el zapato. En Navidad todo el mundo acude a la carnicería, como usted comprenderá.

El rostro de Genoveva se tensa.

—Ricardo no pisó la carnicería. Ni el carnicero ni su hija lo vieron antes de morir.

—La congelación como *modus operandi* me parece ridícula. —Emite un suspiro displicente—. Tal vez otra persona se llevó el papelito pegado en el zapato, este se desprendió en la calle, o en un bar, o en la iglesia, y su marido pisó encima. Así de simple. —El guardia revisa la documentación del expediente—. Yo estaba de vacaciones cuando su marido murió, pero el informe dice que sufrió un paro cardíaco. No le veo mucho sentido a todo esto, pero lo incluyo en la carpeta y que el sargento Paredes haga lo que considere.

El semblante del guardia emite un mohín desdeñoso. Genoveva reacciona clavándole una mirada cargada de indignación y se levanta con brusquedad de la silla.

—Ya hablaré con el sargento Paredes cuando regrese.

—Hoy está fuera. Mañana la atenderá gustosamente —contesta el guardia con indiferencia.

Salimos de la oficina. Genoveva camina encogida de hombros hasta distanciarse del cuartel unos cien metros. Se detiene y mira a su alrededor con cara de asco.

—Estoy harta. Me dan ganas de zanjar el asunto y volver a Madrid. ¿Tú qué vas a hacer? Supongo que seguirás tu camino hacia la nieve.

—Ni idea. Lo decidiré en cualquier momento.

Tras su trabajada simulación, ¿es mi presencia en el pueblo un contratiempo? ¿Estoy poniendo en peligro su estrategia de inculpar al carnicero y a su hija? ¿El papel de envolver era auténtico? Tal vez lo que Genoveva pretende en realidad es no hipotecar mi futuro laboral. Estoy hecho un verdadero lío.

Recorremos en silencio el resto del pueblo hasta llegar al hostal. Ella parece luchar contra el mundo y yo tengo la cabeza embotada a cuenta de tantas aprensiones juntas.

Mi vida cotidiana es sencilla, no estoy acostumbrado a grandes encrucijadas racionales. Esquío, fumo, veo la tele, escucho música, vuelvo a fumar, aplasto una araña que desciende por los azulejos de la cocina… El mundo no puede esperar de mí que descubra la identidad de un asesino.

Al llegar al hostal, Genoveva me pide que la ayude a bajar la maleta. En realidad no pesa demasiado, puede acarrearla ella misma, pero da la sensación de que le desagrada hacerlo sola.

Además de mi Ford, en el aparcamiento hay un único vehículo.

—¡Un Alfa Romeo Giulietta de color blanco! —grito levantando los brazos, eufórico—. Un bello ejemplar representativo del diseño y la ingeniera italianas.

—Vaya, me alegra que te guste, pero tampoco es un Ferrari —replica Genoveva, admirada porque un coche de gama media me cause tanto alborozo. Ella ignora el verdadero motivo de mi repentino entusiasmo: durante estos últimos días había visto su coche un par de veces desde lejos, pero no me había percatado de la marca. Se lo explicaré con gusto.

—Nochebuena. Dos y pico de la madrugada. Cruce de Velázquez con Hermosilla...

Genoveva frunce el ceño. Al ver que no reacciona a mis insinuaciones, prosigo.

—Una mujer parada con su coche delante de un semáforo en rojo. El semáforo se pone en verde y la mujer ni se inmuta. Y no lo hace porque…

—Está desahogándose —me interrumpe—. Le ha mentido a su familia. Se ha callado durante la cena. Ha fingido que su marido está en París cuando, en realidad, no tiene ni idea de su paradero. —Me dirige una amplia sonrisa de complicidad—. Entonces… ¿eras tú el educado caballero?

—Yo mismo. Gracias por lo de caballero.

—¡Qué susto me diste! Pensé que ibas a atracarme. —Se pasa el dorso de la mano por la frente—. Uf. Qué mal lo pasé.

Experimento sensaciones de alivio y euforia a partes iguales. Si Genoveva se encontraba en Madrid el día de Nochebuena, no pudo haber empujado a su marido dentro de una cámara frigorífica. Me he equivocado con ella.

Me apetece darle un abrazo, pero me contengo. Recapacito. ¿Estoy siendo demasiado prudente? Yo necesito ese abrazo para liberarme y ella lo necesita tanto o más que yo. Me dejo llevar. La doy un abrazo efusivo que Genoveva no entiende, pero agradece.

—No iré a ningún sitio mientras no encontremos al hijo de puta, o a los hijos de puta, que se han cargado a Ricardo —le susurro al oído.

—Muchas gracias, Adolfo. No tengo a nadie. A mi familia no la puedo involucrar en esto, y mucho menos a Mercedes y Beatriz. Mis amigos están en Madrid, tienen su vida, su familia, su trabajo. Estoy sola.

—Lo sé. Haremos equipo.

Me invita a subir al coche, aunque no lo arranca. Vuelve el torso hacia mí.

—Hay algo que se me olvidó contarte. Como sabes, estuve con Beatriz en el Instituto de Medicina Legal. Me preguntaron algo muy extraño. —Hace una pausa—. Querían saber si Ricardo se había hecho algún tatuaje recientemente en el brazo izquierdo. En otras circunstancias me hubiera mondado de risa, no imaginaba a mi marido haciéndose tatuajes. El médico me habló en concreto de una «M» de unos tres centímetros con un trazo demasiado grueso como para que hubiera sido realizado por un profesional. «Desde luego no parece hecho por una aguja, yo apostaría más por un destornillador o una herramienta similar», me dijo.

Me viene a la mente una escena escabrosa: Ricardo muriéndose de frío dentro de la cámara frigorífica, a oscuras. Sin teléfono para poder llamar ni un bolígrafo a mano para dejar una nota sobre la identidad de su asesino. Imagino que empezó a tantear lo que había a su alrededor y, como es obvio, en una carnicería hay carne, y la carne contiene huesos. Debió de arrancar un hueso fino de algún sitio y lo usó como punzón. Cielos, ¿se arañó el brazo con la intención de revelar el nombre de su ejecutor? Por desgracia no llegó a terminarlo por completo, pero algo es algo: tenemos una «M».

—Es posible que el nombre de su asesino comience por «M» —aventuro.

—«M» de Mefistófeles —apostilla Genoveva—. Bueno, es una posibilidad.

Es el momento de retomar nuestras pesquisas y trabajar juntos. Ponemos en común las conclusiones a las que hemos llegado en estos últimos días. Ella sigue insistiendo en Carla y su padre. Después de un buen rato de charla, consigo convencerla de que ellos no tienen nada que ver, por mucho que apareciera un trozo de papel en un zapato que indique lo contrario.

—Ramón me dijo que Mauro y Beatriz también tienen llave de la carnicería. No sé qué trapicheo se traen entre manos Ramón y Mauro con el traslado de la carne, pero así es. Respecto a Beatriz, el carnicero le dejó la llave para que grabara un videoclip con un grupo musical del que es *manager*.

—No tenía ni idea de que se estuviera encargando de la representación de otros músicos, aparte de Ricardo.

—Al parecer, así es. Ya veo que tu cuñada y tú no mantenéis una comunicación muy fluida —deslizo con tibio sarcasmo.

—Si te soy sincera, nos llevamos bien, pero cada una respeta el espacio de la otra.

—Esa impresión tenía yo, que hay mucho aire entre vosotras.

—Si nos quedamos aquí más días, deberíamos buscar otro alojamiento más decente. Mi habitación está llena de humedades y hace bastante frío.

—Me parece buena idea.

—Llamaré al Villa Rosario. Es una antigua casa de indianos restaurada. Te va a encantar.

—Genoveva, mi economía no pasa por su mejor momento.

—No te preocupes, corre de mi cuenta. No has ido a los Pirineos por ayudarme.

Salimos del coche y nos acercamos al bar para pagarle a Saúl la factura de nuestra estancia en el hostal y comunicarle que nos vamos, sin mencionar el traslado a otro hotel. No hay ni un alma en el local.

—O sea que ya se vuelven a Madrid. Espero que el duelo no se alargue —dice Saúl, dirigiéndose a Genoveva—. Aunque ya se lo comenté el día del entierro, quiero que sepa que siento mucho lo de Ricardo. Era un buen hombre. Yo lo apreciaba de verdad.

—Gracias.

—Cuando a la desgracia le da por apoderarse de una familia… —lamenta Saúl meneando la cabeza.

—Sus padres también fallecieron siendo muy jóvenes, ¿verdad? —intervengo.

—Sí, de un accidente en el mar. Bueno, Genoveva lo sabrá igual que yo —apunta el hombre.

—No crea, Ricardo no me contó muchos pormenores —reconoce—. Sé que una ola inesperada los lanzó contra las rocas y poco más.

—En efecto. Iban en una lancha de esas neumáticas y una ola los embistió. Fue un drama para el pueblo —añade Saúl, con un destello de amargura en la mirada—. Esas lanchas pesan muy poco. Seguramente se despistaron y el oleaje los sorprendió.

Tal vez Saúl pueda resultar una sabia fuente de información. Desde luego, no voy a dejar pasar la oportunidad de comprobarlo.

—Ricardo me dijo que sus padres estaban pescando cuando ocurrió —desvelo.

—Sí, hacían pesca submarina a menudo.

—Vaya, eso tiene que ser complicadísimo. ¿Qué pescaban?

—Pulpos.

—¿Pulpos? Mmm… Un verdadero manjar si se le sabe dar el punto exacto.

—No lo sabe usted bien. La madre de Ricardo los hacía a la brasa. Era una cocinera excelente.

—Ricardo me contaba que sus padres iban las tardes de verano a pescar y, mientras tanto, su hermana y él se quedaban jugando en la playa.

—Así es. Los dejaban en la playa de Vega y luego se iban a bucear.

—Si hacían pesca submarina deberían dominar perfectamente la *zodiac* —sugiero—. Resulta extraño que, al ser grandes expertos en la materia y conocedores de la costa, una ola los sorprendiera a las primeras de cambio.

—El mar es muy arrogante. Cuando crees conocerlo y dominarlo, va y te sorprende. —Saúl se cruza de brazos y entrecierra los ojos, parece un lobo de mar evocando viejas aventuras—. Te suelta a la cara: «Aquí estoy yo, mamón. ¿Quién te has creído que eres?». Creedme, sé de lo que hablo. Me he pasado treinta y tantos años en una cubierta.

—Claro, claro. Usted sabe mucho más que nosotros. Lo que a mí me extraña es que en pleno agosto hubiera olas tan fuertes.

—Depende de cómo venga el día, la dirección del viento y, sobre todo, el lugar. En la zona donde ocurrió el accidente hay un oleaje fortísimo ya sea invierno o verano. Hay días en los que la playa de Ribadesella es una balsa y a esas rocas llegan olas de dos metros.

—O sea que Ricardo y su hermana se quedaban en la playa mientras los padres iban con su lancha a pescar pulpos para la cena —añado.

—Y todos contentos. Rara era la tarde que no llegaban a casa con media docena. Un día le dije a su padre: «Te vamos a tener que dar una plaza en la lonja» —rememora Saúl y suelta una carcajada.

—¿Y qué hacían con los pulpos que no consumían?

—Se los vendían a una pescadería del pueblo. El dinero no les sobraba. Para nada. Tenían una papelería —aclara Saúl—, pero el negocio no iba como ellos pensaban. Se comentaba por aquí que andaban bastante entrampados.

—Media docena de pulpos tampoco los sacarían de muchos aprietos.

A pesar de que el bar está desierto, Saúl se acerca a nosotros, apoya las dos manos en la barra y baja la cabeza en señal de confidencialidad.

—Se comentaba que no solo se dedicaban a pescar.

Genoveva y yo cruzamos las miradas.

—Dos años antes del accidente —prosigue—, Moisés se instaló en el pueblo con la intención de montar una empresa de turismo.

—¿Quién es Moisés?

—Un tío de mi edad, más o menos. Viene todos los días al bar a echar la partida. Se suele sentar de espaldas a la pared y es fácil de reconocer porque siempre lleva un chubasquero amarillo.

—Yo sí lo he visto —salta Genoveva con expresión de haber experimentado una nausea.

—Compró un barco para enseñarle la costa a los turistas. Toda esta parte, desde Ribadesella hasta Llanes, es preciosa. Un día de mal tiempo, el barco zozobró y terminó en el fondo del mar. Gracias a Dios no llevaba turistas con él, y a Moisés lo rescataron cuando estaba a punto de espicharla. Pero nunca dejé de preguntarme qué hacía navegando con un tiempo garrafal y sin turistas a bordo. Es cliente mío, uno de los mejores que tengo, se lo he preguntado doscientas veces y siempre me contesta lo mismo: «Venía de fotografiar los bufones de Pría».

—¿Qué es eso? —espeta Genoveva.

—Unos agujeros verticales en la roca que comunican el mar con la parte alta de los acantilados. Cuando el mar azota con fuerza, el agua sale como si fuera un géiser. —Saúl ilustra el fenómeno haciendo un ademán con las manos—. Búsquelo en internet cuando pueda. Es un espectáculo digno de ver.

—¿Usted piensa que la intención de Moisés era otra? —planteo.

—Desde luego. Creo que el recorrido turístico era una cortina de humo. Nunca se me han dado mal las cuentas, ¿sabe usted? Un barco vale un dineral y con una docena de turistas diarios no se amortiza. Pongamos un par de docenas, porque hacía una ruta por la mañana y otra por la tarde. Pero me da lo mismo, los números tampoco salen.

—En ese caso, ¿a qué cree usted que se dedicaba?

—Yo no digo nada. —Saúl enarca una ceja—. Moisés es un buen cliente, ya se lo he dicho. Pero ustedes tienen cara de listos. —Nos mira alternativamente a Genoveva y a mí—. Saquen sus propias conclusiones.

—¿Sugiere que ese hombre podría dedicarse al narcotráfico o algo por el estilo?

Saúl eleva y deja caer sus hombros. Está claro que quiere ayudarnos, pero sin complicarse la vida.

—Vale, echándole imaginación vamos a suponer que el barco de recreo en realidad llevaba un fardo de cocaína de primera calidad —propongo—. El barco se hundió a causa del mal tiempo y Moisés sobrevivió. ¿Qué relación puede tener ese asunto con los padres de Ricardo?

Genoveva se vuelve hacia mí con determinación.

—Por el amor de Dios, Adolfo, no se dedicaban a pescar pulpos. Buscaban el barco hundido con el fin de recuperar lo que hubiera dentro.

—¿Y cómo sabían ellos que el barco para turistas en realidad transportaba otro tipo de mercancía? —replico.

Saúl nos mira con una curiosidad distante, como lo haría un consejero matrimonial.

—Moisés los conocía —señala Genoveva—. Esto es un pueblo. Sabía que a la pareja le gustaba hacer pesca submarina por las tardes. Y seguramente también era conocedor de que la papelería no era un negocio floreciente. Juraría que los tentó con una buena propuesta económica y ellos aceptaron.

Saúl sonríe a Genoveva con cara de pillo. No ha debido de fallar mucho en su análisis.

—¿Los padres de Ricardo nunca encontraron nada? —pregunto a Saúl.

—Jamás —afirma, dando por zanjado el asunto.

Genoveva y yo intercambiamos una mirada de complicidad, como si hubiéramos recordado al mismo tiempo que Moisés empieza por «M». También Mauro. La diferencia estriba en que Moisés probablemente contrató a los padres de Ricardo para llevar a cabo una misión insólita. Y, algo fundamental, tiene cara de mal bicho.

—¿Dónde podemos dar con él? —le pregunto a Saúl.

El hombre da un leve respingo hacia atrás. Parece que mi plan no le gusta en exceso.

—Viene al bar muchas tardes, pero acompañado de los otros jugadores. —Emite un chasquido con la boca—. No, no es buen momento. —Vacila—. Tiene un almacén junto a la lonja donde se pasa la mayor parte del tiempo. —Hace un mohín—. Pero no sé si es una buena idea...

—¿Ah, no? ¿Por qué? —quiero saber.

—No es un tipo agradable con las personas que no conoce. Desconfiado, diría yo. Incluso algo más que desconfiado.

—Un almacén junto a la lonja, ha dicho —trato de sonsacarle.

—Hay ocho o diez. Están pegados y cada uno pertenece a un pesquero. El suyo es el más cercano a la lonja. Es fácil de identificar porque tiene una hélice oxidada apoyada en el muro.

Aprovecho que a Saúl se le ha soltado la lengua.

—¿Ricardo y su hermana conocían la verdadera actividad de sus padres?

—En absoluto. Los niños son los mejores pregoneros. Hubiera sido imposible guardar el secreto. Para tenerlos engañados, lo primero que hacían era pescar un par de pulpos y dedicar el resto de la inmersión a echar un vistazo por ahí abajo.

—Entiendo que de pequeños no se enterasen de nada, pero la tía Mercedes podía haberlos informado ya de adultos —plantea Genoveva.

—Estoy convencido de que Mercedes no sabía nada del asunto —arguye Saúl—. Y, si lo sabía, fue la primera en zanjar el tema y catalogarlo como un desgraciado accidente de pesca. Decir a sus sobrinos que sus padres buscaban «cosas extrañas» cuando el mar los lanzó contra las rocas no les devolvería la vida y crearía un revoltijo en la cabeza de esos chicos mayor del que ya tenían.

—Es cierto —apostillo.

—Su tía Mercedes hizo lo correcto —enmienda Genoveva—. Construyó para ellos un hogar e hizo de padre y madre. Por eso los dos hermanos vienen tanto a verla.

—¿Mercedes renunció a casarse para cuidar a sus sobrinos? —pregunto con verdadera curiosidad.

—Desde luego —confirma Saúl—. Y tuvo varios pretendientes. Uno de ellos, Moisés.

—Vaya —exclama Genoveva—. Otra vez ese tío de por medio.

—Llegó al pueblo unos años antes del accidente y le tiró los tejos en varias ocasiones —recuerda Saúl—, pero ella lo rechazó una y otra vez. Yo siempre he sospechado que a Mercedes le gustaba su cuñado.

—¿El padre de Ricardo? —digo.

—Exacto. Pero estaba casado con su hermana, así que no tenía nada que hacer —aclara Saúl.

—Y, cuando falleció la pareja, supongo que Moisés seguiría insistiendo.

—Sí, pero no le sirvió de mucho. Mercedes se ocupó de sus sobrinos y no quiso saber nada del mundo.

—Encomiable pero curioso —musita Genoveva.

Entra a la tasca una pareja de clientes habituales y saludan efusivamente a Saúl. El clima de confidencialidad desaparece de un plumazo.

Genoveva saca de su bolso las llaves de la habitación y las deposita sobre el mostrador. Antes de que Saúl se percate de su presencia y haga la factura, las cazo al vuelo y las devuelvo al bolso. Genoveva me lanza una mirada inquisitiva.

—¿Y si nos quedamos unos días más aquí en vez de cambiar de hotel? —propongo en voz baja.

—¿En ese cuchitril infecto? Ni por asomo —protesta airada.

—Este hombre nos puede ayudar.

—¿Ayudar a qué?

—A dar con la gentuza que acabó con tu marido.

—Vamos, no fastidies, Adolfo.

—Este hombre está aburrido. Se pasa el día parapetado detrás de esta barra. Está deseando contar cosas, ¿no te das cuenta?

Genoveva esboza una mueca de hastío.

—Sí, contar cosas que ocurrieron hace veinte años. Contar que mis suegros se dedicaban a buscar un cargamento de droga. Ese hombre ve muchos telediarios. Perdona, pero no me interesa lo más mínimo —suelta con una chispa de irritación, pero procurando no transparentar su enojo. Sabe que mi intención no es otra que desenmascarar al asesino de su marido.

—Tenemos una posible «M» y Saúl nos puede ayudar a confirmar que corresponde a Moisés —insisto, juntando las palmas de las manos en señal de súplica.

Genoveva juguetea con las llaves dentro del bolso.

Aprovechando que Saúl y sus clientes conversan al otro lado de la barra, la agarro por los hombros, buscando una mayor implicación por su parte.

—Hay una idea que revolotea en mi cabeza desde hace días, por eso le quería tirar de la lengua a Saúl. Creo que lo ocurrido con Ricardo tiene algo que ver con la muerte de sus padres.

Genoveva arquea las cejas hasta el ahumado techo del bar.

—Murieron por hipotermia —prosigo—, después de una noche flotando en el mar. Y el final de Ricardo no ha sido muy distinto, si nuestra hipótesis de la congelación es cierta.

—Ricardo y Beatriz siempre hablaron de un accidente de pesca —objeta ella—. Nunca sospecharon nada raro. La tía Mercedes tampoco. Saúl va en la misma línea, y este hombre ha sido marinero media vida. —Vacila un instante—. ¿Tú crees que pueda haber alguna relación?

—No lo sé. Solo pongo sobre la mesa una trágica casualidad.

—Ricardo casi no me hablaba del accidente de sus padres. Era tabú en nuestra casa. Y a mí tampoco me apetece meterme en un asunto tan complicado. Venga, entrega las llaves y vámonos —me ruega, mientras vuelve a extraer las suyas del bolso.

—Quedémonos un par de días más.

—Ni hablar.

—Uno más. Solo un día más —imploro como lo haría un niño solicitando una prórroga en su sesión de parque.

Genoveva debe de estar pensando las espinosas implicaciones que pueda conllevar una conexión entre la muerte de Ricardo y la de sus padres.

—Por cierto, Beatriz está por aquí —anuncio—. Sería interesante verla antes de que regrese a Madrid.

—¿Sospechas de ella?

—Sí y no. Desde luego, es la persona que mejor conocía a Ricardo.

—En eso tengo que darte la razón.

Cierra el bolso definitivamente con las llaves dentro.

Le comunicamos a Saúl que nos quedaremos una noche más en el hostal. El hombre nos lo agradece con una luminosa sonrisa. También le sugiero que sea un poco más entusiasta a la hora de atizar la calefacción. Él muestra el pulgar hacia arriba y me guiña el ojo.

Lo primero que hago al salir a la calle es prender un cigarro y darle dos caladas profundas.

—Genoveva, los padres de Ricardo buscaban un fardo de droga y trabajaban para un tío que les pagaba por ello.

—¿Y?

—Tal vez lo encontraron.

Me mira sin parpadear y esboza una sonrisa sarcástica, como si yo hubiera soltado una solemne majadería.

—Saúl ha dicho que jamás hallaron nada.

A todos los efectos, Ricardo y yo éramos amigos del barrio. Entre su casa y la de mis padres distaban doscientos metros. Esa es la versión que he contado a todo el mundo nada más poner un pie en el pueblo, incluida Genoveva. No puedo confesarle de buenas a primeras que Ricardo y yo nos conocimos hace años, precisamente a mediados de agosto de aquel fatídico verano. No debe enterarse bajo ningún concepto de que me hallaba por la zona cuando tuvo lugar el accidente y avisté la *zodiac* un rato antes de estrellarse.

Si yo hubiera tenido la boca cerrada, con toda seguridad hoy Ricardo estaría vivo.

Me siento fatal. El tabaco me sabe a muérdago. Tiro la colilla y la piso con saña, como si aplastara un escorpión.

20

10 de agosto de 1998

EN LAS TARDES de verano, los padres de Ricardo y Beatriz practicaban cada día el mismo ritual: comprobaban que la *zodiac* y el material de pesca estuvieran en perfectas condiciones, enganchaban el remolque al coche y lo sacaban del garaje. Los niños se subían al asiento de atrás y el padre conducía rumbo a la playa de Vega.

La playa fascinaba a Beatriz en especial; era enorme, medio salvaje y en las rocas del fondo, con suerte, se podían encontrar trozos de fluorita de un precioso color morado. Allí coincidía con las amigas del colegio, de modo que cada tarde era una pequeña fiesta. La rutina no restaba intensidad al disfrute.

En el punto donde terminaba la carretera, una especie de pista prolongaba el trazado casi hasta la arena. Algún que otro restaurante salpicaba el lado derecho del camino, pero la familia solía recalar en Casa Mauro.

En cuanto el coche se detenía frente al chiringuito, Beatriz sacaba del maletero toallas, cubos y palas. Ricardo no compartía aficiones con su hermana: él se echaba a la espalda una mochila repleta de todo tipo de cachivaches más propios de un explorador que de un bañista. Porque, en realidad, a él lo que menos le gustaba de la playa era la propia playa.

La madre saludaba a Mauro desde lejos y le sugería a los niños que no hicieran travesuras. Su padre les daba unas monedas para gastar en el chiringuito. Una vez acababan los saludos y exhortaciones de rigor, los padres retomaban la marcha. Desde allí iban directos a la playa Arenal de Morís, donde descargaban la *zodiac* del remolque y la porteaban hasta la arena por una rampa. Se embutían en trajes de neopreno y cargaban en la lancha las botellas de aire comprimido, reguladores, gafas, aletas y, lo más importante, un fusil neumático para cada uno, porque a ellos lo que en verdad les gustaba no era ver peces sino pescarlos o cazarlos, que quizá fuera más propio tratándose de fusiles.

La inmersión solía durar unos cincuenta minutos. Teniendo en cuenta la preparación del material, el tiempo que les llevaba ponerse y quitarse el traje de neopreno y la calma con la que se tomaban las cosas, casi llegaban a las dos horas y media o tres. A los niños no les importaba en exceso el retraso, porque siempre les traían pulpos, y a ellos les encantaba el pulpo a la brasa.

Los días que regresaban pronto, los padres se daban un baño con los chicos. Beatriz saboreaba esos momentos con especial deleite. Le gustaba bucear bajo las piernas de su padre y que él cruzara bajo las suyas. Cuando lo tenía justo debajo, se sentaba en su espalda y se dejaba llevar, como si viajara a lomos de un delfín. Su padre tenía tanta fuerza y nadaba tan bien, que podía cargar con ella sin aminorar el ritmo. Cuando la niña menos se lo esperaba, el hombre se giraba de repente y la tiraba al agua.

A Beatriz le encantaría vivir en la playa, en una furgoneta acondicionada con lo básico, como una simpática pareja de jóvenes *hippies* que se pasaban el verano acampados en su furgoneta. La chica hablaba con un acento raro y casi no abría la boca cuando articulaba las palabras, como si tuviera una goma que le apretara la mandíbula. El joven tenía melena y le gustaba hacer el pino sobre la arena. De vez en cuando le daba por andar con las manos. En esos momentos, el pelo le colgaba como una cortina y caminaba barriendo la arena. Él era consciente de que Beatriz y sus amigas se partían de risa al verlo caminar con las manos mientras ponía cara de payaso.

La pareja practicaba surf. Beatriz se quedaba embobada contemplándolos mientras se deslizaban sobre las olas. Trazaban bellísimas coreografías, como si hicieran *ballet* acuático. Al chico, en particular, le gustaba intentar acrobacias. No sería de extrañar que algún día acabara apoyándose en la tabla con las manos en vez de usar los pies.

Al principio del verano el muchacho no dominaba la tabla y se caía con frecuencia. Últimamente se veía menos por la playa a la pareja de surferos. Es probable que visitaran otros lugares.

Beatriz solía quedarse toda la tarde en la arena jugando con sus amigas. Ricardo prefería caminar hasta la mitad de la playa y tomar un sendero que subía en dirección al pueblo de Berbes. A medio camino tomaba una bifurcación, dejaba a su izquierda el lago de la antigua mina y se encaramaba hasta Punta Arrobado, un altozano que él consideraba su mirador, y no le faltaba razón. Desde allí se divisaba el escarpado perfil de la costa hasta Lastres.

Así transcurrían las tardes veraniegas de los niños, aunque hubiera mal tiempo, circunstancia que no consideraban tan dramática como los mayores. «Es curioso que a los adultos les encante bañarse en millones de toneladas de agua salada y les molesten unas inocentes gotas de agua dulce», solía decir Beatriz cuando una pequeña chaparrada vaciaba la arena y llenaba el chiringuito.

Cuando terminaban la sesión de playa, los chicos se sentaban en la terraza de Casa Mauro a esperar a los padres. Para endulzar la espera compraban helados, golosinas o refrescos.

Esa tarde de mediados de agosto no es muy diferente a otras muchas. Cuando Ricardo alcanza lo alto de la colina, se asoma al mirador, se quita la camiseta y hace señas a su hermana moviéndola a un lado y otro, como un náufrago desesperado. Allí pasa las horas muertas. Primero busca insectos y los introduce en un tarro de cristal para estudiarlos al llegar a casa. Luego baja hasta el lago y se encarama por una ladera en busca de fluorita. Cuando consigue un buen botín, se sienta a contemplar el paisaje. Desde que encontró unos prismáticos en el bosque, propiedad de algún caminante olvidadizo, disfruta como nadie observando a través de sus lentes.

A la playa llegan de pronto unos destellos extraños desde la loma. Los bañistas vuelven la mirada preocupados en esa dirección, preguntándose por el origen del resplandor. Beatriz les aclara que no tienen nada que temer, no hay ningún objeto alienígena sobrevolando la costa, solo se trata del reflejo del sol en los prismáticos de su hermano.

A eso de las ocho Ricardo baja a la playa; es la hora en la que los padres suelen regresar a por los hermanos. Se percata de que hoy tardan más de lo debido. Posee un sentido congénito de la disciplina horaria. Vive la vida a intervalos: es hora de comer, hora de hacer los deberes, hora de jugar, hora de irse... Camina hacia Beatriz algo agitado. Ella juega tan feliz, a punto de terminar un castillo de seis torres.

—Bea, ya deberían estar aquí —le dice, mirando hacia Casa Mauro con los brazos cruzados.

—Bueno, ya vendrán. No te preocupes.

—Subamos al mirador —le ordena Ricardo a su hermana.

Beatriz se hace la remolona hasta que Ricardo pone el pie cerca del castillo y amenaza con transformarlo en un montón de arena si ella no accede a sus propósitos.

Ricardo enfila de nuevo la ruta hacia el mirador y Beatriz lo sigue a un ritmo más lento. Una vez en lo alto, el niño saca los prismáticos de la mochila y traza una panorámica completa. No convencido con lo que ha visto —con lo que no ha visto, más bien—, repite la maniobra, pero con una cadencia más pausada, por si acaso hubiera pasado por alto algún detalle.

Mientras Ricardo apela a sus prismáticos para encontrar algún indicio de sus padres, Beatriz permanece observando un hormiguero construido sobre los restos podridos de un tronco al que su hermano ha cercado con ramas para que nadie lo pise. El árbol muerto sirve como habitáculo para las hormigas, tal como le había explicado tantas veces su profesora de ciencias: el ciclo eterno de la naturaleza. Unos seres mueren para que otros vivan.

Ricardo baja los prismáticos a la altura del pecho, sacude la cabeza y se los entrega a su hermana.

—Yo no veo nada, a ver si tú tienes más suerte.

Beatriz tiene a su alcance un panorama grandioso. La playa, que desde abajo resulta interminable, parece haber encogido desde ahí arriba. El mar perdiéndose en el horizonte, puntos indeterminados que seguramente corresponden a algún pesquero, la figura definida de un buque de gran tonelaje, el sol medio escondido tras las nubes... La niña busca la lancha de sus padres en una imaginaria línea paralela a la costa, pero no la encuentra. Se da media vuelta y dirige las lentes hacia Casa Mauro. Los coches aparcados en el camino tampoco se parecen al de la familia.

Beatriz le devuelve los prismáticos a Ricardo. El chico se sube a unas rocas que tienen forma de asiento, como si ese metro de altura le permitiera obtener una vista más amplia. Se rasca la barbilla y dedica a su hermana una de esas miradas opacas suyas que no permiten adivinar nada de cuanto le pasa por la cabeza.

—No veo nada. Vámonos —decreta Ricardo.

—Vale —asume obediente Beatriz.

Los chicos corren sendero abajo hasta dar con la playa. Son las nueve pasadas y sus amigas ya se han ido. Al verse solos en medio de la arena, se dirigen al chiringuito.

—Estamos un poco intranquilos —le confía Ricardo a Mauro—. Nuestros padres suelen ser puntuales.

—No os preocupéis, chicos. Es verano. Seguro que se están dando un buen baño. Venga, os invito a un helado.

Ricardo agradece el cornete de turrón que le regala Mauro y regresa a la arena. Beatriz se sienta en una silla de la terraza y disfruta de cada lametada a su tarrina de *stracciatella*.

Ricardo se mueve sin rumbo, sin darse cuenta de que el helado se le va a derretir en la mano si no se da prisa. Tan pronto va hacia las rocas como se mete en el mar hasta las rodillas o traza líneas en la arena con el dedo gordo del pie. La mirada siempre fija en el horizonte, como si buscara alguna señal del cielo.

Comienza a anochecer y la pesadumbre va en aumento. Beatriz no quita ojo del camino, se le van a desgastar las pupilas. Ricardo grita los nombres de los padres a sabiendas de que es una tarea poco fructífera y bastante ridícula. Regresa corriendo y ordena a su hermana que no se mueva de la terraza. Toma de nuevo el sendero de su rutina diaria, pero en esa ocasión no se detiene en el mirador, sino que se adentra en una zona agreste poblada de pinos, eucaliptos, sauces cenicientos, retama y un mar de zarzas. Busca desesperadamente los tramos tapizados de helechos, una auténtica alfombra para sus chanclas. Las luces de Berbes le sirven de referencia para avanzar pegado a la costa.

Sentada en la terraza, Beatriz pasa de la intranquilidad a la preocupación. Baraja múltiples posibilidades que justifiquen el retraso de sus padres: una avería en el motor de la *zodiac*, un pinchazo… Probablemente algo achacable a la lancha, pero el miedo no entiende de probabilidades.

Mauro también se alarma, aunque trata de disimular. Entra y sale del local con un nerviosismo que termina por contagiar a la niña.

Es noche cerrada cuando Ricardo regresa caminando muy despacio, con los brazos caídos y la mirada perdida.

—No los he visto —masculla, y se deja caer a plomo sobre una silla.

Al percibir la decepción en el rostro de Ricardo, Mauro se sienta frente a los niños con una pequeña linterna en las manos. La enciende y apaga para probar que funciona bien.

—Quedaos aquí y no os mováis. Voy a ver si yo tengo más suerte. Lo mismo se han quedado sin gasolina. —Suelta una carcajada, pero ellos intuyen que se trata de una artimaña para tranquilizarlos.

Beatriz se sienta sobre las rodillas de su hermano. Suele recurrir a ellas cuando le puede el miedo.

—Tu camiseta huele a melocotón —suelta Ricardo.

Ella se acerca la manga a la nariz.

—Es el suavizante.

Beatriz permanece un rato con la nariz pegada a la tela, como si quisiera impregnarse de ese aroma y guardarlo para siempre.

Al cabo de una hora Mauro emerge de la playa, emitiendo jadeos entrecortados. Casi ni repara en los niños cuando cruza a su lado y se pierde dentro del chiringuito.

Toma su móvil y marca con cierta dificultad. Los dedos le tiemblan. Con la nariz metida bajo la cafetera, susurra para que no le escuchen desde fuera.

Ricardo quiere saber lo que ha visto Mauro para reaccionar de una forma tan huidiza. Intenta acercarse a la barra, pero el hombre lo frena en seco con el rictus serio y un brazo extendido que lo invita a alejarse.

Tras unos minutos de conversación, cuelga y deja el teléfono sobre el mostrador. Se quita la gorra y se alborota el pelo con los dedos, como si necesitara airearlo después de horas encarcelado bajo la tela. Se peina hacia atrás con la mano una y otra vez. Más que preocupado, se le ve realmente desesperado, sin saber a qué atenerse ni qué contar a los niños. Comienza a limpiar la barra con un paño húmedo y, cuando entiende que ya está lo bastante lustrosa, le da por colocar y recolocar las cubetas de los helados. Los niños se pegan al mostrador.

—¿Qué pasa, Mauro? Cuéntanos, por favor —suplica Ricardo.

—Nada, nada. Tranquilos. ¿Queréis unas gominolas? Invita la casa —les propone, tratando de no contagiarles su desasosiego.

—No queremos gominolas. Gracias —replica Ricardo con hosquedad.

—Hay de fresa, fresa ácida, cola… —insiste, mostrando una fila de tarros a su espalda.

—Mauro, tengo trece años y mi hermana doce —replica Ricardo apoyándose con firmeza sobre el mostrador—. No somos bebés ni tú has hecho voto de silencio.

El hombre se debate entre contar a los chicos lo que ha visto hace un rato o callar. Y para no equivocarse recurre a una segunda llamada telefónica. Esa vez la conversación dura la mitad que la anterior. De hecho, casi ni habla, solo asiente con la cabeza, como si alguien le estuviera dando instrucciones.

Cuelga el teléfono y enciende una pequeña televisión. Emiten un documental al que los niños no prestan la menor atención.

La noche cae por completo sobre la playa. Ni siquiera el halo anaranjado que dejan los últimos rayos de sol se percibe ya en el horizonte. La luz del chiringuito es la única señal de vida en aquel lugar que unas horas antes bullía de gente, gritos y el típico claqué de las chanclas al sacudir el pavimento. El rumor intermitente de las olas aporta la banda sonora a un desaliento creciente.

—Mira, mira, allí están —grita Ricardo, apuntando con la mano hacia el camino, donde se aprecian los faros de un vehículo.

—¡Bien, bien! —grita Beatriz, levantando los brazos.

Los hermanos se funden en un abrazo e improvisan una especie de danza africana.

Las luces se van acercando hasta detenerse junto al chiringuito. Los potentes faros iluminan el cercado de madera que separa el aparcamiento de la playa. Los chicos interrumpen el baile y corren exultantes al encuentro de sus padres.

—Se han dejado el remolque —objeta Ricardo tras detenerse en seco.

—¿Cómo dices?

—El remolque con la *zodiac*. Mira, no lo llevan enganchado al coche.

—Bueno, a lo mejor se les ha estropeado y lo han llevado al taller —sugiere Beatriz.

Los hermanos reprimen la euforia tras percatarse de que el coche aparcado es igual que el familiar, pero con luces giratorias en la parte superior. Al observar con más atención, también reparan en que el suyo es rojo, mientras que el recién llegado tiene las puertas blancas y el resto verde, aunque la iluminación del chiringuito no ayuda mucho. El hombre que conduce lleva gorra y su padre jamás se la pondría dentro del coche. Disipan por completo las dudas cuando ven salir de su interior a un guardia civil. El hombre que se baja por el otro lado del vehículo también viste uniforme del mismo color.

Por el camino asoman otros dos vehículos más grandes, probablemente furgonetas. Al aparcar junto al coche de la Guardia Civil, se aprecia con claridad que se trata de ambulancias. En los niños se despierta una gran zozobra. Han pasado en segundos de la euforia a la turbación.

Uno de los guardias abre el maletero y extrae un par de linternas enormes, cilíndricas y muy gruesas, parecen timbales. Tienen una potencia tan descomunal que el haz de luz permite ver el blanquecino ribete de las olas.

Del interior de las ambulancias salen hombres ataviados con batas blancas. Uno de ellos abre el portón y extrae una camilla. Un segundo enfermero hace lo propio en el otro vehículo.

—¡Dos camillas! Una para papá y otra para mamá —farfulla Ricardo. A continuación, tapa los ojos de su hermana con la mano. No quiere que presencie un despliegue tan poco alentador.

Clava la mirada en Mauro. No puede interrogarlo para no asustar a su hermana, pero su expresión es una mezcla de certezas e incertidumbres. El niño sabe que sus padres han tenido un accidente. Eso está muy claro. Le falta por conocer el alcance: ¿Ha sido leve?, ¿grave? ¿Sus padres están muertos?

Mauro sujeta a los chicos por los hombros.

—No os mováis de aquí, ¿vale? Ahora vuelvo.

El hombre sale trotando hacia el lugar donde han aparcado los tres vehículos. Da explicaciones a todo el mundo. Habla, gesticula, se lleva las manos a la cabeza, vuelve a gesticular. Beatriz se zafa de las manos de su hermano y contempla aterrorizada la maniobra de enfermeros y guardias civiles. Los chicos intentan enterarse de las explicaciones de Mauro, pero no consiguen entender ni una palabra.

Cada vez es mayor el trajín de hombres, luces y camillas. Los faros de los coches iluminan la terraza del chiringuito. Los guardias enfocan hacia la arena con sus linternas y empiezan a caminar en esa dirección. Los enfermeros desprenden las ruedas a las camillas y únicamente portan un bastidor con una tela. La procesión de hombres y luces se adentra en la playa. Parece una procesión de luciérnagas.

Mauro regresa e intercambia con los chicos miradas de desánimo. Beatriz empieza a llorar. Ricardo se pega a él y le tira de la camisa. Mauro lo toma con cariño por el cuello y lo atrae hacia su pecho. Beatriz, desgarrada por la angustia, se funde con su hermano.

—Tranquilos, chicos —susurra Mauro, frotándoles las espaldas.

—Mauro, dinos qué ha pasado. Pero dinos la verdad —ruega Ricardo.

Mauro vacila, pero acaba cediendo.

—Vuestros padres han tenido un accidente con la lancha —espeta. Usa un tono monocorde y pausado, como si leyera los subtítulos de una película.

—¿Pero están muertos? —quiere saber Ricardo.

—Ahhhh… No, no —titubea—. No podemos pensar en eso ahora. Seguro que los trasladan al hospital y en unas semanas se curan. Pronto vendrá alguien y os llevará a casa. Veréis como todo se arregla.

—¿A casa? No tenemos llave —replica Ricardo, que en situaciones tan dramáticas es capaz de contemplar los detalles más nimios.

—Bueno, pues a casa de… ¿Dónde podemos llevaros?

—A casa de la tía Mercedes —propone Beatriz, señalando al único familiar que tienen en Ribadesella.

Mauro no añade nada más. Decide que cuanto más tarde se enteren los chicos de la verdad, más tarde comenzarán a sufrir.

Llega un segundo coche de la Guardia Civil. Sin apearse, el conductor ordena a los hermanos que suban. Mauro les da un abrazo, abre la puerta trasera del coche y los empuja con suavidad hacia el interior.

—Llevadlos a casa de Mercedes —le indica al conductor—. Ellos os dirán dónde vive.

—La conocemos, no se preocupe —aclara el guardia.

Durante el trayecto, el guardia que conduce mira por el retrovisor a cada rato con el fin de comprobar el ánimo de los chicos. Cuando cree que ya están un poco más calmados, se dirige a ellos.

—¿Os han dicho lo que ha pasado?

—Bueno, a medias. Al parecer nuestros padres han tenido un accidente con la lancha —responde Beatriz. Ricardo va sentado con la cabeza gacha, ausente, con esa mezcla de enfurruñamiento y tristeza que experimenta en ocasiones.

—Exacto —confirma el guardia—. Y no sabemos nada más. Nuestros compañeros y los sanitarios van a intentar sacarlos de allí y llevarlos a un hospital, ¿de acuerdo?

—Vale —responde Beatriz resignada.

El otro guardia enciende la radio. Suena una vieja canción. De repente Ricardo sale de su enfurruñamiento y alza la cabeza.

—¡Frank Sinatra! Ese hombre canta como si acabara de fumarse un puro.

Los guardias cruzan la mirada, enarcan las cejas y sonríen. A Beatriz también le hace mucha gracia el comentario. Y, hasta cierto punto, la apacigua.

Ricardo es un niño muy peculiar. La música despierta en él una actitud inequívocamente positiva. Lo desconecta de la realidad por muy dramática que se presente.

Los guardias trasladan a la pareja de hermanos hasta la casa de Mercedes. La mujer les prepara una sopa de fideos para cenar y les habla de que el mar parece un aliado, una piscina en la que jugar, pero es muy peligroso y hay que tenerle un profundo respeto. «El agua, el fuego, la nieve y el viento; hay que tener mucho cuidado con ellos», los exhorta.

Durante la cena, se hace la despistada y no proporciona a sus sobrinos más información sobre el accidente. Ellos saben que las llamadas telefónicas que recibe su tía cada media hora la mantienen al tanto, pero la mujer no suelta prenda.

Al día siguiente, después de desayunar, Mercedes decide contarles lo sucedido, si bien no es muy prolija en detalles.

—La *zodiac* se estampó contra las rocas, seguramente debido al fuerte oleaje que azota esa cala. Fruto del impacto, vuestros padres perdieron el conocimiento y la marea los arrastró mar adentro, donde murieron de frío. El informe médico lo ha denominado «hipotermia».

Es la primera vez que los niños escuchan esa palabra. Y a buen seguro que no la guardarán entre sus preferidas.

CUANDO MAURO DEJÓ a los niños en la terraza de su negocio y recorrió el sendero en busca de sus padres, solo alcanzó a ver la lancha defenestrada sobre las rocas. Era casi de noche y, ayudado de una pobre linterna doméstica, su vista no pudo alcanzar más allá. El terreno era tremendamente escarpado en ese tramo y el oleaje lo bastante fiero como para no intentar el descenso hasta la lancha. Por ese motivo regresó alicaído. No podía contarle a los chicos si sus padres estaban vivos o muertos porque no había conseguido verlos, pero sospechó que, si habían sobrevivido al accidente, los latigazos del mar acabarían con ellos tarde o temprano.

La expedición de los guardias y enfermeros tampoco dio con la pareja esa noche. La patrulla de salvamento marítimo encontró sus cuerpos al día siguiente, a dos millas de la costa.

Desde aquel siniestro día de agosto, la casa de Mercedes se convirtió en el nuevo hogar de Ricardo y Beatriz. Y ella, en una mezcla de padre, madre y psicóloga.

21

ADOLFO

Noviembre de 2017

A IRINA LE encanta que la acompañe a visitar museos y templos cuando mi trabajo me lo permite. Muestra una predilección por la arquitectura románica y gótica. Yo no sabría distinguirlas. Si acaso, las iglesias góticas me parecían más altas que las románicas, con ventanales más grandes y vidrieras más elaboradas.

Después de visitar las catedrales de Burgos y León, Irina decidió que nos quedaba una asignatura pendiente: echarle un vistazo a la de Palencia, una joya desconocida a juicio de los estudiosos de la arquitectura religiosa.

Al llegar a la plaza de la catedral, observo que en el tejado del templo hay algo muy extraño. Misterioso, diría yo.

—Irina, mira ahí arriba —le digo—. Hay un tío con una cámara de fotos bien grande.

Irina gira la cabeza y se queda unos instantes observando el fenómeno: un hombre, vestido con una túnica que le llega hasta los pies y situado en posición horizontal, sujeta una enorme cámara de fuelle. Parece seleccionar a quién dispara entre todos los que paseamos por la plaza en ese momento.

—Es una gárgola, Adolfo —suelta con desdén.

—Lo sé, lo sé, pero en la Edad Media supongo que no había cámaras de fotos, amiga. ¿Cómo se explica? A ver, tú que eres tan docta. A los maestros canteros, sus jefes les debían de decir: «Esculpid dragones y perros furiosos enseñando los dientes». ¿Cómo se entiende que a este le diera por cincelar a un tío con una Polaroid?

—Imagino que la gárgola original se desprendió y en la reconstrucción al arquitecto le dio por echarle imaginación.

—Demasiada imaginación, ¿no crees? Además, eso no puede ser una reconstrucción. Mira la textura de la piedra del fotógrafo, es igual que la del muro. Estoy seguro de que ese tío lleva ahí quinientos años como mínimo. Aquí hay gato encerrado.

Por más vueltas que le doy, la explicación de Irina es la más lógica. Suele serlo. Saco el teléfono y hago una foto a la gárgola. Cuando volvamos a casa, la subiré a Instagram y le pondré como pie «*Paparazzo* medieval».

Entramos en el templo, mojo los dedos en la pila bautismal y me santiguo. Irina pretende imitarme pero lo hace al revés, llevándose primero la mano al hombro derecho y luego al izquierdo. Tantos años de comunismo soviético han dejado una huella indeleble en forma de analfabetismo religioso.

—Así no se hace. Es al revés —le explico, y repito el ritual para que se dé cuenta de su error.

Se ríe a carcajadas. No entiendo por qué la ignorancia puede ser motivo de orgullo, incluso de burla en este caso.

—Soy ortodoxa, ¿recuerdas?

—¿Ortodoxa? Es cierto. Había olvidado que vienes de la estepa. O sea que, si algún día nos casamos, ¿habrá que celebrar dos bodas, una normal y otra al revés?

Irina sonríe, me coge de la mano y tira de mí hacia delante.

Nos acercamos a la sillería del coro tallada en madera de nogal y en un estado perfecto de conservación.

Irina musita como si estuviera en trance:

«*Facta est cum angelo multitudo coelestis exercitus laudantium et dicentium: Gloria in excelsis Deo, et in terra pax hominibus bonae voluntatis, Alleluia.*»

Completamente ensimismada, pasa las gruesas y enormes hojas del cantoral gregoriano que preside el atril del coro.

—Cuaresma, Pentecostés, Pascua... Cada época del año tenía sus cantos estipulados. Este corresponde a Navidad —me explica.

Sus finos dedos resbalan entre las hojas de los códices. Su mirada, embelesada y cristalina, revela que está a punto de llorar.

A continuación recorremos las numerosas capillas que conforman la girola. Yo muestro predilección por la capilla del Monumento, con un altar chapado en plata y un lustroso repujado en bronce. Irina confiesa que prefiere la capilla del Sagrario, por su retablo. Continúa hacia el altar mayor y allí permanece contemplándolo un buen rato.

La íntima comunión entre el arte sacro y el alma de Irina se ve interrumpida por la llegada de un hombre. Camina por el pasillo central con una carpeta bajo el brazo. Viste un jersey negro de cuello alto y un pantalón gris marengo. El contraluz me impide observar su rostro con nitidez, pero tiene toda la pinta de ser un cura.

El hombre avanza con extremada parsimonia —más que caminar, deambula—, sin dejar de acariciar con las yemas de los dedos el respaldo de los bancos. Da la impresión de que no tiene mucha prisa por acercarse a Dios. En medio del templo, gira hacia la izquierda y se introduce por una pequeña puerta. Apostaría a que conoce perfectamente las entrañas de la catedral.

Unos minutos más tarde suena el órgano.

—Escucha, escucha con atención —exclama Irina—. Es como si el espacio se impregnara de una íntima espiritualidad.

Mira hacia el órgano con expresión de asombro.

—Yo creo que es alguna pieza de Antonio de Cabezón —comento con altivez, para marcarme un tanto con Irina. No tengo ni idea, pero Cabezón es el único compositor de música de órgano que me suena de mis precarios estudios de bachillerato.

—No, es *Yesterday*, de los Beatles —me corrige—. Ese hombre es un genio, ha hecho una versión para órgano que es una auténtica maravilla.

—¿*Yesterday*? ¿En una catedral? Guau. Tiene un par de narices el tío.

Regresamos al coro, donde la reverberación de la melodía adquiere una mayor intensidad. Nunca había escuchado música de órgano en directo. La música reproducida en un medio convencional transmite un sonido directo; resulta más fácil identificar la fuente por mucho sistema envolvente y carísimo que la reproduzca. Por el contrario, la melodía que emite el órgano fluctúa en el aire, sus ondas acústicas son olas que van y vienen, acordes potentes que fluyen entre otros más apagados.

Observo el órgano desde abajo. Docenas de tubos largos se alinean verticalmente; en un plano horizontal, otros más pequeños con aspecto de trompeta dibujan una forma de cola de pavo real.

El hombre del órgano termina de tocar *Yesterday*, hace una pausa y comienza una nueva pieza. Ante las primeras notas, Irina y yo cruzamos miradas de incertidumbre. Nos suena la melodía, pero en esta ocasión no me atrevo a apostar, tras el fallo imperdonable con la anterior. Irina entrecierra los ojos, concentrada, pero tampoco es capaz de adivinarla.

Me doy cuenta de que siente un verdadero deleite, una embriaguez completa. No soy un entendido en la materia, pero diría que Irina está experimentando en este instante algo parecido a una vivencia mística.

De repente sale el sol y la luz entra a borbotones por las vidrieras e incide en su bellísimo rostro. Su piel es tan blanca que parece una mujer transparente. Los fotones podrían atravesarla a poco que lo intentaran.

Este hubiera sido un lindo momento para casarnos. En la catedral y sin invitados. Solos ella y yo. En una íntima ceremonia ambientada por el organista. Y, como deferencia a la ortodoxia religiosa de Irina, no me importaría que empezásemos al revés: directamente por el «sí, quiero».

Ante mis frecuentes insinuaciones matrimoniales, Irina siempre ha respondido con un abrazo y una sonrisa dulce. Es su particular forma de decir que ya éramos afortunados, no necesitamos un ritual; el destino ya nos ha bendecido.

Ella se sienta en una de las sillas del coro, cierra los ojos y se concentra en la música. Yo me siento a su lado y le cojo la mano.

Al finalizar la interpretación de la pieza, un largo silencio se adueña de la catedral. Da la sensación de que el organista ha dejado de tocar definitivamente.

En el momento en que abandonamos el coro, el hombre se cruza con nosotros.

—Padre, toca usted de maravilla —le digo.

—¿Padre? —Sonríe—. ¿Por qué has imaginado que soy cura?

Lo miro de arriba abajo sin reparo. Con ese aspecto tan sobrio y tratándose de una catedral, no me cabe en la cabeza que pueda tener otra profesión.

—Bueno, pinta de cura tienes. No se puede negar —señalo.

—Me llamo Ricardo. Soy músico.

—¿Cómo es que te dejan tocar música de los Beatles en una catedral? —quiere saber Irina.

—Tengo una buena relación con el deán y me permiten tocar cuando vengo a Palencia. Además, a estas horas no hay por aquí ningún miembro del clero y aprovecho para tomarme alguna licencia.

—Por cierto, la segunda pieza es una auténtica maravilla —observa Irina—. Me suena bastante, pero no sabría identificarla.

—Es de Bach. La *Suite orquestal número 3*. Tenía muchas ganas de tocarla al órgano y no es fácil encontrar uno con una sonoridad tan exquisita como el de esta catedral.

—Y el escenario es perfecto —añade ella.

El escenario, la melodía, Irina… Hay momentos en los que el mundo es perfecto, la vida es perfecta. No añadiría ni restaría nada. El tiempo debería detenerse en momentos así.

El músico se gira para encaminarse hacia la salida. En ese instante, la luz incide directamente en su rostro y dibuja sus facciones a la perfección. Su cara no me resulta del todo desconocida. Se trata de un recuerdo lejano, uno de esos rostros que se han cruzado conmigo en algún momento del pasado, pero me cuesta horrores determinar dónde lo he visto y a quién pertenece. Recapacito con el fin de identificarlo.

—Yo a ti te conozco, pero no sé de qué —le digo.

Irina me mira sorprendida. A ella no parece sonarle de nada.

Las neuronas trabajan a destajo durante unos segundos y con notable éxito.

—¡Eres el niño de la playa! —suelto con ímpetu.

El músico retrocede unos centímetros, como si lo hubiera abofeteado.

—¿Qué playa?

—Joder, la de Vega, cerca de Ribadesella; allá por el año dos mil o finales de los noventa. —Me dirijo a Irina—: ¿A ti no te suena?

—Para nada —responde ella con firmeza, tras mirarlo detenidamente.

—Es cierto. Soy de Ribadesella —reconoce con un repentino brillo en la mirada—. Y que me pasaba el verano entero en esa playa también es cierto. ¿Tú veraneabas allí? Porque del pueblo no te recuerdo.

—Bueno, se le puede llamar veranear, pernoctar, zascandilear... Éramos los inquilinos de la furgoneta aparcada junto a la playa.

—¿Los *hippies*? —pregunta el músico con una mueca de extrañeza.

—¿Te parecíamos *hippies*? —interviene Irina.

—Mi hermana os llamaba «los *hippies* de la Volkswagen» —evoca el músico, con una sonrisa de oreja a oreja.

Me hace mucha gracia la expresión. En parte tenía razón. En aquella época éramos unos surfistas nómadas en busca de olas saltarinas.

—Sí, me acuerdo de tu hermana —rememoro—. Hacía unos castillos altísimos y de muros sólidos. ¿No se habrá hecho arquitecta por casualidad?

—No. —Sonríe—. Trabaja conmigo. Es mi mano derecha.

—Pues sus castillos eran muy consistentes. Duraban días. Ni la lluvia podía con ellos. Se podría haber dedicado —deslizo una mirada panorámica— a construir catedrales.

—Mi hermana decía que le encantaría vivir como vosotros. Sin colegio, sin horarios…

Recuerdo con claridad a los dos niños. Sus padres los dejaban en la playa toda la tarde y a última hora iban a recogerlos. Lo que no recuerdo son sus nombres.

—Además de *hippie de la Volkswagen*, la gente también me conoce como Adolfo —me presento—. Aunque el nombre que nos puso tu hermana me gusta más. Ella es Irina.

—Ricardo Manrique.

—Sí, Ricardo —convengo—, el pequeño Ricardo. Ahora me acuerdo. Te gustaba más el monte que la playa, ¿verdad?

—Muy cierto. La playa me aburría bastante.

—Andabas todo el día con frascos llenos de bichos de un lado para otro.

—Trashumaba. —Sonríe de nuevo—. Los cambiaba de hábitat y observaba su comportamiento. Tenía toda la tarde para experimentar, hasta que llegaban mis padres a por nosotros.

—Siento mucho lo que les pasó. Fue una putada muy gorda.

—Sí, lo fue —reconoce—. Menos mal que la tía Mercedes cuidó de nosotros como una verdadera madre.

—Me alegro. Tuvo que ser duro para ambos.

—Me cuesta entender cómo pudo ocurrir —expone Ricardo con un halo de incertidumbre en la mirada—. Mi tía nos dijo que había sido un accidente y nos incitó a pasar página. No se puede cambiar el pasado por muchas vueltas que se le dé. Pero siempre me han quedado dudas sobre lo que ocurrió.

—Yo estaba surfeando cerca del lugar donde sucedió. Los veía todas las tardes regresar en la *zodiac* después de pasarse un buen rato pescando bajo el agua. Solían navegar bastante rápido, pero aquel día en particular iban despacio, como si fueran más cargados de lo normal, y a esa velocidad el impacto con las rocas no podía ser muy fuerte. El oleaje es muy potente en esa zona, así que probablemente se despistaron; no pensaban que las rocas estaban tan cerca y una ola los lanzó contra ellas.

—Dices que la lancha iba más cargada de lo normal... —desliza Ricardo intrigado.

—A lo mejor la llevaban atiborrada de pulpos —insinúa Irina.

—¿Atiborrada de pulpos has dicho? —Niega con la cabeza—. No había ni uno solo en la lancha cuando la encontró la guardia civil.

—Pues iba cargada de algo pesado. Te lo juro. Llevaba una línea de flotación bastante baja en comparación con otros días —afirmo.

—¿Por qué remueves el pasado, Adolfo? —me reprocha Irina, dedicándome una mueca cargada de hosquedad—. Ricardo y su hermana ya sufrieron bastante en su momento. Además, a estas alturas qué más da. Eso pasó hace mucho tiempo.

—No, al contrario. —Ricardo se dirige a Irina—: Nunca he hablado con mi hermana del asunto, pero no he dejado de pensar ni un solo día en lo sucedido aquella tarde. —Se vuelve hacia mí—. ¿Dónde viste a mis padres exactamente?

—En Arenal de Morís. Me gustaba esa playa, tenía olas muy guapas y en aquellos tiempos había poca gente surfeando.

—¿Y desde allí pudiste divisar bien la lancha?

—Sin problemas. Cruzaron a unos cien metros de mí. Además, los veía todos los días por la misma zona y a la misma hora. Dos personas con trajes de neopreno, una *zodiac* naranja...

—¿Estás seguro de que eran ellos?

—Desde luego. En caso contrario, no te hubiera dicho nada.

Ricardo aprieta los labios y sacude la cabeza.

—A mi hermana y a mí nos dijeron que fue culpa del fuerte oleaje, que seguramente iban muy rápido y pegados a la costa. Eso es lo que nos contó todo el mundo. Mi tía, Mauro, los guardias, hasta nuestra profesora del colegio.

—Pues no iban rápido —certifico.

—Vaya —musita con una mezcla de decepción y perplejidad.

—Yo te cuento lo que vi. Perdóname, siento que esto te haga revivir un momento tan delicado.

—Os agradezco las revelaciones. Nos han contado tantas cosas sobre nuestros padres que es preferible conocer la verdad de una vez por todas. Aunque sea dolorosa.

—Bueno, qué mejor sitio para una confesión que una iglesia, y si es una catedral ni te cuento —zanjo para suavizar la tensión.

Ricardo saca del bolsillo una tarjeta de visita y me la entrega.

—Ahora tengo que irme, pero en algún momento podríamos charlar. Aquí está mi teléfono.

Echo un vistazo rápido a la tarjeta.

—Ajá, vives en Madrid.

—Sí, estoy haciendo una gira de conciertos y hoy tocaba Palencia.

—Nosotros también hacemos giras arquitectónicas por toda la geografía —comento con guasa.

—Dame tu teléfono, si eres tan amable, y quedamos un día —me sugiere Ricardo.

Saca el móvil y anota mi número en la agenda.

—Veo que vives en General Pardiñas —constato—. Nosotros en Moncloa, aunque la casa de mis padres está en Juan Bravo y de vez en cuando bajo a verlos. Podemos quedar una tarde, si te parece.

—Estupendo —apostilla.

Irina me dedica un gesto de desaprobación. Se le nota que no es partidaria de que Ricardo revuelva en su pasado. Debe de pensar que no le acarreará nada bueno y sí una permanente infelicidad. Ningún esclarecimiento de las circunstancias del accidente resucitará a sus padres. La verdad no siempre resulta beneficiosa; en muchas ocasiones, es fuente de dolor. Ella lo sabe muy bien. Su hermano había fallecido en Rusia tras la explosión en un gasoducto cuyo origen las autoridades atribuyeron a un hecho fortuito, pero ella siempre sospechó que había sido provocado. Un sabotaje en toda regla. Adoraba a su hermano y la sospecha la reconcomía. Esa fue una de las razones de emigrar a España. No quiere que Ricardo pase por la misma situación que había sufrido ella.

Ricardo se despide de nosotros y recorre los metros que lo separan de la salida mirando al suelo. Intuyo que su mente vaga en este momento a varios kilómetros de aquí.

Quizá Irina tenga razón, como siempre, y debería haber mantenido la boca cerrada. No han pasado ni dos minutos desde que nos hemos despedido y ya me están surgiendo dudas de haber hecho lo correcto.

AL CABO DE un par de semanas, recibo una llamada de Ricardo. Me comunica que tiene previsto pasar un mes en Madrid y me sugiere que le avise cuando vaya a visitar a mis padres. Le encantaría que nos viéramos un rato. Así lo hago. Quedamos en la cafetería Patagonia. Hablamos del accidente y de mil cosas más que tienen que ver con Ribadesella. Su infancia y mi juventud compartían una preciosa playa del norte.

Al mes siguiente volvimos a vernos. Paulatinamente, los encuentros esporádicos se convirtieron en costumbre. Entre nosotros surgió una bonita amistad y, hasta cierto punto, estrafalaria. Éramos dos individuos antagónicos.

Me daba la sensación de que yo era el único amigo que Ricardo tenía en Madrid. Desde luego, el primero al que llamaba cuando regresaba de una gira.

Me confesó que estaba casado con una mujer que también se dedicaba a la música. Era violinista en una orquesta sinfónica con la que él colaboraba cuando incluían en el repertorio piezas de piano. Su hermana Beatriz vivía muy cerca del Patagonia, y mantenían una relación magnífica. Desde que ocurrió el accidente de sus padres no se habían separado ni un momento. De hecho, ella era su *manager*.

A pesar de que su esposa y su hermana eran las dos personas más importantes de su vida, nunca me presentó a ninguna de las dos. Y no fue por una cuestión logística; Beatriz residía en la calle paralela a la del Patagonia y la casa de Ricardo se encontraba a cinco minutos andando.

22

ADOLFO

30 de diciembre de 2018

Beatriz sigue enclaustrada en casa de su tía, no se ve con fuerzas de regresar a Madrid. Le propongo a Mercedes pasarme a ver a su sobrina y no solo accede, sino que me lo agradece. A Beatriz le irá bien charlar con alguien que no pertenezca a la familia.

Mercedes me cuenta que su sobrina no se mueve del sofá en todo el día, varada en un aislamiento profundo. No quiere ver a nadie ni contesta a las llamadas de trabajo.

Es una buena chica. Nunca hizo nada malo. Dedicó su vida a velar por su hermano, permaneció siempre a su lado en todos los sentidos. Como *manager*, amiga, confidente y, a veces, hasta enfermera. Tras una fuerte discusión por motivos que desconozco, la relación de ambos voló por los aires hace unas semanas. Ricardo la despidió y contrató a Ernesto, un amigo de Genoveva. Por lo demás, prácticamente le quitó el carné de hermana.

Las buenas personas tal vez sean las más peligrosas cuando se revuelven contra la mano que las humilla. Desatan entonces su ira y las consecuencias pueden ser dramáticas. Embargadas por la cólera, son capaces de cualquier cosa. Por ejemplo, de congelar a un hermano en una cámara frigorífica y depositar poco después su cuerpo en el salón de la casa familiar. No les importa en absoluto que su tía sea la primera en descubrirlo porque actúan narcotizadas por el odio.

¿El conflicto entre los hermanos fue de tal magnitud que el amor de Beatriz tornó en un odio desmedido? ¿Era ese sentimiento de culpa, sobrevenido tras ejecutar su venganza, lo que ahora la hundía en una turbia penumbra?

Llamo al timbre y me abre la puerta Mercedes. Me invita a entrar con un ademán cariñoso. Como ya conozco la casa no hace falta que me indique que el salón se encuentra al final del pasillo. Lleva puesto un mandil y observo restos de masa en las manos. La noto algo más animada que en la visita anterior. Se mete en la cocina, de donde me llega un fuerte olor a repostería. ¿Rosquillas, *frixuelos, casadielles*? La mujer ha decidido que la mejor forma de superar el trance es mantenerse activa y cocinar para una docena, aunque a la mesa solo se sienten ella y su sobrina.

Beatriz se encuentra hecha un ovillo en un extremo del sofá, acunando un álbum de fotografías familiares. Parpadea con languidez y suspira reiteradamente, como si le faltara el aire.

—Soy Adolfo. Nos conocimos en el tanatorio —me presento.

Me responde con un levísimo alzamiento de cabeza, sin mirarme, concentrada en el álbum. Parece que no se acuerda de mí. Le refresco la memoria.

—Soy amigo de Ricardo. ¿Qué tal estás?

—Regular —dice con un hilo de voz.

Me invita a sentarme con un gesto. Abstraída, pasa con delicadeza las hojas del álbum. En esta casa es verdadera adoración lo que sienten por las fotos familiares.

Me siento en el otro extremo del sofá, dejando un espacio amplio entre ambos para no agobiarla.

Ante el estado de laxitud en que se encuentra, dudo que vaya a sacar algo en claro con la visita. Espero que no se eche a llorar en cualquier momento y me obligue a ejercer de psicólogo. No acumulo ninguna experiencia en ese campo. Si no quiero provocar de inmediato un mar de lágrimas, debo ser preciso, obviar las lamentaciones e ir directamente al grano. Trago saliva.

—¿Notaste algo raro en la conducta de Ricardo en los últimos días?

Beatriz alza la vista y gira la cabeza hacia mí, sorprendida por mi actitud inquisitiva. Ella esperaba condolencias, caricias emocionales. En su lugar recibe una pregunta incisiva, más propia de un periodista sin escrúpulos que de un amigo de Ricardo.

—Hacía bastante tiempo que no hablaba con él —me responde sin entonación, arrastrando las palabras.

—Ajá. —Hago una pausa antes de encarar una pregunta delicada—. ¿Habías discutido con tu hermano hace poco?

Pone los ojos en blanco.

—Bueno, todos los hermanos lo hacen. ¿Tú no tienes hermanos?

—O sea que sí discutisteis.

—¿Y eso a qué viene? —Se altera ligeramente, sin perder el estado de postración—. Acabo de enterrar a Ricardo. A quién le importa eso.

—Me he enterado de que ya no eras su *manager*.

Beatriz entorna unos ojos hinchados y enrojecidos. Me doy cuenta de que tiene la mitad del cabello húmedo y pegado a la mejilla.

—Eso tampoco le importa a nadie. —Su voz suena cortante—. Es algo que queda entre nosotros.

—Solo trato de ayudar.

—¿Ayudar a qué? —Me mira con aire reprobatorio, la cabeza ladeada, las palmas de las manos hacia arriba. Se siente molesta por mi insistencia. No le gusta que me involucre en una intimidad que no me concierne.

No puedo presentarme en casa de Mercedes y comenzar a preguntarle por situaciones delicadas solo con la consigna de que era un amigo de Ricardo. Me estoy metiendo en medio de una relación entre hermanos que terminó muy mal. Debería ofrecer algo a cambio si pretendo recabar la información que he venido a buscar. Algo verdaderamente contundente que la haga reaccionar.

—Tengo la sensación de que tal vez la muerte de tu hermano no fue... natural.

Me observa con perplejidad, como si yo fuera uno de esos tipos nórdicos que salen de la sauna y se lanzan al agua helada.

—Eso es lo que dijo el forense. —Se encoge de hombros—. Un paro cardíaco.

Beatriz deja con delicadeza el álbum sobre la mesa y centra en mí toda su atención.

—Eres su hermana —prosigo—. Si Ricardo sufría alguna alteración cardíaca, tú lo sabrías, ¿no es así?

—Pues claro.

—¿Tu hermano tenía algún problema de corazón?

—Nunca me dijo nada.

—¿No lo viste tomar alguna pastilla a escondidas?

—Jamás.

—Pues yo tampoco. Somos amigos. Compartíamos confidencias de todo tipo, pero nunca mencionó nada sobre su corazón ni lo vi tomarlas.

—No lo sabía. ¿Cómo has dicho que te llamas?

—Adolfo. Solíamos quedar en el Patagonia.

—Ah, el Patagonia. Ya —dice como si ella lo conociera pero no fuera cliente habitual.

—Ricardo tenía treinta y cuatro años, era una persona muy joven. Ningún problema cardíaco conocido. Entonces…, ¿no te parece raro lo ocurrido en el mirador?

—Pues no me lo había planteado. El forense sabrá de estas cosas más que yo, es su trabajo.

—Lo dijo antes de conocer el resultado de la autopsia.

Poco a poco, Beatriz empieza a salir del sumidero. El leve movimiento de su cabeza indica que se está planteando seriamente cuanto le acabo de decir. Aunque anda lenta de reflejos, al menos su mente funciona con más lucidez que al principio de nuestra conversación. Se abraza las rodillas con las manos, reproduciendo casi una postura fetal, y permanece pensativa, concentrada en sus zapatillas.

—Necesito que me ayudes —le propongo—. Si es posible, que me cuentes lo que sucedió entre vosotros hace unas semanas.

—Pero yo no te conozco de nada. —Se emplea con más fuerza en el abrazo a sus rodillas.

—Soy amigo de Ricardo.

—Dices que eres su amigo, pero te acabo de conocer. Comprenderás que no me sienta cómoda hablándote de algo tan personal.

—Visto lo visto, creo que soy el único amigo de verdad que tenía tu hermano.

Beatriz me lanza una mirada furtiva. Sabe que tengo razón. A Ricardo no le sobraban, y ella era la mejor notaria de tal circunstancia.

—Es algo muy íntimo lo que me pides. Ni siquiera he hablado de ello con mi tía.

—Precisamente por eso. Soy como el médico al que le cuentas tus secretos más recónditos porque es un profesional y nadie más se enterará. Necesito que lo hagas, Beatriz. Confía en mí si querías a tu hermano tanto como dice todo el mundo —la hostigo con la esperanza de que se tome mi sugerencia como un desafío y no como una intromisión gratuita en su vida.

Beatriz deja de comprimir las rodillas y se reclina en el sofá. El aleteo de sus pestañas gana fluidez. Se suena la nariz y lanza un largo gemido que interpreto como una claudicación.

A partir de ese instante, echo mano de un auténtico martilleo de preguntas y sugerencias. Poco a poco, ella comienza a escarbar en sus recuerdos recientes y a liberar sus pudores iniciales hasta experimentar una confianza plena en mí. Se deja llevar y me cuenta lo ocurrido en los últimos meses. Da la sensación de que no se calla nada. Y, si lo hace, lo disimula de un modo magistral. En el fondo, estaba deseando desahogarse con alguien.

En una de las visitas a su tía durante el otoño, Beatriz se acercó a El Portiellu, la pequeña cala donde se estrelló la lancha de sus padres, y se dedicó a tirar al mar ramas secas de brezo como quien pretende liberarse de un pasado funesto. Volvió al día siguiente y, casualmente, observó que los palos seguían en el mismo sitio. Repitió el experimento por si acaso respondía a una mera casualidad, pero el resultado fue idéntico. Una docena de retorcidas ramas de brezo iban y venían zarandeadas por el oleaje. La marea no había podido llevárselas mar adentro, como si hubiera algún tipo de corriente que las retuviera junto a las rocas. Se le ocurrió pensar que, si esas corrientes actuaban así con unos trozos de madera, tampoco el mar habría arrastrado los cuerpos de sus padres. Las leyes de la física deberían ser las mismas para ramas de brezo y seres humanos. Sin embargo, sus padres habían aparecido flotando a dos millas de la cala. Dos millas, nada menos. Una barbaridad.

Después de romperse la cabeza en busca de una explicación lógica, llegó a la conclusión de que la marea no había sido la fuerza motriz que los había arrastrado mar adentro. Alguien lo hizo en su lugar y con las peores intenciones.

No le confesó su descubrimiento a Mercedes. Su tía había dado por zanjado el accidente de sus padres hace años y nunca demostró la más mínima intención de remover el pasado. Ella no era la persona idónea para compartir ese tipo de especulaciones.

Beatriz regresó a Madrid e invitó a Ricardo a su casa con la intención de comunicarle el asunto. En vez de restar trascendencia a la «teoría de los palos», como ella esperaba, Ricardo comenzó a dar vueltas por el salón, con el ceño arrugado y cabeceando como un mulo. Y no lo hacía solo porque la hipótesis de su hermana fuera deslumbrante, que lo era, sino porque a dicha hipótesis se sumaba el comentario que yo le había hecho en la catedral sobre la escasa velocidad y la abundante carga que arrastraba la *zodiac* de sus padres.

El músico no me citó como fuente de la información en aquel encuentro, y, si lo hizo, Beatriz sigue sin relacionarme con el surfista de su infancia.

Beatriz y Ricardo llegaron a la conclusión de que sus padres habían sido tratados como perros. Alguien los encontró inconscientes tras el impacto con las rocas, los subió a la lancha, condujo los cuerpos mar adentro y los abandonó a su suerte. Por mucho que fuera agosto y dispusieran de trajes de neopreno, no soportarían una noche en alta mar. Antes de salir el sol habrían fallecido por hipotermia. Quien lo hizo regresó a la cala y se quedó con lo que hubiera en la lancha.

¿Qué tipo de jugosa mercancía podía haber en la *zodiac* como para cometer un crimen tan espeluznante? Desde luego no eran pulpos. Nadie mata por un botín de pesca.

Beatriz resopla y se frota los ojos tras detallarme ese capítulo trágico de su vida.

Le cuento la versión que nos ofreció Saúl sobre los aprietos económicos por los que pasaban sus padres en aquella época. Al parecer, necesitaban un sueldo extra porque la papelería era un negocio ruinoso. Razón por la cual se pasaban las tardes de verano pescando pulpos que luego vendían en la pescadería.

Beatriz suelta una sonrisa sarcástica y me corrige de inmediato. Efectivamente, sus padres necesitaban dinero, pero no porque el negocio fuera mal, sino porque deseaban que Ricardo tuviera un piano nuevo —practicaba en el decrépito y desafinado piano de Mercedes— y, sobre todo, su mayor anhelo era que pudiera estudiar en Gijón, un lujo que ellos no se podían permitir en ese momento. La profesora de Ricardo había insistido en que el niño poseía un gran talento —incluso fue más allá y se atrevió a denominarlo don—, pero bajo su batuta no progresaría. Ricardo debía estudiar en Gijón. Y hacerlo cuanto antes.

¿El amor por su hijo les costó la vida?

A pesar del estado sereno que había mantenido durante la narración, Beatriz estalla con furia. De repente parece otra persona. Coge el álbum de fotos y golpea la mesa. Se incorpora y cierra la puerta del salón, no quiere que su tía se entere de nuestra conversación. Vuelve a sentarse en el sofá y me apunta con el dedo.

—Mis padres se desvivían por conseguir dinero para financiar la carrera del «niño prodigio» —clama—. Estoy convencida de que la carga de la lancha tenía que ver con una forma alternativa de conseguir pasta para financiar su pasión musical. Su muerte sobrevino por la maldita servidumbre al niñato. —Comienza a llorar de rabia más que de pena—. Toda la familia alrededor del puñetero crío de las narices. Y luego ese «niño prodigio», al que yo adoraba y por el que había renunciado a tener una vida verdaderamente mía, ¡mía!, me escupió a la cara. Me despidió y me retiró la palabra.

Beatriz está fuera de sí. Hace quince minutos era una mujer lánguida, adormecida bajo los efectos de la depresión. Una mujer que se entretenía viendo fotos. De buenas a primeras, el relato la ha trastornado. Agita los puños y se quita el pelo de la cara a manotazos.

Me pregunto si su amor por Ricardo se había convertido, de buenas a primeras, en un profundo rencor capaz de cualquier cosa.

Beatriz prosigue con su relato con una cadencia atropellada, vehemente, que no me impide obtener valiosas conclusiones.

La discusión que desencadenó el distanciamiento entre los hermanos no tuvo una razón laboral; se produjo por un cruce de reproches más graves. Beatriz le echó en cara que sus padres habían muerto por querer costear su carrera de pianista. Ricardo no se quedó de brazos cruzados y le replicó que ella vivía como una reina gracias a su «carrera de pianista». El dolor de Beatriz se multiplicó y la furia se adueñó de su voluntad. Lo había cuidado desde pequeño. A pesar de ser menor que él, lo había atendido como una hermana mayor. Siempre pendiente de él, ayudándolo a superar el trauma de la pérdida. Y ahora

Ricardo le lanzaba a la cara un puñetero sueldo cuando él nadaba en dinero.

Antes de la gran discusión entre los hermanos ocurrió algo que Beatriz no pasó por alto. Desde el momento en que descubrieron que sus padres habían sido abandonados en alta mar, Ricardo comenzó a obsesionarse con el asunto. Le confesó a su hermana que no estaba dispuesto a permanecer sentado, a pesar de que hubieran pasado veinte años desde el accidente. A partir de ese momento, su carácter se trastocó. Cambió de humor y se convirtió en una persona ensimismada de la noche a la mañana. Iniciaba su gira europea en febrero y, en vez de concentrarse en los ensayos, andaba todo el día mirando al techo mientras murmuraba entre dientes nombres de vecinos del pueblo, sopesando su posible implicación en el asesinato de sus padres.

¿Esa fue la razón de que Ricardo acudiera a Ribadesella el día veintitrés sin la compañía de su hermana o su mujer? Estaba más que claro: si viajaba solo se podría mover por el pueblo con soltura y discreción.

Lo que a posteriori Genoveva interpretó como una estrategia para mantener una aventura, en realidad había sido una excursión en busca de rastros que lo ayudasen a esclarecer la muerte de sus padres. El trazo de la señal de su teléfono así lo demostraba. Aprovecharía la comida con su tía para investigar en las entrañas de aquel pueblo que tanto lo amaba, pero que encubría como accidente de pesca lo que en verdad había sido un doble asesinato.

Brotan los interrogantes a borbotones. ¿A quién vio Ricardo junto a la lonja? La parada de un minuto en una casona de Tereñes tal vez la hizo solo para saludar a un conocido, o puede que también esconda algún movimiento relevante. La mayor incógnita sigue siendo la noche. Carla asegura, y yo la creo, que no estuvo con él; de hecho, me confesó que ni siquiera lo había visto. Entonces, ¿dónde pasó la noche del veintitrés? Desde luego no lo había hecho en casa de su tía, ni en un hotel. Y, por lo que parece, tampoco en los cálidos brazos de su primera novia.

Ricardo no se había desplazado al pueblo con el espíritu exclusivamente fraternal de compartir unas horas con su querida tía; también lo hizo con el ánimo de hurgar. Y ello lo mató. No me cabe la menor duda.

¿El descubrimiento de las verdaderas razones del viaje anula las sospechas que aún albergo sobre Beatriz? Ni mucho menos. Beatriz había sido humillada por su hermano, y era una mujer rubia la que conducía el coche. Ese dato no admite duda. La depresión en la que se encuentra tampoco diezma los méritos de su candidatura. Si hasta hace un par de días la que más boletos sumaba era Genoveva, en este momento es Beatriz quien más desconfianza me provoca. La he visto tan voluble, rezumando tanto rencor, que no pondría la mano en el fuego por ella.

Odia a su hermano por haberla humillado y disponía de la llave de la carnicería. Ramón y su familia se encontraban ya en Galicia desde la tarde del día veintitrés. Tenía el local a su completa disposición.

Creo que esa noche Ricardo la pasó en la cámara frigorífica de la carnicería. Me falta por determinar el nombre de la persona que lo empujó dentro.

Beatriz era una niña que hacía castillos en la arena cuando la conocí. Como yo siempre fui un poco teatrero, a veces me daba por caminar en la arena sobre las manos. Beatriz y sus amigas hacían un círculo a mi alrededor y me aplaudían para que no me detuviera, de modo que continuaba hasta el agua y luego me bañaba con ellas. Me sentía observado por un coro de admiradoras, como esas tortugas que salen del huevo enterrado en la arena y se abren paso hacia el agua con dificultad.

A veces Beatriz venía a la furgoneta para conocer nuestra forma de vida con la casa a cuestas. Le fascinaba descubrir cómo podíamos vivir en un espacio tan diminuto sin atropellarnos.

Nos decía que cuando fuera mayor le gustaría viajar así. Comprarse una furgoneta y vivir como en una casa de muñecas con ruedas. Irina y yo nos convertimos en una especie de ídolos para ella.

A esa niña tan dulce, hoy la tengo bajo sospecha de haber cometido un crimen terrible, aunque me cueste creerlo.

Ha pasado demasiado tiempo y mis rasgos físicos han cambiado. Ella no me recuerda y yo tampoco contribuiré a revelar mi identidad. Disfruto con este nivel de anonimato. Que nadie pueda reconocerte es lo más parecido a ser invisible.

23

RICARDO COMETIÓ UN error imperdonable. Se apeó súbitamente de su venturosa vida y cayó en manos de la melancolía.

En febrero tenía previsto iniciar su gira por los auditorios de media Europa. Un ciclo de conciertos nuevo que requería una serie de ensayos previos. En lugar de entregarse a una férrea disciplina frente al piano, prefirió dejar su carrera musical en pausa para hacerle hueco a una melancolía autodestructiva e irreversible.

Comenzó a excavar, con ahínco y sin pudor, bajo el curso del tiempo, hasta que la tierra se le vino encima.

Pudo haber sido un feliz superviviente y se convirtió por decisión propia en un cadáver precoz.

Dejó viuda a una mujer demasiado joven para llevar velo.

Hay afanes que no merecen la pena. No producen más que desasosiego.

El tiempo pasado adquiere tal nombre porque ya no cuenta más que para la memoria.

Hay que dejar el pasado en su sitio. Como mucho revisar de vez en cuando las fotos, como hace Mercedes a través de ese escaparate de nostalgia que tiene montado en el salón. Ella sí obró con inteligencia y determinación. Dio carpetazo a sus recuerdos sin marear a los vecinos con sospechas estériles.

24

ADOLFO

Genoveva me invita a tomar café en su habitación. Le desagrada hacerlo sola. Por motivos distintos, Genoveva y yo iniciamos una nueva etapa en nuestra vida, la de movernos día y noche en una casa vacía. Nos encontramos en pleno rodaje y nos viene bien que alguien nos eche una mano.

Resulta raro sentarse en un camastro con una taza en las manos, mirando fijamente un par de armarios asimétricos. Está lloviendo a mares y Genoveva ha desestimado la idea de salir.

Apostaría a que no ha experimentado en su vida grandes vicisitudes. Puede que hasta ahora su mayor sobresalto haya sido cuando su hermana rompió aguas en un taxi antes de dar a luz a su primera hija. Y de pronto pierde a un marido en extrañas circunstancias y cabe la posibilidad de que sus suegros fueran asesinados cuando Ricardo era un niño. Demasiados reveses en tan poco tiempo.

Genoveva me confirma la sensación que me transmitió Beatriz sobre las últimas semanas de la vida de Ricardo.

—Andaba taciturno y disperso. Estaba ensayando y, de repente, se levantaba y salía al balcón a llamar por teléfono, algo que jamás había hecho antes. Ya podía hundirse la casa que él no se levantaba de la banqueta en medio de una pieza. Desde hace una semana usaba el teléfono con más frecuencia, pero lo achaqué a la organización de la gira. Se pone de los nervios cuando estrena repertorio.

—Beatriz piensa que a Ricardo le cambió el carácter a raíz de la discusión sobre la muerte de sus padres —la informo—. Al parecer, ella le echaba en cara que se habían volcado en su educación musical.

—No sabía nada de ese asunto. Ricardo despidió a Beatriz y contrató a Ernesto. Creí que sus desavenencias procedían de desacuerdos puramente profesionales.

—Tu marido era oscuro como el alquitrán —escupo.

—Nunca me dijo nada sobre una discusión con su hermana. Solo me pidió el teléfono de Ernesto porque su hermana estaba empezando a trabajar con nuevos músicos y quería dejarla respirar un poco. Me mintió. No la había liberado, la había despedido.

—Nos ha quedado claro que no vino aquí a verse con una chica, desde luego no con Carla. Nos falta saber quién era la rubia del coche, si la que conducía era su hermana u otra mujer, pero la aventura con Carla ya no se sostiene.

—¿En serio? —A Genoveva le cuesta desembarazarse de una sospecha que la acompaña desde el primer día.

—Desde luego. Además de comer con su tía, Ricardo viajó al pueblo con la intención de indagar sobre la muerte de sus padres. Estoy convencido de que esas llamadas desde el balcón tenían mucho que ver con este asunto.

—He revisado el registro telefónico del último mes. Todas iban dirigidas a números móviles. Imposible saber si corresponden a gente del pueblo o no.

—No me cabe la menor duda. Amigos de la infancia, conocidos... En definitiva, hilos de los que tirar.

—Tal vez por eso terminó como terminó —aventura Genoveva con desazón—. ¿Obtuvo alguna información comprometedora? ¿Destapó lo que llevaba veinte años oculto? Vete a saber.

Se incorpora y deja la taza de café en el fregadero. Se vuelve a sentar, esta vez en la única silla de la habitación. La tengo enfrente. Me doy cuenta de que hoy no lleva coleta del tipo «recurso de último momento», sino la melena suelta. Me gusta más así, su cara adquiere un relieve muy particular. Con coleta y gafas parece una opositora a notaria. Ahora que los veo de cerca, me percato de que sus ojos son del color de las espigas de trigo cuando empiezan a ponerse doradas.

—Tengo que comentarte algo importante, por eso te he invitado a tomar café. Bueno, por eso y porque contigo me siento a gusto —me dice.

—¿Estás embarazada? —bromeo.

—Me temo que no. —Sonríe y me muestra la pantalla del teléfono.

—Solo veo una columna de números y fechas. Me vas a perdonar.

—Mira la última cifra empezando por arriba.

—¿Doscientos miiiiil euros? —entono como si estuviera cantando los premios de la lotería.

Genoveva ríe de forma desinhibida. Por fin consigo borrar esa mueca de abatimiento que la acompaña y sacarla del marasmo en que vegeta.

—Exacto. Ricardo había pedido un crédito de doscientos mil euros una semana antes de morir.

—¿Pensabais hacer un viaje alrededor del mundo o algo así? —vuelvo al tono jocoso.

—En absoluto. Además, no necesitábamos ese dinero. Andamos desahogados, tú lo sabes.

—¿Entonces? —Me encojo de hombros.

—Ese es el asunto. Desconozco por completo el destino de esa cantidad. Ricardo no me contó que fuera a pedir ningún crédito.

—A mí tampoco. A lo mejor esas llamadas a las que tú te referías tienen algo que ver. Tal vez estaban relacionadas con pesquisas sobre la muerte de sus padres, con el dinero o un poco de todo. Me pregunto por qué narices no podía ser tu marido una persona normal y explicar las cosas durante la cena como hace todo el mundo. Investiga esas llamadas. Lo mismo estaba metido en algún asunto más complicado de lo que imaginábamos.

—¿Ricardo? Pero si llevaba una vida monacal. Vivía pegado a un teclado. Estoy segura de que hay ancianos centenarios con una vida social más ajetreada.

—¿Has llamado al banco que se lo concedió?

—Por supuesto. Me dicen que es un crédito personal. Siempre y cuando dispongas de un aval, no tienes que justificar su finalidad a cambio de aplicarte un porcentaje más alto. De todas formas, es una cantidad muy sustanciosa. Creo que el director de la sucursal conocía el destino del dinero y me lo ocultó deliberadamente.

—A pesar de lo santo que parecía tu marido, creo que estaba metido en algún lío gordo. No encuentro otra explicación para que pidiese ese pastón al banco.

—Cualquier cosa es posible. —Genoveva ladea la cabeza y mira hacia la ventana, por la que entra una luz tímida y grisácea.

—Se me ocurre que tal vez ese dinero tenía que haber llegado a alguien en una fecha concreta. Y, al no llegar, ese alguien se lo tomó mal…

—Dios Santo, Adolfo, hablas como un macarra. —Me dirige una mirada iracunda, como si yo hubiera pasado de cómplice a rival en un instante—. Ricardo no era un contrabandista de armas ni un mafioso, era un músico. ¡Un músico! Su mayor desvelo era tener el pasaporte en regla.

—Un músico que pidió un crédito de doscientos mil euros sin ninguna justificación. ¿Estás ciega o qué?

Genoveva tiene ya completo su cupo de problemas, pero siempre cabe uno más. Agacha la cabeza y se frota la cara. Los sinsentidos se encadenan y las incógnitas se multiplican.

El crédito me desbarata el «éxito» de las indagaciones sobre la presencia de Ricardo en el pueblo. Ahora que había podido sentar las bases sobre las que empezar a trabajar, una simple anotación bancaria da al traste con todo el armazón. De repente nos encontramos con un elemento de incertidumbre en medio del camino. Surgen los titubeos. No atisbo ninguna posible relación entre las averiguaciones de Ricardo sobre el accidente de sus padres y la solicitud al banco de una cantidad con la que yo podría subsistir diez años.

Si la pareja disfrutaba de una posición económica desahogada y no tenía en mente ningún gasto extraordinario, ¿cuál era el destino de una cantidad tan desorbitada? ¿Qué lazos podría haber entre ese dinero y el viaje de Ricardo a Ribadesella? ¿Debía dinero a alguien? ¿Por qué motivo? ¿Ese dinero no llegó a tiempo a su destino y alguien carecía de la noble virtud de la paciencia?

Cada día que pasa tengo la sensación de que Ricardo era un tipo enigmático y con varias vidas en una sola.

—Tal vez Beatriz conozca el destino de la pasta —sugiero.

—Ya la he llamado. Es lo primero que hago cuando tengo dudas sobre alguna maniobra dudosa de Ricardo. No tiene ni la más remota idea. Y se notaba que no mentía. Con la depresión que arrastra, no la veo capaz de andarse por las ramas.

El teléfono de Genoveva vibra. En la pantalla aparece el nombre de Mercedes. Genoveva lo coge con desgana.

—Seguro que ha hecho *casadielles* de sobra y quiere que me lleve un táper a Madrid —musita antes de aceptar la llamada—. Dime, Mercedes.

Su rostro se transforma a medida que pasan los segundos, hasta el punto de cobrar una extraordinaria seriedad.

—¡Oh, Dios!

No tiene pinta de que sean buenas noticias. Aprieta los labios y asiente con la cabeza, concentrada, como si escuchara los consejos de un mentor.

—No puede ser. No puede…

Ojos exorbitados, boca abierta, parpadeo con más frecuencia de lo habitual… Desde luego que no son buenas noticias.

—Vale, tú tranquila. Voy para allá ahora mismo. Estoy en el hostal. Lo que tarde en llegar.

Se queda mirando fijamente la pantalla y cuelga. Alza la cabeza y suelta una frase que me sobrecoge:

—Beatriz ha intentado suicidarse.

Posa el teléfono en la encimera y sacude la cabeza.

—¿Cómo has dicho?

—Está en el hospital. —Pone los ojos en blanco—. Se ha tomado el estuche entero de pastillas que la farmacia le prepara a Mercedes.

—Me lo temía. No me gustó nada su aspecto cuando pasé a visitarla.

—Tenía una depresión de caballo. Andaba a todas horas llorando o buscando un banco para empezar a llorar. Durante dos días fue incapaz de terminar una frase.

—¿Y cómo se encuentra?

—Ahora mismo, inconsciente. Tienen que hacerle un lavado de estómago. Me voy al hospital. —Genoveva coge mi mano—. ¿Me acompañas?

—Por supuesto.

En menos de veinte minutos nos presentamos en el servicio de Urgencias del hospital de Arriondas. Apenas hablamos durante el trayecto. Decido no hacer comentarios para que no pierda la concentración y acabemos con el coche en el fondo del Sella.

A pesar de que su relación con Beatriz nunca fue idílica, se la ve preocupada. Aprovecha las rectas para lanzar largos suspiros de abatimiento.

—Con Ricardo no llegué a tiempo. Espero que con Beatriz no me pase lo mismo —lamenta.

Aparcamos en doble fila y nos dirigimos de inmediato a la recepción.

—Quería saber cómo está Beatriz Manrique. Ha ingresado por un intento de suicidio —explica Genoveva a la enfermera que nos atiende.

—Un momento —responde. Se ajusta las gafas y comienza a leer en la pantalla del ordenador—. Beatriz Manrique, sí. Está en la UCI.

—¿Y cómo se encuentra?

—Viva, que no es poco. ¿Es usted familiar directo?

—Soy su cuñada.

—En ese caso, le diré que lo que la ha llevado hasta aquí ha sido la ingesta de medicamentos.

—Lo sé. Me ha llamado su tía para informarme. ¿Lo superará?

—Eso nadie lo sabe. —La enfermera se vuelve a ajustar las gafas y se dirige a Genoveva con determinación—. Tienen que ir a la sala de espera y se les avisará por megafonía cuando el doctor considere oportuno.

—Muchas gracias —responde Genoveva, y a continuación balbucea—: Se va a salvar. Beatriz se tiene que salvar.

La enfermera le dedica una sonrisa complaciente y regresa a su pantalla.

Seguimos la flecha roja que nos guía a la sala de espera a través de numerosos pasillos y puertas giratorias.

—¿Y si el intento de suicidio se debe a un sentimiento de culpa por haber matado a su hermano? —sugiero a Genoveva mientras caminamos.

Se detiene en seco, arruga la nariz y se vuelve hacia mí.

—Yo creo que no. Una depresión monumental fue lo que la condujo a tragarse esas pastillas. Tú la has visto igual que yo. Una depresión producida por la muerte de Ricardo y debida también a una circunstancia que no habíamos tenido en cuenta: no pudo arreglar las cosas con él antes de su muerte.

—¿Por no haber podido arreglar qué cosas?

—Cómo se nota que no tienes hermanos —me reprocha y sigue caminando—. Yo he discutido docenas de veces con mi hermana, y no conseguía dormir hasta que no hacíamos las paces. Te puede parecer una tontería, pero no lo es. Ella y Ricardo discutieron por algo muy gordo; algo muy personal, íntimo. La gente utiliza la expresión «uña y carne» para describir este tipo de vínculos. Pues algo así es lo que sucedía con ellos dos. No eran un par de hermanos que se ven en Navidad y las fiestas del pueblo. Eran como dos gemelos. Se buscaban permanentemente, se necesitaban.

—Vaya, no imaginaba que...

—Por eso yo tenía celos de ella y ella de mí. No nos llevábamos mal, pero, de alguna manera, nos disputábamos al mismo hombre.

Al entrar en la sala de espera encontramos a Mercedes recostada en una silla. La han trasladado en la ambulancia junto a Beatriz.

Temblorosa, apoyando la cabeza en una mano, ni se da cuenta de nuestra llegada. No se ha desprendido aún del abrigo a pesar de los veinte grados de la sala. Muerde con rabia un pañuelo de tela.

Genoveva se sienta a un lado. Yo me acomodo en el otro. Entre los dos procuramos darle ánimos. Genoveva lo hace mucho mejor que yo.

Al cabo de una hora llaman por megafonía a los familiares de Beatriz Manrique. Mercedes se afana en levantarse y Genoveva la detiene. No quiere que se lleve un sofocón si las cosas no pintan bien. La anciana insiste, pero Genoveva consigue que vuelva a sentarse. Será ella quien hable con los médicos.

Mercedes hunde la cabeza en el pecho. La agarro del brazo y trato de tranquilizarla como buenamente puedo.

Genoveva desaparece por una de las puertas giratorias. Regresa al poco rato y nos comunica que a Beatriz le han practicado un lavado de estómago y debemos esperar a ver cómo evoluciona. No se sabe el tiempo que llevaban las pastillas dentro de su cuerpo cuando Mercedes la encontró inconsciente.

En la pared del fondo atisbo el dibujo de un cigarro tachado. Al lado, otra lámina me informa de que el teléfono móvil también está prohibido. En esta sala no se puede fumar ni hablar por teléfono. Sin teléfono puedo pasar con facilidad, sobrevivir sin llevarme un cigarrillo a la boca me va a resultar más difícil.

Enfilo el pasillo que comunica con el exterior. Junto a la entrada de urgencias advierto que entre el personal médico también hay asiduos a la nicotina. Un hombre y una mujer con bata blanca charlan y se ahúman mutuamente sentados en el muro. Saco la cajetilla y me llevo un cigarrillo a los labios. Tanteo los bolsillos en busca del mechero sin éxito, debo haberlo dejado en la habitación del hostal.

Le pido fuego a la pareja de sanitarios. El médico es el primero en desenfundar y ofrecerme su mechero. El hombre me observa con detenimiento y un destello de suspicacia. Tranquilo, no voy a salir corriendo con tu mechero de dos euros. Apunta hacia mi cara con el dedo.

—Leñe, el tío del hielo —exclama.

—¿Cómo? —replico sorprendido tras dar la primera calada.

El hombre me reconoce y me relaciona con «el hielo». Supongo que se refiere a la nieve más que al hielo. Tal vez haya sido alumno mío en la estación de esquí.

—Tú eres el vecino que nos proveía de hielo en las fiestas, ¿no me recuerdas? —explica apoyado en una sonrisa festiva.

—Cierto —reacciono tras identificarlo a pesar de que sus facciones han cambiado tras ganar unos cuantos kilos.

—Bueno, yo me vuelvo a planta —se excusa la mujer que lo acompaña al percatarse de que se inicia una conversación ajena a ella.

—¿Vives por aquí? Me refiero a Asturias —se interesa el médico.

—No, estoy de paso. Una amiga se ha puesto mala de repente y estamos esperando a ver qué pasa.

—¿Es grave?

—Se ha tragado una colección de pastillas.

—Vaya, lo siento.

—O sea que ya eres médico. Claro, cómo no. Han pasado un montón de años desde vuestras famosas fiestas.

—Famosas y sosegadas. —Sonríe con socarronería.

No conozco su nombre, pero su apellido debe ser Rivas, a juzgar por la chapa que luce sobre el bolsillo superior de la bata. Al darse cuenta de que la leo con afán de identificarlo, se presenta:

—Soy Javier Rivas, estoy en Traumatología, tercera planta. —Hace una pausa—. Recuerdo que eras esquiador, ¿verdad? Bueno, al menos tenías la casa llena de fotos de esquiadores.

—Efectivamente. Soy Adolfo, monitor de esquí.

—Si algún día tienes un percance en la nieve, ya sabes dónde estoy. Tengo que compensar la cantidad de veces que nos salvaste la caipiriña con tu cubitera. ¿Seguisteis viviendo mucho tiempo allí después del incendio?

—Solo se quemó la ventana de la cocina y el tubo de salida de humos, pero aprovechamos la situación para cambiar de apartamento.

—A nosotros no nos quedó más remedio. El piso quedó destrozado. Fue una pena, nos pillaba muy cerca de la facultad y nos pedían un alquiler asequible.

—Lamento en el alma lo de tu compañero. Fue terrible.

—Sí, además era un tío muy majo —reconoce Javier. Una ráfaga de tristeza borra la sonrisa de su rostro—. Salva Delgado. Hoy hubiera sido el doctor Delgado, pediatra, y andaría por algún hospital contándole historias a los niños con su lengua parlanchina. ¡Una verdadera putada!

Javier le da una calada a su cigarro y mantiene el humo en los pulmones durante un buen rato.

—¿Y se sabe cómo ocurrió? No es nada fácil que un piso salga ardiendo. Tal vez un cigarrillo, una sartén…

Javier expulsa el humo con parsimonia, formando un cono.

—Por aquellas fechas nadie fumaba —me corrige.

—¿Algún calefactor, tal vez? No es la primera vez que prenden una colcha y…

—¡Era septiembre!

—Es cierto. Qué memoria, por Dios. Pues no se me ocurre…

—El jefe de bomberos dice que probablemente el fuego se inició en un cesto de ropa sucia.

—Pero eso es absurdo.

—No si echas aceite de cocina en la ropa, colocas el cesto junto a una estantería llena de libros y prendes fuego a la ropa.

—Sigo sin encontrarle sentido.

—Nadie lo entiende, pero el jefe de bomberos lo tenía muy claro. Éramos tres, si recuerdas. Miguel y yo nos encontrábamos en la facultad gestionando la matrícula. Salva era el único que quedaba en casa. El incendio lo pilló en la cama.

Recuerdo con nitidez la espeluznante imagen del chico muerto en el patio. Llevaba una camiseta, un pantalón corto y estaba descalzo.

Javier aplasta la colilla contra el soporte de una papelera y, cuando se cerciora de que está bien apagada, la deposita dentro.

—Alguien estuvo con él esa mañana —prosigue—, provocó el incendio y se largó.

—Me dejas de piedra.

—La estantería estaba junto a la puerta del piso, por eso colocaron allí el cesto de la ropa. Su intención era cortar la única vía de escape.

—Lo que me cuentas es tremendo. ¿Y no tenéis ningún sospechoso?

—Ni idea. —Se encoje de hombros—. Salva era un tío muy peculiar. Le gustaban más las relaciones públicas y los chismorreos que la universidad.

—Vaya, no lo parecía cuando me lo encontraba en el ascensor. Siempre con su carpeta bajo el brazo, sus gafas de empollón, el aire de no haber roto nunca un plato…

—Era un buen tío, pero siempre andaba con cuentos, metiendo cizaña. Le encantaba irse de la lengua. Algunos lunes, cuando llegábamos a la facultad, los compañeros de clase sabían mejor lo que había pasado en nuestra fiesta del sábado que yo mismo, que era quien las organizaba. Sabían quién había asistido y quién no, si fulano se había enrollado con fulanita, si menganito se había cogido una borrachera colosal... Era un pregonero con bata el jodido Salva.

—Fuera como fuera, tuvo una muerte horrible.

Javier me lanza una mirada profunda, enigmática. Saca el móvil y consulta la pantalla.

—Me gustaría que, cuando tengas un rato, llames a Tristán Poveda. Anota su número, si eres tan amable.

—¿Quién es?

—Si te lo cuento ahora estoy convencido de que no lo llamarás. Y es fundamental que lo hagas. Cuando Tristán descuelgue el teléfono, le dices que eres el vecino de Javier Rivas y que llamas de mi parte. Con eso es suficiente. ¿Vale?

—De acuerdo.

Abro la agenda del teléfono y hago lo que me dice. No tengo ni idea de la identidad de ese individuo ni lo que me puede aportar, pero la proposición de Javier parece seria.

—Hazlo, por favor. Es muy importante para ti —su dedo índice apuntando a mi pecho y su mirada clavada en la mía subrayan la trascendencia del encargo.

—Tranquilo. No te quepa duda de que lo haré. ¿No puedes adelantarme nada?

—Imposible. No dispongo de tiempo. Y es mucho mejor que te lo cuente él directamente. Ahora tengo que dejarte. Debo pasar consulta y ya llego tarde. Lo dicho, si alguna vez te tuerces un tobillo, ya sabes dónde estoy. —Sonríe a modo de despedida.

—Gracias, doctor Rivas —le digo con el pulgar hacia arriba.

El testimonio del médico sobre la muerte de su compañero me deja paralizado. Brinda una muestra más de lo que una mente retorcida es capaz de pergeñar para acabar con un ser humano. El interés en que contacte con ese tal Tristán me deja en ascuas.

Regreso a la sala de espera. Mercedes y Genoveva continúan agarradas del brazo.

—Ha vuelto a salir el médico y me ha dicho que la cosa va para largo —me informa Genoveva—. No es necesario que esperemos en la sala, sería una estupidez. Beatriz se encuentra estable y controlada. Si ocurre algo ya nos avisarán.

Decidimos regresar a Ribadesella. Allí Mercedes puede estar atareada con sus quehaceres y paliar en parte la congoja que siente.

Aparcamos junto a su casa. La ayudamos a bajar del coche y Genoveva entra con ella. Yo prefiero dar un paseo y aclarar las ideas. En los últimos días, el mundo se ha convertido en un lugar sombrío.

Junto a la puerta de Mercedes hay un Renault Megane aparcado, imagino que se trata del coche de Beatriz. A través del parabrisas percibo una acumulación de tiques de aparcamiento en zona azul. Me da por leer las fechas: diez de diciembre, veintiocho de noviembre, veinticuatro de diciembre. Vaya, el veinticuatro de diciembre a las 15.49 aparcó en la calle Alberto Aguilera. Si a esa hora se encontraba en Madrid, no podía estar al mismo tiempo subida en el coche de su hermano en Ribadesella.

Beatriz, perdóname. Soy un perfecto imbécil. Espero que sobrevivas. Y que me disculpes. Aunque no sabías que yo te había puesto en la diana atendiendo exclusivamente a una reconstrucción demasiado simple de las cosas. La humillación conduce a la venganza, pero no tiene por qué ser siempre así. Para eso se inventó el perdón.

Tú amabas a Ricardo. Lo adorabas. Nunca hubieras sido capaz de hacerle ni un rasguño. Le gritaste, eso fue todo. Unos cuantos chillidos que él te devolvió quizá multiplicados en número e intensidad. Hubo un cruce de gritos y recriminaciones en caliente. Con la sangre hirviendo como lava en las venas, te despidió. Seguro que a él le dolió tanto o más que a ti. Estoy convencido de que pasadas las Navidades te habría llamado para arreglar las cosas. Y si no para qué narices sirve la Navidad. No solo para montar un árbol y llenarlo de bombillas. La Navidad hubiera provocado que vuestra relación volviera a ser como antes, como siempre había sido desde que perdisteis a vuestros padres. Una relación de completa dependencia. Una auténtica fusión.

No es momento de entrar en casa de Mercedes y contarle a Genoveva el asunto de los tiques de aparcamiento, no creo que sea necesario. Ella ya me lo había adelantado. Salvo en los primeros momentos de la desaparición, Genoveva no desconfió nunca más de su cuñada.

Fui yo quien asoció el nombre de Beatriz a la incógnita que nos traía de cabeza. Necesitaba que la rubia del coche dejara de ser una caricatura, un retrato robot con gafas de sol, y se materializara en una mujer de carne y hueso, con nombre y apellidos.

He fallado con Beatriz como antes fallé con Genoveva. Y no hace mucho con Carla y su padre. Voy de fracaso en fracaso.

25

EL MENSAJE QUE *ha dejado en mi teléfono móvil me sobresalta.*

«Ese músico de mierda anda merodeando por el pueblo, pregun-tando aquí y allá. El asunto no me gusta un pelo. Llámame urgente-mente.»

Debería borrar el mensaje después de escucharlo, pero prefiero vol-ver a reproducirlo para captar mejor los matices. Los matices son im-portantes cuando alguien te deja un recado con ese nivel de urgencia y preocupación.

Lo que más me llama la atención del mensaje es la expresión «mú-si-co-de-mier-da».

Decir que rezuma ira en cada sílaba es quedarse corto y no ir al fondo del asunto. Percibo ira, desprecio y, sobre todo, pavor. Una tone-lada de pavor a que Ricardo dé vueltas por el pueblo, toque la tecla adecuada y todo salga a la luz.

Cada sílaba transmite una bocanada de rabia; a la sílaba «mier» en particular le ha impreso un especial énfasis. Sospecho que en el instante de articularla, los labios se le han comprimido para expulsar bilis por litros.

Pulso de inmediato el icono de llamada.

—Ricardo anda por aquí husmeando —me gruñe a modo de saludo.

—Tranquilidad, ante todo tranquilidad —contesto en tono sose-gado—. Con ese grado de crispación lo único que conseguirás es meter la pata.

—Claro, para ti es muy fácil decirlo, pero piensa en mi situación.

—No te preocupes. Estamos juntos en esto desde el principio y lo arreglaremos juntos.

—Tú me dirás cómo lo hacemos —escupe con una voz que destila impotencia y desesperación.

—Aún no lo sé, pero lo arreglaremos, ¿vale?

—Hay gente que sabe cosas. Se han mantenido callados durante años por miedo, pero tengo el convencimiento de que algún vecino sabe lo que pasó en realidad. Y, si no lo sabe a ciencia cierta, al menos lo intuye.

—Yo también soy consciente. No pienses que me chupo el dedo.

—¿Qué podemos hacer?

—Por el momento, pararnos a pensar.

—¡¿Pararnos a pensar?! —se ofende.

—Vamos a ver. —Vacilo unos segundos—. Si queremos acabar con el problema de un plumazo, lo mejor que podemos hacer es frenarlo en seco.

—Cuando hablas de «frenarlo en seco» —dice, a punto de atragantarse—, ¿te refieres a… matarlo?

—Si a ti se te ocurre una idea mejor…

—Yo no quiero matarlo —se escandaliza—. No me había planteado algo así.

—Pues entonces piensa otra alternativa y, cuando la hayas decidido, me vuelves a llamar —sugiero y, antes de escuchar su réplica, cuelgo.

No ha vuelto a llamar.

26

ADOLFO

BEATRIZ HA SIDO eliminada de la lista de sospechosos gracias a que la muchacha es bastante perezosa a la hora de quitar los tiques de aparcamiento del salpicadero.

Andamos cada vez más cerca de poner fin a este interminable juego de detectives aficionados cuando surge un nuevo problema: el préstamo solicitado por Ricardo tiene a Genoveva completamente desorientada. Mientras ella trata de encontrar una explicación, yo me centro en el accidente marítimo.

Saúl daba por seguro que los padres de Ricardo no hallaron nada en las inmersiones realizadas aquel verano. Yo opino lo contrario. Estoy convencido de que esa tarde la pareja logró su objetivo. Acarrearon en la *zodiac* al menos una buena parte de lo hallado bajo el agua. Una carga lo bastante jugosa como para afilar las uñas de algún miserable y taponar sus escrúpulos. Alguien se había forrado a costa de la pareja.

Pienso en vecinos del pueblo que hubieran cambiado radicalmente su nivel de vida a partir de aquellas fechas y, como casi no conozco a nadie, el único que se me ocurre es Mauro. Con «M» inicial, un apreciable indicio. El hombre es dueño de una granja con cientos de vacas y caballos, el ganadero con más fuste de la comarca y, probablemente, el más rico. Curiosamente fue el primero en coger una linterna y salir zumbando en busca de los padres de Ricardo.

Si se pudiera apostar en un asunto como este, colocaría todas mis fichas en la casilla donde apareciera el nombre de Mauro.

He convencido a Genoveva para visitar su casa con el propósito de desenmascararlo. Saúl, nuestra habitual fuente de información, nos ha contado que tiene una granja en Tereñes. A fin de facilitarnos el acceso, nos ha garabateado en una servilleta de papel una serie de indicaciones.

Anochece cuando salimos de Ribadesella en el coche de Genoveva. A la primera de cambio, nos perdemos en un laberinto de carreteras estrechas y caminos de tierra. Las intersecciones que encontramos sobre el terreno no figuran en el plano de Saúl, al menos no todas, y las líneas trazadas por él no se corresponden con ninguna vía. Está claro que es un hombre de mar, y en el mar no hay rotondas. Dejamos de prestar atención al plano y seguimos el trazado que nos sugiere el sentido común.

Una extensa vegetación crece junto a la estrecha carretera y forra los cercados de las propiedades, lo que nos impide vislumbrar las casonas. Preguntamos a la poca gente que transita por la zona a esas horas hasta que por fin damos con la granja. Genoveva detiene el coche en una zona espaciosa situada unos metros antes de la entrada a la finca.

Apartamos el ramaje del muro y echamos un vistazo. Dentro hay vacas, caballos, patos, gallinas, un poni…. Al oler nuestra presencia, un potro corretea hasta la valla. A Genoveva la naturaleza le inspira: arranca un manojo de hierba y se lo ofrece al potro. El animal se lo arrebata de un lametazo, con la precisión de un camaleón atrapando un saltamontes.

Las luces de un vehículo aparecen por detrás y un todoterreno se detiene a nuestro lado. Es Mauro quien baja la ventanilla y nos saluda efusivamente.

—Si seguís por ese camino os vais a dar de morros con los dinosaurios.

—¿Cómo? —reacciono pasmado.

—Ahí abajo hay huellas de dinosaurios. No son tan grandes como las de la playa de la Griega, pero resultan muy curiosas.

—Bueno, mientras solo sean huellas y no haya bichos —replico jocosamente.

Mauro nos invita a entrar en su propiedad sin preguntarnos siquiera qué hacemos merodeando por la finca.

Hemos tenido mucha suerte. De haber sido nosotros quienes llamásemos a su puerta, parecería que acudíamos con intención de husmear en su vida o en sus propiedades, y se hubiera puesto a la defensiva. De esta manera, como invitados improvisados, imagino que se comportará como la mantequilla bajo el filo de un cuchillo.

Mauro abre el portón con un mando a distancia y conduce el todoterreno hasta un cobertizo. Genoveva y yo cruzamos el amplio patio y esperamos a que baje del todoterreno. Nos invita a entrar en la casona con un gesto cortés.

Por fuera parece una vivienda espaciosa y rústica, sobria a más no poder. Sin embargo, el interior guarda las trazas de una verdadera mansión. Antes de cruzar el umbral me imaginaba que hallaría cuernos de ciervo colgando de las paredes, ollas de cobre en los rincones y mesas de salón montadas sobre trillos. No es el caso. Encontramos una decoración presidida por el buen gusto y unos muebles de primera calidad.

A pesar del rictus severo que transmite a primera vista, Mauro se comporta de un modo muy distinto. Es una persona educada y afable. Ya me lo pareció cuando vino a saludarme en el tanatorio.

—Poneos cómodos —nos sugiere—. Voy a quitarme el mono y vuelvo en un momento.

El salón está presidido por un bellísimo piano. Genoveva se acerca a él; no se puede resistir. Levanta la tapa y toca unos compases. Ella es violinista, pero deduzco que el piano también le resulta familiar. A mí me parece que suena con propiedad. Deja la música para momentos más propicios y baja la tapa antes de pasear la mirada por el salón. También ella se ha dejado llevar por la curiosidad y repasa los detalles de la decoración.

Mauro no tarda en regresar ya vestido de calle, incluso se ha puesto colonia. No sé si por coquetería o tratando de burlar el olor a vaca.

—He oído tocar a Genoveva; bueno, imagino que era ella. —Nuestro anfitrión dirige una mirada tierna hacia el piano—. Se lo compré a Víctor cuando era un niño. Se pasaba la vida en casa de Ricardo y yo quería que mi hijo tuviese su propio piano. Fue una gran satisfacción comprobar que los dos muchachos tuvieran tanto talento —presume, haciendo gala del natural orgullo de padre.

Del talento musical de Ricardo no cabía ninguna duda, el de Víctor estaba por ver. De hecho, seguía en el pueblo, conduciendo la furgoneta de la granja todo el día de un lado para otro. Si en algún momento el pequeño Víctor mostró alguna destreza musical, debió de diluirse con el paso del tiempo. O su destreza se esfumó o amaba tanto la vida rural que la antepuso a una posible carrera musical.

—¿Queréis tomar algo? ¿Café, una cerveza, un refresco? —propone Mauro.

Genoveva y yo negamos con la cabeza y agradecemos su ofrecimiento con una mueca. No hemos venido a vaciarle la nevera sino a desenmascarar sus patrañas.

—Ese piano debe valer un pastón —insinúo desde la más pura ignorancia.

—Ya no lo recuerdo, pero seguro que no fue barato. Ya se sabe que por un hijo se hace cualquier cosa. Y yo solo tengo uno.

Mauro debió de tirar de su holgada cuenta corriente y le compró a su hijo un piano seguramente carísimo. De trabajar en un chiringuito de playa vendiendo helados, pasó a adquirir fincas y ganado a mansalva. Una transformación digna de encomio.

—Pero sentaos, por favor, estáis en vuestra casa —nos azuza con extrema cordialidad.

Mauro se acomoda en un sillón individual y nos insta a probar la textura sedosa de un sofá. Nos separa una mesa de mármol con una bandeja de bombones en medio y varias revistas agrícolas dispersas.

—¿De verdad que no queréis tomar nada? Me sabe mal, pero bueno, allá vosotros.

—Yo tomaré un bombón. Soy adicto al chocolate —replico.

—También yo lo soy, pero tengo que controlarme —reconoce Mauro, y se atusa el estómago—. A Víctor no le gustan.

Habla de Víctor y de él exclusivamente. No menciona a una hipotética esposa. O sea que es viudo o divorciado.

—Me han dicho que no siempre fuiste ganadero —insinúo con ladinas intenciones.

Mauro se estira los pantalones para sentirse más cómodo y ladea la cabeza de forma casi imperceptible. Mi pregunta no le ha molestado, pero sí sorprendido.

—En efecto. De joven me dedicaba a la hostelería.

¿Hostelería? ¡Cielo santo! A regentar un chiringuito de playa lo llama hostelería.

—¿Tenías un restaurante? —insisto, simulando desconocimiento.

Genoveva enarca las cejas y me mira con recelo. Intuye que estoy preparando el terreno para lanzarme de un momento a otro al cuello del ganadero.

—Solo un pequeño negocio en la playa de Vega.

—Ajá. ¿No te referirás al chiringuito? Casa Mauro, creo que se llama. Lo he visto mientras paseaba por allí uno de estos días.

—En efecto —reconoce, iniciando una sonrisa que se queda a medio camino. No parece muy orgulloso de su anterior fuente de ingresos.

—Vaya, vaya. O sea que pasaste de vender helados a disponer de una granja gigantesca, una granja con… No sé cuántas vacas y caballos puedas tener. ¿Quinientas cabezas en total? —pregunto con admiración, guardo la ironía para más tarde.

Genoveva me mira desconfiada. Si pudiera apagar la mecha que ya se ha encendido lo haría. Pero no se me puede parar cuando me enciendo, no soy una simple cuerda chisporroteando.

—Casi mil cabezas. Novecientas ochenta en este momento, para ser exactos —señala el ganadero con una mezcla de orgullo y resquemor. No le gusta la orientación que está tomando la conversación—. En esta finca no hay más de doscientas, pero tengo otras parcelas en San Esteban, muy cerca de aquí, y en Villahormes, al otro lado de la autovía en dirección a Llanes.

—¿Y cómo lo hiciste?

—¿A qué te refieres? —Mauro se lleva la mano a la oreja, simulando que no me ha oído bien.

—Me refiero a pasar de un negocio modesto a otro tan… ¿cómo decirlo?, tan apabullante —digo separando las sílabas para duplicar el grado de sarcasmo.

Mauro coloca una pierna sobre la otra y se atusa la barbilla.

—Pues como se hacen siempre estas cosas. Muy poco a poco.

—¿Y no tuviste ayuda? No sé, el gordo de la Lotería, la herencia de un tío en América… Por esta zona hay muchas casas de indianos. Apuesto a que alguno de ellos es familiar tuyo. —Sonrío para rebajar la pólvora que arrastra mi comentario.

—Sí. —Suelta una sonora carcajada— ¿Cómo has sabido lo del «tío de América»?

Era un farol. Me quedo sin respuesta.

Mauro se incorpora ligeramente y me muestra las manos.

—Estas manos son el auténtico «tío de América». Mira. —Las gira para que comprobemos la verdadera razón de su riqueza. Unas manos enormes, con callos en las palmas que parecen dunas, y en el dorso un entramado de venas gruesas, como cordilleras sobre un mapa de piel quemada por el sol—. Mi padre poseía una granja con cuarenta vacas, pero tenía una forma muy tradicional de llevar el negocio. Por eso dejé de trabajar con él y monté el chiringuito de la playa. Cuando falleció, no me quedó más remedio que tomar las riendas del negocio. Al principio me planteé vender las vacas y la finca, pero pensé que era una pena. El esfuerzo de toda una vida no podía perderse de un día para otro. Cuando ya tenía en la puerta al carnicero dispuesto a llevarse a las vacas en un camión, le dije que se diera media vuelta. No me desprendería ni de una ternera coja. Lo que hice fue vender el chiringuito, e invertí el dinero obtenido en maquinaria. Algo que a mi padre le daba alergia. Entre mi padre y un peón ordeñaban las vacas a mano cada día, fijaos qué sacrificio. Todos los santos días. Sin sábados, domingos ni festivos. Mi padre decía que la ordeñadora dañaba las ubres de las vacas y daban menos leche. Así que lo primero que hice fue mecanizar el ordeño. Luego invertí en maquinaria agrícola de todo tipo: segadora, empacadora, rastra, remolques para el estiércol... Como es natural, en un principio solo podía comprar herramientas de segunda mano. Y así fue como, poco a poco, llegué hasta donde me veis ahora mismo.

Genoveva me mira con desazón. Parece que los argumentos de Mauro la están convenciendo. A mí todavía no. Y ha llegado el momento de que el ganadero triunfador deje de contar el cuento de la lechera con final feliz. Continúo con el fustigamiento.

—Mauro, no me creo que solo con trabajo e inversiones inteligentes en maquinaria agrícola un tío con un chiringuito de playa se convierta en millonario.

Mis dudas razonables lo dejan atónito. El hombre esperaba mis adulaciones ante un crecimiento empresarial digno de elogio y lo que recibe es mi radical escepticismo. Frunce el ceño y echa el torso hacia delante, medio retándome.

—¿Cómo dices, muchacho?

—No creo en los milagros. Nos acabas de relatar con todo lujo de detalles el milagro de la multiplicación de los panes y los peces en versión ganadera, o sea, caballos y vacas.

—Por supuesto que en este negocio no existen los milagros. ¡Qué tontería es esa de los panes y los peces! —protesta airado, agitando los brazos.

—Se me ocurre una explicación paralela a la tuya. Escucha con atención. Una noche desaparece una pareja. Tú coges la linterna, sales del chiringuito y vas en su busca mientras los niños que te han dado la voz de alarma permanecen en la playa, asustados por lo que les pueda haber sucedido a sus padres. Aunque ya es de noche, encuentras una lancha en la orilla y los cuerpos inconscientes de dos personas. Enfocas con tu linterna dentro de la *zodiac* y ¿qué descubres allí? Algo que te deslumbra y de notable valor. Lo sacas de la barca, lo guardas en los matorrales...

—Para, para, para y deja de decir estupideces —me interrumpe, levantándose con vehemencia del sillón.

—Déjame acabar y, si no te gusta mi historia, lo analizamos al final.

Mauro retorna a su asiento, se muerde el labio inferior y me lanza una mirada capaz de atravesar los muros de la hacienda. Genoveva es presa de tal nerviosismo que no para de frotarse las manos. Me mira de soslayo, como si no se viera representada del todo por la contundencia de mis palabras. Yo prosigo envalentonado:

—Una vez puesta la mercancía a buen recaudo, vuelves a las rocas, subes los cuerpos a la lancha y pones rumbo a alta mar. Allí los abandonas y das media vuelta. Dejas la lancha sobre las rocas y vuelves corriendo a la playa. Llamas por teléfono a la Guardia Civil y, a partir de ese momento, se despliega todo el operativo de búsqueda. Seguro que en ese momento ya empezabas a elaborar tus planes de crecimiento empresarial. Al cabo de un buen rato, guardias y enfermeros regresan de vacío y te comunican que no han visto ningún cuerpo, solo la *zodiac* encaramada en las rocas. Es noche cerrada y un oleaje amenazador azota la costa, condiciones que obligan a concluir momentáneamente el operativo. Los guardias no volverán a rastrear hasta el día siguiente. Perfecto, nadie hurgará por la zona antes de que amanezca. Cuando los coches patrulla y las ambulancias desaparecen, cierras el chiringuito, coges un par de bolsas y regresas a la cala. Localizas el escondite, guardas la mercancía en las bolsas, te las echas al hombro y vuelves a la playa. Metes las bolsas en el coche y te largas. —Hago una pausa dramática—. ¡Dime ahora si existen o no los milagros!

El rostro de Mauro ofrece el color y la rigidez del cemento. Un cemento a punto de resquebrajarse y admitir su derrota. Pero no ocurre eso, ni mucho menos.

Mauro deja caer el cuerpo sobre el sillón, suelta una estruendosa carcajada y comienza a aplaudirme.

—Bravo, muchacho, bravo. Tu relato me ha encantado. Tienes un talento extraordinario para contar historias.

—No es un relato sino una crónica —le aclaro—. Lo que he contado es la verdad, aunque puedo haber fallado en algún detalle.

Mauro esboza una sonrisa cínica. Seguro que se siente intimidado por mi acusación, pero trata de disimularlo.

Se incorpora y camina hacia la pared muy despacio, sin dejar de mirarme. De la pared cuelga una escopeta y no parece ser un objeto decorativo. Tiene pinta de ser nueva y de estar cargada. A punto para ser utilizada en caso de que alguien ose entrar sin permiso en su casa. Tener a mano una escopeta cargada es muy efectivo cuando se vive en medio del campo.

Intuyo que al verse acorralado por mis argumentos piensa descolgarla y encañonarnos. Lo leo en sus ojos atiborrados de ira.

Genoveva observa la escena asustada, encogida, a punto de entrar en pánico si es que no ha entrado ya. Apostaría a que jamás ha pasado por trances similares.

Mauro ya tiene el arma a su alcance. A continuación la soltará de las fijaciones y nos apuntará. La escopeta posee dos cañones y somos dos blancos. Dos blancos fijos, fáciles de abatir. Dos personas que lo han dejado en evidencia y pueden acabar con su farsa hábilmente mantenida durante años.

Una carcajada sardónica y ostentosa sale de su boca. El aire de autoridad mostrado en un principio se materializa en toda su magnitud: poder, intimidación, autocontrol. Resumiendo: dominio absoluto de la situación.

Se detiene frente a la escopeta y la mira de arriba abajo, como si pasara revista a su estado. Tardará un par de segundos en descolgarla y apuntarnos, otro par de segundos en abatirnos, y nosotros aún menos en desparramarnos por el sofá con un agujero en el pecho. Si se nos pasó por la imaginación salir corriendo, el plazo ha caducado.

Genoveva me agarra las manos con fuerza. Tiene el rostro desencajado y entrecierra los ojos, como cuando recibes el ímpetu de un viento fuerte en la cara.

De pronto Mauro gira noventa grados y se encamina hacia el piano. Levanta la tapa y toca como lo haría un niño de cuatro años.

—No lo hago tan bien como Genoveva, ¿verdad? —reconoce, y desliza una sonrisa burlona.

Deja de tocar y me mira fijamente. Celebro que se haya olvidado del arma, al menos de momento. Baja la tapa del piano y su rictus desafiante se desvanece. Comienza a hablar de forma pausada, incluso conciliadora.

—Tienes razón cuando dices que los padres de Ricardo capturaron cierta mercancía de valor esa tarde y alguien los condujo mar adentro. Yo he pensado igual durante años. Es una idea que me ha perseguido desde aquella maldita noche.

Genoveva respira hondo y recupera la tranquilidad. Yo me mantengo alerta, no me fío del repentino cambio de talante.

—Pero si pensáis que yo les robé la carga que llevaban —prosigue—, en ese punto sí estáis equivocados. Sería incapaz de hacer algo tan rastrero. De hecho, ni siquiera conseguí llegar a la lancha. Era de noche y llevaba una linterna enana, la que solía usar en el chiringuito si en alguna ocasión se iba la luz. Me fue imposible descender hasta las rocas. Aunque hubiera bajado y encontrado algo en su interior, no habría sido tan miserable.

Lo primero, porque es una completa salvajada, y lo segundo y fundamental: jamás me había subido en una lancha. No habría sido capaz ni de encontrar el tirador para arrancarla. Así que regresé, llamé por teléfono al cuartel y les dije a los guardias lo que había visto. No estaba seguro de la situación exacta de la embarcación. Solo veía monte y rocas, las luces de Berbes a mi izquierda y el mar a mi derecha. Para asegurarse, enviaron dos dotaciones: una a la playa de Vega y otra a El Portiellu. Luego acompañé a los niños, que estaban muertos de miedo. Eso fue lo que hice aquella maldita noche.

Mauro deja escapar un largo suspiro de agotamiento.

—Las vacas, los caballos, el establo, la maquinaria... Todo eso se consiguió a base de trabajo. Ya habéis visto mis manos, son las de un trabajador, no las de un delincuente. Ni se os ocurra volver a tratarme como tal —arremete, dedicándome a mí en particular una mirada dura y desafiante que me deja mudo, atenazado, sin saber qué decir.

Aún me queda un as en la manga: Mauro dispone de una llave de la carnicería. Sin embargo, no puedo sacarlo a relucir, eso me obligaría a contarle nuestra versión de la muerte de Ricardo por congelación, una teoría que Genoveva y yo habíamos decidido compartir solo con la Guardia Civil.

De repente se abre la puerta principal y aparece Víctor. Lleva puesto el mono de trabajo y se desenvuelve con ese ademán suyo tan particular, como si anduviera con prisa todo el santo día. Resulta curioso pensar que él y Ricardo pudieran compartir juegos durante la infancia. Eran dos seres diametralmente opuestos. Dos sensibilidades antagónicas.

Víctor se planta en medio del salón con aire decidido y se sorprende al vernos charlando con su padre. Frunce el ceño, como si fuéramos miembros de una inmobiliaria que viene a comprar la casa en contra de su voluntad. Saluda con un gesto desganado. Se le ve cohibido en su propia casa. Abre una puerta y desaparece. Intuyo que es un aseo.

Al ver a su hijo, el enojo vuela del rostro de Mauro y recupera el tono original de amable anfitrión.

—Trabaja casi más que yo —admite orgulloso, refiriéndose a Víctor.

—Bueno, nosotros ya nos vamos. Lamento el malentendido —deslizo, firmando mi claudicación. Después del varapalo que me ha propinado Mauro, es el momento de meter el rabo entre las piernas y salir zumbando.

—Yo también lo lamento y le pido disculpas —añade Genoveva—. La muerte de mi marido nos está sobrepasando.

—Te entiendo. He pasado por eso —replica el hombre, cariacontecido. Imagino que se refiere a su esposa.

Mauro no hace leña del árbol caído.

—Yo no tuve nada que ver con aquel disparate. Pero vuestros argumentos son sólidos. —Mauro se acerca a nosotros y nos agarra por los hombros. Mirando de reojo hacia la puerta del aseo, susurra—: Hay algo que no le he dicho a nadie, solo a los guardias el día siguiente del accidente. Cuando regresaba a la playa tras haber descubierto la lancha, avisté una luz moviéndose cerca de la cala. En un primer momento no le di importancia, supuse que era un coche que circulaba por la nacional. Luego caí en la cuenta de que la carretera discurre más al sur. Además, no podía provenir de los faros de un coche: era tenue, oscilante y se movía despacio, como si emanara de una linterna o de un farol. Recordé entonces un comentario de mi padre al que nunca hice mucho caso. Ya sabéis que las cabras se meten en cualquier sitio. Bien, pues él me decía que las suyas recorrían toda la costa sin problemas y se encaramaban a los riscos más inverosímiles, pero nunca se arrimaban a esos matorrales. Yo pensaba que eran habladurías de viejos maniáticos, pero siempre me quedó un pequeño resquemor.

Mauro interrumpe su relato al ver a Víctor abriendo la puerta por la que había salido hacía un par de minutos. El joven cruza el salón ajustándose la camisa y nos lanza una mirada de desconfianza. Mauro deshace el corro que había formado con nosotros y se dirige a su hijo.

—Genoveva y Adolfo han venido a hacernos una visita.

—¿Qué tal? —saluda Víctor, obligado por la firme cortesía de su padre.

Genoveva y yo le devolvemos el saludo con la misma pereza.

—Voy al ordenador, papá, tengo que hacer el pedido del pienso. Ya casi no queda.

Me pregunto si el pienso será para los animales o para él.

Víctor enfila la escalera de madera y se pierde tras un precioso balaustre de roble añejo. Hay algo avinagrado en su carácter, algo hosco que su padre no ha conseguido refinar.

—Perdonadlo, no es muy sociable. Todo el día con vacas, cerdos y caballos…

—No te preocupes —le disculpa Genoveva.

—Todo se hace por internet y, en ese terreno, él es mucho más ágil que yo.

—Bueno, ya nos vamos —reitero—. Y te ruego que me disculpes por mi chulería.

—No tiene la menor importancia, Adolfo. Sé que lo haces de corazón. Y, como te he dicho antes, no vas desencaminado. Aquello no fue un simple accidente.

—Eso lo tenemos cada día más claro —añade Genoveva.

—Mi hijo anda por aquí y no es buen momento —prosigue Mauro—, pero si queréis que hablemos del asunto, estoy a vuestra disposición. Yo le tenía un gran cariño a sus padres, pensad que nos veíamos todas las tardes del verano. Cuando ellos regresaban de pescar, yo les guardaba los pulpos en la cámara mientras se bañaban con los niños. Luego se tomaban una cerveza en la terraza y, si no había muchos clientes, me sentaba con ellos y charlábamos durante un buen rato.

—No lo sabía —reconozco.

—Me duele el alma al pensar lo que ha sufrido esa familia —concluye, con el rostro serio y transmitiendo una pesadumbre que rezuma sinceridad.

Salimos de la casona, sorteamos una docena de gallinas que andan picoteando la tierra del patio y cerramos el portón de entrada a la finca. Antes de arrancar el coche, Genoveva se vuelve hacia mí con una sonrisa malsana en los labios.

—Buen revolcón te ha dado, ¿eh?

—Cierto, me ha dejado a la altura del barro.

—Dejando el revolcón a un lado, ¿qué te parecen sus argumentos?

—No sé si miente o dice la verdad. Desde luego parecía muy sincero.

—Creo que ambas cosas —enmienda Genoveva—. Si te has fijado bien, solo se ha puesto a la defensiva durante un instante. Daba la impresión de que perdía los nervios.

—Sí, cuando se quedó delante de la escopeta. Pensé que iba a cogerla y a pegarnos un tiro a cada uno. —Resoplo—. He pasado verdadero miedo.

—Luego ha mantenido la compostura, intentando capear el temporal. Cuando se ha dado cuenta de que tus argumentos eran verosímiles, en vez de situarse en una posición desafiante se ha puesto de tu parte.

—Sí, creo que es un tío muy listo. No solo me ha dado la razón, incluso compartía nuestra teoría.

—Ha sido muy hábil —subraya Genoveva—. Te ha dado la razón, pero enseguida se ha apartado de la diana.

—¿Y ese comentario sobre la luz en los matorrales?

—A eso me refiero. No se limita a compartir tu crónica de la lancha, sino que añade un elemento nuevo que la confirma: la luz de una linterna o de un farol.

—Yo creo que la historia de las cabras se la ha inventado sobre la marcha.

—Es un tío muy espabilado.

—Y el hijo, ¿qué te parece?

—Es un paleto de libro. O eso o tiene un complejo de inferioridad galopante.

—Víctor tampoco encaja en el perfil que buscamos. Tiene la misma edad que Ricardo. O sea que era un crío en el momento del accidente.

Genoveva acerca la mano a la palanca de cambios y mira al frente, interpreto que está deseando salir de allí. Antes de que ponga el coche en marcha, le sujeto la muñeca.

—Se me ha ocurrido una idea.

Saco el teléfono del bolsillo y consulto nuestra posición exacta en Google Maps.

—¿Tienes a mano el archivo con los movimientos de Ricardo?

—Sí, claro. Casi no me hace falta consultarlo. Sueño con él.

Genoveva trastea en su teléfono. En la pantalla se aprecia la línea azul que reproduce el recorrido de su marido.

—Busca el punto donde Ricardo estuvo detenido durante un minuto la tarde del veintitrés —le pido.

—Aquí está.

—Amplía, por favor. No veo más que rayas.

Acerca su teléfono al mío. Comparo la ubicación que aparece en ambas pantallas. Hay una diferencia de diez metros, como mucho.

—Ricardo estuvo delante de este portón —anuncio.

—Tal vez vino hasta aquí, llamó al timbre y nadie le contestó.

—O venía casualmente por esta zona y se detuvo a saludar a alguien.

—¿Un saludo tan breve después de meses sin acudir al pueblo?

—Un minuto… A lo mejor solo se bajó a mear.

Genoveva me lanza una mirada de asco y desdén a partes iguales.

—Creo en la opción número uno —prosigo—. Vino, tocó el timbre y no había nadie en casa.

—No había nadie en casa o no le quisieron abrir.

—Eso nunca lo sabremos. ¿Cuál fue su siguiente paso esa tarde?

—Bajó al pueblo, se detuvo en la calle paralela a la carnicería y ya no se movió hasta el día siguiente. Bueno, el coche no se movió. Él seguro que sí lo hizo.

—Ajá, vámonos cuando quieras.

Genoveva respira aliviada y pone el coche en marcha. Avanzamos por una carretera tan estrecha que, si viniera otro vehículo de frente, no hay ley física conocida que permita el cruce de ambos.

Tal vez eso fue lo que ocurrió. Ricardo recorría esta zona por alguna razón que desconocemos, se topó con un vehículo en dirección contraria y ambos tuvieron que realizar complicadas maniobras para cruzarse sin dañar la carrocería.

Desde luego, es la solución más ingenua de cuantas se me ocurren en este momento.

27

ENTRE LAS PLAYAS de Vega y Arenal de Morís existe una pequeña cala conocida como El Portiellu. En cierta ocasión escuché a un hombre de Berbes mencionar una leyenda que le atribuía un nombre más llamativo y, desde luego, enigmático: cala de las Doce abuelas.

El hombre contaba que a finales del siglo XIX desapareció en estas aguas un pesquero de Ribadesella con una docena de marineros a bordo. Sus esposas acudían cada día al puerto con la esperanza de verlos de vuelta. En aquella época no había radio, helicópteros ni guardacostas. La suerte era la única aliada de los pescadores.

Pasaron las semanas y el tiempo mejoró, pero el barco jamás apareció en el horizonte. Imaginaron que la fuerte galerna había engullido sin piedad a la embarcación y sus ocupantes.

Incluso en esas circunstancias tan trágicas, las mujeres recorrían sin desmayo la costa con el propósito de encontrar algún resto del barco o, al menos, los cadáveres de sus esposos. Algo a lo que aferrarse, en una palabra. Es duro enterrar a un marido, pero más difícil es ponerle el sudario a un fantasma.

Recorrían la costa durante el día y también por la noche, ayudadas de un farol.

En esta cala atisbaron un trozo de mástil de dos metros envuelto en una red de pesca. Lo identificaron de inmediato, pues ellas eran quienes zurcían las redes. El trozo de mástil pertenecía al pesquero; no les quedaba ninguna duda.

Las mujeres montaron guardia en la cala, esperando que el mar retribuyese su agonía con un segundo envío.

La perseverancia no tuvo recompensa. Al cabo de un mes regresaron a Ribadesella con la cabeza gacha y la piel abrasada por el sol y el viento. Tan demacradas se presentaron en el pueblo que parecían abuelas. Desde entonces se atribuye dicho nombre a la cala, en honor a las mujeres que padecieron tan insoportable calvario.

Un siglo y pico después hay quien confiesa haber escuchado ecos de sus sollozos y visto faroles alumbrando los matorrales por las noches. La cala no suele recibir más visitas que las de algún que otro pescador. Nadie quiere poner el pie en esa colección de guijarros, de modo que es un lugar ideal para realizar tareas que requieran cierto secretismo. Los lamentos de las doce abuelas ahuyentan a los entrometidos.

28

GENOVEVA

31 de diciembre de 2018

Necesitamos tomarnos un respiro. Una moratoria en la que dejar de lado las indagaciones, estériles hasta la fecha, y no pensar en nada durante horas. Estamos agotados, incapaces de reflexionar con la frialdad necesaria que requiere la situación. No somos investigadores profesionales. No estamos acostumbrados a devanarnos los sesos con pesquisas criminales. Adolfo enseña a la gente a deslizarse por la nieve y yo toco el violín. Si al menos el sargento Paredes nos echara una mano... Me lo ha dicho varias veces. Lo haría encantado. Conocía a Ricardo desde hace años y lo apreciaba, pero opina que estamos sacando las cosas de quicio, que su muerte tuvo un origen natural. Si la autopsia cambiara el signo del dictamen previo, él sería el primero en situarse al frente de la investigación y poner el pueblo patas arriba si fuera necesario. Yo le creo. Es un buen hombre y a mí me ha tratado con delicadeza y sumo cariño desde un principio.

Subimos en mi coche y tomamos la autovía del Cantábrico en dirección este. Sin rumbo, sin metas, sin pretensiones, simplemente me apetece conducir. Ni siquiera enciendo la radio. Adolfo también necesita hacer un paréntesis. Lo veo muy alterado desde hace algún tiempo, creyendo que medio pueblo es sospechoso: primero fue el carnicero, luego mi cuñada, ahora Mauro... Tras una semana persiguiendo sombras, mostramos ostensibles síntomas de flaqueza, como un salmón harto de remontar saltos de agua.

La aguja de la velocidad se sitúa en la rayita del noventa. Una marcha idónea para disfrutar del paisaje. Durante unas horas descansaremos de nosotros mismos.

Nos detenemos en el centro de Llanes, tomamos un café y damos un paseo hasta la playa de Toró. Me fascina esa playa. Las rocas emergen del mar y de la arena como pináculos. Adolfo saca el teléfono y hace fotos a una caravana abandonada en el aparcamiento. Me ha dado por echarle un vistazo a su cuenta de Instagram. Publica unas fotos muy curiosas: imágenes de objetos viejos, medio desvencijados y en los que nadie repararía. Es un tipo la mar de curioso.

De regreso al centro del pueblo me detengo en un cajero para sacar dinero. Adolfo me espera sentado en un banco. Me llevo las manos a la cabeza al comprobar que los doscientos mil euros del crédito han volado. Un torrente de calor me recorre el cuerpo, como si tuviera el respiradero del metro bajo los tobillos. Esta misma mañana se ha hecho una transferencia por esa cantidad a un tal Anzor Palangashvili. ¿Quién es ese individuo con un nombre tan extraño? ¿Cómo es posible que Ricardo haya efectuado la transacción si lleva muerto una semana? Tal vez ha sido obra de Ernesto, el *manager* de Ricardo desde que despidió a su hermana.

Mientras tecleo en el cajero, Adolfo simula fumar y mueve ostensiblemente la cabeza. Interpreto que quiere ir a comprar tabaco.

Sin moverme del sitio, llamo por teléfono a Ernesto en busca de una explicación. No es momento de andarse con rodeos, voy directa al grano.

—Supongo que has sido tú quien ha realizado la transferencia de doscientos mil euros a un individuo llamado Anzor Palangashvili.

—¿Cómo? ¿Doscientos mil? —Se sorprende.

—Exacto.

—En absoluto. Ni se me ocurriría. Ya sabes que me ocupo de reservas de hoteles, vuelos y demás, pero con esas cantidades no me atrevo.

—Me acabo de dar cuenta ahora mismo. Ha sido efectuada esta mañana. Pero no es posible, Ricardo está…

—Imagino que la dejó tramitada antes de morir y por alguna razón puso fecha de hoy. Las transferencias se pueden programar para que se ejecuten en una fecha concreta.

—¿Y quién narices es ese tío? ¿Te suena de algo?

—¿Cómo has dicho que se llama?

—Anzor Palangashvili. A, ene, zeta, o… —deletreo nombre y apellido.

—No tengo ni idea de quién se trata, pero me suena a georgiano.

—¿Georgiano?

—Georgiano, armenio… Diría que procede de esa región del planeta.

Por Dios, Ricardo, hacías negocios con un georgiano. A mis espaldas. Sin ninguna razón aparente. ¿Qué tipo de negocios eran esos? ¿En qué clase de lío estabas metido?

—Gracias, Ernesto. En cuanto sepa lo que está pasando ya te informaré.

—¿Tú cómo te encuentras de ánimo?

—Mal tirando a pésimo, pero bueno, me acompaña un amigo de Ricardo. Me está ayudando a sobrellevar todo esto.

Accedo a internet a través del móvil. Anoto el nombre y el apellido del susodicho georgiano en el buscador y aparecen en cascada docenas de personas con esos datos, algunos de ellos delincuentes internacionales muy peligrosos.

Ricardo, no imaginaba que tuvieras tratos con gente de esta calaña. Quién lo podía presagiar. Delincuentes de talla mundial, nada menos. Un hombre como tú, que hasta cuando te empujaban en el metro eras el primero en excusarte.

Entre todos los individuos que comparten nombre y apellido, debo establecer una selección lógica, o de lo contrario acabaré dando palos de ciego. No queda más remedio que acotar el cerco. Consulto de nuevo el número de cuenta del destinatario y lo anoto. Los cuatro primeros dígitos corresponden al banco y los cuatro siguientes a la oficina. Regreso al buscador de internet y la respuesta se ajusta por completo a la lógica: el número corresponde a la oficina de Arriondas. Me sereno ligeramente. Aun pudiendo tratarse de un personaje peligroso, tiene su residencia en la comarca o se mueve por esta zona. Sea un peligroso individuo o no, al menos parece localizable.

Llamo de inmediato a la oficina bancaria y, como suponía, el empleado que me atiende no está por la labor de ofrecer datos personales de Anzor Palangashvili. De hecho, ha sido oír su nombre y cambiársele la voz, como si de repente le hubieran dado una mala noticia.

—Escúcheme bien, por favor. Mi marido dejó ordenada una transferencia a este hombre y no tengo ni idea del motivo. No conozco a ese individuo y su nombre tampoco me proporciona excesiva confianza.

—¿Entonces no sería más fácil preguntarle a su marido directamente? —me sugiere el muy grosero, que se ha situado ya a la defensiva.

—Mi marido ha fallecido hace unos días.

—Vaya, lo siento. Perdóneme. No quería ofenderla.

El empleado enmudece durante unos segundos. Le oigo teclear en el ordenador y carraspear de vez en cuando.

—La transferencia ha sido tramitada de forma automática —me informa—. Fue ordenada hace trece días y ha sido ejecutada hoy. Vamos a ver el concepto. Un momento, por favor. —Escucho un nuevo tecleo—. Aquí está, señora. El concepto de la transferencia es «Paraíso».

—¿Paraíso? —rezongo—. No se me ocurre nada que pueda responder a esa palabra. Tal vez hace referencia a alguna terminología que usen ustedes en banca.

—No, que yo sepa. Debe de ser una especie de… consigna.

—No le entiendo.

—Si el emisor y el destinatario no quieren que se sepa el concepto de la transacción, lo más fácil es usar términos meramente simbólicos y convenidos entre ambas partes. Hay gente que usa como concepto el nombre de su perro.

O sea que ese georgiano y Ricardo se traían algo entre manos. Algo poco transparente, a buen seguro.

—Se me ocurre otra posibilidad —continúa el empleado—. Como la cuenta está a nombre de los dos, quizá pretendía que usted no estuviera al corriente del verdadero objeto de la transacción.

—Él sabía que yo me daría cuenta. No soy estúpida. Reviso los movimientos bancarios todos los meses. En cuanto leyera «paraíso» le iba a coser a preguntas y no le quedaría más remedio que explicarse.

—No sé qué decirle, señora, eso ya son asuntos personales. Ahí no me meto.

—¿Me puede dar el teléfono de ese sujeto?

—No puedo, lo siento —asegura con determinación.

—Hágase cargo, la situación es muy delicada y estamos hablando de una cantidad desmesurada.

—Me está pidiendo un dato privado. La ley de protección de…

—Sí, la ley de protección de datos —le corto con un punto de crispación—. Ya la conozco. No hace falta que me la dicte entera.

Todo el mundo usa últimamente esa ley como un parapeto.

—Yo estaría encantado de ayudarla, pero me metería en un buen lío. Me comprende, ¿verdad?

—Le comprendo, pero necesito saber el motivo por el cual mi marido le ha entregado a ese hombre nada menos que doscientos mil euros. Si usted no me ayuda, anularé esa transferencia, creo que aún estoy a tiempo. Y si el dinero no llega a su destinatario, tal vez ese individuo se lo tome a mal y a mí me ocurra algo. En ese caso, le haré responsable a usted.

Hacer responsable al empleado de una posible represalia por parte del georgiano es un farol en toda regla y una notable osadía por mi parte, pero su cerrazón no me deja otra alternativa.

El empleado comienza a suspirar. Escucho un traqueteo al otro lado de la línea, como si tamborileara en la mesa con las uñas o con un bolígrafo. En cualquier caso, se nota que el ultimátum lo ha puesto nervioso. Percibo su respiración agitada.

—Vive en Triongo, un pueblo muy pequeño situado en la carretera de Ribadesella a Arriondas —musita, apenas le oigo—. Cuando vea un taller mecánico, enfile esa calle. Ya no recuerdo si es la tercera o cuarta casa, pero no tiene pérdida. Es de color terracota, con muros de piedra y una puerta de forja en tono marrón, así como oxidado. Pero yo no le he dicho nada, ¿vale? Por favor, se lo ruego, señora. Si alguien se entera de que esa información ha salido de mi boca, mis días en este banco están contados.

—De acuerdo. Ahora estamos en Llanes, ¿qué distancia hay hasta allí?

—Ufff. Kilómetros no sabría decirle, pero calculo que no se tarde más de media hora.

—Muchas gracias. Y no se preocupe por su futuro laboral. Soy una persona de fiar.

Cuelgo, extraigo la tarjeta del cajero y salgo a la calle. Por la acera veo a Adolfo andando hacia mí con parsimonia, con aire despreocupado. Con una mano sujeta un cigarro y con la otra se rasca la oreja. Al verlo cruzarse con la gente, me doy cuenta de que es bastante alto y delgaducho, luce barba de varios días y una melena que oscila al ritmo de sus pasos. Me atrevería a decir que transmite una virilidad desganada y, en cierto modo, seductora.

Me encanta ese humor suyo, entre irónico y melancólico. Sus expresiones carentes de dramatismo. Como si algunos aspectos de la vida le resbalaran por completo.

Prácticamente no nos conocemos, pero Adolfo es mi mejor aliado en estos momentos. Mis padres, mi hermana, Ernesto, mis amigos y los músicos —que ahuecaron el ala en cuanto terminó el entierro— se encuentran lejos, y ninguno de ellos me ha proporcionado el calor que necesitaba en un momento tan delicado. De no haber sido por el burbujeante carácter de Adolfo, ahora mismo estaría hundida en el sofá de mi casa, ahogada en lágrimas y a punto de languidecer bajo las garras de una depresión.

Cuando llega a mi altura, tira la colilla y la pisa. Saca del bolsillo un paquete de chicles y se lleva uno a la boca.

—¿Quieres uno? Tengo frambuesa, menta y hierbabuena —vocifera con la inflexión de un vendedor ambulante.

Me echo a reír y le respondo de forma mecánica:

—No, gracias. —Al cabo de unos segundos me arrepiento—. Perdona, aceptaré la invitación. Dame uno de hierbabuena.

—Como diría el bueno de Saúl, ¡marchandoooo! —suelta con guasa.

Abre el paquete de hierbabuena y me ofrece un chicle alargado y ultrafino. Hacía años que no mascaba chicle. Lo considero una práctica adolescente, impropia de una persona adulta y con un prestigio profesional que mantener.

Mi período de relajación ha terminado de forma brusca. Entre ceja y ceja se instala una idea que monopoliza mis pensamientos: la maldita transferencia.

—¿Te acuerdas del crédito de doscientos mil euros que pidió Ricardo? Pues al menos ya sé quién es el destinatario: un georgiano al que no conozco de nada.

—¿Y para qué es el dinero?

—Ni idea. Ricardo dejó programada la transferencia hace tiempo y el concepto que figura es «paraíso». ¿Qué te parece?

Adolfo deja de masticar y achina los ojos.

—Pa-ra-í-so. Siento ser poco original, pero lo primero y único que me viene a la mente es «paraíso fiscal».

Vacilo unos instantes.

—No tiene sentido. Pedir un crédito a un banco para luego transferirlo a un georgiano y que este lo derive a un paraíso fiscal sería una estupidez de dimensiones cósmicas.

—Si tú lo dices. —Se encoge de hombros—. Yo no entiendo mucho de esas cosas.

—Esa palabra no me sugiere nada en absoluto.

—¿Tu marido era un tipo la mar de raro o me lo parece a mí? —deja caer Adolfo.

—Hasta hace unas semanas Ricardo era una persona muy normal, con un comportamiento dominado por la rutina. Pero en los últimos tiempos algo se debió descolocar en su cabeza, porque cambió radicalmente su carácter y el resultado ya lo ves: se larga él solo a Ribadesella, algo que no había hecho jamás, y días antes le transfiere un pastón a un tío extrañísimo a cambio del «paraíso». Dios santo, Adolfo, estoy perdida. Y asustada.

—¿Asustada por qué? —clama sin un atisbo de preocupación.

—Los doscientos mil euros han ido a parar a un individuo llamado Anzor Palangashvili. Ernesto dice que puede ser georgiano. ¿Tú qué opinas de todo esto?

Adolfo tuerce el gesto. Da la impresión de que la información que le acabo de transmitir no le agrada en exceso, pero no hace ningún comentario para no angustiarme más. Lo leo en sus ojos.

—Bueno, pues tan fácil como hablar con él y que te aclare el asunto —sugiere.

—No tengo su teléfono, pero vive a media hora de aquí.

—Pues ya estás perdiendo el tiempo.

—¿Serías tan amable de acompañarme? —le ruego—. Solo con pronunciar el nombre de ese sujeto ya se me forma una bola en el estómago.

—Por supuesto. ¿Lo habías dudado? —Su predisposición me tranquiliza.

Cada día que paso junto a Adolfo me agrada más su compañía. Al principio tuve mis dudas. Un tipo que se planta en el funeral de Ricardo con pinta de cantante de rock y se presenta como amigo suyo. Un amigo del que yo no tenía noticia, pues mi marido jamás lo había mencionado. Monitor de esquí al que acababan de despedir de la estación donde trabajaba en plena temporada. Algo gordo tienes que hacer para que te despidan en plenas Navidades. Y, lo más llamativo, se había enterado de la muerte de Ricardo por la radio. Desde luego no era la mejor carta de presentación para alguien que aparece de repente en un tanatorio.

Al llegar al coche, Adolfo me pide las llaves. Más que pedirlas, exige que se las entregue con un gesto condescendiente que no admite una negativa por respuesta.

—Estás temblando, Genoveva. Si conduces tú nos estrellaremos contra un nogal o saldremos volando en uno de esos viaductos de la autovía.

Tiene razón. La angustia me ha colonizado hasta las entrañas. Agradezco que se ponga al volante.

Saco la llave del bolso y se la entrego sin rechistar. Nos subimos al coche y anoto nuestro destino en el navegador. En la pantalla aparece una gruesa línea azul. El empleado del banco no me ha engañado: en treinta y dos minutos estaremos frente a la casa del georgiano.

Me asusta el hecho de presentarme sin avisar en la vivienda de una persona cuyo perfil moral apunta como mínimo a mafioso, y de ahí para arriba. Se me ocurren todo tipo de delitos para atribuirle a su biografía sin miedo a fallar. A juzgar por lo que he leído en internet y las reticencias del empleado del banco a entregarme sus datos, el georgiano tiene pinta de ser un individuo de cuidado.

Durante el trayecto apenas hablamos. Es tal la incertidumbre que me suscita ese hombre, que no me atrevo a diseñar una táctica para aplicar cuando estemos frente a frente. Ignoro la relación entre mi marido y él, ignoro el motivo de la transacción, lo ignoro todo sobre su persona.

Debe de haber algún vínculo entre la muerte de Ricardo y el dinero del crédito. Algún entramado perverso. Tal vez Ricardo no entregó la cantidad requerida y por eso acabó en un congelador. Madre mía. Suena a conspiración cinematográfica, pura ficción. Este tipo de situaciones no se dan en la realidad, y mucho menos en gente como él. Supongo que el dinero debía de servir para pagar algún servicio o producto desconocido para mí —«paraíso»—, no llegó a tiempo a su destinatario y por eso acabaron con él. Los asesinos modernos no matan de un modo convencional. Buscan métodos retorcidos y, sobre todo, que no dejen huella.

El navegador anuncia que nos queda medio kilómetro hasta la casa del georgiano y ni siquiera he diseñado una táctica para enfrentarme a ese hombre. Acudo con la ingenuidad de una gacela acercándose a beber en un río plagado de cocodrilos famélicos.

Nos detenemos en el aparcamiento del taller. Al final de la calle se aprecia la puerta metálica en tono oxidado. Tras ella, la silueta de una gigantesca mansión. La ostentación debe de ser una condición *sine qua non* para convertirse en un mafioso con pedigrí y acceder a la primera división del lumpen.

Tengo la boca seca y comienzo a sudar por el cuello: se me ha invertido el orden de los fluidos corporales. Una especie de jaqueca me taladra las sienes.

Nunca antes había tenido que enfrentarme a situaciones inquietantes, momentos en los que mi vida o la de mi familia corriera peligro. Tras la desaparición de mi marido, el miedo comenzó a atenazarme, a desarbolar por completo el mundo de certezas en el que había vivido hasta la fecha.

Aparcamos frente al taller. Al bajar del coche, el miedo que he sentido durante el trayecto se convierte en un pánico paralizante.

Tras caminar unos metros, me detengo en seco y sujeto a Adolfo por el brazo. Soy incapaz de seguir hacia la casa.

—Adolfo, no puedo dar un paso más. Volvamos al coche. Me espanta entrar ahí. Tengo verdadero pavor —le ruego con los pies clavados al césped.

—¿Por qué? —Me mira con ojos exorbitados.

—Creo que tenías razón. Desconozco el motivo de la transferencia: una deuda, una apuesta… Pero a Ricardo lo mataron porque el maldito dinero no llegó a tiempo a su destinatario.

—Pues probablemente sea como dices, pero si hemos venido hasta aquí es para salir de dudas de una vez —me regaña.

Adolfo continúa hacia adelante, con mi mano tratando de sujetarle el brazo en balde.

—Vámonos de aquí —insisto—. Te lo ruego. Volvamos a Madrid. Olvidemos todo esto.

—¿Y el dinero?

—Ya me da igual ese dinero. Vámonos, por favor.

Por las rendijas de la valla que circunda la casa aparece el hocico de un par de perros. Apenas se les divisa media cabeza. No entiendo mucho de perros de presa, pero parecen *rottweilers* u otra raza igual de «simpática». Nos han detectado nada más llegar y se mueven inquietos junto a la valla. Esos bichos son capaces de oler el miedo.

—Sigamos —me ordena Adolfo, con el rictus tranquilo, como si acudiera a la piscina de un colega a pasar la tarde—. Venga. No pasa nada.

—Ahora mismo estoy paralizada, amigo mío. No puedo continuar. Tengo las piernas como bastones y me tiembla todo el cuerpo.

Ahora es él quien me sujeta con energía el brazo. Y, como la fuerza física no basta para convencerme a continuar, baja la mano por el antebrazo hasta alcanzar la mía. Acaricia mi mano izquierda con suavidad; a continuación, me toma también la derecha. Sus pulgares se mueven por el dorso de mis manos como si las masajeara. Me dirige una mirada hipnótica y dulce.

No hace falta que me diga nada más, ni trate de convencerme con un discurso cargado de poderosas razones. Sus manos cálidas me relajan. Sigo sus pasos hasta la puerta oxidada. Hemos venido hasta aquí con un propósito y lo ejecutaremos hasta sus últimas consecuencias.

Nos encontramos en un pueblo muy pequeño y con las casas diseminadas. Al margen de los mecánicos del taller, tengo la impresión de que estamos solos.

Los perros se acercan a la puerta con la cabezota erguida, olisqueando el aire. No ladran, no es necesario, su sola presencia ya resulta una desagradable fuente de intimidación.

En la parte superior de la puerta, una cámara de vigilancia ha tomado buena nota de nuestra presencia.

Adolfo pulsa el timbre. Se escucha el eco de tres tonos con notas ascendentes. Una voz grave contesta al instante.

—¿Sí?

Dejo que sea Adolfo quien tome la iniciativa. Aún tengo la angustia pegada al cuerpo y soy incapaz de articular palabra.

—Nos gustaría hablar con Anzor… —Adolfo me mira en busca de ayuda, se ha olvidado del apellido. Yo también. Demasiado largo. Así que niego con la cabeza—. Nos gustaría hablar con Anzor, perdón, no recuerdo el apellido.

—¿Quiénes son ustedes? ¿Tienen cita con el señor? —Voz ronca, acento extranjero, entonación desagradable, casi intimidatoria. Justo lo que yo había imaginado.

—No teníamos cita, pero se trata de un asunto muy delicado. Es urgente que hablemos con él —replica Adolfo sin alterarse.

—Pero ¿quiénes son ustedes?

—Somos unos familiares de Ricardo Manrique. Ri-car-do Man-ri-que.

—Un momento, por favor.

Se escucha un sonido seco, de plásticos entrechocando, como si el hombre hubiera colgado el telefonillo y se dirigiera a su jefe con el ánimo de consultar nuestra solicitud. Le sigue una pausa larga, o así me lo parece. Trago saliva. Las sienes están a punto de explotarme y bajo las orejas el sudor mana como un arroyo tras el deshielo. No los veo desde aquí, pero noto la presencia de los perros al otro lado de la puerta, husmeando, con esa respiración ahogada tan desagradable. Adolfo se apoya con un brazo en el muro, esperando que el telefonillo vuelva a emitir algún sonido. Se pasea la otra mano entre el pelo a modo de peine. Su semblante irradia serenidad, pero soy incapaz de absorberla.

—Pueden pasar —nos informa la voz. Acto seguido se escucha un tono de dos notas y un clic metálico—. La puerta está abierta.

—¿Y los perros? —pregunto al telefonillo.

—No se preocupe. No son peligrosos. —La voz ha perdido el cariz intimidatorio del principio—. En cualquier caso, ahora voy a por ustedes. Esperen fuera, por favor.

Un hombre de unos cuarenta años, vestido de chándal y deportivas, sale a nuestro encuentro. Al ver que los perros nos enseñan la dentadura, les ordena retirarse. Los bichos no le hacen caso. Apostados cada uno a un lado de la puerta, emiten un ronquido grave, amenazante, el típico ronroneo que precede al ladrido o, directamente, a la mordedura. Al hombre del chándal no le queda más remedio que dictar una segunda orden, esta vez más contundente. Ahora sí es efectiva. Los perros se alejan hacia el interior del jardín sin perdernos de vista y manteniendo bien visible sus hipertrofiados colmillos.

El hombre nos conduce al interior de la casa. Casi no me da tiempo a valorar la decoración del vestíbulo. Nos acompaña hasta una pequeña sala amueblada con varias sillas y una mesita central.

—Esperen aquí, por favor. En unos minutos los recibirá el señor Palangashvili —nos informa, antes de salir y cerrar la puerta tras él.

—Estupendo —responde Adolfo, el primero en moverse por la sala como si fuera el salón de su casa y echar una ojeada por la ventana. Las vistas no deben de ser muy espectaculares, porque toma asiento enseguida.

—Tranquila, verás como todo se arregla —susurra, poniendo su mano sobre mi rodilla.

No le contesto. Saco el teléfono del bolso y miro los mensajes. Me llama la atención que no hay cobertura.

—Adolfo, mira tu teléfono. Yo no tengo cobertura aquí dentro.

Saca su móvil del bolsillo.

—Yo tampoco.

Nos miramos con recelo.

—Qué raro —le digo.

—Bueno, este lugar está en medio de ninguna parte. Tal vez sea por eso.

—¿Este tío vive en un auténtico palacio y no tiene cobertura de móvil?

—A lo mejor su compañía telefónica sí dispone de antena en esta zona —arguye para tranquilizarme, pero la contracción de su rostro sugiere lo contrario.

—Qué extraño, Adolfo.

—También puede ser que…

De pronto enmudece y me mira de reojo.

—Adolfo, ¿qué puede ser?

—Nada, nada. Se me había ocurrido una estupidez. —Gira por completo el cuello a un lado y a otro, como hacen los deportistas para calentar antes de una competición. Creo que es una mera distracción para que me olvide del asunto.

—Adolfo, ¿qué estabas pensando? Suéltalo. No sabré si es una estupidez o no si no me lo cuentas.

—Está bien. He leído en una revista que hay gente que utiliza inhibidores de frecuencia en sus casas en momentos determinados. —Se encoge de hombros—. Ya te dije que era una estupidez.

No llego a entender el alcance de su comentario, pero me inquieta la posibilidad de que el georgiano haya inutilizado nuestros móviles. Nadie puede pedir ayuda ante una emergencia si el teléfono no le funciona. Al ver que el desasosiego regresa a mis manos en forma de un nuevo temblor, trata de calmarme.

—No te preocupes, creo que es una tontería. Si utilizase un inhibidor, tampoco él podría usar el móvil. Vamos, digo yo.

El hombre del chándal regresa y nos invita a que le sigamos. Cruzamos el vestíbulo y recorremos una larga galería hasta el fondo. Giramos noventa grados, recorremos un pasillo más corto y nos encontramos, por fin, frente al despacho de nuestro enigmático anfitrión.

El georgiano nos recibe con una gélida sonrisa y sentado en un sillón de corte clásico. No uno de esos de oficina, giratorios, tapizados en piel y con ruedas. Se aposenta en un sillón que me recuerda el estilo Luis XVI. La luz penetra por una ventana situada a su espalda, lo que contribuye a crear un contraluz del todo siniestro. Apenas veo su silueta. Una cabeza reclinada sobre el respaldo y unas manos apoyadas en los reposabrazos es cuanto alcanzo a percibir. Tengo la sensación de que él puede observarnos con total nitidez y nosotros únicamente alcanzamos a ver su perfil.

—Buenas tardes. Soy Anzor —se presenta con una ausencia total de entonación, un ritmo parsimonioso y un timbre de voz grave, rayando en lo truculento. Arrastra las erres, pero no de un modo excesivo. Debe llevar varios años viviendo aquí.

Se levanta y nos alarga la mano. Baja la cabeza a la vez que nos saluda. Su cortesía me complace, pero no me tranquiliza. Los gánsteres más sanguinarios y los mafiosos más pérfidos siempre hicieron gala de buenos modales.

—Siéntense, por favor.

Seguimos sus indicaciones y tomamos asiento. A medida que mis pupilas se adaptan a la penumbra del despacho, comienzo a descifrar sus rasgos. Unos cincuenta y cinco años, de piel extremadamente morena, con el rostro rico en arrugas. Me atrevería a decir que una de ellas no es tal, sino una cicatriz que baja desde la frente hasta la oreja. Su mirada transmite cualquier cosa menos confianza. Pestañea con una frecuencia excesiva, hasta el punto de que sospecho que se trata de un tic. Pelo oscuro, corto y abundante. Rostro bien afeitado. Labios finos, mandíbula afilada, nariz prominente y algo aplastada en la punta. La mano derecha se entretiene jugando con un grueso anillo instalado en el dedo meñique de su mano izquierda.

—¿A qué debo su visita? —nos pregunta, mirando a Adolfo y a mí alternativamente.

Llega el momento de saltar a la arena y combatir. El calentamiento ha terminado. Adolfo me invita con una mueca a que tome la palabra. Soy yo quien conoce en detalle la circunstancia que nos ha llevado hasta aquí.

—Mi marido se llama —titubeo—, se llamaba Ricardo Manrique. ¿Le suena su nombre?

—Pues ahora mismo no caigo —me responde con un tono glacial.

—Mi marido dejó programada una transferencia a su nombre y el dinero ha sido traspasado esta misma mañana. Estamos hablando de doscientos mil euros y desconozco el motivo. Él nunca me informó de que tuviéramos un pago pendiente con usted. Y mucho menos de una cantidad tan elevada.

—Ya. —El georgiano sigue sin mover un músculo, más allá del aleteo persistente de sus pestañas.

—El problema es que mi marido murió hace unos días.

—Vaya, lo siento. —Inclina la cabeza en señal de duelo—. Y dice que el dinero ha salido de su cuenta esta mañana...

—En efecto. Lo que quiero saber es a qué se debe ese pago. Qué tipo de relación tenía usted con él.

—¿Cómo ha dicho que se llamaba su marido?

—Ricardo Manrique.

—Y la cantidad a la que se refiere son doscientos mil euros, ¿verdad?

—En efecto.

Me choca que no disponga de ordenador. El georgiano abre un cajón, saca un cuaderno y lo consulta. Pasa las páginas sin prisa, con delicadeza. Parece una especie de contabilidad casera escrita a bolígrafo.

—Pues no encuentro nada con ese nombre.

Adolfo y yo intercambiamos miradas de desconcierto.

—Un momento, por favor.

El georgiano guarda el cuaderno en el cajón y extrae una agenda.

—A ver si aquí encuentro algo... Ricardo, Ricardo Manrique... Ah, sí, aquí está. Una deuda pendiente de... —Se acerca y se aleja la agenda de los ojos, como si le costara enfocar—. Doscientos mil euros. La cantidad que usted ha mencionado es correcta.

La expresión «una deuda pendiente» suena desoladora, irritante. Siento en el pecho una punzada de impotencia. Otra más.

—¿De qué deuda me está hablando?

—Ah, sí. Ya recuerdo. Es que tengo tantas cosas en la cabeza. Su marido es el músico, ¿verdad?

Habla como si estuviera distraído y de repente recuperara la concentración.

—Era músico, sí. —Estoy empezando a impacientarme. Quiero conocer de una vez la verdad.

—Ya me acuerdo. Un gran tipo, pero con algunas debilidades.

—¿Algunas debilidades? ¿A qué se refiere exactamente? —recelo con un nudo en la garganta.

El georgiano deja la agenda sobre el escritorio y vuelve a juguetear con el anillo, girándolo, metiéndolo y sacándolo del dedo.

—Todos tenemos debilidades. Las debilidades de Akaki, el hombre que les abrió la puerta, son los chándales. Algún día le voy a prender fuego a esas malditas prendas, pero con él dentro. —Se ríe con un punto de cinismo—. La debilidad de mi esposa

331

son las joyas, lleva más metal encima que las mujeres jirafa de Tailandia. —Lanza un largo suspiro y dirige la mirada al retrato de una mujer guapa, con un aspecto más escandinavo que georgiano, situado en una esquina de la mesa—. Yo soy más convencional. Más simple. Mi debilidad es el dinero. Todo el mundo tiene alguna, sí, todo el maldito mundo tiene alguna debilidad.

Adolfo pone cara de circunstancias.

Estoy impaciente, enojada. Quiero conocer la verdad de una vez por muy sombría que sea. Pero no podemos hacer más de lo que estamos haciendo. El hombre que tengo delante me infunde terror.

—Entonces —balbuceo—, ¿cuál era la debilidad de mi marido, según su criterio?

—Una poco común, si le digo la verdad.

El georgiano se reclina sobre su aristocrático sillón y se atusa el pelo. Estoy a punto de estallar.

—Estamos en ascuas por saber cuál era la debilidad de Ricardo —interviene Adolfo, que trata de acelerar las cosas al ver que estoy padeciendo un sufrimiento innecesario.

—No lo van a creer. La debilidad del músico era… ¿Cómo se llamaba la mujer? Ahhh. —El georgiano hace una pausa, chasquea los dedos y deja la mirada perdida.

¿Una mujer? ¿Este hombre ha dicho que la debilidad de Ricardo era una mujer? ¿Se referirá a la maldita rubia del coche?

Me vuelvo hacia Adolfo en busca de aliento, esperando alguna señal que me reconforte. Me siento impotente una vez más. Adolfo observa al georgiano con la mirada indignada y escrutadora de un águila.

Anzor practica un nuevo chasquido con los dedos que retumba en las paredes del despacho.

—Ya recuerdo el nombre de esa mujer. Se llamaba Mercedes.

Escuchar el nombre de Mercedes me tranquiliza en un principio. Adolfo y yo volvemos a cruzar las miradas, en este caso de incertidumbre. ¿Qué pinta Mercedes en todo este asunto?

—Perdone, pero ignoro por completo qué relación puede tener la tía de Ricardo con ese dinero.

—Ya se lo he dicho. La debilidad de su marido era su tía Mercedes. Al parecer, esa mujer reside en una casa a punto de derrumbarse. Y a Ricardo le dolía que viviera en esas condiciones. Hace unos meses coincidimos en la granja Lisuca, ¿la conoce?

—Sí, claro. A Ricardo le gustaba visitarla para comprar queso.

—A mí también me gusta el queso de esa granja. Hmmm. Está buenísimo. Como le decía, una de las veces que coincidimos le dije que quería desprenderme de una propiedad en Ribadesella. Una casa de color rojo, supongo que la conocen. Está detrás de la iglesia.

—Pues claro, ¡Villa Paraíso! —exclamo, dirigiéndome a Adolfo, que parece aún más atónito que yo ante el giro que está tomando la conversación—. El puñetero paraíso que no alcanzábamos a comprender.

—Exacto. Aquí a la gente le gusta pintar las casas de colores fuertes. Yo elegí el rojo porque es el color de la bandera de mi país —reconoce Anzor—. Y la patria es algo que se añora, por mucho tiempo que uno lleve viviendo en otro sitio. —Vacila—. Por cierto, tengo otra casa en venta a la entrada de Celorio. Es preciosa, toda de madera, y está situada en un lugar idílico: frente a la playa de Palombina. Ahora hay una persona viviendo allí, pero se irá muy pronto. Si les interesa, solo les puedo decir que es un lugar perfecto para disfrutar del verano.

—No, gracias —zanjo con sequedad.

Cierro los ojos y aspiro profundamente. Siento tal liberación que mi cuerpo sería capaz de flotar.

—O sea que Ricardo le ha comprado una casa a su tía —le digo al georgiano.

—Y nosotros pensando que se había metido en algún lío gordo... —me susurra Adolfo.

—Pretendía regalársela en Navidad —confiesa el hombre—. Eso es lo que me dijo. De hecho, una vez recibida la transferencia, ya solo queda pendiente la escritura.

Adolfo y yo intercambiamos las miradas por enésima vez, en esta ocasión distendidas, serenas, risueñas. Celebramos que todo haya sido aclarado.

Nos despedimos del georgiano y el hombre del chándal regresa a por nosotros para conducirnos a la salida. Vuelvo a pasar el mal trago de la amenaza canina y solo consigo respirar con tranquilidad cuando pongo los pies fuera de la finca. En el momento en que llegamos a la carretera me siento como si acabara de cruzar una jungla densa y colmada de bichos venenosos.

—Ahora sí estás en condiciones de conducir —me dice Adolfo. Me entrega la llave del coche y se encamina hacia el asiento del copiloto.

—No sabes el peso que me he quitado de encima. —Abro los brazos y dirijo la mirada al cielo.

—Lo supongo.

Adolfo se acerca a mí. Mis brazos se cierran en torno a su cuello. Nos damos un abrazo largo y terapéutico.

Subimos al coche. Al colocarme el cinturón reparo en un hombre con una bolsa de deporte negra que se acerca a la casa del georgiano. Su cara me suena del bar de Saúl; se trata del tipo de mirada furtiva que portaba un chubasquero amarillo la primera vez que entré allí.

—Ese tío me suena. Creo que es Moisés, el hombre del que hablamos con Saúl —señalo.

—Vaya. En ese caso, es quien contrató a los padres de Ricardo. ¿Y qué narices pinta en casa del georgiano?

—Ya le has oído. Al georgiano le gusta el dinero, es su debilidad. Sea lo que sea lo que Moisés lleve en la bolsa, tiene que haber de por medio alguna transacción beneficiosa para sus intereses.

Moisés llama al timbre. Enseguida le abren la puerta y entra sin la menor vacilación. Es evidente que los perros lo conocen y no se alborotan a su paso.

—Ese tío no es trigo limpio —aventuro—. Me di cuenta nada más verlo en el bar. No me gustó ni un pelo su forma de mirarme.

—Contrató a los padres de Ricardo para que bucearan en busca de su barco hundido. Es probable que la pareja encontrara el barco y extrajeran la mercancía.

—¿Y si fue él quien los quitó de en medio?

—No tenía ningún motivo para hacerles daño.

—Tal vez llegaron a algún tipo de acuerdo, aparte de lo que les pagara por bucear.

—No te entiendo —dice Adolfo, frunciendo el ceño.

—Repartirse el botín, por ejemplo. O darles una parte. No sé. Son opciones que se me ocurren sobre la marcha.

—Ya sé por dónde vas. Tal vez Moisés se enteró del accidente, acudió a la cala y no quiso repartir el botín con la pareja.

—Pero si los eliminaba no podía sacar el resto del cargamento —deduzco.

—Cierto. Lo que nos conduce a pensar que consiguieron extraerlo en su totalidad —especula Adolfo—. Claro, por esa razón la lancha iba tan cargada. Con toda la mercancía en tierra firme, Moisés ya no necesitaba a la pareja para nada.

—Saúl también nos contó que en aquella época Moisés estaba loco por Mercedes, pero ella le daba calabazas. Al parecer, siempre estuvo enamorada del padre de Ricardo. Si se quitaba de en medio al rival, Mercedes acabaría por ceder a sus pretensiones tarde o temprano. Pero le salió mal la jugada. La mujer se centró en sus sobrinos y siguió rechazándolo.

—Es cierto. No me acordaba de ese detalle. Ese tío es un auténtico hijo de puta —bufa Adolfo.

—El GPS indicaba que Ricardo aparcó su coche entre la lonja y los almacenes. Saúl nos dijo que Moisés tiene un local justo allí, ¿recuerdas?

—Perfectamente.

—La intención de Ricardo no era verse con un pescador o un trabajador de la lonja, sino con Moisés. Debió de llegar a la misma conclusión que nosotros. Se presentó allí, lo dejó en evidencia, Moisés se defendió, discutieron...

—Lo tenemos, Genoveva. Hablaré con él y lo pondré contra las cuerdas.

—Sí, lo mismo que con Mauro... —deslizo en tono burlón—. A él también lo ibas a poner contra las cuerdas y salimos de allí con el rabo entre las piernas. Y no acabamos con un tiro en el pecho de milagro.

—Es cierto. Qué chasco. —Suelta una carcajada.

Adolfo se ríe de sí mismo. No tiene remilgos a la hora de asumir sus errores. Eso me gusta.

—Saúl ya nos comentó que llevaba años intentando, sin éxito, sonsacarle información sobre el barco hundido. Necesitamos pruebas —esgrime Adolfo con una gran seguridad en sí mismo—. Se me ocurre que podríamos entrar en el almacén de ese tío.

—Ya vale de intrigas por hoy. Además, tengo sueño. No consigo dormir ni dos horas diarias.

29

ADOLFO

En la radio informan sobre la captura de un grupo de delincuentes en Madrid. Una banda de ladrones especializados en el robo de piezas de gran valor en iglesias y chalés, entre ellos el situado enfrente de mi urbanización, éxito que en gran medida se debe a la foto de la furgoneta que le facilité a la Guardia Civil de Guadarrama.

No me he dado un golpe en el pecho en señal de orgullo, pero me he sentido satisfecho de mi contribución a la detención de semejante chusma. La noticia también menciona que se está investigando la participación de una mujer en el robo. Al parecer, alguna de las vecinas fue quien alertó a la banda de que la vivienda iba a estar desocupada durante la Navidad.

Repaso una por una la lista de mujeres residentes en mi urbanización capaces de una cosa así. La soplona pudiera ser cualquiera de ellas. Recuerdo que el Lexus de la peluquera se encontraba aparcado detrás de la furgoneta cuya presencia me resultó extraña desde un principio.

Nunca me gustó esa mujer. Cuando me cruzaba con ella en el portal me miraba de arriba abajo, como si pasara revista a mi indumentaria algo estrafalaria, seguramente demasiado juvenil para su gusto. Su mirada insidiosa parecía decirme: «A ver si te vistes de una manera decente, que ya eres mayorcito», o alguna expresión igual de despectiva.

De todas mis vecinas, la peluquera respondía con precisión al patrón que en términos policiales se viene a denominar «chivata», «soplona», «cómplice» o «colaboradora necesaria», si nos

337

ponemos exquisitos. Ahora entiendo los motivos de su vida holgada. No es fácil que a base tintes, alisados y mechas alguien pueda pagar el alquiler de un apartamento de lujo, vestir con ropa de marca y conducir un Lexus.

Siento lástima por la familia que habita el chalé. No dejo de imaginar sus caras tras abrir la puerta y encontrarse con semejante panorama.

Cuántas veces se habría cruzado la pareja con la peluquera en sus habituales paseos por el monte y, en un exceso de confianza, le habrían confesado a la caradura su intención de irse de vacaciones. La sinvergüenza trasladó la información a sus compinches y la banda desvalijó la casa mientras ella, desde su balcón, contemplaba la operación con extrema frialdad. El mundo anda lleno de inmundicia. Da igual el sitio que pises, la ponzoña humana anda repartida por todo el planeta.

Apago la radio y acudo a un bazar con la esperanza de encontrar una linterna. Esta noche asaltaré la nave de Moisés y no puedo moverme por su interior alumbrado con la llama de un mechero.

Embutida en su habitual gorro de lana, Carla camina a buen paso por la Gran Vía hacia la carnicería de su padre. Me saluda desde lejos con la mano y continúa su camino. Algo ha debido de ocurrir en su cabeza tras el saludo porque se detiene, gira y retorna hacia mí con diligencia. Una amplia sonrisa le ilumina la cara. Esa perenne sonrisa suya.

—Pensé que ya habrías regresado a Madrid —me dice con cierto asombro.

—Estoy esperando a que se vaya la niebla para encontrar la carretera.

Carla suelta una carcajada, es una muchacha agradecida.

—El tiempo que estamos teniendo no es normal. Aquí suele hacer bueno casi todo el año. Ya ves que las terrazas están abiertas y estamos en pleno invierno. —Su rostro cobra una repentina seriedad—. Me gustaría comentarte algo. El otro día, cuando nos vimos en la playa, no fui del todo honesta contigo.

—Ajá —asiento sin sospechar a qué se puede referir.

—Te confesé que Ricardo me había dejado plantada cuando conoció a Genoveva —titubea—, pero no es del todo cierto.

—Eso es algo que a mí no me incumbe, Carla. Son cosas vuestras. Además, Ricardo ya no está con nosotros. Lo que ocurriera entre vosotros no me concierne.

Carla mira a su alrededor para comprobar que ningún transeúnte logra oírnos.

—Es importante que me escuches. Me quedaría más tranquila si te digo la verdad. No se puede vivir ocultando cosas toda la vida.

—Como quieras —asumo resignado.

—En realidad Ricardo no me abandonó al conocer a Genoveva, fue al revés.

—No entiendo nada.

—Fue culpa mía —afirma tras un largo y trémulo suspiro—. Cuando se trasladó a Madrid, nuestra relación perdió fuelle. Cada vez le salían más conciertos y venía poco al pueblo. Entonces… —Hace una pausa y comienza a balancear ligeramente el cuerpo—. Entonces empecé a verme a escondidas con Víctor.

—Supongo que te refieres al hijo de Mauro.

—El mismo. Todo comenzó con el típico tonteo. Nos encontrábamos en algún pub de aquí o de Llanes, tomábamos un par de copas... Pero la cosa fue a más, ya te lo puedes imaginar. Uno de esos sábados, antes de volver a casa decidimos visitar el hotel de un área de servicio. —Se encoge de hombros y cierra los ojos un instante—. Lo peor es que la experiencia se repitió varias veces hasta convertirse en una rutina. Un fin de semana, Ricardo decidió darme una sorpresa y presentarse aquí sin avisar. Paró a llenar el depósito en la gasolinera de ese lugar y nos pilló en el preciso momento en el que entrábamos al hotel.

—O sea que la sorpresa se la llevó él, vaya —suelto con socarronería.

—Y bien gorda. Me quedé paralizada. Si ya tenía un sentimiento de culpa por acostarme con otro chico, imagina la situación. La dosis de culpabilidad fue doble, o triple.

—¿Y cómo se lo tomó Ricardo?

—Pensé que iba a bajarse del coche y montar en cólera, pero actuó como lo hacía siempre: agachó la cabeza, cerró el tapón del depósito, se metió en el coche y arrancó sin mirarme. No nos llamamos en una semana. Hasta que ya no aguanté más y marqué su número. Traté de explicarle la situación y pedirle perdón, pero mis palabras cayeron en saco roto. Me escuchaba por educación, pero no soltó ni una palabra; de sus labios únicamente salió un «Hola, Carla» al descolgar. No me recriminó mi conducta ni se hizo la víctima. Se limitó a escucharme y, cuando acabé mi listado de excusas, colgó. Como puedes imaginar, la relación se rompió.

—Vaya, vaya, con la risueña Carla.

—La risueña Carla perdió la sonrisa cuando se enteró, a través de Beatriz, de que Ricardo había conocido a Genoveva un par de meses después de nuestra separación.

—Tú seguiste con Víctor, imagino.

Carla dibuja una mueca de... ¿asco, displicencia, ambas?

—En absoluto. Yo no quería a Víctor. Lo nuestro fue algo esporádico, una especie de revancha al verme ninguneada por Ricardo.

—Mauro me comentó que ellos dos eran buenos amigos.

—Sí, es verdad. Desde pequeños. Pero Ricardo triunfó y Víctor se tuvo que quedar en el pueblo cuidando de las vacas de su padre, y le llevaban los demonios cada vez que aparecía en el periódico o la televisión alguna referencia a los logros de Ricardo. Aunque quisiera evitarlo, apretaba los dientes de rabia al ver la foto de su amigo junto a una noticia que hablase de su meteórica carrera.

—¿Me quieres decir que Víctor no se sintió culpable por haber traicionado a su amigo del alma? —quiero saber.

—Ni lo más mínimo. Cuando Ricardo nos vio en la gasolinera no creas que tuvo un ataque de remordimiento. Todo lo contrario. Se iba riendo escaleras arriba. Creo que en el fondo se sentía satisfecho por haberse acostado durante una buena temporada con la novia de su amigo.

—Ya lo entiendo. Era una especie de revancha: Ricardo toca el piano en auditorios y teatros de medio mundo y, mientras eso ocurre, yo me dedico a sacar el estiércol de las vacas con una carretilla. Pero llega el fin de semana y me acuesto con su novia. Y no una vez, ni dos, sino todas las veces que puedo. Menudo mamón ese Víctor.

—Pues sí. Pero ahí no acaba la cosa. —Se le enturbia la mirada.

—¿Hay más? Por Dios, tengo que ir al bazar, pero no importa, continúa por favor.

—No podía decirle a mis padres y a Beatriz, mi mejor amiga, que Ricardo nos había pillado entrando en un hotel, así que les mentí. A mi padre, a mi madre, a Beatriz, incluso a la tía Mercedes. A todos les dije que era Ricardo quien me había dejado por otra mujer. Me compadecieron de inmediato. La que peor lo encajó fue Mercedes, ella me quería muchísimo. Cuando al cabo de unos meses Ricardo apareció de la mano de Genoveva, Mercedes y Beatriz la consideraron una usurpadora, la culpable de que él me hubiera abandonado después de cinco años de relación. Mercedes la recibió como a un prisionero enemigo. Ella había previsto campanas de boda, y esas campanas ya no iban a sonar. Al menos conmigo vestida de novia.

—O sea que la razón de que Genoveva nunca haya encajado con Mercedes y Beatriz se remonta a los principios de su relación. Y se debe a que tía y sobrina la consideraron una intrusa. Genoveva se vio rechazada desde un principio por la familia y sin conocer el verdadero motivo.

—Y todo por mi culpa —reconoce cariacontecida.

—Exacto. ¿Y por qué extraña razón no dijiste la verdad? —clamo—. Hubiera sido más sencillo para todos. Y más práctico, vistas las consecuencias.

—Pensé en hacerlo varias veces, pero no tuve valor. Fui una completa cobarde, lo reconozco. Y llegó un momento en el que la mentira se había enquistado de tal manera en mi cabeza que hasta llegué a creérmela.

—Carla, eres la culpable de que Genoveva nunca haya conectado con su familia ni con este pueblo, la responsable de que siempre se haya visto rechazada. No me extraña que no tuviera el más mínimo interés en venir, y, cuando lo hacía, no deseara otra cosa que regresar a Madrid. Este pueblo es precioso, pero ella lo odia.

—Lo sé. Pero nunca encontraba el momento idóneo de contar la verdad —argumenta, haciendo un esfuerzo por resultar creíble.

—En realidad, el daño ya está hecho.

—Me hago cargo. Pero bueno, Genoveva se irá del pueblo un día de estos y no volverá jamás. Ya nada la une a Ribadesella.

—Eso da igual. Creo que deberías confesar la verdad. Nunca es tarde para redimirse de alguna manera.

—¿Tú crees?

—Por supuesto.

Ladea su mirada para evitar la mía.

—¿No te has casado, verdad? —le pregunto, intuyendo que su amor por Ricardo no decayó con la separación.

—No he conocido a la persona adecuada —aclara, esbozando una sonrisa amarga y de lo más reveladora.

—Ya entiendo.

—Bueno, eso era todo lo que tenía que decirte.

—Que no es poco.

—Al menos no te has aburrido. —Sonríe de nuevo—. Hablaré con Mercedes y Beatriz cuando se recuperen del varapalo.

—Aprovechando que tú y yo estamos llegando a un nivel de intimidad que ya quisieran muchos matrimonios —suelto buscando su complicidad—, quería compartir contigo algo que no deja de torturarme. Recordarás que, cuando nos vimos la primera vez, yo sospechaba que Ricardo no había muerto por un paro cardíaco.

Pone los ojos en blanco.

—Sí, mi padre me dijo que habíais estado en la carnicería indagando. Pero él sería incapaz de hacer una cosa así.

—Lo sé, tranquila, no lo estoy culpando a él ni mucho menos.

—¿Entonces?

—Tu padre me dijo que había más gente que tenía llaves de la carnicería, aparte de vosotros. En concreto Beatriz y Mauro. Beatriz porque había grabado un videoclip, y a Mauro se las prestaba para que pudiera surtiros de carne directamente desde el matadero, ya que vosotros no disponéis de camión isotermo, o algo así creí entenderle.

—Es cierto. No nos compensa comprar uno para el volumen de ventas que tenemos y tampoco nos apetece que nos surtan proveedores de fuera. Nos gusta vender carne de la tierra, terneras que se crían en estos prados.

—Ajá, lo entiendo. El papel encontrado en el zapato de Ricardo apunta directamente a la cámara frigorífica de vuestro establecimiento. De ello no me cabe ninguna duda. Desestimada la posibilidad de que fueras tú o tu padre quien lo encerrara en esa maldita jaula, me quedan estas dos opciones: Beatriz y Mauro. Los dos disponían de llave.

—¿Estás seguro?

—Del todo. A ambos los he descartado por varias razones. Pero cuando has mencionado a Víctor, y has hecho referencia a la envidia que le tenía a Ricardo, en mi cabeza inquieta han empezado a saltar las alarmas. Se me ha ocurrido que tal vez esa envidia que sentía se pudiera haber transformado en algo más… dañino, ¿me sigues? Víctor guarda en el bolsillo la llave de la carnicería y es quien os suele llevar la carne.

—Me hago una ligera idea de lo que insinúas —admite preocupada.

—Después de lo que me has contado sobre Víctor, y sabiendo que entra y sale de vuestro local como si fuera su casa, el único sospechoso que me queda es ese muchacho.

Carla enarca las cejas y niega con la cabeza.

—Víctor es un poco rudo, un poco envidioso, pero no lo veo capaz de llevar su rencor hasta ese extremo.

—¿No lo ves capaz? Se acostó contigo sin mostrar el menor remordimiento. Un hecho bastante ruin tratándose de la novia de su mejor amigo de la infancia.

—No sé qué decirte. Aquello ocurrió hace mucho tiempo. Lo vi en el entierro y estaba destrozado.

—Yo también lo vi en el tanatorio; sollozando, hundido y apoyado en el hombro de su padre. Pudo fingir. La gente finge, tú lo has hecho durante años.

—¿Víctor, un asesino? No lo creo capaz, pero me haces dudar.

Carla sube el cuello del chubasquero lo que da de sí, como si de pronto tuviera frío. Por primera vez advierto inquietud en sus ojos, predispuestos por la naturaleza para servir de marco a la más dulce de las sonrisas.

Hasta el momento, la figura de Víctor me había pasado inadvertida. Su posible implicación iba en contra de las premisas innegociables que manejábamos los últimos días: la muerte de Ricardo guardaba relación con el asesinato de sus padres, y Víctor tenía trece años cuando ocurrió.

Atisbo en ese muchacho un corazón sombrío. Hay algo en su carácter que me genera dudas: huraño, callado, conduciendo siempre con prisa la furgoneta, como si quisiera quitarse de encima el trabajo cuanto antes para ir con sus amigos a Llanes en su Audi rojo y tomar copas hasta reventar.

¿Era Víctor un tipo rudo y vengativo o únicamente rudo?

Suena de improviso la canción *Souper trouper,* de Abba, en el bolsillo de Carla. La chica saca el teléfono y se lo lleva a la oreja.

—Dime, papá. —Escucha con expresión de hastío lo que parece una leve reprimenda—. Ya voy. En un minuto estoy ahí, ¿vale? —Pone los ojos en blanco y devuelve el teléfono al bolsillo del chubasquero.

—Igual te estoy entreteniendo —me disculpo.

—No, tranquilo. Es que mi padre se pone muy nervioso en cuanto se le llena la carnicería.

Me hubiera gustado preguntarle más cosas sobre Víctor pero tiene prisa, así que ponemos punto final a la conversación y nos despedimos. Ella se aleja con el gesto contrariado, y no creo que se deba a los reproches de su padre. Estoy convencido de que mis comentarios sobre Víctor le han suscitado algún que otro desasosiego; y, si no es desasosiego, al menos una mínima duda.

Continúo mi camino hacia el bazar. Allí encuentro un manojo de linternas apiladas en una estantería. Elijo la de color pistacho. Completo la compra con un gran paquete de pilas. No sé lo que me voy a encontrar en el almacén de Moisés y quiero que me duren un buen rato.

30

GENOVEVA

Aún no he terminado de peinarme cuando alguien llama a la puerta. No me hace falta especular mucho, solo puede ser Adolfo. Entra en la habitación bufando, como una locomotora de vapor.

—Tenemos que colarnos en el almacén de Moisés esta noche —me propone, frotándose las manos.

De una bolsa extrae una linterna y un paquete de pilas. Se dispone a insertar un par en las tripas de la linterna.

—No estoy muy segura de que sea una buena idea. ¿Cómo vamos a hacerlo?

—Lo tengo todo planeado.

—No quiero más líos, Adolfo, de verdad. Después del miedo que he pasado con el georgiano, estoy a punto de claudicar. No vamos a encontrar al asesino de Ricardo ni aunque pasemos aquí un mes entero. Vámonos de una vez.

—Estamos cada vez más cerca. No puedes desanimarte ahora —insiste Adolfo, haciendo un esfuerzo por resultar convincente—. Creo que Víctor ha tenido algo que ver con la muerte de Ricardo, y Moisés con la de sus padres.

Adolfo es un tío encantador, lo adoro, pero muy proclive a dejarse llevar por intuiciones que luego terminan en nada.

—¿Y qué piensas encontrar allí dentro, aparte de cosas viejas e inútiles, que es lo que suele haber en los almacenes?

Enciende la linterna y sitúa la mano delante para asegurarse de que funciona y que la potencia es suficiente.

—No lo sé, pero estoy convencido de que allí dentro está la clave de todo esto. Pongámonos en marcha. —Se sienta en la cama, apoya la espalda en la pared y estira las piernas.

—¿No vas a dejar que termine de peinarme?

—Hazte una coleta especialidad de la casa.

—¡No quiero que cometas una locura!

—¿Y cómo lo vas a impedir, me lanzarás un pintalabios?

Sonrío ante la ocurrencia, pero al mismo tiempo temo que le pueda ocurrir algo serio. Moisés es una persona retorcida. Si pilla a Adolfo dentro de su propiedad, estoy segura de que no va a perder la oportunidad de demostrarlo.

—Lo haremos esta misma noche. Para qué esperar; cuanto antes sepamos a qué se dedica este pavo, mucho mejor. Además, hoy es el día indicado.

—¿Hoy? ¿Por qué?

—Es Nochevieja. A las doce todo el mundo estará en su casa comiendo uvas y poniéndose ciego a champán. Tenemos el puerto entero a nuestra disposición. Podríamos robar un barco y nadie se enteraría.

No sé ni en qué día vivo. Hoy es Nochevieja, cierto. Esta noche debería estar con Ricardo y mi familia, celebrando por todo lo alto que empieza un año de maravillosas perspectivas: seré tía por tercera vez, si tengo suerte ascenderé a concertino de la orquesta y Ricardo aparecerá en los créditos de la nueva producción de Disney como autor de la banda sonora. En lugar de brindar con la familia y tirarnos confeti, estaré metida en el coche, helada de frío, vigilando mientras Adolfo trata de entrar en un almacén.

—Pero tú te quedas aquí —me ordena de forma categórica y un tanto paternalista.

—¿No pensarás hacerlo tú solo?

—Pues claro. —Alza los hombros y los deja caer, recalcando la obviedad.

—Ni lo sueñes —le replico sin mover un solo músculo en señal de que no estoy dispuesta a transigir—. Los dos estamos embarcados en este asunto. Yo más que tú, a la postre soy la esposa del hombre asesinado. Estas son mis condiciones: si no aceptas que te acompañe, cogeré mis cosas, las meteré en el coche y regresaré a Madrid. Y te aseguro que no voy de farol.

Adolfo se queda perplejo al escuchar mi amenaza. La realizo con tal autoridad, que esboza un mohín y asume mis condiciones.

Me confía el plan con todo detalle: junto a la lonja hay un edificio que alberga ocho almacenes. Cada uno de ellos pertenece a un barco. El de Moisés, según las indicaciones de Saúl, es el más pegado a la lonja. Entre los almacenes y la ría existe una superficie similar a un campo de baloncesto. En medio han colocado una ristra de contenedores repletos de nasas, que son unas jaulas metálicas para capturar marisco. Aparcaremos entre esos contenedores y pasaremos completamente inadvertidos. Adolfo lo tiene estudiado hasta el último detalle. Usaremos su coche, pues el mío lo conoce todo el pueblo. Nos presentaremos allí a las 23.45. A esas horas, y en plena celebración de Nochevieja, a nadie en su sano juicio le dará por acudir a un puerto pesquero.

Nos ponemos en marcha con algunos nervios que pronto se disipan al descubrir que en la calle no hay ni un alma. Nos acercamos con precaución a la zona portuaria y giramos a la izquierda para acceder a los almacenes, dejando la ría a nuestra derecha. Avistamos los contenedores y dejamos el coche parapetado entre ellos. Caminamos en dirección a los almacenes. Identificamos el de Moisés por la hélice oxidada en la entrada que nos mencionó Saúl. Al rebasar el último contenedor, observamos una escena que nos corta la respiración: nada menos que una docena de coches aparcados frente a la lonja. Protegidos de las farolas por el propio edificio, era imposible detectarlos desde la entrada del puerto. ¿Qué pintan esos coches aquí en plena Nochevieja?

Percibimos un ruido extraño en el interior de la lonja. En la planta de arriba atisbamos varias ventanas con luz en el interior. Nos acercamos con cautela y pegamos la oreja a una de las puertas por las que se introduce el pescado. Se oye un estruendoso jolgorio acompañado por el tintineo de platos. En la puerta reza un cartel: «Cofradía de pescadores. Acceso privado».

—¿Qué pasa aquí, Genoveva? —me pregunta Adolfo—. Esto no figuraba en el plan.

—Creo que los pescadores están de cena, amigo. Habrá que dejarlo para otro día —le informo con una mezcla de frustración y alborozo. Más alborozo que frustración—. Vámonos, Adolfo. El destino no está de nuestro lado. Nunca lo ha estado. Así que regresemos al hostal.

—Ni hablar. Estamos muy cerca, Genoveva, muy cerca. No podemos abandonar ahora.

—Tú me dirás qué hacemos. La fiesta va para largo.

—Tendremos que darnos prisa. —Adolfo mira hacia las ventanas iluminadas con la esperanza de que a nadie le dé por salir a tomar el fresco—. Vamos a echar un vistazo a ese almacén —me dice.

—¡Adolfo! ¡Adolfo! —le grito sin resultado—. ¡Vámonos, por favor!

Hace oídos sordos y toquetea la cerradura.

—Como era de esperar, las puertas están cerradas. Y, por si fuera poco, hay un suplemento de lo más consistente: un candado tan grueso como mi pulgar. Imposible entrar por aquí. Voy a dar la vuelta a ver si encuentro otra forma de hacerlo. Vigila el puñetero «restaurante».

Se da media vuelta y lo pierdo de vista en cuanto dobla la esquina de la nave. Vigilo la lonja; por el momento no se observa ningún movimiento en el exterior.

Adolfo regresa y me hace un gesto para que lo acompañe. En el lateral del edificio hay dos ventanucos simétricos con forma de media luna. Cada uno debe de pertenecer a un almacén. En la parte más ancha el ventanuco no superará los cuarenta centímetros, y dista unos cuatro metros del suelo. A pesar de la altura de Adolfo, se necesitarían dos como él para poder acceder.

Dadas las circunstancias, lo sensato sería salir de aquí cuanto antes, regresar al hostal y, ya en la habitación, al calor de un café humeante, estudiar la forma más inteligente de abordar el asunto. Aunque sigo pensando que regresar a Madrid es la mejor opción. Asumir la derrota y poner punto final de una vez.

Adolfo se siente despechado por no haber podido lograr su propósito. Mueve la cabeza a un lado y a otro en busca de inspiración. Me toca en el hombro y me incita a mirar hacia los contenedores.

—¡Las nasas! Usaremos las nasas para subir, pero me tienes que ayudar.

—¿Y qué piensas hacer con ellas?

—Utilizarlas como escalera —dice convencido, ilustrando con sus manos la maniobra—. Montaremos una especie de andamio con un par de niveles, como si fueran peldaños, pero a lo bestia.

—Estamos muy cerca de la lonja. Cualquiera que asome las narices para tomar el aire nos verá.

—Joder, Genoveva, no vamos a esperar hasta las cinco de la mañana, que será cuando se vayan todos a dormir.

—Pues entonces vámonos de aquí —apelo, pero no me escucha.

—Tenemos que transportarlas hasta el muro de la nave y colocarlas bajo la ventana —me explica—. No lo puedo hacer solo, me llevaría toda la noche, y esa gente puede salir en cualquier momento.

—Me voy a desollar los dedos, y yo me gano la vida con ellos —protesto. La idea me disgusta, nos pone en riesgo a los dos y no miento cuando le digo que mis dedos son prioritarios a la hora de ganarme la vida.

Adolfo abre el maletero y regresa con algo voluminoso que no alcanzo a discernir.

—¿Qué es eso? —le pregunto.

—Guantes de esquiar. Protegerán tus dedos y así tu futuro profesional no correrá peligro.

Sonrío ya por pura inconsciencia.

Me pongo los guantes y enfilamos hacia el contenedor más cercano al almacén. A veinte metros ya me llega el olor a pescado putrefacto.

—Oh, Dios. ¡Apesta! —anuncio.

En ese momento suenan las doce campanadas en el reloj del ayuntamiento.

Nos felicitamos con la mirada, no hay tiempo para protocolos ni ánimo de fiesta en mi cabeza.

Tras la última campanada, un par de ventanas de la lonja se abren y algunos pescadores se lían a tirar cohetes que iluminan el cielo. Un enorme halo de luz rasga la noche y reproduce el consiguiente reflejo en la ría. Si no fuera por la pestilencia de las nasas, me hubiera emocionado con el espectáculo.

Nos escondemos detrás del contenedor. Habrá que esperar a que acaben con la pirotecnia para iniciar el traslado. Los pescadores deben de acumular abundante munición, porque llevan un buen rato llenando el cielo de estelas luminosas. La gélida brisa proveniente de la ría me congela las sienes.

Tras escuchar el último estallido y comprobar que los fuegos artificiales han cesado, iniciamos el traslado. Entre los dos acarreamos en un momento una buena cantidad de nasas hasta el almacén y las apilamos bajo el ventanuco. De vez en cuando nos cercioramos de que la lonja sigue en pleno festín y que ningún curioso merodea entre los coches.

Adolfo monta el andamio tal como había previsto: un pedestal de un metro y medio de altura y, al lado, otro de tres. Sube al primero y, desde allí, impulsándose de un salto, se encarama hasta el segundo pedestal. La ventana le queda a la altura del pecho. Saca del bolsillo la linterna, la enciende y golpea el cristal con los nudillos. Sacude la cabeza.

—Mierda, ni que fuera un cristal blindado —le gruñe a la ventana y se vuelve hacia mí—: Ve al maletero y tráeme el gato.

—¿El gato? ¿Dónde está?

Jamás en la vida lo he usado. En las dos ocasiones que he pinchado una rueda, llamé al seguro.

—Bajo el fondo del maletero —dice—. Levantas una tapa rígida y lo verás dentro de la rueda de repuesto.

No pregunto por la función de un gato a la hora de abrir una ventana. Sigo sus consignas. Abro el maletero y saco un par de bolsas de viaje y docenas de cachivaches. Liberado el fondo, consigo levantar la tapa y desenroscar el gato. Pesa lo suyo. Lo sujeto con ambas manos y regreso al improvisado andamio. En cuanto me ve llegar, Adolfo desciende al primer pedestal y alarga el brazo para hacerse con él. Lo lanza a la segunda plataforma y se encarama de nuevo. Se coloca la linterna en la boca, dibujando un círculo luminoso en el cristal. Frente a la ventana, con el gato en las manos, estudia la manera de abrirla. Improvisa varias maniobras sin resultado. No sé en qué posición coloca la herramienta, pero hace palanca con ella y consigue desplazar el cristal sin romperlo. Por el hueco abierto, introduce la mano y gira la manilla. La ventana se abre por completo.

—Genoveva, entra en el coche y vigila —me susurra—. Esto me va a llevar un buen rato. Cuando termine te llamo al móvil.

Con el abrigo puesto no cabe por el ventanuco. Se lo quita y me lo lanza. Acto seguido se cuela en la nave. Lo último que veo son sus botas batiéndose en el aire como si fueran aletas. Regreso al interior del coche. Me despojo de los guantes, vierto el aliento en las manos y las froto.

Los pescadores siguen a lo suyo. De vez en cuando sale alguien a la calle y tira unos cuantos petardos, pero el frío lo disuade y regresa de inmediato.

No han pasado ni quince minutos cuando suena el móvil y veo el nombre de Adolfo en la pantalla. Vuelvo a ponerme los guantes, salgo del coche y me acerco a la estructura. Adolfo está en lo alto, con un objeto en las manos que no logro identificar. Da un salto hasta el primer pedestal, se agacha y me lo acerca. Es algo muy voluminoso.

—Genoveva, cógelo con cuidado. Hay hojas sueltas. Vuelvo dentro, que me estoy congelando.

La primera entrega reúne un par de carpetas y varios archivadores de anillas. Retorna al interior y vuelve con más material. Son sobre todo archivadores, carpetas, cuadernos, cajas con documentos, mapas y planos enrollados. La mayoría del material, maquillado de polvo. Adolfo se pasa un buen rato sacando mercancía del almacén.

Tras dar por concluido el saqueo, entre los dos guardamos el dudoso botín en el coche. Se va directo al volante con el ánimo de salir de allí cuanto antes.

—¿Y las nasas? —le reprocho—. Creo que no es buena idea robar un montón de documentos y dejar tantas evidencias.

—Es cierto. Hay que hacer las cosas bien. Tengo que dejar la ventana como estaba.

Salimos del coche y regresamos a la plataforma. Adolfo se encarama hasta el segundo pedestal y cierra la ventana. Tantea con los dedos hasta asegurarse de que está perfectamente sellada. A continuación, realizamos la misma operación de transporte de jaulas malolientes, pero en sentido inverso.

Moisés se dará cuenta de que le han robado sus archivos y se preguntará durante el resto de sus días cómo el ladrón ha conseguido entrar sin forzar la cerradura, dejando el candado intacto y sin un solo cristal roto.

Arrancamos el coche en dirección al hostal. Adolfo conduce eufórico tras la proeza; a mí me cuesta ponerme a su nivel. Ignoro si el empeño ha merecido la pena.

—Lo primero que haremos nada más llegar a la habitación será ponernos a investigar como locos esta documentación —propone Adolfo, apuntando con el pulgar hacia la parte trasera del coche.

—Lo primero que voy a hacer yo es darme una buena ducha.

—Tienes razón —me responde, y suelta una carcajada—. El coche va a oler a pescado durante meses.

—Bueno, lo puedes lavar por dentro. No encoge.

—No te puedes imaginar lo que ese tío guarda ahí dentro —me cuenta—. Un montón de piezas de barco, una vieja *zodiac* apoyada sobre una pared, motores fuera borda, una lancha subida sobre unos tacos de madera, trajes de neopreno, reguladores...

—¿Reguladores?

—Son unos aparatos para bucear. Reducen la presión del aire de la bombona para que se pueda respirar. También había aletas, gafas, arpones, fusiles subacuáticos. Todo un arsenal para hacer pesca submarina. Yo no tenía mucho interés en artilugios de buceo, así que continué abriendo armarios a diestro y siniestro. Protegido por una funda de tela, encontré un bastón de aluminio con una especie de volante en un extremo. No sabía para qué narices servía. En un lado tenía un asidero curvado para el brazo, como las muletas que se usan cuando te partes una pierna, ya sabes, y en el otro extremo, el volante. En medio de la barra había una caja metálica de color amarillo con cuatro botones y un par de enchufes. Y algo que me descuadró por completo: la caja iba conectada a unos auriculares. Un artefacto de lo más extraño.

—A saber qué era —digo, asumiendo mi desconocimiento sobre herramientas marítimas.

—Eso mismo me preguntaba yo. ¿Sabes lo que hago cuando desconozco para qué sirve un aparato? Aprieto el botón de «*On*». No falla. En estos casos, lo mejor es encenderlo y esperar a ver qué hace el bicho. Así que pulsé y coloqué el controlador de potencia en el nivel medio. Para mi sorpresa, el artefacto no reaccionaba, ni siquiera hizo la intención de arrancar. Pensé que no tenía batería. Cogí el aparato y lo llevé en busca de un enchufe; al cruzar por delante de una caja de herramientas, el bicho soltó un pitido, noté una vibración en el brazo y se encendió una luz en la caja. Ocurrió al pasar junto a una caja de herramientas. ¡Cómo podía ser tan estúpido! Ese bicho era un detector de metales. Entonces caí en la cuenta: ¿Para qué sirven los detectores de metales? —Se carcajea—. Lo que había encontrado en aquel armario cochambroso era el artilugio que usan los cazatesoros del mar.

Moisés se dedicaba a buscar tesoros ocultos bajos las aguas. Y, cuando los encontraba, ¿qué hacía con ellos? Sencillo. Los introducía en una bolsa de tenis e iba a ver al georgiano. Imagino que Anzor era una especie de marchante.

Aparcamos frente al hostal y subimos el material requisado a mi habitación. Las primeras horas del año las íbamos a dedicar a analizar la documentación como un par de estudiantes en una biblioteca.

Adolfo se siente pletórico, como si hubiera encontrado el Santo Grial. Preparo café mientras él organiza el material sobre la cama: archivadores con recortes de prensa, diarios de diferentes años, fotocopias de periódicos consultados en una hemeroteca, facturas, planos, mapas, docenas de fotografías, cuadernillos de instrucciones de ni se sabe qué aparatos, fotocopias de documentos consultados en el Archivo de Simancas —con el pertinente sello de salida— donde se hacía referencia a la posible existencia de diferentes pecios en el Cantábrico...

Tras cinco horas de inspección, lo que más nos llama la atención es la abundante documentación relativa a una urca flamenca fletada por los portugueses en 1532. Al parecer, la embarcación transportaba cobre y latón en el viaje de ida desde Amberes a África. El de vuelta había resultado más fructífero. Si aquellos papeles consultados en el archivo de Simancas no mentían, sus bodegas habían albergado marfil y monedas de oro.

Tras revisar los diarios, nos percatamos de que Moisés había experimentado una especie de ensueño quijotesco desde que se instaló en Ribadesella. De tanto leer documentos históricos, acabó obsesionado con ese barco flamenco y no paró hasta que dio con su ubicación.

El barco turístico que zozobró no transportaba drogas ni nada parecido. En aquella época Moisés no sabía bucear, así que contrató a los padres de Ricardo para recuperar un tesoro hundido hace quinientos años.

¿Era marfil y oro lo que encontraron la tarde del accidente?

Si fue así, una alimaña les arrebató el botín y los dejó a la deriva en medio del mar. Esa alimaña tiene nombre: Moisés. Y empieza por «M».

Después de años estudiando sobre el asunto, seguramente conocía con exactitud la carga que portaba el barco flamenco. Se percató de que todo cuanto escondía en la bodega se hallaba sobre la *zodiac* y no quiso compartirlo.

Según el testimonio de Saúl, Moisés estaba loco por Mercedes en aquella época, mientras que la mujer escondía una cierta inclinación por su cuñado. Al eliminar a la pareja, se quitaba de en medio al rival más peliagudo.

Nos queda un cabo por atar. El carnicero le comentó a Adolfo que Beatriz y Mauro disponían de llaves de la carnicería, pero no citó a Moisés. ¿Cómo consiguió entonces introducir a Ricardo en la cámara frigorífica de la carnicería?

Terminamos de evaluar el material a las siete de la mañana. Me pican los ojos a cuenta del polvo que despiden los documentos.

Nos acercamos al desenmascaramiento de Moisés y tengo miedo de encontrármelo un día cara a cara; en ese caso, no sabría cómo reaccionar. Si la tristeza y el agotamiento me convierten en otra persona tal vez cometa una locura.

Ya pensaré en Moisés en otro momento. Ahora debo preocuparme por Adolfo, que tiene un aspecto horrible. Se ha tumbado en la cama, encogido. Todo su cuerpo parece sacudido por un temblor sísmico. Le he puesto la mano en la frente y está más caliente que el radiador de la habitación. Creo que ha pillado una buena gripe. No es de extrañar, se ha pasado media hora entrando y saliendo del almacén en camisa. Su tos no me gusta nada. Le he dicho que deberíamos ir a urgencias, pero se ha negado. Me ha pedido un cigarro y un chicle de menta para después.

31

ADOLFO

7 de enero de 2019

VÍCTOR CONDUCE LA furgoneta a gran velocidad, como de costumbre. Pega un frenazo brusco y da marcha atrás hasta dejar la puerta trasera a dos metros de la carnicería de Ramón. La ocasión perfecta para hacerme el encontradizo y mantener una charla amistosa. Me apoyo en el muro, no estoy para muchos trotes; aún siento flojera en las piernas tras varios días en cama sudando como un pollo. Genoveva se ha portado de lujo. Me ha cuidado como a un bebé.

Abre la puerta con llave y planta una cuña de madera bajo el canto para que se mantenga abierta. Vuelve a la furgoneta, agarra con ambas manos un cuarto trasero de lo que yo catalogaría como una ternera y lo introduce en el local. Víctor debe de tener una fuerza descomunal para acarrear una pieza de ese peso sin reventarse los riñones. Me sitúo junto a la puerta de la tienda, esperando el momento idóneo para abordarlo sin interrumpir la descarga.

—Hola, Víctor. Creo que nos conocimos en el tanatorio —le suelto en cuanto sale a buscar otra pieza.

—¿Qué hay? —me responde sin detenerse. Su desconfiada expresión revela que no se acuerda de mi nombre, ni probablemente de mi cara.

—Ya veo que estás aprovisionando a Ramón para una buena temporada —agrego tratando de hacerme el simpático.

—No queda otra —me replica con una mezcla de resignación y desdén, dándome la espalda. Sus intereses se centran exclusivamente en localizar la siguiente pieza en el interior de la furgoneta.

—Madre mía, no sé cómo puedes cargar tú solo con todo eso, yo no podría ni arrastrarlas por el suelo.

—No queda otra.

—Quería hablar contigo un momento. Cuando termines la faena, claro está.

Víctor se echa a la espalda un costillar gigantesco y cruza delante de mí sin prestarme la menor atención, como si yo fuera una señal de tráfico clavada en la acera.

—Otro día, hoy tengo prisa.

—Solo será un minuto.

—Bueno, si no queda otra… —me responde ya desde el interior de la carnicería.

El léxico del muchacho resulta limitado, pero se le puede perdonar. Víctor es uno de esos trabajadores natos, concienzudos, a los que no se les pone nada por delante. Y, si algo se interpone en su camino, estoy por asegurar que lo derriba a puñetazos.

Desde la calle observo que introduce el costillar en la cámara frigorífica. Entro en la carnicería y, visto que el hombre no tiene intención de detener el trasiego para hablar conmigo, decido acometer una improvisada entrevista en plena faena.

—Víctor, tengo algunas dudas. ¿Viste por casualidad a Ricardo por el pueblo antes de su muerte?

—Pfff. Pues no me acuerdo —me responde desde el interior de la cámara.

Cuelga la pieza de un gancho y sale. Se detiene frente a mí y comienza a limpiarse las manos con un trapo que en el comienzo de su vida útil debió de ser azul. Me lanza una mirada huidiza.

—O sea, que no recuerdas haberlo visto por el pueblo —insisto.

—No lo vi. —Sacude la cabeza con brío.

—¿Estás seguro?

—Cómo no voy a estar seguro de algo así, a una persona se la ve o no se la ve. No hay medias tintas que valgan.

—Tienes razón.

Deja el trapo sobre el mostrador y se encamina de nuevo hacia la furgoneta.

—¿Recuerdas haber visto su coche en algún sitio durante esos días? —le pregunto mientras lo persigo.

—Tampoco.

—Vaya —musito decepcionado.

Algo me dice que el muchacho sigue con su tarea porque teme responderme cara a cara. Y si teme responderme es porque no quiere hacerlo. Y si no quiere hacerlo...

Apresa un lechazo con cada mano, los traslada al interior con suma facilidad, como si fueran dos lechugas y los introduce en la cámara.

En el preciso instante en que cuelga los lechazos de sendos ganchos, cierro la puerta de la cámara y giro la palanca noventa grados, hasta que noto que hace tope. Tiro de la palanca para asegurarme de que la puerta metálica permanece bloqueada.

—¿Qué haces? Oye, déjate de bromas y abre ahora mismo, hostia —grita desde el interior. A pesar de que el muchacho se desgañita, yo percibo un hilo de voz. Ahora entiendo mejor el trance por el que tuvo que pasar Ricardo. Gritando desesperado en plena agonía y sin generar el menor eco entre la gente que caminaba por la calle.

—Abriré la cámara, pero antes tienes que contarme un par de cosas. Por cierto, esta especie de reloj que hay en la puerta supongo que es un termómetro.

—Pues claro que es un termómetro, joder. Sácame de aquí de una puta vez.

Víctor comienza a ponerse nervioso. Ignora de lo que soy capaz.

—A ver, a ver, voy a girar la rueda a tope —le anuncio con sorna.

—Deja la rueda como estaba y sácame de esta puñetera jaula.

Me imagino a Víctor a oscuras, a punto de entrar en pánico, apoyado en la puerta y empujando sin éxito, consciente de que su fabulosa fuerza bruta en esta ocasión no le servirá de nada. La desesperación obliga a emprender acciones del todo improductivas. En esos momentos el cerebro no piensa con cordura, actúa impulsivamente, lo que acelera la extenuación física y mental del sujeto. Lo leí en alguna revista.

—Creo que mientes. Claro que viste a Ricardo la tarde del día veintitrés.

—No lo vi.

—Yo creo que sí. Detuvo el coche delante de vuestra casa y luego fue hacia el pueblo. Más vale que me cuentes la verdad o acabarás palmándola sobre el culo de una vaca.

—¡Abre, abre, hijo de puta!

—Soy un hombre de palabra. Cuéntame lo que ocurrió aquella tarde y abriré. —Giro el termostato hasta veinte bajo cero—. Víctor, he bajado la temperatura al máximo que permite la ruedita esta. ¿Quieres una manta?

—¡Mierda, mierda! —Se escuchan los primeros gimoteos en el interior de la cámara, acompañados por golpes secos en la puerta que parecen patadas. Le cuesta arrancar a hablar, titubea, hasta que al fin se percata de una circunstancia sumamente simple: cuanto antes me cuente lo que pasó, mejor le irán las cosas—. Está bien, está bien. Te lo contaré todo. Ricardo vino a casa esa tarde, llamó al timbre y uno de los peones habló con él. Ni mi padre ni yo estábamos en casa. Al parecer, Ricardo le preguntó por mi padre y el empleado le respondió que no estaba, pero que a mí podría verme en la carnicería, pues tenía pendiente el reparto. Así que Ricardo se presentó aquí. En ese preciso momento yo estaba metiendo la carne en la cámara, igual que ahora. Llegó enfurecido, y sin un triste saludo me soltó que mi padre había abandonado a sus padres en el mar y se había llevado el botín que había en la lancha. ¡Botines, lanchas, padres abandonados! Yo no sabía de qué coño me estaba hablando. Joder, parecía una película. Me decía que tenía pruebas. Que le había costado mucho tiempo darse cuenta de lo que pasó hace veinte años, pero que al final había llegado a la conclusión de que mi padre era un asesino. ¡Mi padre, un asesino! No sé con quién habría hablado o qué le pasaba por la cabeza; estaba muy alterado y no hacía más que soltar barbaridades. Ricardo era una persona muy tranquila, pero aquella tarde le faltaba echar espuma por la boca. Me contó que sus padres no habían muerto a causa de un accidente, sino que habían sido asesinados, y estaba seguro de que mi padre había sido el responsable.

»Me enfadé mucho con él. Mi padre es buena persona. Yo no podía aceptar que lo acusara de ningún crimen. Ricardo cogió un gancho y me amenazó. Ya te he dicho que estaba fuera de sí. Entonces me percaté de que la cámara estaba abierta y él se encontraba de espaldas a la puerta. Aproveché un descuido suyo, lo empujé dentro y cerré. Traté de que se tranquilizara. No pensaba hacerle daño, solo quería que se relajara un poco. Desde dentro seguía gritando y acusando a mi padre. Le dije que dejara de maldecir sobre él, que se callara, pero no me hacía caso. Es como si estuviera drogado, te lo juro. En ningún momento se me pasó por la cabeza la idea de congelarlo, mi intención era que pasara un poco de frío, se relajara y luego sacarlo de allí y hablar tranquilamente, de hombre a hombre. Pero entonces ocurrió algo terrible…

Víctor hace una pausa. No puedo ver lo que sucede en el interior, pero juraría que los ecos que escucho son gemidos.

—¿Qué ocurrió entonces, Víctor?

Percibo también puñetazos de impotencia contra la puerta metálica. Apostaría a que se trata de una vil estratagema para que me apiade de él y lo libere.

—¡Víctor, Víctor! —grito—, ¿qué pasó después?

—Entró una mujer en la carnicería. Apareció de repente.

No era la respuesta que esperaba.

—¿Una mujer? Pensé que había sido Moisés quien te había ayudado.

—¿Moisés? No fastidies. No pisa la carnicería desde hace años.

—¿Y eso?

—Ramón y él riñeron a cuenta de unos terrenos y desde entonces no se acerca por aquí.

Si Moisés quedaba fuera de la ecuación, mi hipótesis se iba al traste. Otra vez.

—¿Quién era la mujer que entró en la carnicería?

—Una tipa joven. No la conocía de nada. No la había visto en mi puta vida. Te lo juro. Ábreme por favor. Me estoy helando.

Una mujer joven. Seguramente la misma que conducía el coche de Ricardo el día de Nochebuena. La maldita rubia que nos estaba volviendo locos desde un principio.

—No te soltaré hasta que me lo cuentes todo. Más vale que te hagas a la idea.

—Tengo frío, joder. Sácame de aquí —suplica.

—Abriré la puerta cuando termines —lanzo a modo de ultimátum. Me estoy comportando de forma sádica con Víctor, con la misma carencia de miramientos con la que él había maltratado a su amigo de la infancia.

—La mujer me preguntó dónde estaba Ricardo. Y yo, como un tonto, le conté la verdad. Le dije que estaba dentro de la cámara. Ella cogió un cuchillo de treinta centímetros y me lo puso en la garganta. Me ordenó que me largara inmediatamente o yo también acabaría con las pestañas blancas, y que por mi bien y el de mi padre, más me valía tener la boca cerrada. Sobre todo por el bien de mi padre, me repetía. Así que me subí a la furgoneta y me largué zumbando. Ni siquiera le comenté a mi padre lo que ocurrió aquí dentro.

—¿Quién era esa mujer?

—¡No lo sé, no lo sé!

—¿Cómo era?

—Guapa, muy guapa, de ojos claros.

—¿Rubia?

—Y yo qué sé. No me pude fijar mucho, ¡me estaba amenazando con un cuchillo! Creo que llevaba una especie de pañuelo en la cabeza.

—Maldita sea, Víctor, huiste como un cobarde. Tan fuerte como pareces, tan machote, y huiste como una cucaracha dejando a tu amigo congelándose en la cámara.

—¡No soy un cobarde! Lo que me dijo sobre mi padre me asustó. Pensé contárselo más tarde, pero sufre del corazón. Lleva dos años en tratamiento y no quería asustarlo, así que me mantuve mudo. El cardiólogo me dice lo mismo cada vez que lo llevo a revisión: el más mínimo disgusto y se va al otro barrio.

—¿Y qué hizo ella?

—Ni idea. Te lo juro. Subí a la furgoneta y me largué.

—Así que por eso llorabas tanto en el tanatorio. No porque hubieras perdido a un amigo, pues Ricardo tampoco te importaba mucho, sino porque te sentías responsable de su muerte.

—Es cierto. Pero no podía contárselo a nadie, que era lo más difícil. Si denunciaba lo sucedido en el cuartel, temía que esa tía fuera a por mi padre. Ya te lo he dicho, cualquier disgusto acabaría con su vida. Mi madre murió hace diez años, él es lo único que tengo. ¿Lo entiendes? ¿Lo entiendes, joder?

—No sabía que tu padre estuviera enfermo.

Considero que ya es suficiente. No tiene sentido mantener la tortura durante más tiempo. Estoy convencido de que no miente. La mención de la mujer cuadra a la perfección con lo que sabemos.

Abro la puerta. Víctor yace tumbado en el suelo. Lo ayudo a levantarse. Sale encogido y tiritando como un polluelo empapado. Descuelga un mono de una percha y se lo pone por encima de los hombros. Se sienta en un banco que Ramón ha colocado en el local para que sus clientes esperen cómodamente su turno. Le castañetean los dientes. Su cuerpo al completo tiembla, desde las pestañas hasta el último dedo del pie. Nadie diría que el fortachón que hace unos minutos acarreaba carne con vehemencia y cierta chulería tenga ahora el aspecto de una viejecita asustada.

Así que una chica guapa, seguramente rubia… Esa mujer se ha convertido en una auténtica pesadilla.

Le doy una palmada en la espalda a Víctor y salgo de la carnicería.

No he dado ni cuatro pasos cuando recibo un mensaje en el móvil. Genoveva me informa de que Beatriz ha salido del hospital y ya se encuentra en casa de su tía, completamente repuesta. Sería una buena idea hacerle una visita.

MERCEDES ME ABRE la puerta y lo primero que hace es ponerme al día: su sobrino le ha regalado una casa. Ignora que conozco la historia de Villa Paraíso al dedillo, pero dejo que me la cuente con sus propias palabras. Emocionada, la mujer mezcla risas con alguna que otra lágrima.

Tiene el salón lleno de cajas. La mudanza se encuentra en pleno despegue.

—Esta casa se iba a caer en cualquier momento —me explica—. Ahora tendré una nueva, con suelos de teca, armarios empotrados y una cocina en condiciones, la mía es un cuchitril. ¿Has visto la casa nueva?

—Desde fuera.

Mercedes suelta una risa contenida. La primera vez que la veo reír desde que nos conocemos.

—Es preciosa. No tiene huerto, pero está en el centro del pueblo. Ya no tendré que subir estas cuestas endemoniadas. Cuando quieras te la enseño. ¿Te quedarás mucho tiempo en el pueblo?

—Pues no sé si me iré dentro de cinco minutos o de cinco años. Ahora mismo tengo tal lío en la cabeza...

Aparto la mirada hacia la estantería.

—Vas a necesitar un camión solo para las fotos —bromeo.

—¡Cómo eres! —Pone los brazos en jarras y sonríe. Tras el batacazo sufrido por la muerte de Ricardo, la recuperación de su sobrina y la casa nueva le están devolviendo la ilusión.

—¿Dónde está Beatriz? —le pregunto.

—En su habitación. La primera puerta.

Es la tercera vez que visito esta casa. No posee una decoración que yo emplearía en mi apartamento, pero me siento a gusto entre sus paredes. Mercedes es una mujer extraordinaria.

Dejo a la anciana con su faena y salgo en busca de su sobrina.

De pie, frente al armario, Beatriz descuelga las prendas y las introduce en bolsas. Hay ropa, cajas y bolsas por todas partes. La habitación parece un almacén textil en pleno inventario.

Al verme en la puerta, Beatriz interrumpe la tarea y me dedica una sonrisa de cortesía. Se la ve completamente repuesta, al menos es lo que dicta su aspecto.

—Pasa, pasa, si encuentras un hueco, claro.

—¿Qué tal estás? —le pregunto para confirmar la primera impresión.

—De maravilla. Muchas gracias. Ya me ha dicho mi tía que Genoveva y tú fuisteis a verme al hospital.

—Era lo menos que podíamos hacer, pero no nos dejaron pasar. Nos dijeron que estabas reunida —bromeo.

Me devuelve una sonrisa. Me alegra comprobar que su depresión se encuentra en franca retirada.

—Estuve muy malita —reconoce.

—Me alegro de que ya estés de vuelta… y viva. Vaya susto nos diste.

—Lo sé. Fue un momento de… debilidad. —Una ráfaga de amargura le recorre el rostro.

—Bueno, ya pasó. No debes pensar en ello. Por cierto, si tu tía Mercedes no la palma después de lo ocurrido en estas semanas, va a vivir eternamente.

Exhala un largo suspiro.

—Es muy fuerte. Más que Ricardo y yo juntos, a pesar de su edad.

—Me alegro por ella.

—Por cierto, mientras estaba en el hospital vino a verme un médico amigo tuyo.

—¿Ah, sí? ¿El doctor Rivas?

Tengo pendiente una llamada a su enigmático amigo. Javier me insistió en que lo hiciera cuanto antes, pero con todo este lío se me había olvidado por completo.

—Sí, me dijo que erais vecinos cuando él estaba en la facultad.

—Exacto. Yo era el proveedor oficial de hielo para sus fiestas.

Como en todas las situaciones que conllevan sufrimiento humano, pasados los primeros momentos me atasco, no sé cómo salir del apuro. Beatriz se encuentra en buen estado y eso me alivia, pero no se me ocurre nada que decirle sin cometer una torpeza o pecar de anodino.

—Bueno, yo solo venía a verte y comprobar que estás bien. Ahora os dejo, que tenéis mucha faena por delante.

Beatriz da un paso hacia mí y me sujeta del brazo.

—Antes de que te vayas, quería comentarte algo importante.

Cierra la puerta de la habitación. Aparta las bolsas de ropa para dejar espacio libre sobre la cama.

—Siéntate un segundo, por favor.

Beatriz se sienta con delicadeza, casi a cámara lenta, como si temiera arrugar la colcha. Deduzco que es por efecto de la medicación que le están administrando. Me acomodo a su lado.

—No sé si lo sabes, pero Genoveva y yo nunca hemos tenido una gran relación. Correcta y nada más. La culpa es mía. —Aprieta los labios—. Siempre la he tratado con frialdad. Y todo a causa de una estupidez. Ricardo salía con Carla, una chica estupenda. De repente la dejó porque había conocido a otra mujer en Madrid. Nunca asumí la nueva situación y convertí mi irritación con Ricardo en un repudio visceral hacia Genoveva, que no tenía ninguna culpa. Carla ha venido a verme y me lo ha contado todo. Mi tía y yo hemos sido tan crueles con Genoveva y durante tanto tiempo... También me dijo que tú estabas al tanto.

—Sonríe de forma irónica—. Para ser un forastero de paso, te estás enterando de cosas que nadie del pueblo conocía.

—Sí, es un extraño privilegio.

—Genoveva no me va a perdonar durante el resto de su vida —asume.

—Es una buena mujer. En cuanto supo que tu vida corría peligro, salimos a toda pastilla hacia el hospital.

—Espero que, cuando todo esto pase, quedemos las dos a tomar un café y al menos me escuche.

—Es una buena idea. Vivís en el mismo barrio y funcionáis cómo si hubiera un muro de por medio.

La situación no me afecta directamente. Es algo que deben arreglar entre ellas dos.

—Bueno, tengo que irme —me excuso.

Beatriz se incorpora, se alisa la blusa y abre la puerta de la habitación. Antes de abandonar la casa, regreso al salón.

—Ya me voy, Mercedes.

—Tienes que conocer la casa. No te olvides.

—Por supuesto.

Beatriz me acompaña hasta la puerta principal y se queda apoyada en el marco.

—Muchas gracias por todo, *hippie* de la Volkswagen —me suelta, esbozando una sonrisa traviesa.

La expresión me deja pasmado. Hasta la fecha, nadie del pueblo me había reconocido.

—¿Cómo dices?

—En el tanatorio me diste el pésame y no me percaté de quién eras, estaba completamente ida. Cuando viniste a verme el otro día me pillaste muy abatida y tampoco te reconocí. Pero ahora, al entrar en mi habitación, he caído en la cuenta. La melena, tu altura, ese aire desgarbado... No has cambiado mucho desde que te paseabas por la playa.

—Eso de «aire desgarbado» no sé si tomármelo como un piropo o un fallo de diseño.

—Ni una cosa ni la otra. Es una seña de identidad.

Nada tiene que ver esta chica con la afligida mujer postrada en un sillón de hace unos días. Los antidepresivos son el mejor invento de la humanidad después de la rueda, la electricidad y los donuts.

—Eras un tío muy simpático —señala—, y lo sigues siendo, por lo que veo. Te gustaba andar con las manos y hacer el payaso delante de nosotros para que nos divirtiéramos. Me encantaba vuestra forma de vida. Conservo perfectamente la imagen de la «W» del frontal de la furgoneta mirando al mar.

32

Q<small>UITAR DE EN</small> *medio a un ser humano no es tan complejo como pueda parecer a primera vista.*

En mi caso, ni siquiera moví un dedo. En cuanto Víctor se largó de la carnicería, dejé el cuchillo en el mostrador y eché el pestillo por dentro. Abrí la puerta de la cámara para que Ricardo me viera. No quería que muriera con una idea equivocada.

Su amigo de la infancia solo pretendía amedrentarlo, pero yo venía con unas intenciones más serias. Me miró como si delante de sus narices se acabara de materializar un fantasma.

Sacudía levemente la cabeza con los ojos clavados en mi cara. Mi presencia tras la puerta entornada carecía de sentido para él. En el momento en que abrió la boca para pedir una explicación, cerré la puerta y me senté a esperar junto a la cámara. Veinte grados bajo cero es una temperatura lo bastante baja como para que el músico abandonara este mundo en muy poco tiempo tras un ocaso dulce.

Al principio debió de sentir un hormigueo en la nariz y las orejas por falta de riego sanguíneo. A esa temperatura, el cuerpo actúa con inteligencia: envía la sangre a los órganos vitales y desabastece las zonas periféricas. Unos minutos más tarde el individuo se duerme plácidamente, como un bebé después de eructar.

Al abrir la puerta de la cámara, lo hallé sentado sobre unas cajas. Rígido e inexpresivo, como uno de esos mimos que te encuentras en las calles más transitadas de las ciudades. Tenía las manos apoyadas sobre las rodillas. La posición de su cuerpo recordaba la de un pianista sin piano.

Esa postura me dio la idea. Lo sentaríamos frente al piano de su tía Mercedes. ¿Dónde mejor?

33

ADOLFO

En cuanto abandono la casa de Mercedes, decido llamar al misterioso amigo del doctor Rivas. Y de paso me quito de encima durante un rato el perturbador y tedioso asunto de Ricardo.

—Doctor Poveda al habla.

—Javier Rivas me dijo que me pusiera en contacto contigo. Soy Adolfo.

—Ah, sí. Hace bastante tiempo que no hablo con Javier, ¿qué tal le va por Asturias? —Para no conocernos, se muestra muy cordial.

—No sabría decirte. Nos encontramos por casualidad y estuvimos charlando unos minutos en el aparcamiento del hospital.

—Coincidí con Javier en la facultad de Medicina. Seguramente no te propuso que me llamaras por cuestiones médicas sino porque —hace una pausa— yo era el novio de Irina antes de irse a vivir contigo.

Vaya sorpresa me tenía guardada mi antiguo vecino. No se le ha ocurrido nada mejor que invitarme a contactar con el primer novio de Irina. ¿Será una broma? Desde luego es una invitación de lo más desconcertante.

Tristán usa un tono demasiado afable, como si el hecho de haber compartido novia no fuera motivo de rivalidad, sino de una charla cómplice.

—O sea que fuiste tú quien la echó de casa por una borrachera —digo en tono jocoso—. Pero, por Dios, ¿quién no se ha emborrachado con esa edad? Tus compañeros lo hacían un par de veces al mes.

—Lo sé. No la eché por esa razón —me corrige sin la menor acritud—. De hecho, ese fin de semana yo estaba fuera de Madrid. No tuve noticia de la borrachera y el «vuelo» posterior hasta cuatro días después.

—¿Entonces?

—Supongo que Irina te fue con el cuento de que su padre poseía una flota de camiones en Yakutia, su madre regentaba una empresa de jardinería, su hermano murió al explotar un gasoducto, etcétera, etcétera.

—Exacto —respondo con un punto de recelo.

—Todo mentira. Irina fue adoptada cuando tenía tres años. En realidad, se llama Oksana Gutiérrez Olmo. Sus padres adoptivos viven en la calle Arturo Soria.

—Oksana —repito espaciando las sílabas para familiarizarme con el nombre—. ¿Estás seguro?

—Al cien por cien.

No me cabe en la cabeza que Irina hubiera simulado otra identidad durante veinte años. Yo suelo mentir a la familia con cuestiones menores, generalmente laborales, pero estamos hablando de algo mucho más grave, incluso punible a nivel legal, supongo.

—La conocí en su primer año de universidad —prosigue Tristán—. Ella estudiaba Bellas Artes, y yo, Medicina. Me contó el mismo cuento que a ti y se vino a vivir conmigo, dejando a sus padres adoptivos tirados. Claro que de esa circunstancia me enteré mucho más tarde gracias a Salva, amigo de la facultad y vecino tuyo. Fue él quien la invitó a la fiesta y quien me contó la verdad.

—O sea que Salva e Irina ya se conocían.

—Por supuesto, nos conocíamos todos. Te diré más, fue él quien la introdujo en la pandilla de los futuros médicos. Al cabo de un tiempo de tonteo, Irina y yo empezamos a salir y terminó aparcando su tabla de surf en mi trastero. Cuando Salva me abrió los ojos, me dio tanta rabia que le concedí a Irina una semana para largarse del piso. Me había traicionado y también a sus padres adoptivos, que seguramente la adoraban y se habían gastado un dineral para traerla de Rusia.

—Ya entiendo. A mí me confesó que la echaste a causa de la borrachera.

—Mentía como nadie. Hasta ella se creía sus falacias. Estoy convencido. No se puede mentir con más descaro.

—Lo que me cuentas me resulta… inconcebible.

—Y no te he contado lo peor —apunta con un asomo de truculencia en la voz.

—¿Hay más?

—Irina se enteró de que había sido Salva quien me había informado sobre la adopción y decidió vengarse. Pero no actuó de inmediato; dejó pasar el verano para que nadie la relacionase con la fiesta y prendió fuego al piso cuando se cercioró de que se encontraba él solo en el interior. Eran amigos. No le fue difícil entrar y aprovecharse de que a Salva le gustaba dormir hasta el mediodía. Aún no habían empezado las clases cuando ocurrió. Esto no se puede demostrar, por eso no la hemos denunciado, pero tanto Javier como yo estamos convencidos de que fue así.

El relato me deja descolocado, aturdido.

—Me surge una duda: si se largó de la casa de sus padres adoptivos, como dices, y no existía ninguna familia en Rusia que le mandase dinero, ¿de dónde sacaba la pasta para vivir durante su estancia en la universidad?

—No tengo ni la menor idea. Tal vez le robó a sus padres. No me extrañaría.

—Tendría que haber sido una cantidad importante como para subsistir durante cinco años de universidad —sugiero.

—Claro, además no se privaba de nada.

—Tras el incendio del piso de los estudiantes, ella y yo nos trasladamos al paseo de Rosales, una zona cara, y ella pagaba la mayor parte de los gastos. O el dinero de sus padres era elástico o las cuentas no me salen. Debía de tener una fuente de ingresos alternativa.

—Yo la veía manejar bastante pasta. Teniendo en cuenta la situación desahogada de su «familia rusa», no me preocupé. Así que no te puedo ayudar en ese aspecto. Pero ten mucho cuidado con ella —me advierte.

—Ya no vivimos juntos.

—En ese caso, me alegro por ti.

La conversación con Tristán ha sido corta pero provechosa.

Si fue ella quien desencadenó el incendio, ahora entiendo mejor su deseo de mudarse. Los daños del siniestro en nuestro piso no fueron considerables. Solo una ventana y un tubo de ventilación chamuscados. Ella insistió, no obstante, en el cambio, y nos mudamos a la otra punta de Madrid. ¿Irina quería salir del bloque a toda costa con el fin de no verse implicada?

Me decía que sus padres le enviaban una buena cantidad de dinero al principio de cada trimestre, así que no le importaba hacer un fuerte desembolso y darse el gusto de vivir en una zona exclusiva. Si la familia rusa no existía y había cortado de raíz la relación con sus padres adoptivos, no se me ocurre de dónde sacaba el dinero. Iba a la universidad por la mañana y por la tarde se dedicaba a estudiar o acudía a alguna exposición. Los fines de semana que yo no trabajaba los dedicábamos a viajar. A la fuerza tuvo que conseguir la pasta de una manera fácil y rápida. Hace veinte años, internet no ofrecía tantas posibilidades de obtener ingresos sin moverse de casa como ocurre actualmente.

Una forma fácil y rápida de ganar dinero. Vaya, como la peluquera de mi urbanización...

Tras detener a la banda de atracadores, la Guardia Civil descubrió que los ladrones contaban con el soplo de una mujer, con toda probabilidad residente cercana al chalé robado y, como tal, conocedora de los hábitos de la familia propietaria. En el último informativo mencionaron un hecho especialmente significativo: la mujer se hallaba en paradero desconocido. Lo que me daba a entender que la peluquera se había largado.

Decido llamar al portero de la urbanización. En contra de mis sospechas, el hombre me comenta que la peluquera continúa entrando y saliendo de su casa con la misma frecuencia de siempre. De modo que ella no es la soplona.

También me revela un hecho de lo más curioso: no fue la histriónica Elisa quien apuntó mi matrícula e informó a la policía sobre mi posible implicación en el robo; tampoco fue ella quien dio cuenta de la colaboración de una mujer de la urbanización con los asaltantes. Quien lo hizo fue su marido parapléjico. Al parecer, el hombre se sentaba en la terraza y tomaba nota de cuanto ocurría en la urbanización y su entorno.

El comentario del portero despeja cualquier duda. No fue la peluquera sino Irina la encargada de dar el soplo a la banda. Y lo hizo antes de largarse a Avilés. Cuando se produjo el robo, ya llevaba varias semanas fuera de mi casa, disipando cualquier sospecha sobre su participación.

No entiendo el motivo de que Irina se implicara en un robo. Tenía un buen trabajo. Era profesora de Historia del Arte en un colegio de prestigio antes de dar el salto al Niemeyer. Tampoco paso por alto las palabras de Tristán Poveda sobre la capacidad de Irina para mentir.

Llamo al colegio a fin de conocer en detalle su situación. La explicación que me ofrecen en secretaría lo aclara todo: Irina impartía solo ocho horas de clase a la semana, una jornada excesivamente reducida que debería corresponderse con un sueldo proporcional. Pero nunca le faltaba liquidez.

En realidad, Irina no tenía un trabajo, lo que tenía era una excusa. El hecho de formar parte de la plantilla docente de un colegio privado, y muy caro, le daba acceso a una importante fuente de información: la base de datos de los alumnos. Era tutora de un curso de bachillerato con veinticinco estudiantes, lo que se traducía en veinticinco familias ricas. En sus horas de tutoría lograba tal complicidad con los padres, que en ocasiones la invitaban a su casa. Ella me lo soltaba sin tapujos. La invitaban a tomar café, a comer, incluso a algún que otro cumpleaños. Aseguraría que, para potenciar la empatía que provocaba en ellos, les contaba que su hermano había muerto en la explosión de un gasoducto.

Desplegaba un extraordinario trabajo de campo y recogía una nutrida información sobre sus hogares, generalmente lujosos chalés rodeados de una generosa parcela. Objetos valiosos en su interior, cámaras de seguridad, perros... Y otro tipo de datos igual de importantes: sus agendas de fin de semana, planes de vacaciones, viajes esporádicos al extranjero...

Recopilaba la información y se la transfería a una banda de atracadores profesionales; imagino que a cambio obtenía una jugosa «comisión». Era algo así como la relaciones públicas de la banda.

Imagino que esa fue la táctica empleada con nuestros vecinos. Se hizo amiga de la pareja, incluso iba a pasear con ellos por un sendero que cruza el monte. Conocía su gusto por las antigüedades y la ubicación de cada pieza en el interior de la casa. Sabía que las cámaras de seguridad no funcionaban desde hacía meses y que el mejor acceso a la vivienda no era la puerta que comunicaba el salón con el jardín, como suele ocurrir, sino la del garaje, pues uno de los pestillos no encajaba bien en la muesca del marco, y con un ligero tirón se abría sin oponer resistencia. Podía haber obtenido de ellos hasta el grupo sanguíneo.

¿Es Irina un monstruo? ¿He compartido media vida con una psicópata amante del arte? Estaba convencido de lo contrario: Irina era la mujer con la mayor sensibilidad que había sobre el planeta. Convencido y equivocado.

Pienso en la frase que me ha soltado Víctor desde dentro de la cámara: «Era guapa, muy guapa. De ojos claros». Dios santo. Nunca he conocido a una mujer que tuviera los ojos más claros que Irina.

A pesar de que su implicación en el robo del chalé y en el incendio del piso de los estudiantes resulta evidente, su participación en el crimen de Ricardo supone un auténtico contrasentido. ¿Por qué razón querría Irina eliminar a Ricardo si no se conocían más que de los cinco minutos que compartieron en la catedral de Palencia?

Ricardo e Irina no tenían ninguna relación y, por tanto, ningún conflicto pendiente. Es cierto que yo le contaba a Irina algunos detalles de las conversaciones que manteníamos Ricardo y yo. Entre esas confidencias, recuerdo haberle confesado que él andaba dándole vueltas al accidente de sus padres desde el momento en el que yo le comenté el asunto de la lancha, y también que pensaba viajar a Ribadesella en Nochebuena para comer con su tía.

¿Qué interés podría tener Irina en un asunto que no la rozaba ni de lejos? No se me ocurre ninguno.

La implicación de Irina en los asesinatos, actuales y pasados, resulta un completo sinsentido. Irina jamás trató con Ricardo, y a sus padres ni siquiera los conocía. Su presencia en ambos dramas queda fuera de toda lógica.

En este instante de confusión me viene a la cabeza una secuencia que pasé por alto en su momento: la tarde del accidente, Irina me comentó que no me acompañaría a hacer surf. Nos estábamos quedando sin provisiones y pensaba ir de compras a Ribadesella. Estuve toda la tarde subido a la tabla y, como Irina tardaba en regresar, cené en un restaurante de Vega y me quedé viendo una película. Acostumbrado a apañármelas durante un mes en una furgoneta sin televisión, el monitor de cuarenta pulgadas del local me parecía una pantalla de cine. Regresé a la playa sobre las doce de la noche. Para entonces Irina ya había llegado y se estaba duchando. Tres horas de surf diarias frente a un mar bravo tienen el mismo efecto que una paliza, así que me metí en la cama y dormí diez horas del tirón. No me enteré de las trágicas escenas ocurridas durante aquella noche. Si recuerdo esa velada en particular años después, se debe a la conmoción que sufrí cuando me informaron del accidente. Un tétrico suceso que grabó esos días para siempre en mi memoria.

Irina era una mujer tremendamente perspicaz. En algún momento de nuestra estancia se dio cuenta de que los padres de Ricardo pescaban cada día unos cuantos pulpos para distraer a sus hijos, pero el resto de la inmersión la dedicaban a otros menesteres. Imagino que les siguió la pista y, cuando su lancha se empotró contra las rocas, guardó el botín entre los matorrales y los abandonó en medio del mar.

He convivido durante años con una arpía. He amado a un perverso engendro de la naturaleza. Quién lo diría. Hemos compartido durante tanto tiempo amor, casa y furgoneta…

Una furgoneta con una gran «W» en el frontal, como recordaba Beatriz.

Durante su agonía dentro de la cámara, Ricardo trazó una «M» en su brazo. Una «M» percibida desde su punto de vista, pero una «W» a ojos de quien examinara el cadáver. Cuando alguien escribe un mensaje no lo hace para sí mismo, sino para quien esté dispuesto a leerlo.

¡Dios santo! Al rasgarse el brazo con un hueso, Ricardo no trataba de transmitirnos que el nombre de su asesino comenzara por esa letra, tal y como yo había pensado. Me obcequé en la idea equivocada. Su cerebro a punto de congelarse fue incapaz de recordar el nombre de Irina, pues apenas se conocían. Sí conservaba, sin embargo, un nítido recuerdo de nuestra presencia en la playa cuando él era un niño y del apelativo que usaba su hermana para referirse a nosotros: «los *hippies* de la Volkswagen». Ricardo dibujó una «W» que evocaba el frontal de nuestra furgoneta. Delató a Irina en su último aliento a través de un logotipo.

Quien inventó el término rompecabezas para este tipo de situaciones acertó plenamente.

Llamo de inmediato a Irina, quiero escuchar su versión sobre los hechos presentes y pasados. Es muy capaz de escabullirse a base de retorcer mis argumentos para salir bien parada y estoy seguro de que no me va a defraudar. No coge el teléfono. Vuelvo a llamar y la respuesta no cambia. ¿Silencio inculpatorio?

No le comentaré nada a Genoveva por el momento. Me tomo el asunto como una cuestión personal. Irina y yo, frente a frente, en una especie de duelo entre antiguos amantes.

En la gasolinera compro un paquete de donuts para el camino y una hora más tarde aparco frente al Centro Niemeyer. La pillaré por sorpresa, con alguna carpeta en la mano y una expresión de perplejidad en el rostro. Las dos chicas de recepción serán testigos del acoso y caída de una miserable rata.

—Buenos días, me gustaría hablar con Irina —me dirijo a la chica que está situada en el lado izquierdo de un mostrador blanco, ligeramente curvado y que, además de proporcionar información, también hace las veces de taquilla.

—¿Cómo ha dicho? —me replica, tal vez no me ha entendido bien.

—Irina Kanáyeva.

Las chicas cruzan miradas de indecisión.

—No hay en el edificio ninguna persona con ese nombre.

—Bueno, a lo mejor no la conocen todavía. Lleva solo un mes trabajando aquí —interpelo a las dos mujeres de forma alterna, esperando que la más alejada también pueda ayudarme.

La chica que me atiende repasa con reticencia un listado de nombres con sus pertinentes extensiones telefónicas.

—Lo siento. Aquí no trabaja nadie con ese nombre.

Recuerdo la conversación con su antiguo novio. Su nombre auténtico es Oksana.

—Tal vez figure con otro nombre. ¿Les suena Oksana? —sugiero, consciente de que las personas no suelen tener dos nombres y que mi petición suena de lo más estrafalaria.

La muchacha me dedica un gesto despectivo, revisa la lista de nuevo y niega con la cabeza.

—Seguramente haya algún error o la lista no esté actualizada. La última vez que hablé con ella estaba en negociaciones con el museo Leopold de Viena para solicitar una exposición temporal. ¿Cómo se llamaba el pintor? —Hago una pausa, hurgo en mi memoria—. Ya lo recuerdo. Se llamaba Klimt. El nombre del cuadro es más fácil: *El beso*. Irina estaba obsesionada con ese cuadro. Quería traerlo a Avilés a toda costa.

La chica añade una mueca de asombro a su actitud desdeñosa.

—*El beso* no se encuentra expuesto en el museo Leopold. Que yo sepa, siempre ha estado en el Palacio Belvedere.

—Ajá. Vaya. Lo siento. Creo que entre Irina y yo ha habido un pequeño malentendido —me excuso.

Las chicas me miran con una mezcla de compasión y desconfianza.

Ninguna de las recepcionistas la conoce, y el cuadro de Klimt tampoco se expone donde ella me había dicho. Maldita embustera.

Veinte años llamándola Irina y resulta que su nombre es Oksana. He sido un perfecto incauto. Ahora que lo pienso, nunca tuve delante su DNI. Los contratos de alquiler de los pisos iban a mi nombre y los billetes de avión los sacaba ella. Irina nunca veía el momento de casarse conmigo, ni había tenido intención de hacerlo. Pero jamás me dio por sospechar de sus evasivas; además, el amor está por encima de los papeles y a mí lo que me importaba era tenerla cerca.

Si no trabaja en Avilés y yo la llamé solo un par de horas antes de nuestro encuentro para comer, ¿cómo pudo acudir con tan repentina facilidad a nuestra cita? No debía de andar muy lejos cuando hablamos. Le dio tiempo a desplazarse hasta el centro de la ciudad y fingir que trabajaba en el Niemeyer. Estoy convencido de que, antes de que la llamara, ella ya sabía que yo me había desplazado a Ribadesella y, estando tan cerca de Avilés, intentaría quedar con ella. Pero ¿cómo lo supo?

No tardo en hallar el motivo: mi foto en Instagram. La foto de los restos de una conejera en la playa de Ribadesella. Con mis fotos estúpidas iba dejando migas de pan por el camino.

Irina sabe mucho de arte, de modo que no le resultó difícil inventarse las peculiaridades de su tarea en el Niemeyer y conseguir que un profano como yo se tragara sus embustes.

Se largó de Madrid cuando se enteró, por mis propios comentarios, de que Ricardo andaba tras la pista del autor del crimen de sus padres. En ese momento algún temor debió de recorrerle el cuerpo y puso rumbo a Ribadesella.

A juzgar por los movimientos que reveló el GPS de su móvil, Ricardo tenía como principales sospechosos a Mauro y a Moisés. Nadie podría vincular a Irina con la muerte de la pareja hacía dos décadas. Ella solo había estado en el pueblo unas semanas de verano, y se pasaba el tiempo entre la furgoneta y el mar. Durante nuestra corta estancia apenas tuvimos relación con gente del pueblo. Entonces, ¿por qué se presentó en la carnicería y lo encerró a veinte grados bajo cero hasta morir?

Por alguna razón que desconozco, Irina temía que alguien le contara a Ricardo lo que realmente les sucedió a sus padres. Si ella estaba fuera de toda sospecha, su presencia en el pueblo la tarde del día veintitrés solo podía ofrecer una lectura: acudió para proteger a sus socios en Ribadesella, las personas que la ayudaron a mover el cadáver de Ricardo de un sitio a otro hasta abandonarlo en el mirador.

Hubiera apostado a que el colaborador de Irina era Moisés, pero, tras la confesión de Víctor sobre la enemistad entre Moisés y el carnicero, la idea de que Moisés merodease aquella tarde por la carnicería pierde consistencia.

Ella fue quien acabó con Ricardo. Me falta por conocer la identidad de quienes la ayudaron. Voy tachando nombres de la lista de vecinos, pero no termino nunca.

Lo crucial en este momento es denunciar a Irina.

Llamo a Genoveva para que me acompañe al cuartel. No tengo tiempo de explicarle en detalle mis últimas pesquisas, de modo que miento sobre el verdadero motivo de nuestra visita. Quedo con ella directamente en la puerta.

PREGUNTO POR EL sargento Paredes al guardia que nos atiende. El guardia llama por teléfono y nos indica que pasemos a su oficina. El sargento nos recibe risueño en la puerta de su despacho. Parece un hombre amable y poco dado a los protocolos.

—Entren y siéntense, por favor. —Se dirige a Genoveva—: Ya veo que hoy ha traído refuerzos —bromea.

Genoveva nos presenta, estrechamos las manos y nos sentamos. El hombre inclina ligeramente el cuerpo hacia el lado derecho para mirarla de una forma más directa.

—¿Qué tal está? —se interesa el sargento.

—Mejor. Los primeros días fueron terroríficos. Por suerte, lo peor ya ha pasado.

—Ya me enteré de lo de Beatriz. Vaya susto. Ufff. —El hombre se pasa el dorso de la mano por la frente, como si se limpiara el sudor—. Menos mal que se recuperó. —Genoveva esboza una mueca de resignación—. Bien, pues usted dirá a qué debo su visita —continúa el sargento, dirigiéndose a ella.

—Adolfo me dijo que ya podíamos llevarnos el coche de Ricardo.

—Ah, sí, por supuesto. Ahora mismo llamo a Madrigal para que nos traiga las llaves. ¿Eso es todo?

—Por mi parte, sí —afirma Genoveva.

Me acomodo en la silla y carraspeo. Miro alternativamente al sargento y a Genoveva. En cuanto me percato de que su conversación concluye, me dispongo a soltar una auténtica andanada.

—Aprovechando la visita, yo creo que es un buen momento para que Genoveva sepa quién mató a su marido. —Ella me lanza una mirada de estupefacción. Yo había mantenido en secreto mis últimas tribulaciones. Genoveva pensaba que acudíamos al cuartel a recoger un coche. Tras las gafas del sargento detecto sorpresa, incertidumbre y una infinita curiosidad—. Quien mató a Ricardo fue una mujer de origen ruso llamada Irina.

Ambos me observan como si hubiera soltado un eructo en medio de la Capilla Sixtina.

Inicio mi relato con parsimonia. No quiero que los nervios me hagan olvidar ningún detalle fundamental.

—Ricardo se presentó el día veintitrés por la tarde en Ribadesella con una idea fija en la cabeza: sus padres no murieron a causa de un accidente, como todo el mundo le había dicho durante años. Alguien robó la jugosa mercancía que llevaban en la lancha y los abandonó en el mar. Ricardo pensaba que fue Mauro quien lo hizo, de modo que se presentó en su casa. El empleado que los ayuda en la granja le comunicó que había salido, pero que podía encontrar a Víctor en la carnicería. Ricardo se plantó en el local y se encaró con él. El muchacho, para que se tranquilizara, lo empujó dentro de la cámara frigorífica y cerró. No pensaba matarlo, únicamente «enfriar» sus ánimos. En ese instante llegó Irina, lo amenazó con un cuchillo tan largo como esta mesa, el chico se largó cagado de miedo y ella congeló a Ricardo.

Genoveva se sujeta la cara con las manos, asombrada por la irrupción de una persona que hasta el momento no existía para ella: la rusa Irina. El sargento resopla y se retrepa en el sillón, completamente sobrepasado por el relato. Una muerte natural se ha convertido de repente en un triple homicidio.

—¡Cristo bendito! ¿De dónde se ha sacado usted una historia tan extraña? —me interpela con los ojos exorbitados.

—Fue Víctor quien me la contó. Si quiere le llamamos.

—No hace falta. Siga, por favor.

—El chico no denunció el caso porque Irina lo amenazó con hacer daño a su padre. Mauro está enfermo del corazón.

—O sea que, en su opinión, esa muchacha mató a los padres de Ricardo —quiere confirmar el sargento Paredes, consternado y estupefacto.

—Tenemos pruebas para aburrir. —Miro a Genoveva en busca de su aprobación—. Pero ahora lo que importa es la muerte de Ricardo.

El sargento aprieta los labios, suspira y se rasca la cabeza. Probablemente lleva años sin tener delante un caso de esta envergadura.

—Vaya, entonces habrá que investigar como es debido el asunto de la congelación. A ver si damos con esa rusa. ¿Cómo ha dicho que se llama? —me pregunta, añadiendo gravedad al tono de voz y exhibiendo una actitud verdaderamente receptiva.

—Irina Kanáyeva.

El sargento extrae un folio de la bandeja y anota el nombre.

—¿El apellido se escribe como suena?

Confirmo con una mueca.

El hombre se quita las gafas, las coloca sobre la mesa y se masajea los lagrimales.

—Las otras veces que he estado aquí me pareció verle sin gafas —desliza Genoveva.

—Las uso a diario. Lo que pasa es que perdí el tornillo de una patilla y me daba pereza ir a la óptica.

El sargento señala las gafas con el dedo, como si el hecho necesitara de una ilustración gráfica.

El comentario inocente del sargento espolea mi memoria. Permanezco unos instantes concentrado en sus gafas. Debe de pensar que soy un lelo. Se las vuelve a colocar, empujándolas por el puente de la nariz con delicadeza.

—Pero eso no es todo —dejo caer.

El sargento alza la vista del folio, expectante.

—Irina tuvo un socio en el pueblo —prosigo—, porque una mujer sola y menuda no es capaz de mover un cadáver de noventa kilos. Tampoco podía saber que el mirador era un lugar venerado por Ricardo. Tras descartar a Moisés, me quedé sin candidatos. Hasta hace diez segundos exactos.

—¿Diez segundos? —me pregunta Genoveva completamente aturdida.

—Tal cual. —Me dirijo a ella y al sargento de forma alternativa—. En una de mis visitas a la casa de Mercedes, encontré junto al piano un tornillo diminuto. Tendría que pertenecer a unas gafas, no se me ocurría otro origen. Curiosamente, Mercedes, Ricardo y Beatriz no las usan. Entonces, ¿cómo había llegado el tornillo hasta allí? Al acarrear un cuerpo de noventa kilos no es de extrañar que, en un movimiento forzado, al socio de Irina se le cayeran las gafas y se desprendiera el tornillo. Pues bien, al socio de Irina en este macabro asunto lo tengo delante, ¿verdad, sargento Paredes?

Clavo las pupilas en su rostro. Él me devuelve una expresión desafiante, dura, y acto seguido adopta una máscara de suficiencia para dejar claro que en ese despacho la autoridad reside en su lado de la mesa. Genoveva palidece ante mi contundente declaración. Ella ignoraba lo que me traía entre manos. La engatusé para que me acompañara hasta el cuartel y, desde que se ha sentado en la silla, se ha sentido espectadora de un torrente de acusaciones a diestro y siniestro.

Se puede cortar el aire en el interior del despacho.

—¿Y por qué ayudó usted a Irina a mover el cadáver? —continúo, dirigiéndome al sargento, que me regala una sonrisa despectiva—. Porque son viejos amigos, ¿verdad? Tras abandonar a los padres de Ricardo a la deriva en medio del mar, Irina retornó a El Portiellu con el ánimo de esconder el botín. En ese momento llegó la patrulla. Es posible que cada uno de los guardias rastreara una zona. Se dio la casualidad de que fue usted quien se topó con ella en plena faena. La sorprendió linterna en mano y, en vez de esposarla y conducirla al calabozo, llegaron a un acuerdo beneficioso para ambas partes: se repartirían el botín. Hay un testigo de lo ocurrido —suelto un farol—. Una persona de Ribadesella que lo vio todo y calló por miedo. Esa persona los vio a usted y a Irina trapicheando en los matorrales.

Tras mi osada exposición, supuse que el sargento daría un golpe en la mesa, bramaría, me cubriría de improperios y me haría tragar uno de los archivadores situados en el extremo de la mesa. No es el caso, ni mucho menos. Se ha tragado el anzuelo del falso testigo hasta el fondo. La sonrisa despectiva y el tono desafiante se han borrado de su rostro, cuyas facciones ofrecen un tono sombrío. Permanece pegado a la silla, escuchándome con atención, con el pecho erguido y los globos oculares a punto de salir disparados hacia mi nariz.

Prosigo martilleándolo con mi relato.

—De pronto Irina se encontró con una mercancía enormemente valiosa, pero con la que no podía acudir al supermercado ni pagar el alquiler. Debió de preguntarle a usted qué hacer con un montón de marfil y un cofre atiborrado de monedas de oro del siglo XVI. Buen conocedor de la comarca en todos los sentidos, a buen seguro que le habló del georgiano, un individuo muy capacitado para todo tipo de transacciones. —Genoveva enarca las cejas al oírme involucrar a Anzor en el asunto—. El georgiano viene mucho por el pueblo, nos consta. De hecho, es el propietario de una casa situada detrás de la iglesia. Intuyo que usted y él siguen manteniendo buenas relaciones.

—¿Ha terminado? —me pregunta el sargento con una expresión de lo más plácida.

—Más o menos. —Acerco el torso a la mesa y me apoyo en ella con los codos—. Así que la tía Mercedes tenía delirios debido a la mezcla de alcohol, pastillas y frustraciones, ¿eh? Pobre mujer, nadie la creyó. Usted era conocedor de sus hábitos al dedillo. Incluso conocía su casa con todo detalle. Sabía que la puerta del huerto siempre está abierta, que en ese ángulo no hay ninguna otra vivienda y que nadie los vería meter y sacar el cuerpo. Usted conocía el lugar exacto donde Mercedes tenía el termostato de la calefacción, y así girarlo a tope para que el cuerpo se descongelara cuanto antes, etcétera, etcétera. Sabía que la congelación apenas deja huella en el organismo y que la autopsia así lo refrendaría. Inmunidad total. Pero la niebla, que les permitió meter y sacar el cadáver sin ser vistos, los acabaría delatando. No tenía sentido que Ricardo estuviera sentado en un mirador si no había nada que mirar, ¿verdad, Genoveva? —Le lanzo una mirada cómplice y ella me devuelve una de absoluta incredulidad. Me encaro de nuevo con el sargento, que recibe los golpes sin perder la compostura—. Fue ella quien se dio cuenta de que algo no cuadraba en la versión de la muerte de su marido. La niebla fue su perdición, sargento. Fin de la historia.

Genoveva cierra los ojos y resopla.

La mirada del sargento cae a plomo sobre el folio donde ha escrito el nombre de Irina. Su cuello parece incapaz de sujetarle la cabeza.

—Perdón, me falta un dato importante —continúo—. Irina Kanáyeva fue mi novia durante años y en realidad se llama Oksana. De los apellidos no me acuerdo. Ah, y no es rubia. Solo usted la describió así. Nadie más la vio. Sus intenciones estaban claras, sargento: la esposa y la hermana son rubias. Cualquiera de ellas lo podía haber acompañado en su escapada navideña. Cero sospechas al respecto.

A estas alturas, la actitud del sargento Paredes ha perdido por completo la beligerancia anterior.

Una persona común habría montado en cólera tras escuchar mi argumento, y a continuación se hubiera afanado en demostrar su inocencia y así dejarme en evidencia. En su lugar, el sargento guarda silencio en señal de claudicación.

Genoveva me observa con una mezcla de admiración y pasmo. Nuestras pesquisas habían ido pasando de unos sospechosos a otros. De repente la situación da un giro de ciento ochenta grados que la pilla desprevenida. No debe de entender nada. Acabo de implicar a mi exnovia rusa y al amabilísimo sargento Paredes en un triple crimen.

El sargento sigue adherido al respaldo del sillón, abismado, carente del más mínimo parpadeo, con la mirada fija en el folio y las manos agarradas con fuerza a los apoyabrazos. Noqueado. Está acostumbrado a ser él quien pone contra las cuerdas a la gente, quien esgrime argumentos contundentes capaces de desarbolar a los potenciales delincuentes. La cosa ha cambiado. Ahora es él quien se queda sin argumentos, sin el imperio de la verdad y sin aire.

El sargento arruga con saña el folio hasta convertirlo en una bola y lo tira a la papelera. Alza la mirada y la alterna entre Genoveva y yo.

—Esta es mi casa y no quiero que todo esto afecte a mi familia. Les ruego, si no es mucho pedir, que pongan la denuncia contra mí en el cuartel de Llanes. Y, si es más lejos, mejor.

Genoveva se encoge de hombros.

—No hay problema —le replico. Sé que no es lo más seguro y que corremos el riesgo de que pueda largarse, pero me pongo en su lugar y quiero ahorrarle la vergüenza.

YA SOLO FALTABA dar con Irina, la mujer a la que salvé la vida y entregué el alma. ¿Habrá huido a su país? Salió siendo una niña de allí, pero sería lo más inteligente dadas las circunstancias. Y ella es muy inteligente.

En cuanto salimos del cuartel le cuento a Genoveva la trama completa. Me escucha con atención y aun así le cuesta comprender lo sucedido.

No hay tiempo que perder. Lo más urgente es detener a Irina antes de que vuele a su país.

Con el testimonio de Víctor podríamos denunciarla por el asesinato de Ricardo, pero el caso está en pañales. Ni siquiera se puede hablar de asesinato de manera oficial, porque todavía no se ha redactado la autopsia y, a efectos policiales, la muerte de Ricardo se debe a una causa natural. Lo más inmediato es mover los hilos para que la detengan como cómplice de la banda de saqueadores de chalés. Y en ese campo sí estamos bien pertrechados.

Busco en mi móvil el correo electrónico del guardia del cuartel de Guadarrama al que le envié la foto de la furgoneta. La firma pertenece al cabo Carlos Moreno. Lo llamo y le informo de la situación. No hago referencia a la implicación de Irina en los asesinatos, necesitaría un tiempo del que no disponemos, simplemente le comunico que yo era su novio, que Irina se había largado de casa unos días antes del robo y que estaba convencido de que había sido ella la responsable del chivatazo a la banda de ladrones.

El sargento se muestra agradecido de mi nueva colaboración y me comunica que se revisarán todos los vuelos con destino Rusia. En ese instante recapacito, me doy cuenta de que he cometido un error: Irina es sumamente inteligente y regresar a su país sería lo que todo el mundo esperaría de ella. Solo los débiles buscan el claustro materno. E Irina es cualquier cosa menos una mujer débil. Nos equivocaríamos si nos centrásemos solo en ese destino. Le sugiero que revisen la lista de pasajeros de todos los vuelos internacionales en caso de que sea posible.

Me dice que tomarán las medidas precisas para su detención, me vuelve a agradecer mi colaboración y, por último, añade un dato descorazonador: la banda con la que colaboraba Irina no solo se dedicaba al asalto de chalés; sobre todo eran verdaderos especialistas en el robo de piezas de extraordinario valor en iglesias, catedrales y templos donde las medidas de seguridad no fueran estrictas. En este tipo de robos, Irina desarrollaba una labor previa de exploración y catalogación de los objetos más valiosos, así como un análisis del dispositivo de seguridad de cada templo.

El perfil de los ladrones era básicamente operativo: dominaban a la perfección el modo de sortear las alarmas y entrar en los recintos sin causar el menor estrago. Eran ladrones finos. Sin embargo, carecían de formación artística. Lo que significa que Irina hacía un diagnóstico previo de los objetos de valor y, según el criterio del cabo, también sería la responsable de darles salida en el tortuoso mercado del arte robado.

Dan ganas de quitarse el sombrero ante esa mujer. Me tuvo engañado durante años, haciéndome creer que era una apasionada del arte —seguramente lo era— y que nuestras visitas de fin de semana tenían un sentido exclusivamente estético. Por ese motivo hacía tantas fotos y estábamos siempre más de una hora en cada lugar. Imagino que se introdujo en este mundo muy pronto. Tristán Poveda me contó que en su primer año de carrera ya manejaba dinero a mansalva. Jamás me dio por sospechar. En nuestras visitas a los templos se la veía tan entregada, tan devota, tan embelesada, que hubiera puesto la mano en el fuego por ella una y mil veces. Hasta se persignaba al revés, como una auténtica ortodoxa.

Genoveva escucha mi historia con estupefacción y una mueca de repulsa.

—¿Nunca sospechaste que fuera una persona tan malvada?

—Jamás. Siempre me pareció uno de esos ángeles que habitan entre nosotros con aspecto humano. Inteligente, documentada, dulce, divertida, amable, guapa, profesional… No faltó un solo día al colegio en el que trabajaba.

A los que creen que la perfección no existe les diría que se equivocan. ¡Irina era perfecta! Disfrutando en el interior de una catedral, parecía santa Teresa. Y lo mismo puedo decir de los cuadros de una exposición o de la lectura de un libro, reclinada sobre el sofá. En ningún momento sospeché de ella. Los delincuentes suelen ser gente malhumorada, con mirada trastornada y la boca torcida mientras maquinan su siguiente hazaña. Irina era todo lo contrario.

Casi lo mismo podíamos decir del sargento Paredes. Se tenía ganada a toda la comarca. Un expediente impecable, campechano, cariñoso con Genoveva desde que Ricardo desapareció… Hasta le proporcionó los datos GPS de su marido.

—¡Los datos GPS! —Vacilo un instante—. Tengo una corazonada. El primer lugar al que acudió tu marido fue al puerto, pero creo que su objetivo no era hablar con Moisés. Ahí nos equivocamos. Lo he observado en el bar de Saúl. El viejo es un hombre de pocas palabras, seco como un bacalao, media hora es demasiado tiempo para una conversación con un tipo así, por muchos detalles que diera a Ricardo sobre el accidente de sus padres.

—Ya sabes que Ricardo tampoco era un charlatán.

—Exacto. Estoy convencido de que no se citó allí con Moisés, sino con el sargento. Estuvo hablando un buen rato con él aquella tarde. Seguramente le contó que tenía sospechas de Mauro y de Moisés como posibles responsables de la muerte de sus padres. Con toda probabilidad el sargento trató de disuadirlo y mantener la versión oficial: accidente de pesca. Al ver que Ricardo se mostraba empeñado en encontrar al asesino, se puso nervioso y llamó a Irina. Ella ya estaba avisada de las intenciones de Ricardo, yo mismo se las transmití. Tras recibir aquella llamada, Irina se plantó en Ribadesella y recorrió sus calles hasta dar con el vehículo, aparcado justo detrás de la carnicería. Fue entonces cuando descubrió la trifulca que mantenían en ese instante Víctor y Ricardo en el interior del local.

—Maldita sea. La cercanía del almacén de Moisés a la lonja nos despistó.

—Nada más llegar a Ribadesella, Ricardo seguramente llamó al cuartel y el sargento no quiso tratar un asunto tan delicado en su oficina. Así que se citó con él en el puerto. Víspera de Nochebuena, de noche y con un frío de mil demonios, nadie aparecería por allí.

—O sea que mi marido nunca habló con el cascarrabias de Moisés.

—Puede que no cruzaran ni una palabra.

—Por cierto, si el sargento y tu exnovia son socios, imagino que lo primero que ha hecho el tío en cuanto hemos abandonado el cuartel ha sido llamarla.

—No había pensado en eso —reconozco.

—Si esa mujer es tan inteligente como dices, no habrá regresado a su país ni habrá cogido ningún vuelo. Sería la mejor forma de pillarla. Lo verdaderamente inteligente sería no hacer ningún movimiento. ¿Dónde puede estar ahora?

—Hace unos días comí con ella en Avilés. La avisé con un par de horas de antelación y no puso ninguna pega, o sea que no andaría muy lejos.

—En un hotel no está, desde luego. Los datos de registro se envían a la policía —constata Genoveva.

—Pues en ese caso… estamos perdidos. Puede andar por cualquier parte en un radio de ciento cincuenta kilómetros.

—¿Conoce a alguien en la costa con quien se haya podido refugiar?

—Supongo que las únicas personas con las que tiene contacto por aquí son el sargento Paredes y Anzor.

—Pero con el georgiano trató hace veinte años —me corrige—. Es probable que ni se acuerde de ella.

—Creo que con el georgiano mantiene una buena relación —discrepo—. Lo conoció gracias al sargento Paredes tras el accidente y desde entonces sospecho que ese hombre es quien coloca toda la mercancía robada en el mercado.

Hubiera sospechado antes de mi propia madre que de Irina. ¿Me quería? Nunca lo sabré de verdad porque es una persona compleja. Pienso que sí, pero de un modo contradictorio: la maldad y el amor son compatibles. Vemos casos de tipos sanguinarios, con cientos de crímenes horrendos a sus espaldas, que con su familia son tiernos hasta la náusea. Incluso serían capaces de dar la vida por sus hijos.

—Qué horror me produce todo esto, Adolfo. Estoy deseando irme de aquí —confiesa cerrando los ojos.

—Ya solo nos queda denunciar al sargento y podremos largarnos. Se me olvidaba, antes de irnos tengo que pasarme a ver la casa nueva de Mercedes, se lo prometí. Villa Paraíso, ¿recuerdas?

—Como para no recordarlo. ¡Qué pesadilla! Espero que la disfrute.

Suena el teléfono de Genoveva. Mantiene una conversación escueta y cuelga.

—Nos habíamos olvidado del coche de Ricardo. Ya nos podemos pasar a por las llaves. —Tuerce el gesto—. Vaya, otra vez de vuelta al cuartel.

—Piensa que será la última. Mañana saldremos de aquí y dormirás en tu casa.

Desandamos el camino y nos plantamos en el cuartel. Genoveva toca el timbre. Un guardia que se identifica como Madrigal nos invita a pasar a su oficina. Al parecer a Genoveva ya la conocía, porque charlan con relativa familiaridad. Nos entrega las llaves del Jaguar tras firmar un recibo que refleja la entrega. Da la impresión de que el guardia no sospecha nada de lo que ha pasado en el despacho del sargento hace un rato. Nos informa de que el coche se encuentra en el aparcamiento de la estación de autobuses, situada a la vuelta de la esquina, ya que no disponen de hueco en el recinto donde guardan los coches oficiales. Salimos del cuartel con el convencimiento de cerrar de una vez por todas el capítulo más desagradable en la vida de Genoveva.

Un destello de tristeza cruza su mirada al avistar el coche de Ricardo. Pulsa el mando y los cuatro intermitentes emiten un fogonazo. Nos arrellanamos en los comodísimos asientos de cuero.

Sigo pensando en Irina. En la dirección que haya podido tomar en cuanto el sargento Paredes se ha puesto en contacto con ella para desvelarle que estamos al corriente de todo.

—Genoveva, tengo el presentimiento de que Irina está escondida en casa de Anzor. Desde luego, habitaciones le sobran.

—Asiente con la cabeza—. Voy a telefonear al guardia de Guadarrama y le daré la dirección del georgiano.

—Estupendo. Vamos al hostal, metemos las maletas en los coches y nos presentamos en el cuartel de Llanes.

Le muestro el pulgar hacia arriba. Extraigo el teléfono del bolsillo y localizo el contacto del cuartel de Guadarrama.

Cuando Genoveva se dispone a poner el coche en marcha, un atronador golpetazo hace vibrar el habitáculo. El estampido procede de la parte trasera. Nos giramos y el descubrimiento arranca a Genoveva un alarido. El estrépito ha sido producido por la puerta trasera al ser cerrada con fuerza por la enérgica mano del sargento Paredes. Pero su inesperada presencia no es lo peor. Entre el sargento y nuestras cabezas se interpone un pasajero de lo más amenazador: una pistola que apunta alternativamente a la cabeza de Genoveva y a la mía.

—Salgamos de aquí, Genoveva, y no hagáis ningún movimiento extraño, por favor —ordena con su habitual tono amable, un tono que no corresponde a un hombre que amenaza con un arma.

Las manos de Genoveva tiemblan, al igual que el mentón. No se atreve a girar la cabeza. Mira hacia el espejo retrovisor y me lanza una mirada furtiva. Le hago un gesto con la barbilla en dirección al botón de arranque. Ella se hace cargo de la situación y pone en marcha el coche, conduciendo muy despacio. Maniobra con dificultad, pero consigue abandonar el aparcamiento. Bordea una antigua fábrica de pescado y se detiene al llegar a la nacional.

Nunca había tenido una pistola apuntándome a la nuca. Jamás había experimentado la sensación de que mi vida pudiera acabar en unos segundos. No es miedo lo que siento, sino un profundo aturdimiento, como si alguien hubiera hecho explotar un petardo junto a mi oreja.

—¿Qué piensas hacer, sargento Paredes? ¿Matarnos aquí en Ribadesella, el pueblo donde te conoce todo el mundo? —le pregunto algo alterado, pero sin perder la calma.

—Todavía no lo sé. Pero no puedo dejar que tiréis por tierra una carrera de treinta años y que mi familia piense que soy un asesino. —No puedo ver al sargento, pero su voz suena a desesperación controlada.

—No es un asesino —acierto a decirle en tono conciliador—, sino un encubridor.

—No veo una gran diferencia —contesta, y se dirige a Genoveva—: Gira a la derecha y ahí delante, a treinta metros, toma la carretera de la izquierda en dirección a Llanes. Es un giro muy cerrado, ve con cuidado.

Jodido Paredes. Por ese motivo ha aparcado el coche aquí. No hay ni un alma y el desvío a Llanes nos pilla al lado.

No tenemos escapatoria. La única opción que se me ocurre es intentar abrir la puerta del coche y saltar, pero Genoveva permanecería pegada al volante y el sargento haría con ella lo que quisiera. Sin testigos.

Ella suspira acompasadamente y no quita ojo de la calzada. No se atreve ni a mover la cabeza. Gira donde el sargento le ha indicado y avanzamos calle arriba. Cuando me quiero dar cuenta, ya hemos perdido de vista las últimas casas de Ribadesella. Circulamos por una carretera estrecha, con poca circulación y flanqueada de prados. En una palabra, nadie que nos pueda ayudar. Solo un milagro puede salvarnos.

—Si bajas del coche y permites que nos vayamos, no te denunciaremos. Solo implicaremos a Irina —le propongo.

—No puedo correr ese riesgo —responde manteniendo el tono sosegado.

—Genoveva y yo somos personas de palabra.

—Qué gracioso es tu amigo, Genoveva. ¡Personas de palabra! Ja, ja. Eso ya no se lleva.

—No es lo mismo ir a la cárcel por encubrimiento que por un doble asesinato —señalo, intentando que recapacite.

—En mi caso da igual. Pisar la cárcel sería el mayor deshonor que existe.

—Sigo pensando que no es lo mismo…

—Cállate de una vez —arremete contra mí, alzando la voz—. Genoveva, sigue por esta carretera hasta que yo te diga.

Vaya, el sargento no quiere que vayamos por la autovía, donde sería más fácil pasar inadvertidos. Esta carretera va pegada a la costa. ¿Qué se propondrá?

Seguimos sus instrucciones. Genoveva conduce con prudencia, emitiendo leves sollozos. Con la fría caricia de un cañón detrás de la oreja, no puede pensar en nada.

—Ve despacio y, cuando lleguemos a ese cruce, gira a la izquierda —ordena el sargento.

En el lado derecho de la carretera hay un cartel marrón. No me gusta lo que leo.

—¿Nos llevas a los Acantilados del Infierno? —le grito con una mezcla de desmoralización e ira.

—¡Cállate de una puta vez! —bufa. El sargento ha perdido la serenidad mantenida durante el trayecto. Se deja arrastrar por una creciente agitación. Mira a un lado y a otro de la carretera con ansiedad. El cañón de la pistola ya no me acaricia la oreja, ahora me oprime con fuerza el cuello. Miro por el rabillo del ojo a Genoveva. Transmite tal nerviosismo que no me extrañaría que se estrellara contra un árbol a pesar de que conduce con lentitud.

Llegamos al aparcamiento de una especie de merendero, poblado de mesas de madera y parrillas para hacer barbacoa. El sargento nos invita a salir del coche con una mueca y continuar andando.

El hombre conoce la zona al dedillo, me cuesta entender que nos traiga a un lugar turístico. Aunque llevamos unos días desapacibles, podría haber gente merodeando por la zona.

Genoveva camina mirando al suelo. Se agarra el cuerpo con las manos, como si tuviera frío o le doliera la tripa.

Vamos ganando altura y llega un momento en el que alcanzamos a ver el mar. El sargento no quiere testigos: nos hace un gesto con la barbilla para que tomemos un sendero hacia la derecha que discurre en paralelo a los acantilados. El sendero está flanqueado por helechos secos y una frondosa población de retama espinosa. A fuertes repechos le siguen bajadas pronunciadas, hasta el extremo de que Genoveva tiene que agarrarse a los matorrales para no caer.

Un buen rato después de haber tomado el sendero, el sargento parece haber encontrado el lugar idóneo para llevar a cabo el sacrificio. Con un movimiento del arma, nos indica que caminemos hasta el borde del acantilado.

Genoveva no se mueve, está paralizada. Gime, solloza, pero no consigue dar un paso. El sargento la hostiga con el cañón de la pistola. Al sentir el arma en la espalda, avanza a trompicones hasta situarse a medio metro del filo. Cierra los ojos y es incapaz de articular palabra, ni siquiera de suplicarle al sargento que no le haga daño. Ha traspasado el umbral en el que la angustia te convierte en un guiñapo.

Sigo sus pasos y me detengo a su lado. No puedo por menos que dirigir la mirada hacia las altísimas paredes verticales y de diseño caprichoso. Como si la naturaleza hubiera echado mano de Gaudí para darle forma a aquella inmensidad brutal y turbadora: a nuestra izquierda se aprecia un arco con forma triangular, cincelado por el pertinaz azote del agua durante milenios; frente a nosotros emergen tres islotes, uno de ellos gigante, con forma de colmillo y de presencia no menos amenazadora. El perímetro de los acantilados yace ribeteado de espuma, señal del extraordinario empuje con el que embisten las olas. Pero lo peor no es el tétrico alarde geológico, sino el rugido seco que emerge del abismo. Un rumor que recuerda a un motor de camión a bajas revoluciones y termina con un chasquido, como si las olas fueran capaces de fracturar la roca.

Si caemos desde aquí arriba, nuestros cuerpos chocarán contra las aristas del acantilado una detrás de otra y, cuando se estrellen contra el agua, ya no serán más que un peluche.

Sigo pensando que el sargento aún puede recapacitar antes de apretar el gatillo, pero no me quedan muchas esperanzas. La cárcel y el deshonor lo esperan si no acaba con nosotros.

Pienso en mis padres cuando les den la noticia de mi muerte. Su vida quedará rota para siempre.

Oigo que el sargento dice algo, pero tengo la cabeza embotada, como si llevara dos minutos conteniendo la respiración.

—¡Que saltéis u os pego un tiro he dicho, cojones! —nos grita con el rostro contraído y apuntándonos con el arma.

Es lo mismo que nos ha ordenado hace unos segundos y yo no he querido escuchar. Un dilema de lo más extraño. Entre palmarla con una bala en el pecho o destrozado por las rocas no hay gran diferencia. En ambos casos podemos morir en el acto o agonizar durante horas. No imaginaba que la muerte fuera tan elástica.

No se lo quiero poner fácil, prefiero que sea él quien nos dispare.

—Genoveva, no saltes —tartamudeo. Ella gira la cabeza hacia mí como si estuviera borracha. No creo que me haya oído. Y, si me ha oído, es probable que no haya comprendido lo que le he dicho.

—¡Saltad de una puta vez! —grazna el sargento perdiendo la paciencia. Da un par de pasos hacia nosotros. Si no saltamos, nos freirá a quemarropa.

Genoveva no tiene fuerzas ni para tirarse al mar, de modo que cierra los ojos y claudica. El guardia me apunta a mí, debe de considerarme el más peligroso.

Tal vez la brisa me haya despejado la consciencia. Ahora sí padezco ese pánico que se experimenta cuando uno sabe a ciencia cierta que la muerte se acerca con ganas de abrazarlo.

Miro de nuevo a Genoveva, pero ella no me ve. Su cuerpo tiembla, se tambalea, tengo la sensación de que se va a desplomar sobre el vacío en cualquier momento. Dos o tres segundos más y todo habrá acabado. Y lo peor es que no se me ocurre cómo impedirlo.

¿Qué habría hecho Irina en estas circunstancias?

Me enseñó muchas cosas. Entre ellas, que la mentira puede ser más verosímil que la verdad. Y, desde luego, mucho más eficaz para ciertos fines.

Con la mirada clavada en el sargento, señalo el bolsillo derecho de mi abrigo.

—Estaba hablando con el cuartel de Guadarrama cuando entraste en el coche.

El sargento frunce el ceño, desconfiado.

—¿Y eso a qué viene?

—Andan detrás de Irina desde hace tiempo por el robo en un chalé.

Saco el teléfono del bolsillo y se lo muestro. En la parte superior se lee «Cuartel de Guadarrama».

—Tus colegas han escuchado toda nuestra conversación. Las referencias a la salida hacia Llanes, a los Acantilados del Infierno...

—Guadarrama está muy lejos. No creo que os sirva de mucha ayuda —anuncia con socarronería.

—El cabo Moreno es mejor profesional que tú. Habrá llamado al cuartel de Ribadesella y es probable que tus compañeros ya estén en camino.

El sargento entorna el rostro. Una repentina desazón debe de recorrerle el cuerpo, pero conoce a la perfección el arte de disimular.

Lanzo el teléfono a una retama espinosa. Tengo suerte, el aparato cae hasta el fondo. El sargento duda si cogerlo o no. Cuando decidió librarse de nosotros no contemplaba la posibilidad de que una llamada telefónica se interpusiera en sus planes. Una llamada que pone altavoz a sus desmanes.

—No pensamos movernos ni un centímetro. Tendrás que dispararnos si quieres acabar con nosotros. En ese caso, el teléfono servirá de megáfono al doble crimen —le advierto.

El sargento ya no puede ocultar la tensión. Es un animal rabioso y desesperado. Acorralado a pesar de tener un arma cargada en las manos. Por fin se decide a recuperar el teléfono. Se agacha e introduce una mano entre el ramaje sin dejar de apuntarnos con la otra. Se pincha con las espinas, suelta una ristra de improperios y retrocede sobre sus pasos.

—¡Maldito seas! —me escupe.

Alarga la manga del abrigo y prueba de nuevo a introducir la mano en la retama. La planta es muy tupida y el hombre debe poner toda su atención si quiere alcanzar el teléfono sin desangrarse. Pero cuando uno pone los cinco sentidos en una tarea, le faltan sentidos para dedicarle al resto: por ejemplo, a vigilar lo que tiene delante de sus narices. Sobre todo si, como es el caso, el individuo al que encañona practica deportes que dotan a sus piernas de extraordinaria elasticidad y fuerza. Cuando quiere darse cuenta de que ha cometido un desliz, mi bota derecha ya ha aterrizado en su cara. En el primer envite fallo, apenas logro golpear las gafas, que salen volando. La segunda patada aterriza en su nuca y lo deja aturdido, casi inconsciente. Cae de bruces sobre la campera.

Le arrebato la pistola y apunto a su espalda.

Tumbado bocabajo, gimiendo, el sargento recupera poco a poco la consciencia. Curiosamente, lo primero que se le ocurre es buscar las gafas, como si ese gesto le devolviese la dignidad perdida. Palpa la campera hasta que da con ellas y se las pone. Si la derrota pudiera escenificarse con una estampa, el sargento tumbado en el suelo, mirándome a través de unas gafas rotas, sería un buen ejemplo. Se debe de ver fatal con los cristales hechos trizas, de modo que se las quita, maldice y las guarda en el bolsillo de la chaqueta.

Separo con un palo el ramaje cargado de púas y recupero el móvil. Le muestro la pantalla en la que permanece el texto «Cuartel de Guadarrama».

—No había pulsado todavía el símbolo de llamada, pero te has tragado el farol.

—Maldito hijo de… —masculla, lamiéndose las heridas de la mano y las que no se ven.

Genoveva sigue encogida, presa de fuertes convulsiones y jadeando con una cadencia acelerada. La abrazo con fuerza.

—Ya pasó todo. Ya pasó —le susurro al oído.

Llamo al cuartel de Ribadesella. El guardia Madrigal me coge el teléfono y le explico lo ocurrido. No da crédito a mi relato. Probablemente sean las Navidades menos navideñas de toda su carrera.

El sargento se incorpora y se sienta sobre la campera, mirando al horizonte, augurando la penitencia que le espera en el cielo y, sobre todo, en la Tierra.

A los quince minutos aparece un coche de la Guardia Civil por una pista forestal que, a buen seguro, comunica directamente con la carretera. Lo que significa que podríamos haber accedido hasta aquí desde la carretera y evitado el largo y tortuoso sendero. ¿Por qué el sargento decidió dejar el coche en el aparcamiento del merendero y venir andando hasta aquí?

Solo se me ocurre un motivo. La belleza de la costa atrae a numerosos visitantes. Si encontraban nuestros cuerpos flotando, nadie lo achacaría a un asesinato, sino a un despiste. Hay gente que muere por acercarse en exceso a un precipicio. El sargento pretendía que nos lanzáramos al vacío o que un resbalón en la roca mojada nos precipitase al abismo. En el caso de Genoveva, ha estado a punto de conseguir que su cuerpo se desplomara sin tocarle un pelo. Por esa razón no nos disparó. Una bala en un cuerpo significa asesinato; un cuerpo flotando sin una bala dentro significa accidente, despiste, incluso posible suicidio, tentativa que en la dramática situación de Genoveva estaría perfectamente justificada. Ese era su plan: Genoveva flaquearía y caería por el acantilado. Yo, acostumbrado a lidiar con fuertes olas, me lanzaría a socorrerla. Si no la palmábamos en la caída, la furia del mar en esta época del año nos engulliría como un boquerón en la boca de una ballena.

El sargento no pensaba dispararnos si no resultaba estrictamente necesario. Dos muertos a sus espaldas y cómplice de tres asesinatos sería ya un número excesivo.

34

DE PEQUEÑO, RICARDO *dejaba al resto de los niños jugando en la playa y subía a la zona de la mina. Siempre fue un tipo peculiar, esquivo, autónomo. No le culpo. En ese aspecto somos iguales. Yo hago lo mismo. Se trata de un filtro natural. La discreción es fundamental cuando uno decide montar una isla artificial y vivir dentro.*

Adolfo decía que Ricardo mantenía su vida social distribuida en «compartimentos estancos». No me gustaba nada la expresión; fonéticamente sonaba demasiado nasal, pero no le faltaba razón. Cuanta menos información, más difícil resulta descifrar la verdad. Las conversaciones copiosas son un foco de distracción y de meteduras de pata irreversibles.

La mejor virtud es un buen encubrimiento. Disimular sin avergonzarse. Yo disimulaba cuando Adolfo me contaba cosas sobre Ricardo. Siempre pensó que no me interesaba su vida. Se equivocaba por completo. Me concernía una barbaridad, pero lo revestía de indiferencia con suma maestría. No perdía detalle. Si hubiera mostrado interés por lo que me contaba sobre Ricardo, cuando murió hubiera sospechado de mí; pero nunca lo hizo, ni se le pasó por la imaginación.

Siempre pensé que Ricardo quería a Genoveva como se quiere a un ama de llaves: por su docilidad. Tengo la sensación de que solo demostraba pasión sobre el teclado de un piano. Un gran talento que escondía una penosa vulnerabilidad. A pesar de que viajaba por medio mundo, su cabeza nunca salió de Ribadesella. Desde aquel verano trágico permaneció encallada en ese mar furibundo, presa de una nostalgia imperecedera.

Ricardo no consideraba a Adolfo un verdadero amigo. Esos ratos que pasaban juntos en el Patagonia eran como un vis a vis con su infancia.

35

ADOLFO

8 de enero de 2019

MIRO EL CALENDARIO con desolación. Han acabado las vacaciones de Navidad. Las estaciones de esquí solo se llenarán durante los fines de semana. Pongo en duda que me compense subir a mi destartalado coche y aprovechar las migajas, pero no queda otro remedio. Algo tendré que hacer. Los ahorros no me alcanzarán hasta que empiece la temporada de surf.

Antes de abandonar el pueblo, tengo una visita pendiente a la nueva casa de Mercedes. Está situada en una travesía paralela a la iglesia y se la reconoce con facilidad gracias al tono rojo de sus muros. Una galería de madera ocupa por completo la fachada de la primera planta; en la segunda atisbo un par de ventanas abiertas con ropa colgada para ventilarse. Junto a la puerta hay un mosaico pegado en la pared donde se puede leer: «VILLA PARAÍSO». Recuerdo con pesar los quebraderos de cabeza que nos causó la palabreja. Llamo al timbre y me responde Beatriz. Noto que se alegra de escuchar mi voz y me invita a subir. Las dos mujeres me aguardan en el salón, rodeadas de cajas de mudanza.

—Qué alegría que hayas venido a vernos, Adolfo —anuncia Mercedes con las manos anudadas a la altura del pecho—. Pasa, pasa.

—Bueno, si puedes superar los obstáculos —matiza Beatriz con socarronería. Su aspecto es mucho mejor que la última vez que la vi. Me atrevo a aventurar que la depresión ha dado ya sus últimos coletazos o que los medicamentos están haciendo un trabajo impecable.

Echo un vistazo rápido al salón. La decoración ha sido elegida con un gusto primoroso y sin escatimar en gastos.

—Vaya palacete te has echado, ¿eh, Mercedes?

—Pues verás cuando te enseñe el resto de la casa —responde con una sonrisa de satisfacción.

Me agarra del brazo y me lleva por las dependencias de ambas plantas. Incluso descuelga una escalera plegable que conduce al desván; pretende mostrarme hasta el último rincón. Regresamos al salón y tengo la sensación de que no falta ni un detalle. Se nota que la casa tiene algunos años, pero está reformada por completo y el mobiliario es nuevo.

—Los muebles los eligió mi sobrino personalmente, al menos eso me ha dicho el hombre que se la vendió. Y, como puedes comprobar, son muy distintos a los que yo tenía en aquel tugurio.

—Claro, mujer, hay que modernizarse un poco. El sillón orejero tenía ya la marca de su espalda esculpida en el respaldo.

—Lo que sí voy a echar de menos es el huerto. —Se acerca a la galería y descorre las cortinas. Enfrente se aprecia un bloque de viviendas de color salmón, nada que ver con el terreno espacioso que la mujer cultivaba en la antigua casa. Percibo un destello de tristeza en sus ojos—. En mi huerto pasaba yo buenos ratos y me proporcionaba hortalizas para medio año.

—Bueno, aquí está usted en el centro del pueblo y, lo más importante, no hay cuestas.

Mercedes se ríe y corre las cortinas.

—Y mis piernas lo van a agradecer. Volver a casa era un calvario. Oye, no te hemos ofrecido nada. —Se dirige a Beatriz—. Niña, sácale algo a este muchacho.

—No, gracias, Mercedes. Solo pasaba a veros, conocer la casa y despedirme.

Siento una repentina y desagradable sensación de tristeza en el estómago. Es muy posible que no vuelva a ver nunca más a esas mujeres. Mercedes y Beatriz se corresponden con un capítulo dramático pero efímero de mi vida, un episodio circunstancial. Aunque nunca se sabe, a Ricardo me lo crucé en la bancada de una catedral.

Me percato de que figura la palabra «fotos» escrita con rotulador en varias cajas de mudanzas.

—Mercedes, este salón es más pequeño que el otro y tiene menos muebles. A ver dónde va a colocar usted tanta foto.

—Tienes razón —asume meneando la cabeza.

—A lo mejor hay que prescindir de alguna, ¿no, tía? —interviene Beatriz con una buena dosis de ironía.

—No fastidies —lamenta la anciana—. ¿De cuáles? Son todas bonitas.

—Hay fotos en blanco y negro… —tuerce el gesto.

—¿Tú qué opinas, muchacho? —me pregunta Mercedes como si fuera uno más de la familia.

—Bueno, yo no soy nadie para opinar, pero creo que Beatriz tiene razón. Había retratos en la otra casa que me daban un poco de… grima, si le soy sincero. Imágenes con gente muy apenada, como si estuvieran en peligro.

—Las fotos me hacían compañía —objeta la anciana, presa de la melancolía durante unos instantes.

—Ahora seré yo quien te la haga. —enmienda Beatriz, y se dirige a mí—: Ya no será necesario que yo viaje tanto y, por el momento, tampoco tengo mucho trabajo. Le he dicho a mi tía que pasaré aquí largas temporadas.

Mercedes observa a su sobrina con verdadera devoción, como si tuviera un halo alrededor del pelo. En el caso de Beatriz, dudo si lo hace por compasión o el gesto responde a un acto de generosidad, como hiciera con su hermano durante años.

Me despido de ellas y enfilo escalera abajo. Escucho que se pelean por la ubicación ideal de un jarrón. Son buenas noticias: mientras discuten, no lloran. A ambas les sentará bien la mudanza. Durante unos días estarán yendo y viniendo entre las dos casas, atareadas con el trasiego y la colocación de los enseres.

La mejor forma de distraer la mente es tener las manos ocupadas. Al menos a mí me funciona.

Regreso al hostal y meto mis cosas en una bolsa. Telefoneo a Genoveva para decirle que ya estoy preparado para salir. Es el momento de abandonar Ribadesella. Ella en dirección a Madrid y yo rumbo al este. Coloco mis pertenencias en el Ford y Genoveva hace lo propio en su Alfa Romeo. Entre ambos se encuentra el Jaguar de Ricardo.

Ella pasa revista a mi coche minuciosamente, como acostumbran los peritos de las compañías de seguros, y me dedica una sonrisa compasiva.

—Por Dios, Ricardo, ¿con este trasto piensas llegar a las montañas?

—Lo intentaré.

Señala la trasera del coche y arruga el entrecejo.

—¿Has visto cómo llevas el tubo de escape? Va casi arrastrando.

Zarandeo el tubo con la punta del pie. Desde luego, parece más descolgado que la última vez y baila una barbaridad.

—Es la última moda en *tuning* —bromeo.

—Se va a desprender en cualquier momento. Te quedarás tirado en medio de la carretera esperando a la grúa y perderás un par de días en el taller como mínimo, aparte de que te va a costar más el arreglo que el valor del coche. Cuando llegues a los Pirineos se habrá ido todo el mundo, y probablemente también la nieve.

Genoveva abre su bolso y manipula un objeto pequeño, cromado y brillante. Parpadean los cuatro intermitentes del Jaguar.

—Toma, no tengo cuatro manos.

Me muestra el mando del coche en la palma de la mano.

—Muchísimas gracias, pero no puedo aceptarlo. Este bicho debe de valer un pastón.

—Es lo mínimo que puedo hacer. Has dejado de trabajar para ayudarme. Y me salvaste la vida junto al acantilado. Así que no seas tonto y quédatelo. Ya haremos el papeleo cuando vuelvas a Madrid.

Recapacito. Genoveva tiene su propio coche y yo ando sin blanca. Si surge una avería en el trayecto me morderé las uñas por haber sido tan estúpido.

—Un gran detalle por tu parte. Muchas gracias.

—¡Es automático! —me previene.

—¡Guau! No sé si voy a ser capaz de sacarlo del aparcamiento.

Guardo el mando en el bolsillo. No me veo, pero debo de llevar puesta una sonrisa de oreja a oreja.

Nos encaminamos al bar de Saúl con la intención de entregarle las llaves de la habitación y abonarle la factura pendiente. Conforme al acostumbrado ritual, en una mesa se cita la cuadrilla de jugadores de cartas. He observado que se sientan siempre en la misma mesa y cada uno en idéntica posición. Como si la gente mayor fuera poco dada a los cambios, incluso a los más nimios.

Hoy falta uno de los miembros de la camarilla, lo que les impide comenzar la partida. Los hombres se entretienen con la televisión mientras tanto. Moisés nos lanza de vez en cuando su acostumbrada mirada furtiva, sin ningún matiz añadido; probablemente no se ha enterado todavía del desfalco que ha sufrido la nave.

El cuarto jugador aparece por la puerta y entra dando grandes zancadas. Se lleva la mano a la frente y gesticula con una exaltación impropia de su avanzada edad. Sin quitarse el abrigo ni disculparse por la tardanza, suelta una verdadera exclusiva a sus compañeros:

—¿Sabéis la última? El sargento Paredes fue quien se cargó al músico. Me acabo de enterar. Dicen que ha sido el sargento y una rusa —anuncia sin percatarse de que la viuda se encuentra en el bar. El hombre se quita el abrigo y lo coloca sobre el respaldo de la silla. Se sienta y hace un gesto a Saúl para que le sirva una copa de vino.

—¿El sargento Paredes involucrado en un asesinato? No puede ser, no me lo creo —reacciona el jugador que tiene enfrente. Es un milagro que pueda hablar sin que se le despegue el cigarrillo de los labios.

—He estado con mi mujer en la farmacia y luego nos hemos pasado por el estanco —prosigue el recién llegado—. En el pueblo no se habla de otra cosa. Al parecer, entre los dos lo congelaron y luego lo subieron a Berbes. Lo del ataque al corazón era un camelo.

—O sea que Mercedes tenía razón —interviene el tercero, cuya barba está a punto de introducirse en el vaso de cerveza cuando asiente.

—¿Estás seguro de que ha sido el sargento? —insiste el fumador.

—Pues claro. No me iba a inventar una cosa así —ratifica el recién llegado—. El perro no muerde hasta que muerde. No le habré oído yo veces soltar esa frase al sargento. —Se inclina hacia delante y enarca las cejas—. Por lo que se ve, el perro mordió.

Moisés entrecierra los ojos y atiende a la conversación desde una perplejidad silenciosa y prudente.

—Imagino que lo han detenido sus propios compañeros, ¡qué vergüenza ha tenido que pasar! —clama el fumador.

—Lo detuvieron los guardias de Ribadesella —explica el recién llegado—, pero cuando lo trasladaban al cuartel en el coche patrulla, pasó algo raro. El sargento trataba de convencer a sus subordinados de que no le pusieran las esposas. Se ve que se sentía humillado. Los otros dudaron, pero ya sabéis como es Paredes, así que al final accedieron por respeto. Después de todo, seguía siendo un superior.

—Es que los galones imponen lo suyo —observa el hombre de la barba.

—De vuelta al pueblo —prosigue el recién llegado—, en un desvío salió de golpe otro coche, el de los guardias tuvo que frenar y el sargento aprovechó para saltar en marcha. Se escondió entre los arbustos y no tenían forma de localizarlo. El sargento contaba con dos opciones para huir: tirar hacia el norte, donde lo frenaba un muro de acantilados, o dirigirse al interior, lo que le permitiría esconderse con más facilidad.

Hasta el momento, Genoveva y yo escuchamos la conversación sin prestarle excesiva atención, entre otras cosas porque quienes mejor conocíamos el caso éramos nosotros. Pero la huida del sargento nos alerta. Ese hombre no se da nunca por vencido.

—Yo huiría hacia el sur, que está lleno de prados, y vestido de verde no me iba a ver ni Cristo —estima el fumador.

—Eso es lo que los guardias dieron por hecho. Y pensaron que habían acertado cuando encontraron las gafas rotas del sargento nada más cruzar la carretera por la que venían. Pero él, que se las sabe todas, hizo lo que nadie esperaba: tiró hacia la costa.

—Entonces, ¿cómo aparecieron las gafas al otro lado de la carretera? —replica el barbudo.

—Estaban rotas y no le servían para nada —explica el recién llegado—. Se supone que las lanzó en el sentido contrario al de su huida para despistar a los guardias e invitarlos a perseguir un señuelo.

—¡Qué listo! —reconoce el fumador.

—Con las gafas rotas, no podría ver ni un pimiento —relata el recién llegado—. Es casi seguro que pisara mal, o tal vez se resbaló, el caso es que bajó rodando por alguno de esos terraplenes cercanos a la playa de Arra.

—Los acantilados están más al este, pero en esa zona, si te resbalas, vas de morros hasta el mar. No te matas, pero te haces una buena avería —añade el fumador.

—El caso es que esta mañana lo han encontrado en la playa; tenía un montón de huesos rotos, estaba empapado y con una neumonía de caballo —asegura el recién llegado—. Está ingresado en el hospital de Arriondas y dicen que, si se salva, será un verdadero milagro.

En ese hospital trabaja el doctor Rivas. Qué antojadizo es el destino. Cabe la posibilidad de que el sargento se encuentre bajo los cuidados de mi vecino en este mismo instante. La vida del socio de Irina puede depender del hombre que vio morir a su amigo Salva por culpa de esa mujer. Paradójicamente, el doctor Rivas hará todo lo que esté en su mano por salvar la vida del sargento. El destino es caprichoso y retorcido.

Los jugadores inician la partida. Genoveva le pide a Saúl la factura de la estancia en el hostal y este, por su parte, nos agradece que hayamos recalado en su alojamiento y nos invita a volver. Habla con nosotros de soslayo, sus pupilas se centran en la televisión. En el informativo se están haciendo eco de una noticia que le debe interesar. Genoveva y yo nos volvemos hacia la pantalla, donde vemos una casa quemada junto al mar y de la que aún sale humo. Los bomberos deambulan de un lado para otro, terminando la faena. Las imágenes me dejan indiferente hasta que escucho la locución de la periodista:

Se ha producido un incendio en un chalé de Celorio, en Asturias. Como consecuencia del siniestro, una persona ha resultado muerta, concretamente una mujer de unos cuarenta años. El jefe de bomberos ha declarado que el fuego se inició en la puerta principal y desde allí se fue adueñando de la vivienda. Dado que las ventanas de la primera planta disponían de rejas, la víctima, al verse acorralada por las llamas, saltó desde una ventana de la segunda y encontró la muerte. Al parecer se trata de un incendio provocado. Se han encontrado restos de papel y gran cantidad de anillas de metal junto a la puerta que corresponderían a algún tipo de cuaderno o de archivador. El jefe de bomberos sostiene que es probable que apilaran una estimable cantidad de papeles y objetos de plástico junto a la puerta de madera, vertieran gasolina y les prendieran fuego. No se conoce la identidad de la víctima. Sí se sabe que la vivienda era propiedad de un hombre de origen georgiano llamado Anzor Palangashvili.

En las imágenes de la casa aparece encuadrado en un lado el rostro de Anzor.

—Ese hombre venía mucho por aquí —explica Saúl, sin perder ripio de la noticia.

Observo que Moisés alza la cabeza la escuchar el hombre del georgiano y clava la mirada en la televisión.

«La casa es propiedad del georgiano.» «La mujer ronda los cuarenta años…» Un extraño pálpito me dice que se trata de Irina. Pero ¿quién podría haber hecho una cosa así? Desde luego, no le debían de faltar enemigos.

Genoveva no presta excesiva atención a la noticia, se distrae revisando la factura de la estancia en el hostal.

—¿Sabes? Creo que la mujer fallecida puede ser Irina —le susurro al oído, aunque nadie nos escucha. Saúl y Moisés andan pendientes de la televisión, y el resto de miembros de la partida, cavilando la siguiente jugada.

—Si fuera así, tampoco es tan mala noticia, ¿no? —musita con una ráfaga de cinismo en la mirada que no sé cómo interpretar.

Me escama su indiferencia ante la noticia. Tratándose de la asesina de su marido, debería estar frotándose las manos.

—¿No habrás tenido tú nada que ver con esto, verdad? —pregunto, receloso.

—¿Tú me ves capaz de una cosa así? —replica con un halo de misterio en la voz.

Hago memoria.

Al salir del cuartel, Genoveva y yo barajamos las posibles escapatorias de Irina y llegamos a la conclusión de que el sargento no podría cobijarla en el cuartel ni el georgiano se arriesgaría a meterla en su casa. Pero lo que probablemente sí hizo fue poner a su disposición una casa vacía que tenía en venta.

—Genoveva, el georgiano nos ofreció una casa en Celorio. —Me mira impávida—. Nos comentó que era un lugar ideal para veranear y que estaría disponible en unas semanas, ya que había una persona dentro en ese momento. Yo casi lo había olvidado, pero tú no. Sospechaste que Irina podría estar escondida allí y me dejaste al margen. Se trataba de una mujer con la que había compartido media vida, de modo que no quisiste involucrarme. Así que anoche, después del desagradable trago que nos hizo pasar el sargento Paredes, en vez de irte a dormir llenaste el maletero con el material que saqué de la nave y te largaste. Celorio es un pueblo pequeño y el georgiano habló de una casa junto a la playa de Palombina. No te sería difícil localizarla. ¿Sabes? Lo más llamativo fue la forma en que prendiste fuego a la casa: con los documentos que le mangamos a Moisés, nada menos. —Señalo la mesa de los jugadores de cartas—. Míralo, el tío está ahí sentado, viendo los restos carbonizados de la casa de su amigo Anzor —dejo escapar un risita— y ni siquiera imagina que se ha incendiado gracias a su hemeroteca.

Genoveva no me responde. Arquea las cejas en señal de hastío. Deposita un montón de billetes sobre el mostrador y le hace un ademán a Saúl para que cobre. Yo también vacío mi cartera. Saúl se acerca, cuenta el dinero y lo guarda en la caja.

Nos despedimos de él y enfilamos calle arriba en dirección al hostal.

Debería sentir dolor por la muerte de la mujer de mi vida, pero no es el caso. Una sucesión de decepciones es lo que vengo experimentando desde que el gerente me echó de la estación de esquí. Unas graves y otras del montón. Debe ser que la decepción combate el dolor, o al menos lo mitiga.

Al llegar al aparcamiento del hostal, doy una vuelta alrededor de «mi» Jaguar, con destellos cromados por toda la carrocería. Aún no me hago a la idea de que sea mío.

Me siento en el interior y me vuelvo loco con tantos botones y lucecitas. Una pantalla de ocho pulgadas como mínimo, asientos de piel —me encanta cómo huelen—, navegador… En el volante puedo controlar la radio, el teléfono y no sé cuántas cosas más. Me conjuro para no fumar aquí dentro. Un espacio tan lujoso no puede oler como una cloaca. Necesitaré echarle un vistazo rápido a las instrucciones antes de arrancarlo o me empotraré contra la valla.

Pulso un botón y la guantera se abre automáticamente.

Bajo la documentación descubro una caja cuadrada y de escaso grosor. Me puede la curiosidad y la desenvuelvo. Se trata de un doble cedé de Abba con tres firmas en la portada. Debajo leo una dedicatoria que me deja helado:

Para mi adorable Carla.
He conseguido las firmas de Björn, Anni-Frid y Benny.
La de Agnetha me fue imposible.
Ricardo

Vaya, vaya. A la hija del carnicero le gustaba Abba. Y a Ricardo le gustaba la hija del carnicero. Carla regó de mentiras nuestra primera conversación; no solo hablaban del tiempo esos dos cuando coincidían en Ribadesella.

Creo que Ricardo nunca dejó de amar a esa muchacha pese al sofocón de la gasolinera.

Suelto una blasfemia que por suerte no sale del habitáculo. Me apresuro a guardar el disco en la guantera. Menos mal que Genoveva no se ha percatado de nada.

¿Debería decírselo? ¿Debería contarle que Ricardo...? Tengo que pensarlo bien antes de dar el paso, pero no dispongo de mucho tiempo. En cuanto traslade mis cosas de un coche a otro, nos despediremos y cada uno tomará su camino.

Abro ambos maleteros y acarreo el material con parsimonia. Necesito pensar y elegir una opción: ¿La agria verdad o una piadosa mentira por omisión marca de la casa?

Genoveva ha estirado su abrigo sobre el asiento trasero y está deseando largarse. Se acerca y nos damos un último abrazo. Huele a perfume caro, lleva el pelo suelto y parece más joven. Sus manos abandonan mi espalda y cogen las mías.

—Muchas gracias por todo. No sé qué hubiera hecho sin ti. Bueno sí, desfallecer a la primera de cambio.

—Ha sido bonito haberte conocido. Las circunstancias no son las idóneas, pero eso es algo que no se escoge.

—Te voy a echar de menos. No podré contar contigo en caso de que se me ocurra asaltar una nave industrial —me dice con sorna.

—Tampoco yo podré pedirte ayuda si me diera por prenderle fuego a una casa. ¡Mecachis!

Debo decirle algo ya respecto a mi descubrimiento. Está a punto de soltarme las manos y largarse. Si decido revelar la verdad, lo correcto sería que ella viese el maldito disco de Abba.

Genoveva me da una palmada en la espalda, sube al coche y se coloca el cinturón. Antes de cinco segundos se habrá ido. Tengo que contárselo ya. Bajo la ventanilla y le hago un ademán para que ella haga lo mismo.

—Genoveva, hay algo que tengo que decirte antes de que te vayas. Emmm… —titubeo. Ricardo actuaba con las personas que lo rodeaban como si fueran islas, pues no seré yo quien le lleve la contraria—. Ya sé por qué razón había un biquini en medio de la pista. Una mujer estuvo en el balneario que hay de camino a la estación de esquí y lo puso a secar en la terraza. Un águila miope que sobrevolaba la zona lo confundió con un conejo y se lo llevó. Cuando se percató de que pesaba poco para ser un conejo, cayó en la cuenta del error y lo soltó.

Genoveva rompe a reír y sube la ventanilla.

Agradecimientos

En primer lugar, gracias de corazón a Núria Ostáriz. Ella apostó por mi historia desde un principio. Sus consejos han sido fundamentales para conferir armonía a la novela.

A mi editora, Mathilde Sommeregger. La primera vez que hablé con ella por teléfono ya me di cuenta de que estaba en las mejores manos.

A Leticia García, por sus impagables sugerencias gramaticales y narrativas.

A la doctora Gema Gómez, que siempre está de guardia para los amigos.

Quiero agradecer a Francisco Valle su asesoramiento en temas legales y nuestras agradables charlas junto a un café.

A los pianistas Chema Hernández y Pedro López. Permitieron dar con la tecla correcta a un simple aficionado a la música clásica.

A Antón Gutiérrez. Nos conocimos por azar. Su información sobre ciertos lugares de la costa asturiana me ha sido de gran ayuda.

EL PASADO NUNCA NOS OLVIDA

Una novela que desvela un crimen cometido en el pasado y el origen fraudulento de unas grandes fortunas

El periodista de un diario local de El Prat investiga el hallazgo en las inmediaciones del aeropuerto de los restos de un avión de combate accidentado en 1940.

LA MEMORIA DEL TEJO

Los enigmáticos bosques de Asturias se convierten en el escenario de una novela negra

La vida de Berta Vega se ve trastocada cuando liberan a su hija después de un secuestro de cuarenta y ocho horas y esta no recuerda nada de lo sucedido.

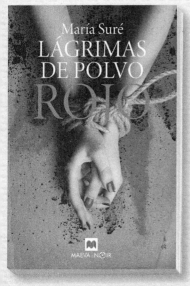

LÁGRIMAS DE POLVO ROJO

Un asesino se inspira en antiguos rituales para cometer crímenes en Valencia

El hallazgo del cadáver de una mujer pone en alerta a la inspectora Ruta Østberg y a su compañero Roi Melgar, que se enfrentan a un asesino sin escrúpulos.